I0576826

Fritz Mauthner

Der Pegasus

Eine tragikomische Geschichte

Fritz Mauthner

Der Pegasus
Eine tragikomische Geschichte

ISBN/EAN: 9783743346703

Hergestellt in Europa, USA, Kanada, Australien, Japan

Cover: Foto ©Andreas Hilbeck / pixelio.de

Manufactured and distributed by brebook publishing software (www.brebook.com)

Fritz Mauthner

Der Pegasus

Der Pegasus

Eine tragikomische Geschichte

von

Fritz Mauthner

Dresden und Leipzig
Verlag von Heinrich Minden
1889

Inhalt.

I.

Im Pegasus.

Genau seit zehn Jahren wirkte in Berlin der gesellige Verein Pegasus unter der vortrefflichen Leitung von Georg Panzner. Hier wurde die Fahne des Idealismus unentwegt aufrecht gehalten, nach Umständen auch entrollt, hier schwärmte man voll und ganz für das Wahre, Schöne und Gute, hier feierte man würdig die Ehrentage unserer Klassiker, unbekümmert um die künstlerischen und politischen Modegötzen des Tages. Der Pegasus nannte sich bescheiden einen geselligen Verein, aber er war mehr. In schönem Wetteifer rangen — wie der Vorsitzende einmal sagte — „alle losgelassenen Kräfte um die Palme des Lorbeers". Alle erforderlichen Gelegenheitsgedichte und Festreden wurden aus dem Schoße des Vereins geboren und nach Georg Panzner's tiefster Sehnsucht sollte diese Gesellschaft eine Pflanzschule sein, aus welcher unter seiner Pflege die neuen Klassiker der Gegenwart und Zukunft hervorgingen. Er war als Begründer und immerwährender Vorsitzender des Pegasus zu solchem Ansehen gelangt, daß er bei Beginn des zehnten Vereinsjahres durch einstimmigen Beschluß der Versammlung für unabsetzbar erklärt worden war. Mit solcher Machtfülle bekleidet, durfte er wohl so kühne Pläne hegen.

Seine überlegene Gesinnung sprach sich darin aus, daß der Pegasus allem politischen Treiben ab= gewandt blieb. Panzner hieß zwar in seiner Stadt= gegend ein alter „Achtundvierziger", dieweil er die stürmischen Tage des tollen Jahres mit der lang= samen Ausfeilung einer Ode an die Barrikaden ver= bracht hatte; und er betrachtete es als selbstverständ= lich, daß er mit seinem Herzen so links wie möglich stand. Aber im Grunde war ihm ein schönes Ge= dicht an die Freiheit immer wichtiger, als die schönste Freiheit selbst, mit welcher er als Gemeindeschullehrer und an der Seite einer vortrefflichen, doch strengen Gattin nicht viel anzufangen wußte.

Seinem Einflusse war es also zu danken, daß die Wogen des öffentlichen Lebens nicht in diejenige Weißbierstube drangen, in welcher der Pegasus all= sonntäglich seine Sitzungen abhielt. Kaum daß da=

mals anno 65 in den Frühlingstagen des Vereins
von älteren Herren „Schleswig=Holstein meerum=
schlungen" gesungen und im Jahre 66 der deutsche
Bruderkrieg bedauert wurde. Als es Anno 70 gegen
den Erbfeind ging, blieb natürlich kein einziges Mit=
glied der großen Bewegung fern. Doch der Pegasus
als solcher begnügte sich damit, einen Preis auf die
beste poetische Kriegserklärung gegen Napoleon auszu=
schreiben. Die Veröffentlichung der Preisaufgabe er=
folgte jedoch erst im Januar 71, am heiligen Stiftungs=
tage des Vereins, und wurde nicht sehr beachtet.

Nach dem Kriege widmete man sich wieder mit
Herz und Hand und ausschließlich der großen Sache
des deutschen Schriftthums. So hatte der Geist des
Pegasus die einzelnen Menschen überdauert, aus
denen er sich zusammensetzte.

Von seinen Pathen und ersten Mitgliedern war
außer dem getreuen Georg Panzner freilich Niemand
mehr ausübendes Mitglied. Da und dorthin waren
sie verzogen; zwei hatten ihren Tod auf den Schlacht=
feldern gefunden und viele besaßen bereits Frau und
Kinder. So wechselten um den ersten Vorsitzenden
Georg Panzner die jungen Leute, welche Sinn für
das Höhere hatten, es wechselten die Weißbierwirth=
schaften, in denen der Pegasus „nistete," wie der

Vorstand sich auszudrücken liebte, es wechselten sogar langsam die wenigen Kneiplieder, zu welchen sich der Pegasus an feierlichen Herrenabenden verstieg. Aber standhaft, treu und felsenfest hielt der Verein die Fahne des Idealismus aufrecht, unerschütterlich stand er auf seinen Satzungen, deren Berathung zwar niemals zu Ende geführt worden war, deren Geist jedoch im Herzen eines jeden Pegasus-Bruders flammte und aus den Augen des unabsetzbaren ersten Vorsitzenden leuchtete.

Heute, an einem bitterkalten Januarabend des Jahres 1875, wurde das zehnjährige Stiftungsfest des Pegasus gefeiert. Das „Nest" des Pegasus befand sich seit Kurzem in einer Bierwirthschaft am Tempelhofer Ufer, und der zweite Vorsitzende, selbst Weißbierbrauer und der beste Bierverständige des Pegasus, hatte einen famosen Stoff versprochen, der an diesem Ehrentage dem Vereine neue ausübende Kräfte zuführen sollte.

Seit sechs Uhr Nachmittags saßen sie an langen Tischen hinter ihren Gläsern und nahmen dankbar die Kunstleistungen der Freunde entgegen. Gegen hundert Männer und fast noch mehr Frauen und Mädchen hatten sich eingefunden. Niemand hatte einen geringschätzenden Blick für das Gebotene.

Wenn ja einmal etwas nicht recht klappen wollte, so wartete man geduldig, bis Alles wieder in Ordnung war. Selbst die Hoffnung auf ein Tänzchen mit Kotillon machte die jungen Mädchen nicht undankbar gegen die geistigen Genüsse. Und das Bild dieser Eintracht wäre ganz fleckenlos gewesen, hätte nicht wie immer der Vorstandtisch, der quer durch den Saal zwischen den andern Tische und dem Podium stand, den Neid der älteren Pegasus-Brüder erweckt.

Niemand hatte etwas dagegen, daß unser Panzner erster Vorsitzender war und blieb; der war ja unabsetzbar. Auch die Kassenverwaltung mußte ja wohl in den Händen des gewissenhaften Herrn Cohn, eines gebildeten Confectionärs, bleiben. Aber da war noch der zweite Vorsitzende und die beiden Dichtwarte. Immer war es früher so gehalten worden, daß der zweite Vorsitzende und die Dichtwarte nach einem Jahre eifriger Pflichterfüllung aus dem Vereine austraten und ihre Plätze den Würdigsten überließen. Diesmal hatte man alte Bräuche nicht geachtet. Friedrich Wilhelm Ehrenhaus, der zweite Vorsitzende, Hans Renard und Fritz Töpfer, die beiden haarbuschigen Dichtwarte, hatten ihre Ehrenstellungen nur deshalb nicht niedergelegt, weil sie am zehnjährigen Stiftungsfeste, „wo ganz Berlin kommen wollte", alle Ehren einzustreichen gedachten. Das erregte Mißstimmung. Es war unwürdig und unser Panzner hätte eine solche Handlungsweise wohl nicht begünstigen sollen.

Es ging trotzdem ganz friedlich auf dem Feste zu. Nur Eingeweihte wußten, daß ein gewisser Gegensatz im Stillen waltete, daß alle Weißbiertrinker mit ihren Damen auf der Seite des Vorstandes waren und daß alle Unzufriedenen dunkles Patzen- hofer Bier tranken. Aber auch dieses schmeckte schön und Herr Friedrich Wilhelm Ehrenhaus erntete für die Empfehlung des Lokals auch von den Gegnern Lob. Georg Panzner hätte gelächelt, wenn man ihm von einem Zwiespalt zwischen den Pegasus- Brüdern gesprochen hätte. Der Gegensatz zwischen den „Weißen" und den „Dunkeln" schien zu uner- heblich, um seine Aufmerksamkeit zu verdienen.

Die erste Nummer des heutigen Programmes hatte die Gemüther bewegt und durch ihre hochpoetische Sprache in den Herzen wirklich völlige Einigkeit her- gestellt. Hans Renard und Fritz Töpfer waren die Dichter; strebsame junge Mitglieder und ihre Schwestern waren die Darsteller dieses Festspiels. Die Personen des Stücks schienen sammt und sonders Allegorien:

der Norden und der Süden, Deutschland und Preußen,
die Vergangenheit, die Gegenwart und die Zukunft.
Alle huldigten nacheinander dem Pegasus und man
wußte nicht recht, ob mit dem Flügelthier, aus Pappe
gefertigt, welches in der natürlichen Größe eines
tüchtigen Schaukelpferdes im Vordergrunde der Bühne
stand, die Dichtkunst im Allgemeinen, oder blos
„unser" Panzner gemeint war. Als von den bunt=
bemalten, weitausgespreizten Schwanenflügeln des
Pegasus der eine plötzlich matt zur Erde niedersank,
lachte ein roher Geselle, Herr Ahrens, in seine Tulpe
Bairisch hinein. Aber auch er wurde ernst, als
schließlich die „Zukunft" in Gestalt eines allerliebsten
sechzehnjährigen Backfischchens auftrat und die Ueber=
zeugung der Dichter aussprach: daß die Freunde,
die sich heute zur zehnjährigen Jubelfeier vereinigten,
auch bei der hundertjährigen noch möglichst voll=
zählig am Leben sein würden.

> „Die aber schon nach fünfzig Jahren
> Ins Meer der Ewigkeit gefahren,
> Gestorben werden sie, allein
> Zwar todt, doch auch unsterblich sein."

Und man stieß an und jauchzte und klatschte
Beifall. Und mancher Jüngling, in dessen feurigem
Auge eine Thräne stand, drückte seiner Nachbarin
vor allen Leuten die Hand.

Nachdem die ersten Sekunden der Ergriffenheit vorüber waren, zeigte sich erst der ganze Erfolg des Fest-spiels. Mit regelrechtem, unentwegtem Händeklatschen wurden Darsteller und Dichter fünfmal auf das Podium gerufen. Georg Panzner reichte den Dicht-warten zwei Lorbeerkränze hinauf, und vor die Füße der hübschen sechzehnjährigen Zukunft fiel plötzlich ein Sträußchen von Maiglöckchen und lila Hyazinthen-blüthen.

So schön die nun folgenden Liedervorträge auch waren, sie stillten nicht die zitternden Wogen der Begeisterung, welche die beiden Dichtwarte ihren Gegnern zum Trutz zu wecken gewußt hatten. Am Vorstandstische herrschte Freude wie nach einer ge-wonnenen Schlacht. Georg Panzner überhörte sich zwar im Stillen, ob er seinen Vortrag genau aus-wendig wußte und ob er auch die von seiner Frau gestrichenen Stellen wieder richtig verlernt hatte. Frau Panzner aber, deren gutmüthiges rothes Gesicht zwischen den graublonden Scheiteln zufrieden hervor-glänzte, schob den Dichtwarten den Stullenteller zu, der nach Ansicht der „dunkeln" Unzufriedenen etwas zu großpraatschig gerathen war. Etwas Protzen-haftes hatte — nach deren Meinung — Frau Panzner

immer wegen der Thaler, die sie dem Gemeindeschul=
lehrer zugebracht hatte.

Der zweite Vorsitzende, der zwar nicht selbst
dichtete aber ein zuverlässiger Kunstfreund war,
drückte den Dichtwarten urkräftig die Hände und
murmelte etwas von später und einer Pulle Sekt.
Herr Cohn erklärte, daß er sich seine Ehrenstellung
als Kassenwart des Pegasus nicht von Rothschild
würde abkaufen lassen. Und ein bildhübscher, kaum
einundzwanzigjähriger junger Mensch blickte aus
seinen ernsten großen Augen begeistert zu den Männern
empor, die kaum drei oder vier Jahre älter als er,
schon so Großes leisteten und vor dem ganzen Volke
solche Ehren erfuhren. Dieser uneigennützige Verehrer
der Dichtwarte, der Apothekerlehrling Heinrich Wei=
gertz, hatte am Vorstandstische Platz nehmen dürfen,
weil er das Fest als Gast des „Pegasus" mitmachte
und in einem verwandten Jünglingsverein, dem
„Laokoon", über den Ehrentag des Pegasus berich=
ten sollte. Er war es gewesen, der vorhin der
„Zukunft", die eigentlich Fräulein Ottilie hieß, das
Sträußchen vor die Füße geworfen hatte.

Heinrich Weigertz fühlte sich unter höhere Menschen
versetzt. Im „Laokoon" war man ja ebenfalls nicht
musenverlassen. Aber dort führte man immer nur

die Werke fremder Dichter auf; dort kamen selbst
Ladenschwengel wie Felix Blumenfeld zur Geltung,
wenn sie deklamiren konnten; dort spielten Putz=
macherinnen eine Rolle, wenn sie keck waren. Hier
aber herrschte der Altmeister Panzner, hier dichteten
Leute, die freilich vier Jahre älter waren als er,
schon selbst, hier wurde die Darstellung von vor=
nehmen jungen Damen besorgt hier gab es einen
Engel wie Fräulein Ottilie. Selbst Frau Panzner,
die sich sonst niemals völlig von der Erde erheben
und im siebenten Himmel der Poesie schweben konnte,
wurde angesteckt, wenn sie in die andächtigen Augen
dieses jungen Gastes blickte.

War man an der Vorstandstafel siegesfroh, so
war man doch nicht hochmüthig. Wenn in den kurzen
Pausen die Pegasus=Brüder herantraten, um ihre
Bewunderung auszudrücken, so wurden sie herzlich
empfangen. „Es könne ja nicht Jeder dieselbe Be=
gabung haben; die Ehre vertheile sich auf alle Mit=
glieder des Pegasus." Und nicht nur mächtige Weiß=
biergläser stießen mit tiefem Klange ernst aneinander,
auch manche Tulpe Patzenhofer neigte sich mit hellem
Ton gegen das mächtige Rund der althergebrachten
Weißbierkübel.

Die beiden Nichten der Frau Panzner, die vor=

hin den Erfolg der Dichtwarte seltsam persönlich
genommen hatten, trugen nun mit vertheilten Rollen
die „Glocke" vor. Aurelie und Trude hatten vortrefflich gelernt. Als sie aber kurz vor dem Ende
stecken blieben, die kleine schwarze Trude dort, wo
die Weiber zu Hyänen werden, nicht weiter konnte,
und die bleiche blonde Aurelie vor Schmerz darüber
etwas zu weinen anfing, da schien sich die allzu
hoch gespannte Ueberschwänglichkeit der Gefühle zu
lösen und der gewöhnlichen Feststimmung wieder Raum
geben zu wollen; man wartete ab, bis Aurelie zu
weinen aufhörte und Trude den Vers wieder
fand, der ihr von allen Seiten des Saales zugerufen
wurde, und spendete am Schlusse reichlich Beifall.
Zufrieden mit der Wirkung kehrten die Schwestern
an den Vorstandstisch zu ihrer Tante zurück. Frau
Panzner meinte zwar: „Es ist zum Schlagrührigärgern!
Ihr wart außer mir die Einzigsten, die hier die Glocke
nicht auswendig wußten!" Aber die beiden Dichtwarte
traten fast hitzig für die Mädchen ein und lobten die
richtige Betonung und den hochpoetischen Vortrag.

Es kamen dann wieder wie zu Beginn einige
Lieder, die Herr Cohn auf dem Piano begleitete.
Aber schon während dieses musikalischen Theiles ging
es wieder wie ein höherer Hauch durch die Ver-

sammlung. Die nächste Nummer war die Festrede unseres Panzner: „Ueber Goethe und die Damen.“ Man konnte sich auf etwas Bedeutendes gefaßt machen.

In der größeren Pause vor dieser Nummer bereitete sich Alles auf diesen Glanzpunkt des Abends vor. Ueberall mußten die Kellner die leeren Gläser ersetzen, einige sonst Unzufriedene bereiteten dem Vorstande die Ovation, daß sie mit einer plötzlichen schönen Regung Weißbier bestellten; es wurden frische, sogar sehr frische Cigarren angesteckt, und durch den ganzen Saal kreuzten sich erwartungsvolle Blicke. Dann schlug der zweite Vorsitzende an seine Bierkufe und sprach langsam:

„Als zweiter Vorsitzender des Vereins Pegasus ertheile ich das Wort dem ersten Vorsitzenden, unserm allverehrten Herrn Georg Panzner, zu seinem Vortrage über Goethe und die Damen . . . Auch hat er mich . . . bezüglich der Kellner . . . beauftragt, sich ruhig zu verhalten.“

Die letzten freigesprochenen Worte verklangen unter dem dröhnenden Beifall der Versammlung. Panzner drückte seiner Frau die Hand, verbeugte sich dreimal von seinem Platze aus gegen seine Verehrer und begab sich dann auf das Podium, wo er hinter

einem rasch bereitgestellten Pulte nach einer weitern
Verbeugung zuversichtlich stehen blieb. Dort erwartete ihn zwischen zwei Stearinlichten ein Glas
mit einem Gemisch von Cognac und Wasser. Panzner
ging mit Bismarck durchaus nicht durch Dick und
Dünn, im Gegenteil; aber warum sollte ein Redner
nicht vom andern kleine technische Hilfsmittel lernen?
Er kostete die Mischung, zog dann aus der Brusttasche seines schwarzen Leibrockes eine stattliche Handschrift hervor und breitete die Blätter liebevoll vor
sich aus. Schon hatte er sich geräuspert und wollte
eben anfangen, als Herr Cohn plötzlich auf dem
Piano einen Tusch ausführte und erneutes Beifall-
klatschen das Vertrauen bewies, mit welchem man
von Panzner etwas Großes erwartete. Die beiden
Dichtwarte legten vor dem Redner zwei Lorbeerkränze nieder, und es waren nicht dieselben, die sie
vorhin von ihm erhalten hatten.

Panzner hielt den Ehren tapfer stand, sie waren
ihm nichts Ungewohntes. Die Finger der rechten
Hand zwischen den Knöpfen seiner Weste, so stand
er da; seine hagere lange Gestalt ragte hoch über
das Pult hervor, sein bartloses Gesicht, in welchem
sich Stolz mit Milde paarten, blickte wie verklärt zu
der mittleren Gaskrone des Saales hinauf und sein

langes Haar floß in braunen, schon stark angegrau=
ten Locken fast bis auf die schmalen Schultern nieder.
Nur über der Stirne war er etwas kahl geworden;
aber das gab dem Kopfe noch mehr Charakter. Man
stritt oft im Pegsaus darüber, ob unser Panzner
mehr Aehnlichkeit mit dem großen Kurfürsten oder
mit Sebastian Bach hätte. Aber für den Ersten war
er zu mager, und wie der Letztere aussah, das wußte
eigentlich nur Herr Cohn.

Panzner begann seinen Vortrag. Er stellte zu=
erst mit einem feinen Uebergange eine geistige Ver=
bindung zwischen seinem heutigen Gegenstande und
dem Jubilar, zwischen Goethe und dem Pegasus
her. So wie der große Dichterfürst genau vor
hundert Jahren, Anno 1775, die Stadt Weimar und
damit einen neuen Schauplatz betrat, so trat der
Pegasus heute in das zweite Decennium seines Be=
stehens und damit in einen neuen Zeitraum
seiner Thätigkeit. Dann ging der Redner zur
Sache über. Er verfolgte den Dichter in seinen
Beziehungen zum zarten Geschlechte, von dessen Ju=
gend bis in das Greisenalter, und wies nach, daß
diese Beziehungen unentwegt immer die reinsten
gewesen waren und daß alle gegentheiligen Behaup=
tungen nur von Leuten herrührten, „welche dem

Adlerfluge dieses Genius nicht zu folgen vermögen und darum kurzsichtig in dem Neste seines Pegasus, des uns Allen heiligen Goethe'schen Flügelpferdes, umherstöbern, um darin nach armseligen Brosamen für ihre alltägliche Neugier zu suchen." Panzner gab zu, daß Goethe's Heirath mit einem tief unter ihm stehenden, wenn auch schönen und braven, Mädchen „nicht ganz jene Höhe erreicht, welche der Dichterfürst mit den Fittigen seiner Ideale strahlend überwunden hat. Aber wenn auch Goethes Gemahlin — ich sage es mit Schmerz — nicht voll und ganz eine Dame in unserem Sinne gewesen ist, so waren doch auch seine Beziehungen zu ihr von jenem sittlichen Adel gesättigt, durch welchen unsere Dichterheroen mit feurigen Armen verlorene Kinder zu dem Olymp ihrer höheren Daseinsformen emporhoben. Denn sonst wäre er nicht Goethe gewesen."

Die Darstellung von Goethe's persönlichen Verhältnissen zu den Damen seiner Zeit füllte mehr als die Hälfte von Panzners Rede. Er erklärte einen Jeden für einen Wüstling und Verleumder welcher der guten Frau von Stein andere als schwesterliche Gefühle für unsern Dichterkönig zutraute. Er machte nach dieser Herausforderung eine Kunstpause und ging, als Niemand den Handschuh aufnahm, dazu über, Goethe's Frauengestalten in ihrer Bedeutung für die gebildete Damenwelt der Gegenwart darzustellen. Er wies nach, daß Goethe immer nur für die zarte Weiblichkeit gedichtet hätte; habe er doch immer bei vornehmen Damen angefragt, wenn er erfahren wollte, was sich schickte. Nach Panzner konnte eine tüchtige Berliner Hausfrau und Mutter kein schöneres Ideal finden, als Iphigenie auf Tauris. Auch Gretchen sei ein Ideal; und wenn ein erfahrener Mann und Familienvater auch sagen müsse, daß Gretchen im Einzelnen nicht immer nachzuahmen sei, so bliebe sie doch im Allgemeinen und bis zur Gartenscene ein Urbild edler Jungfräulichkeit und ein unerreichtes Muster für den deutschen Stil.

Der Uebergang zu einer Nutzanwendung auf die heutige Damenwelt war nicht ganz deutlich, weil Frau Panzner hier eine begeisterte Lobrede auf die Civilehe gestrichen hatte. So viel war klar: Panzner verlangte, die Damen des Pegasus und die anderen Berlinerinnen sollten sich theils an den Freundinnen Goethe's, theils an den Geschöpfen seines Genius ein Beispiel nehmen, und es zu ihrer Lebensaufgabe machen, „titanenhafte junge Leute liebevoll auf der dornigen Bahn des Ruhmes bis über die Wolken zu begleiten, ihren Pegasus zu füttern."

An dieser Stelle enthielt die Handschrift eine
scharfe Wendung gegen die prosaische Hausfrau,
welche nur mit irdischer Liebe das Leibliche ihres
Gatten ernährt, allerdings kräftig und schmackhaft,
aber für das Höhere nichts übrig hat. Frau Panzner
strich sonst immer nur die kühnen Wendungen fort,
welche „oben" verletzen und ihren Gatten auf seinem
aufwärts führenden Wege zum Amte eines Bezirksvorstehers hindern konnten. Heute hatte sie zum
ersten Male die persönlichen Ueberzeugungen aus
kleinlichen Gründen anzutasten gewagt und ihm
diese Zeilen verboten. Sie fühlte sich wohl getroffen,
die gute Seele. Der Redner aber wollte sich nicht
fügen, schüttelte seine Locken und trank das halbe
Glas mit der Cognacmischung leer. Das war
immer ein Zeichen, daß der Beifall losbrechen durfte.
Panzner ließ den Applaus zerstreut über sich ergehen,
streckte sich dann empor und mit dem verzweifelten
Muthe eines halben Rausches sprach er die gestrichenen Sätze seiner Rede. Dann aber wurde er
plötzlich kleinlaut. Er überhastete sich, er unterschied
nicht mehr mit so unnachahmlicher Klarheit die Vo-
kale ä, e und ö, er vermied nicht mehr so unentwegt die Berliner Aussprache des G, er büßte an
Würde ein, aber glücklicherweise nicht an eindring-

licher Kraft. Und bei den letzten Sätzen wurde er wieder der Alte.

„Meine Damen und Herren! Ich habe von Ihrer Erlaubniß, in so weihevoller Stunde zu einer so erlesenen Gesellschaft zu sprechen, in unbescheidener Weise Gebrauch gemacht. (Oho!) Ich habe einen Gegenstand gewählt, der meine schwachen Kräfte übersteigt. (Nein, nein). Meine Damen und Herren, ich selbst weiß zu gut, was ich meinem Stoffe schuldig geblieben bin, aber in einem Punkte lasse ich mich von Niemandem übertreffen, das ist in meinem nahezu väterlichen Gefühle für den Pegasus. Ja, ich bin der letzte übrig gebliebene Schöpfer dieses Flügel= pferdes und mit innigen Wünschen begleite ich seine Zukunft. Mögen aus seiner Mitte, wie die Griechen= helden aus dem trojanischen Rosse, die neuen Goethe und Schiller hervorgehen, und mögen sie in unseren Damen die Lebensgefährtinnen finden, welche be= rufen und geeignet sind, auch nach der Verbrennung von Gürtel und Schleier immer noch die aus dem Pegasus hervorgegangenen Dichterfürsten wie auf lautlosen Engelsflügeln hoch und immer höher zu tragen!‟

Dem Redner standen die hellen Thränen in den Augen. Sie flossen noch reichlicher, als nun der volle,

Beifallsjubel entfesselt war und die Mitglieder mit
ihren Frauen und Töchtern heraneilten, ihm die
Hand zu drücken und ihre Begeisterung durchein=
ander zu rufen. Minutenlang dauerten die Glück=
wünsche. Am andern Ende des Saales beschlossen
einige junge Leute, trotzdem sie dunkles Patzenhofer
tranken, ihrem ersten Vorsitzenden einen Salamander
zu reiben. Sie rieben gewaltig und schlugen drei
Tulpen die Glasfüße ab; da aber Niemand zu kom=
mandieren wußte, kam kein richtiger Salamander
zu Stande. Aber nicht weit von ihnen brachte einer
der Unzufriedensten ein „knatterndes" Hoch auf unsern
Panzner aus.

Ob die zukünftigen Goethe und Schiller gerade
die beiden gegenwärtigen Dichtwarte wären, wollte
dieser Redner nicht entscheiden. Aber Panzner sollte
leben. Der verstand den Rummel.

Langsam verschaffte er sich Gehör. Aber dann
stimmte Alles ein. „Panzner hoch und abermals hoch
und nochmals hoch!"

Nach dem Hauptereigniß des Abends folgten zur
Abkühlung noch einige ernste und heitere Nummern.
Aber außer den Verwandten der Vortragenden hörte
Niemand mehr hin. Als das Programm erschöpft
war, sprangen Herren und Damen eilig von ihren

2*

Plätzen auf, um die Vorbereitungen zum Tänzchen nicht zu stören. Mit Hilfe der Gäste trugen die Kellner die meisten Tische hinaus, stellten einige entlang der Wände hin. Nach wenigen Minuten konnte der Tanz beginnen, und da der gemiethete Klavierspieler noch nicht da war, ließ sich Herr Cohn selbst zu einer Polonaise von Chopin herbei, nach welcher die Paare allerdings keine Schritte zu machen wußten.

Endlich erschien ein richtiger Klavierspieler und für die junge Welt begann die weltlichere Lust des Stiftungsfestes. Mit Unrecht behauptete eine alte Vereinslegende, die „Dunkeln" wären bessere Tänzer als die „Weißen". Nur so viel war richtig, daß der flotteste Tänzer und der beste Ballordner ein Dunkler war, ein reicher Junge, der einzige Sohn einer Bierverlegerswittwe, ein nobler Müßiggänger, der aus dem Kriege einen unpoetischen neuen Ton mitgebracht hatte. Bei den allwöchentlichen ernsten Sitzungen spielte dieser Herr Ahrens keine Rolle, bei solchen Bällen aber war er unschätzbar. Seinem Beispiele war es zu danken, wenn die jungen Leute bald schneidig zum Angriff auf die Schönen übergingen und wenn schon beim ersten Walzer ein anständiger wünschenswerter Rausch, den fast nur die

Mädchenaugen hervorgerufen hatten, sich der Ge=
sellschaft bemächtigte.

Die Quertafel, welche nicht angerührt worden
war und in deren Mitte Panzner thronte, wußte
sich dieser gemütlichen Stimmung lange zu entziehen.

Frau Panzner saß stumm zwischen den beiden
Vorsitzenden und wartete ihre Gelegenheit ab, um
dem Gatten Vorwürfe zu machen. Die jungen Leute
tanzten sehr viel und kamen immer nur um etwas
zu trinken an den Tisch zurück. Hans Renard und
Aurelie ließen einander nicht los, sie waren so gut
wie verlobt. Fritz Töpfer bemühte sich auffallend
um ihre Schwester Trude, und Heinrich Weigertz
versuchte vergebens mit Fräulein Ottilie ein Gespräch
in Gang zu bringen. Er fand sie in ihrem weißen
Mullkleide über alle Begriffe schön; und das rosige
Gesicht mit den klugen Schelmenaugen unter dem
braunen Kraushaar war wirklich zum Verlieben,
wenn auch die Gestalt der Sechzehnjährigen zu rasch
aufgeschossen war. Sie selbst war empört über das
linkische Wesen ihres Tischherrn. Er war ja sonst
ganz nett, z. B. vor acht Tagen, als sie ihn bei
Panzners kennen gelernt hatte; aber er tanzte schlecht
und ließ jede Antwort aus sich herauspumpen. Wenn
man nicht gewußt hätte, daß er sehr schöne Ge=

dichte, selbst schwierige Akrosticha, z. B. auf die
Buchstaben von Ottilie, zu machen verstand, man
hätte ihn für sehr unbedeutend halten können. Der
mußte noch gezogen werden.

Erst in der großen Tanzpause wurde es auch an
der Vorstandstafel recht lebendig; die jungen Leute
neckten einander; Herr Cohn sprach lebhaft über
den Troubadour und den Lohengrin, aus dem er
jede Arie zu singen sich vermaß, und Herr Friedrich
Wilhelm Ehrenhaus, der bis dahin über merkwür-
dige Fälle beim Skatspielen berichtet hatte, gab endlich die versprochene Pulle Sekt zum Besten. Die
Dichtwarte ließen sich nicht lumpen, sie bestellten
eine zweite Flasche auf gemeinsame Kosten und nun
wurde es fröhlich. Frau Panzner sank aus ihrer
strammen Haltung, die Sturm bedeutet hatte, wieder
zusammen und der erste Vorsitzende, der ab und zu
ängstliche Blicke nach ihr geworfen hatte, athmete
auf. Freudigen Herzens ging er endlich daran, die
Summe des Abends zu ziehen. Er fragte herablassend, was aus seiner Rede sehr gut, was nur
gut, und was mittelmäßig gefallen habe; geschickt
wußte er es so einzurichten, daß er so im Laufe
des Gesprächs seinen ganzen Vortrag stückweise
wiederholen durfte. Nur die gestrichene Stelle ließ

er diesmal weg. Dann lobte er überschwänglich das Festspiel der Dichtwarte, und er leugnete nicht, daß er bei den Schlußworten, bei den neuen Klassikern an seine beiden jungen Freunde gedacht habe.

Hans Renard und Fritz Töpfer blickten erröthend in ihre Champagnergläser hinein. Dann that Jeder einen langen Zug und sie warfen ihre haarbuschigen Köpfe zurück. Auch Panzner trank mehr als er vertragen konnte und steigerte außerdem mit jedem Worte seinen Enthusiasmus. Er fühlte in sich einen Thatendrang wie ein alter Römer. Aus dem hochfliegenden Wogenschaum dieser Stunde, so sprach er, sollte strahlend wie Aphrodite ein neuer Heros der deutschen Dichtkunst erstehen. Mit einem unaufhaltsamen Redeschwall überzeugte er die beiden Dichtwarte, daß sie die neuen Schiller und Goethe werden müßten. Es komme Alles auf den festen Willen an.

„Auch mir ward es nicht an der Wiege vorgesungen, daß ich einst als Seher und Redner in einer so ansehnlichen Versammlung Triumphe über Triumphe feiern würde. Ich aber nahm mir Demosthenes zum Vorbilde und stehe jetzt auf der lichten Höhe meiner gütigst anerkannten Stellung. Wo konnte ich früher daran denken, immer das treffende Wort und das malende Bild zu finden! Jetzt habe ich meine liebe

Roth unter den unzähligen richtigen Bildern, die mich gleichzeitig umgaukeln, immer gerade nur das allerrichtigste an der Stirnlocke zu fassen. Ich sage Euch, Kinder, es gehört nichts dazu als ein gutes Vorbild und eiserner Fleiß. Und Eure Aufgabe ist leichter als die meine. Denn ein Redner braucht nebenbei auch noch Kenntnisse. Zum Dichter braucht ihr nur Begabung, und die habt ihr ja."

Die Dichtwarte errötheten jetzt jeder stille für sich und wagten es nicht, einander anzusehen. Sie saßen nebeneinander, dem feurigen Panzner gerade gegenüber. Links von Hans Renard schmiegte sich die still begeisterte Aurelie und drückte ihm mit aufmunternder Kraft die Hand. Rechts von Fritz Töpfer war die muntere Trude, die sich von dem letzten Galopp noch immer nicht erholt hatte, in den Stuhl zurückgesunken und fragte immer nur:

„Werden sie dann auch ausgehauen?"

Plötzlich sprang Panzner von seinem Sitze empor und ging ohne Schwanken mit mächtigen Schritten um den Tisch herum. Jede Hand auf eine der Lehnen gestützt, beugte er sich zwischen seinen Lieblingen nieder und redete ihnen zu.

„Ihr werdet ausgehauen werden! Der Pegasus wird nach eurem Tode noch bestehen und wird sammeln, und der Staat wird gerne ein Plätzchen auf dem Gensdarmenmarkt hergeben und ein Ge=heimrath wird euch die Gedächtnißrede halten und dabei vielleicht auch meiner und dieser Stunde ge=denken. Wenn dann der Frühling kommt, und der Kasten von euren Standbildern weggenommen wird, welch eine Auferstehung, welch ein Erwachen! Oh der Ehre, oh des nützlich angewandten Lebens! Und glaubt nicht, daß der Pegasus immer noch unter dem Joche reiten müsse, um satt zu essen zu haben, nein, die Zeiten sind vorüber! Ueberall auf den schneebedeckten Gefilden der höchsten Berge stehen die seligen Krippen des freien Pegasus mit goldenem Hafer gefüllt bis zum Brechen. Sieh doch nur einmal, Fritz Töpfer, was bist du denn? Ein kümmerlicher Buchhandlungsgehilfe, und wenn es hoch kommt, bringst du es einmal zum Buchhändler und beziehst 33⅓ Prozent baar oder aber 25 Prozent à Kondition von den wenigen Büchern, die du verkaufst. Doch das Meiste bleibt liegen. Denn was verkaufst du denn? Schiller! Sei selber Schiller und du brauchst nicht mehr im Laden zu stehen, du brauchst nur noch deine sämmtlichen Werke zu schreiben, und man wiegt dir deine Dichtungen mit Golde auf, ha, mit Banknoten. Und du, Hans Renard" —

und Panzner beugte sich tiefer zwischen die Köpfe der Dichtwarte hinab — „du nennst dich einen Meiereibesitzer. Wir ehren dein Geheimniß aber wir kennen es. Auch ein Käsehändler ist ein acht=barer Mensch und kann fest und treu ein Mitglied des Pegasus werden. Aber ich frage dich, mein Sohn, hast du nicht Stunden, in denen dich dein Käselager wurmt und du dich umsiehst nach einem Baume, in dessen Zweigen singet, wem Gesang ge=geben. Ermanne dich! Fasse Muth! Sei unser Goethe! Thu's mir zu Liebe."

Immer noch schwiegen die Dichtwarte. Da rief die kecke Trude:

„Na ja, wenn aber gerade Fritz mehr für Goethe ist?"

Und Aurelie fügte bescheiden hinzu:

„Sie hätten ja Lust, Oheim. Aber Hans ist wirklich mehr für Schiller. Sie haben es längst untereinander so vertheilt. Sieh sie nur an. Friedrich ist ja der Schönere, aber Hans hat etwas von Schiller's Nase."

Panzner richtete sich hoch auf, und die Zornader schwoll auf seiner Stirn.

„Will man im Pegasus gegen mich rebelliren? Kommt es beim Dichten auf die Nase an? Ich habe entschieden. Ihr glaubt doch nicht etwa, daß ich mich durch den Zufall der Taufnamen habe verleiten lassen? Aber es wird doch leichter zu merken sein. Fritz Töpfer ist Schiller, Hans Renard ist Goethe, obgleich dieser Johann Wolfgang hieß. Ich habe euch getauft. Es bleibt dabei. Kinder, ich bin ja wieder gut. Wollt ihr?"

Da erhoben sich die beiden Dichtwarte, der lebhafte Fritz schrie ein lautes „Ja" und der schwerfälligere Hans sank dem väterlichen Freunde lautlos in die Arme. Dann hoben Alle stumm die Gläser und stießen an. Nur Frau Panzner blieb sitzen und sagte ruhig:

„Es wird Zeit. Sie müssen morgen zeitig in ihre Geschäfte. Und du mußt vor der Schule noch Hefte durchsehen."

Da schritt Panzner wieder mit mächtigen Schritten um den Tisch zurück, legte seinem Weibe die Hände auf die vollen Schultern und rief:

„Nur diese Stunde trübe mir nicht! Fühlst du nicht die Wehen der Geisterflügel? Der Himmel hat uns Kinder versagt. In dieser Stunde bin ich der Vater der Dioskuren geworden. Wie Minerva sind sie ausgewachsen aus meinem Haupte ans Licht getreten."

Er erhob sein Glas, um die Dioskuren leben zu lassen. Da fiel sein Blick auf Heinrich Weigerß, der todtenbleich vor Aufregung dastand und flehende Blicke zu ihm emporsandte.

„Auch du!" rief Panzner.

Dunkel schoß das Blut in Heinrichs Antlitz zurück. Seine Augen flammten zu Ottilie hinüber, aber er senkte den Kopf wieder und murmelte:

„Ich bin noch nicht würdig."

Da ließ plötzlich Ottilie ihre helle Stimme vernehmen.

„Herr Weigerß dichtet schon sehr gut. Lange so gut wenigstens wie Fritz Töpfer. Da! Das hat er vorhin aus dem Stegreif gedichtet und mir zugesteckt. Lesen Sie es nur!"

Heinrich wehrte mit den Händen ab. Der beschriebene Zettel wanderte aber von Hand zu Hand, bis er in die des unabsetzbaren ersten Vorsitzenden gelangte. Panzner gebot Schweigen und las vor:

„Ob Schiller's Ruhm, ob Goethe's Freuden
Toll winken ihrem reifen Haupt,
Ich gönne dieses Schicksal Beiden.
Leb' ich doch auch nicht glückberaubt.
Ich will nur Eins: daß Du mich liebst,
Erhab'ne, und mir es vergiebst."

„Ein schönes, wenn auch unorthographisches Akrostichon auf Ottilie," sagte Panzner.

„Was," rief Frau Panzner, „an meinem Tische machen Sie Rostige, oder wie das Ding heißt, auf das Kind, das unter meiner Aufsicht steht. Ottilie, du kommst zu mir herüber. Cohn setzt sich neben Herrn Weigertz. Dem kann er zustecken, was er will. Und morgen...."

„Störe nicht den großen Augenblick," rief Panzner. Er lächelte, als wollte ihm eine recht feine Bemerkung entschlüpfen:

„Die Stunde ist noch größer, als ich dachte. Mein Kopf hatte zwei Dioskuren geboren, aber es ist noch nicht vorbei. Der dritte Dioskure drängt sich ans Licht, und bei den Göttern, er soll nicht ersticken. Heraus, mein junger Held, dein Gedicht ist gut. Wähle ein drittes großes Vorbild, dieweil die beiden größten schon vergeben sind."

Eine feierliche Stille lagerte über der Vorstandstafel. Der Tanz hatte ringsum längst wieder begonnen, aber wie ein Fels im Meer stand Georg Panzner inmitten der Brandung.

Er sann über einen dritten Heros nach. Plötzlich wagte Trude sich wieder hervor.

„Vielleicht Geibel," meinte sie gutmüthig.

Ottilie war entrüstet, daß ein anderes Mädchen über Heinrich's Zukunft entscheiden sollte. Ohne Rücksicht auf die Nähe von Frau Panzner warf sie Heinrich einen aufmunternden Blick zu und flüsterte:

„Oder Julius Wolff."

Da öffnete Heinrich Weigertz selbst den Mund. Es flimmerte ihm vor den Augen, aber er bezwang sich und sprach mit fester Stimme:

„Lenau und Uhland sind außer den Klassikern meine Lieblingsdichter."

„Das hat er mir auch in mein Album „Erkenne Dich selbst" geschrieben," rief Ottilie.

„Und da ich mich nicht mit den Größten vergleichen möchte, so glaubte ich..." dann schnappte Heinrich ab.

Panzner hatte eine auslöschende Bewegung durch die Luft gemacht.

„Ich will dir das Schicksal sagen, Heinrich. Dein Vorbild sei einer der größten deutschen Dichter, über den ich hier einen Vortrag halten will, wenn ich erst Einiges von ihm und über ihn gelesen haben werde. Ein Dichter, der von manchem meiner Kollegen immer dicht hinter Schiller und Goethe genannt wird. Du wirst unser — Heinrich von Kleist."

Mit zitternder Hand stellte Heinrich das Glas

auf den Tisch, dann sank er in seinen Stuhl nieder
und bedeckte das Gesicht. Jedesmal, wenn er im
Schauspielhause bei einer Tragödie war, wurde er
mit seinem Berufe unzufrieden. Jedesmal wünschte
er sich, Dichter oder Schiffskapitän, oder so etwas
Aufregendes sein zu können. Und nun war er es
plötzlich geworden, durch sechs Verse geworden.
Und es freute ihn, daß man ihn nicht durch ein
zu großes Vorbild erschreckte, daß man ihn bei
einem Namen rief, den er eigentlich nicht genau
kannte. Dunkel schwirrte es ihm durch den Sinn,
daß dieser Dichter für Friedrich den Großen im
siebenjährigen Krieg, richtig, in der Schlacht bei
Kunersdorf gefallen war, daß man Kleistens Frühling in der Tasche trug und daß er ein Stück von
Kleist einmal gesehen hatte. Welches war es denn
nur? Es war an dem Abend, wo die große Feuersbrunst war. Nein, auf der Bühne selbst brach Feuer
aus, oder vielmehr, es wurde nachgemacht. Wie
hieß nur das Stück?

Er öffnete die Augen und sah den Blick Ottiliens
in unterwürfiger Demuth auf sich gerichtet. Käthchen
von Heilbronn! So hatte sie ausgesehen. Jetzt
hatte er's. Er war mit seinem Vorbild zufrieden
und wollte aufspringen und danken, da legten sich

zwei schwere Hände auf seine Schultern und Frau
Panzner flüsterte ihm zu:

„Lassen Sie sich doch nicht auch von meinem
Ollen den Kopf verdrehen. Bleiben Sie hübsch
vernünftig bei die Pillendreherei und nach ein paar
Jahren, wenn Sie die Ottilie dann noch nicht vergessen haben, kommen Sie zur alten Panznern. Sie
sind ja sonst ein ganz netter Mensch. Nu aber
nach Hause!"

Die letzte Aufforderung sprach sie laut. Niemand
empfand die Prosa der Pegasusmutter als eine
Störung; denn alle Betheiligten strebten mit ihren
stürmischen Gefühlen hinaus in die freie Natur des
Tempelhofer Ufers. Man brach auf wie aus der
Kirche. Nur die Herren Ehrenhaus und Cohn blieben
zurück. Der zweite Vorsitzende mußte bleiben, um
bis zum letzten Manne die Fahne des Pegasus hoch
zu halten, wenn die jungen Bairischtrinker Unfug
machen wollten. Herr Cohn aber, der Kassenwart,
war gekränkt, weil der Pegasus auf ihn gar keine
Hoffnungen zu setzen schien. Man hätte ihn doch
wenigstens zum künftigen Heinrich Heine ernennen
können.

II.
Die drei Dioskuren.

—

Als die vier Paare, tüchtig gegen die Kälte ver=
mummt, vor die Thür des Versammlungssaales
traten, wollte Georg Panzner eine Weiherede halten
und Angesichts des klaren Sternenhimmels die drei
neugeborenen Dichter den Eid der Treue schwören
lassen. Aber seine Frau schob ihm ihren Arm unter
den seinen und unterdrückte gewaltsam jeden Aus=
bruch höherer Gefühle.

„Nee,“ rief sie, „nu ist aber genug. Mondschein
mit Mondschein ist zu viel. Ich bin ja nicht gegen
das Poetische. Es ist recht schön, wenn die jungen
Leute an ihren Hochzeiten und so, wo man sonst
für zahlen muß, ihren Tohast selber dichten können.
Was aber die Dichter von Haus aus sind, die sich
dafür zahlen lassen und nichts thun als dichten,
die sollen ja gar nichts thun, wie man sagt, und

spät aufstehen und ihr Geschäft vernachläſſigen. Die kämen wir gerade recht! Sonntags einmal im Pegaſus, da habe ich nichts gegen. Aber nun iſt Mitternacht rum, es iſt Montag und kein blauer, will ich hoffen.“

Die Paare ordneten ſich. Voran ſchritten Heinrich Weigertz und Ottilie; ſie fand es empörend, daß er ihr nicht einmal den Arm reichte, aber ſie konnte ihm doch wieder ihre Hochachtung nicht verſagen, weil er als Dichter anerkannt worden war. Dahinter kamen Hans Renard mit Aurelie und Fritz Töpfer mit Trude. Frau Panzner, die an der Seite ihres langen Mannes zuletzt ging, überſah Alle mit mütterlichem Auge und fand doch noch auf der Straße Gelegenheit, ihrem Manne den Anfang einer Gardinenpredigt zu verſetzen.

„Wenn du noch einmal auswendig lernſt, was ich dir geſtrichen habe, ſo kannſt du ſehen, wie du ohne mich Bezirksvorſteher wirſt, wenn es erſt ſoweit iſt und der alte Doktor dir Platz gemacht hat. Du glaubſt natürlich, daß du auch die Konduißte weg haſt, weil du mit den Dichtern Beſcheid weißt. Ich ſage dir aber, die Konduißte wirſt du niemals lernen und ohne Konduißte machen ſie dich nicht zum Bezirksvorſteher. Und da wirſt du ohne mich

nicht mit fertig. Du wirst fertig, glaubst du? Ja
wohl, wie mit dem Schlipsbinden; daß das eine
Ende herunterhängt und das andere dich im Ohr
kitzelt. So sieht deine Konduihte aus."

Nur Fritz Töpfer und Trude hörten einige Worte
von den rastlos fließenden Reden der Frau Panzner.
Fritz, der es immer noch nicht verschmerzen konnte,
daß ihm nur der Schmachtlappen von Schiller zu-
gefallen war, sagte etwas unziemlich:

"Die Olle hat ganz Recht. 's ist doch Alles ein
Unsinn."

Da drückte Trude seinen Arm fester an sich und
rief heftig:

"Wenn du das noch einmal sagst, Fritz, so sind
wir auseinander. Ich werde immer nur einen
Dichter heirathen! Und Aurelie auch."

Fritz Töpfer war es schon zufrieden, daß sie zu
ihm Du sagte. Bisher hatte sie sich zwar von ihm
duzen lassen, aber ihn immer mit Herr Töpfer an-
geredet. Er erwiderte also gutmüthig:

"Na ja, meinetwegen, wenn ich einmal das
Talent habe. Aber gegen den Strich dichte ich
nicht. Ich sage dir's voraus, ich bin nicht für
das Hochpoetische. Ich bin mehr für das Lustige,
Verliebte, mit einem Worte, Goethe. Ich sag' es
3*

dir, der verdammte Panzner hat sich nach unseren
Taufnamen gerichtet."

„Schiller fluchte nicht," sagte Trude sanft. „Und
für das Verliebte war er ja doch auch."

Und sie unterhielten sich über Schiller, und Trude
wiederholte noch dreimal: einen Dichter oder Keinen.

Das Paar vor ihnen hatte sich inzwischen gründlich zerzankt. Hans Renard hatte sich rasch in seine
Rolle gefunden und seiner Braut schlankweg von
einigen Jugendliebeleien erzählt, wie sie ein Goethe
doch aufzuweisen haben mußte. Er war seiner
mangelhaften Erfahrung mit dem Vorrath seines
andern Dioskuren, Fritz Töpfers, zu Hilfe gekommen.
Aurelie war über diese Entdeckungen außer sich.
Nur ein Dichter sollte ihr Mann werden; das hatte
sie sich heute zugeschworen. Aber einen anständigen
Dichter wollte sie haben und keinen Schürzenjäger,
wie diesen Goethe. Ihr Hans hatte auch viel mehr
von Schiller, der Onkel war ungerecht gewesen, sie
wollte es schon durchsetzen, daß er tauschen ließ.

Mit schnellen Schritten gingen Heinrich Weigert
und Ottilie weit voraus. Der Schnee knirschte
noch winterlustig unter ihren Füßen; aber es war
gar nicht mehr kalt, die hellen Sterne blickten so
feierlich auf die beiden Ufer und auf den Landwehr-

kanal nieder, daß es den jungen Leuten ernst und
still zu Sinne wurde. Heinrich sprach kein Wort
und Ottilie kam über Räuspern und Lachen nicht
hinaus. Sie ärgerte sich immer noch darüber, daß
der blöde Dichter ihr nicht den Arm geboten hatte.
Plötzlich fing sie an zu schlibbern, da mußte er ihr
wenigstens die Hand reichen, wenn sie ins Schwan=
ken kam.

Sie kam gleich ins Schwanken, und er fing sie
richtig auf. Nicht einmal Frau Panzner konnte
etwas dagegen haben. So schlibberte sie denn immer
aufs Neue und ließ Heinrich's Hand gar nicht mehr
los und drückte sie tapfer und lachte ihn aus, weil
er nicht schlibbern wollte.

„Das schickt sich nicht mehr für mich," sagte er
plötzlich, als sie ehrbar über die hellbeleuchtete Belle=
alliance=Brücke schritten. „Ottilie, würden Sie sich
entschließen können, einen armen deutschen Dichter
zu lieben?"

Erschreckt blieb das Mädchen stehen, dann zog
sie das Sträußchen von Maiglöckchen und lila Hya=
zinthen aus ihrem Muff hervor, führte es zu den
Lippen, sah den armen Dichter demüthig an und rief
plötzlich:

„Aber schlibbern müßte er können!"

Und wieder faßte sie seine Hand und unter Lachen und Kreischen ging es über den Belleoalliance=Platz und die Lindenstraße weiter, bis man vor Panzner's eigenem kleinen Hause in der alten Jakobsstraße an= gekommen war.

Dort wollten die jungen Paare einen langen Abschied nehmen, aber Frau Panzer hatte bald das Hausthor geöffnet und schob ihre beiden Nichten rücksichtslos hinein. Der erste Vorsitzende des Pe= gasus wehrte sich eine Weile und sprach·einige pas= sende Worte:

„Wie ein Phönix erhebt sich aus der Asche des göttlichen Sonntags die arbeitsfrohe Woche, wo die keuscheste Muse mit Schwielen an den Händen dennoch das Ruder ergreift....“

Bei diesen Worten verschwand Panzer rücklings im dunkeln Hausflur. Seine Frau steckte noch einmal den Kopf vor und rief:

„Mein Mann meint nämlich, Sie sollen nächsten Sonntag Nachmittag Alle auf einen Grog heran= kommen und auf einen recht steifen. Da habe ich ja nichts gegen. Und nun bringen Sie Ottilie gut nach Hause. Gute Nacht!“

Die Hausthür fiel ins Schloß und Ottilie ließ

sich sittsam von den drei Genossen bis zu der nahen Wohnung in der Ritterstraße geleiten.

Als die drei Dioskuren allein waren, blickten sie einander verstört an.

„Wenn wir so bei bleiben, kriegen wir nur kalte Füße," sagte endlich Fritz Töpfer. „Wenn ich nicht Schiller wäre, würde ich eine kleine Bierreise vor= schlagen."

Doch Hans Renard hatte schon zu viel getrunken und Heinrich Weigertz sagte geradezu, daß er sich nach der Einsamkeit sehnte. So schritten sie schwei= gend neben einander bis auf den Spittelmarkt und trennten sich dort mit einem langen ernsten Hände= druck. Hans ging angeblich geradeswegs nach Hause, Fritz betrat die nächste Kneipe, Heinrich aber eilte im Sturmschritt durch dunkle, einsame Straßen, um über den unbekannten Dichter nachzusinnen, der ihm von jetzt ab auf seinem Lebenswege voran= leuchten sollte.

Gewiß hatte sein Kleist ein weibliches Ideal gehabt und diesem jungen Mädchen unzählige Akrostichen und Sonette zugesandt. Heinrich traute sich zu, die nöthigen Verse ebenso schön zu Stande zu bringen wie der Kleist. Aber das Zusenden oder gar Veröffentlichen, das war schwierig. Darin

konnte man von den weltberühmten Vorbildern
lernen. Dazu mußte man ihre Lebensbeschreibungen
lesen. Morgen schon wollte er in Fritz Töpfer's Leihbibliothek nach seinem Vorbilde forschen. Einstweilen jagte er als begeisterter Jünger und nach
richtiger Dichterart kreuz und quer durch die Straßen
und schrie oder sang abgerissene Gedichtfetzen nur
so in die klare Nacht hinaus. Bald hatte er einen
annehmbaren verliebten Einfall, zu welchem ihm die
Reime fehlten, bald entdeckte er zwei hübsche Reime
und suchte zu ihnen einen Gedanken zu finden,
oder es huschte gar ein unreimbares Wort wie mit
Hohngelächter an seinem Geiste vorüber, z. B.
schlibbern. Was konnte man darauf folgen lassen?

„Wirst meine Liebe Du erwidern,“ ging nicht.
„Verlangte Keiner von alten Rittern“, ging auch
nicht. Und es lag doch Musik in „schlibbern“.

Heinrich bemerkte plötzlich, daß er auf den
Hausvogteiplatz und in den Bullenwinkel gerathen
war. Um so schlimmer, wenn der Zufall ihn her-
führte; und er schritt geraden Weges nach dem
Gensdarmenplatz, um der Bildsäule seines Berufs-
genossen Schiller seine Achtung zu bezeugen. Als
er von der Taubenstraße nach dem großen Platz
einbog, der mit seinen drei gewaltigen Bauten für

jedes strebsamen Dichterherz erfreulich im Mondschein
dalag, nahm er zu seinem Aerger wahr, daß zwei Nacht=
schwärmer, rohe Gesellen, gerade vor dem Schiller=
denkmal einen Zank ausfochten. Entrüstet wollte
er vorübergehen, da erkannte er die Stimme der
beiden Dichtwarte.

„Du wirst mir den Goethe lassen, sage ich dir,“
rief Fritz Töpfer mit unsicherer, bierseliger Stimme,
in welcher Zorn und Rührung mit einander kämpften.
„Du blamirst nur dich und den Pegasus, wenn
du nicht nachgiebst. Du hast ja gar nichts von
ihm. Was weißt du von seinen Suiten? Nichts.
Und wenn der ganze Pegasus sich auf den Kopf
stellt, ich lasse mich nicht zum Schiller machen.
Alle Gymnasiallehrer, die bei uns abonnirt sind,
sagen, daß mit Schiller nicht mehr viel los ist.
Ich will den Hannesatzke nicht! Was habe ich davon,
wenn ich nachher in Marmor ausgehauen zwischen vier
alten Weibern dastehe und alle Gymnasiallehrer sagen,
es ist nischt mit mir los.“

Und Fritz Töpfer weinte bitterlich. Auch Hans
Renard’s Stimme klang umflort, als er erwiderte:

„Ich will dir ja in Allem gern gefällig sein;
aber das verlange nicht von mir. Goethe ist mein.
Panzner hat es gesagt, und Panzer versteht sich

darauf. Ich weiß, es wird mir schwer werden, aber ich will mir rechte Mühe geben."

„Hans Renard," schrie Fritz außer sich, „denke an diese Stunde. Du schnappst mir den Goethe vor der Nase fort und willst dann noch mein Schwager werden? Pfui, du sollst Aurelie nie bekommen."

„Du sollst dich was schämen, Fritz Töpfer. Erst machst du Schiller schlecht und dann soll ich mich mit ihm behelfen? Du willst Goethe sein? Ein Reimschmied bist du! Ein Possenreißer! Selber ein Hannefaßke."

Der Beleidiger verstummte ebenso erschreckt, wie der Beleidigte.

Jetzt erst trat Heinrich zwischen die Streitenden.

„Brüder, Freunde," rief er, „sollen das die ersten Früchte dieser Nacht sein? Daß wir uns hier ohne Verabredung wiedergefunden haben, ist das nicht ein Wink des über uns waltenden unbeugsamen Fatums? Ein gleiches Streben vereinige uns und dem Sieger werden die beiden Anderen neidlos huldigen."

Schluchzend öffnete Heinrich seine Arme und schluchzend umfaßten ihn die beiden älteren Freunde.

Lange standen sie so, bis Heinrich die Beine zu frieren anfingen und Fritz Töpfer plötzlich mit veränderter Stimme sagte:

„Wozu helfen wir hier den Gensdarmenmarkt aufthauen? Es giebt morgen ohnehin Regen. Trinken wir lieber noch einen Schlummerpunsch!"

Und einträchtig kehrten sie in einem neuen Wiener Café ein, setzten sich unbekümmert um das wüste Treiben der übrigen Gesellschaft an ein kleines Tischchen, warfen einander Dichterblicke zu, sprachen aber absichtlich nur von gewöhnlichen Dingen. Hans Renard erzählte, daß er nun ernstlich aus Heirathen dächte und für morgen den Lebensversicherungsfritze zu sich bestellt habe. Seine Aussichten in die Zukunft hätten sich zwar in dieser Nacht verändert, aber jeder Stand thäte gut, vor der Heirath an die Lebensversicherung zu denken. Heinrich fragte schwermüthig:

„Soll man sein Leben nicht auch versichern, wenn man liebt?"

„Je früher, desto besser," sagte Hans Renard ernsthaft. „Ich habe erst kürzlich die Tabellen durchgesehen."

Und die Freunde berathschlagten über das vernünftigste Alter fürs Heirathen und fürs Versichern, als ob sie nicht vor kurzer Zeit erst um die höchsten Dinge gestritten hätten. Nur Fritz Töpfer war nicht ganz bei der Sache; aber es war zu fürchten, daß

ihn weniger die heiligen Fragen der deutschen Dicht=
kunst, als die vielen Getränke so benommen hatten.

Der Abschied war diesmal kurz. Heinrich Weigertz
ging rasch nach Hause, in die Heiligegeiststraße,
und warf sich ins Bett. Er konnte lange nicht ein=
schlafen. Erst gegen Morgen umfing ihn ein leichter
Schlummer, und er hatte einen Traum. Vor ihm
schwebte Ottilie auf Schlittschuhen über eine unab=
sehbare Eisfläche. Er schlibberte ihr nach, unend=
lich lange und konnte sie nicht einholen. Plötzlich
glitt er aus und fiel um; es dauerte wieder unend=
lich lange, bevor er da lag. Ottilie stand vor ihm
und richtete sich auf den Spitzen ihrer Schlittschuhe
auf. Er rief:

„Du siehst, ich kann schlibbern; ich bin der be=
rühmte Dichter Heinrich von Kleist und habe mein
Leben versichert. Sei also mein Weib."

Es dröhnte und krachte um ihn her, als wollte
die Eisdecke zerbrechen, oder als sollte er aufwachen.
Er wollte nicht geweckt werden. Gewaltsam hielt
er sein Traumbild fest und versuchte seinen Heiraths=
antrag zu wiederholen. Doch endlich barst das Eis,
Ottilie verschwand und Frau Spießke, seine Wirthin,
stand in ihrem grauen Schlafrock grau und ver=
wahrlost mit dem Morgenkaffee vor ihm.

„Herr Weigertz," sagte sie mit ihrer schläfrigen, gleichgiltigen Stimme, „Sie haben mir aufgetragen, Sie auch am Montag niemals verschlafen zu lassen und Sie immer zur rechten Zeit daran zu erinnern, daß man in der Apotheke zum Mohrenkönig ohne Sie nicht fertig wird."

„Mag die Apotheke an ihrem eigenen Rattengifte verderben," rief Heinrich genialisch, während er schamhaft die Decke bis zum Kinn emporzog. „Wenn Sie einen Sinn für das Höhere hätten, Frau Spießke, so würde ich Ihnen ein furchtbares Geheimniß anvertrauen. Doch ich will schweigen. Doch nein! Auch Sie umgiebt ein räthselvolles Geheimniß! Das Dasein Ihrer unsichtbaren alten Mutter ist hochpoetisch. Und Sie selbst, Sie sind nicht was Sie scheinen. Sie sollen Alles wissen."

„Aber ich will ja gar nicht . . ."

Heinrich streckte die Schwurfinger unter der Bettdecke hervor.

„Ich verlasse die Tretmühle der Apotheke. Ich sattle um. Ich werde Dichter!"

„I du mein lieber Heiland!" rief Frau Spießke mitleidig. „Ich bitte Sie, Herr Weigertz, sagen Sie mir nur eins, lebt Ihre Frau Mama noch?"

„Nein. Ich stehe allein. Das heißt …"

„Na, dann ist ja Alles egal. Machen Sie schnell, damit Sie nicht gar zu spät in den Mohrenkönig kommen."

III.

In der Leihbibliothek.

—

Am Tage nach dem zehnjährigen Stiftungsfeste des Pegasus arbeitete Heinrich Weigertz mit sicht- barer Unlust in seiner Apotheke „Zum Mohrenkönig". Es war richtig Thauwetter eingetreten, der Himmel hing voll Wolken und durch die breiten Glas- scheiben der Apothekenthür sah man nichts als den zähen Morast des Alexanderplatzes, durch welchen Menschen und Pferde widerwillig und schwerfällig sich hindurcharbeiteten; darüber lag eine dicke, feuchte und doch durchsichtige Luft. Die Leute, die auf dem Bürgersteige vorüberstürzten, schienen alle zu spät aufgestanden zu sein; es lagerte wie Reue und Kopfschmerz auf den Gesichtern. Es war Montag und Januar. Glücklicherweise bereitete der Provisor selbst die wenigen ernsthaften Rezepte; Heinrich

Weigertz hätte heute gewiß ein Unheil angerichtet. Die Leute aber, welche den Schlamm von der Straße in die Apotheke hineintrugen und sich ohne Rezept an ihn wandten, verlangten fast immer Einer wie der Andere: für 10 Pfennig Bullrichsalz. Und die Herren die einen Kneifer auf der Nase sitzen hatten, sagten anstatt Bullrichsalz doppeltkohlensaures Natron. Wo das zu finden war, das wußte Heinrich ganz genau. Hatte er doch heute selbst davon genommen.

Zwischen ein und zwei Uhr war seine Mittags= pause. Aber ihn verlangte heute nicht nach der Speiseanstalt zu 75 Pfennig das Mittagessen; leicht= füßig, als hätte er keinen zähen Schlamm zu durch= waten, eilte er bis an die Ecke der Kloster= und Königsstraße, wo Fritz Töpfer die Leihbibliothek von „Hermann Ohlsen" leitete. Ein winziges Häus= chen von drei schmalen Fensterchen gab zu ebener Erde die Räume für das kleine Geschäft her. Als Heinrich eintrat, war Fritz allein und aß hinter einem Verschlag sein einfaches Mittagsbrod. Hermann Ohlsen, der Chef, hatte schon abgespeist, und war jetzt „oben" beim Nachmittagsschläfchen. So konnte sich's der Besucher in dem Laden, der neben der Bibliothek eine kleine Papierhandlung und eine noch kleinere Buchhandlung enthielt, bequem machen. Er

setzte sich auf den Ladentisch und blickte erwartungs=
voll zu Fritz Töpfer hinüber.

„Du willst doch nicht darüber reden, daß wir
gestern bezecht waren? Wir mögen einen rechten Stiefel
zusammengeredet haben. Na, ich kann viel vertragen.
Keine Spur von Kater."

Heinrich versuchte denselben Ton anzuschlagen:

„Ich will doch wenigstens den Dichter mal lesen,
den unser Panzner mir als Vorbild empfohlen hat.
Ich habe meinen Kleist doch gewissermaßen wieder
verschwitzt. Hast du irgend einen Schmöker von
ihm hier?"

Es war Heinrich anders ums Herz. Aber er
hielt diesen leichten Ton dem spottlustigen Fritz Töpfer
gegenüber für nothwendig.

„Kleist, Kleist?" murmelte Fritz und fuhr sich
mit der Hand durch den Haarbusch. „Nee, im Lese=
zirkel ist er nicht. So was führen wir nicht. Aber
warte mal, mein Junge, im Reklam ist was von
ihm drin." Und er langte rasch ein Verzeichniß der
wohlfeilen Universalbibliothek hervor. „Gleich sollst
du ihn ans Herz drücken, mein Junge. Kalidasa,
Kant, Kant, Kästner, Kistner, da: Kleist, E. Chr. v.
sämmtliche Werke, 211. Ist gewiß vorräthig. Kauft
außer dir kein Mensch."

Und Fritz hüpfte mit dem Verzeichniß in der Hand auf eine kleine Stehleiter hinauf, um zu der Reihe der kleinen Hefte zu gelangen.

„Ich glaube, du irrst,“ rief Heinrich bescheiden. „Mein Kleist muß ebenso heißen wie ich. Panzner nannte ihn Heinrich. Er hat sich vielleicht wieder nur durch den Vornamen verleiten lassen.“

Fritz schlug wieder das Verzeichniß auf.

„Richtig, Kleist H. Donnerwetter, das muß ein großes Tier sein. Der hat eins, zwei, drei, sechs, acht Nummern. Willst du sie haben? Kostenpunkt 1,60 M. Rabatt kriegst du nicht.“

„Ich bitte einstweilen etwas für 50 Pfennig. Es ist bereits der Sechszehnte.“

„Begreife. Kredit verschmähst du, nicht wahr? Und halbe Hefte kann ich nicht abgeben. Nimm also hier einstweilen die beiden ersten. Michael Kohlhaas und Käthchen von Heilbronn, hier. Und da hast du noch einen Nickel heraus. Reicht gerade für einen Bittern.“ .

Heinrich steckte die beiden Hefte eilig in die Tasche und bat den Freund, ihm ein Werk über Litteratur= geschichte, wenn auch nur für einige Minuten, zu leihen.

„Man will sich doch einige Daten über den alten Sangesbruder in Erinnerung bringen."

„Du", rief Fritz herüber, während er suchend an den Bücherregalen vorüberging, „du scheinst den Ulk von gestern doch ein bischen ernst zu nehmen. Mach' dich nicht lächerlich. Du willst doch nicht ein Schaute werden, wie unser erster Vorsitzender. Ich habe seine Reden auch gern, wenn ich dazu trinken kann. Aber nachher, wenn ich trocken bin, ist es immer Blech gewesen. Der Mann kann ja gar nicht selber dichten. Wenn er nicht unabsetzbar wäre, ich müßte längst erster Vorsitzender sein. Aber es ist eigentlich Alles Unsinn. Was willst du? Litteraturgeschichte? Wird wohl hier nicht zu finden sein. Wir führen außer dem Lesezirkel nur Ramsch= waare. Da, sieh zu, ob du unter diesen ästhetisch= hysterischen Briefen etwas findest. Ein Buch von und für Frauenzimmer."

Heinrich stellte sich neugierig hinter das Schau= fenster und blätterte lange in dem dicken Buch, bis er richtig, gleich hinter Schiller und Goethe, auf den Namen seines Vorbildes stieß. Schon das erste Wort trieb ihm alles Blut zum Herzen. „Am höchsten unter allen romantischen Dichtern ist Heinrich von Kleist zu stellen." So stand hier geschrieben und

4*

dann war von Dämonen die Rede und von Selbst=
mord. Das war ja noch poetischer als bei Schiller
und Goethe. Heinrich verschlang jede Zeile. Voll=
kommen geistesabwesend blieb er in der Ecke stehen,
während schon wieder einige Kunden den Laden be=
traten, um nach der bürgerlichen Mittagspause ein
Buch zu holen.

Fritz Töpfer bediente die Leute eifrig, machte zu
jedem Buche eine lustige Bemerkung und redete
selbst eigensinnigen Leserinnen statt des geforderten
neuen Romans irgend einen alten Ladenhüter auf.
Als die Bücherentleiher aber zahlreicher kamen, und
Fritz über dem ewigen Hin= und Herspringen den
Athem und den Humor verlor, da weigerten sich
gerade die besten Kunden, weil sie den ganzen Lese=
laden schon längst durchgeblättert hatten, sich die alten
Tröster wieder aufschwatzen zu lassen. Noch ein=
mal versuchte es Fritz mit einem Spaße:

„Nehmen Sie nur die Ritter vom Geiste noch
einmal. Daran haben Sie noch länger als an dem
neuen Spielhagen zu · lesen und verstanden haben
Sie es zum ersten Male doch nicht."

Die Angeredete war ein schwarzhaariges Mädchen
von kaum fünfzehn Jahren; sie schlenkerte mit ihrer
Musikmappe verwegen hin und her, aber ihre großen

tiefliegenden Augen blickten schüchtern und sie wagte
nichts zu erwidern. Da nahmen sich alle drei
Menschen, die gerade in dem Laden standen, ihrer
an. Die Aelteste von den Dreien, ein gelbes ge=
bildetes Fräulein, schimpfte weidlich auf die Leih=
bibliothek von Hermann Ohlsen, in welcher man
fast nur Bücher bekam, die aus der Mode waren.
Ein Dienstmädchen und ein junger Hausdiener unter=
stützten sie und drohten so lärmend, ihre Herrschaften
würden endlich abgehen, daß Heinrich Weigertz aus
seinem Brüten erwachte und auch die Besitzerin der
Leihbibliothek, welche bei ihren Abonnenten der Firma
wegen einfach Hermann Ohlsen genannt wurde, auf
dem Schauplatze erschien.

Heinrich hatte es eben wie einen Schlag vor
die Stirn erfahren, daß sein Dichter sich im Verein
mit einem geliebten Weibe da draußen am Wannsee
selbst den Tod gegeben hatte. Es griff ihm ans
Herz, daß der edle Sänger, von welchem es bei
Reklam acht Bändchen gab, das deutsche Volk mit
den edelsten Kunstwerken beschenkt hatte und doch
selbst in Noth und Armuth untergegangen war.
Und es empörte ihn, als er jetzt aufgeschreckt wurde,
daß diese Mitbürger nun nach gemeinem Lesefutter
von lebenden Schriftstellern verlangten, anstatt immer

wieder die Werke Heinrich's von Kleist. Er selbst hatte zwei Bändchen sogar gekauft.

Als er aufsah, erschien gerade Hermann Ohlsen auf der Schwelle. Sie war eine zwerghafte alte Dame mit einem verbissenen aber feinen Gesichte; ihr gelb= weißes Haar war von einem weißen Spitzenhäubchen, ihr armseliger Körper von einem schwarzen Seiden= kleide bedeckt. Sie überblickte sofort die Sachlage. Ihrer Gewohnheit gemäß sprang sie rasch die drei ersten Sprossen der Leiter hinauf und that, als ob sie ein Buch holte. Eigentlich wollte sie nur von oben herunter zu den Leuten sprechen; sie hielt sich mit dem linken Händchen fest, streckte ihre Rechte aus und rief mit kreischender Stimme:

„Meine Bücher aus der Mode? Ich will die schlechte Litteratur nicht unterstützen, Fräulein Müller. Ich kann nichts dafür, daß in Ihrer Jugend bessere Bücher geschrieben worden sind als jetzt."

„Wenn Sie mich beleidigen," rief das alte Fräu= lein scharf, „so gehe ich auf der Stelle ab."

„Gehen Sie nur," kreischte Hermann Ohlsen und hüpfte noch eine Sprosse höher. „Zahlen Sie nur anderswo für die' abscheulichen neuesten Romane das Vierfache. Was ich schon an Ihnen verliere!

Sie wechseln täglich zweimal und machen Kaffee=
flecke in die Bücher.“

Fräulein Müller ging nicht, sondern machte sich
mit dem fettigen Bücherverzeichniß zu schaffen.
Hermann Ohlsen wandte sich mit flötender Stimme
an den Hausdiener.

„Was kann ich Ihnen geben?“

„Der Herr läßt fragen, ob er noch immer nicht
das Neueste von Zohla haben kann. Seine Schwägerin
werden es schon vor sechs Wochen gelesen haben.“

„Meine Leihbibliothek ist ein anständiges Haus,“
kreischte Hermann Ohlsen. „Fritz, geben Sie ihm
einen Band Paul de Kock, daran kann sich Ihr
Herr sein bischen Französisch aufmuntern. Und
Sie, Jungfer?“

Der Hausknecht ging brummend hinaus. Das
Dienstmädchen überreichte das gelesene Buch nebst
einem beschriebenen Zettel. Eilig kletterte Hermann
Ohlsen von der Leiter herunter und las, was
verlangt wurde.

„Theater von Paul Heyse?“ rief sie entrüstet.
„Wieviel Bände soll ich von dem noch anschaffen?
Der Klügere giebt nach. Hört er nicht auf zu
schreiben, so höre ich auf zu kaufen. Bei meinen
Preisen lasse ich mir vom Publikum keine Vor=

schriften machen. Fritz, geben Sie der Jungfer Nacht und Morgen von Bulwer. Nr. 986. Das hat Ihre Frau noch nicht gelesen. Theater von Paul Heyse! Vielleicht auch noch im Originaleinband? Dazu noch einen Kupferstich frei ins Haus, was? Bei meinen Preisen! — Na, Fräulein Müller, haben Sie etwas fürs Herz gefunden?"

Das Dienstmädchen entfernte sich mit ihrem defekten Bulwer. Fräulein Müller richtete sich steil in die Höhe, um Hermann Ohlsen zu ärgern und sagte vornehm:

„Ich möchte etwas von Gottfried August Keller und finde ihn nicht unter Ihren Novitäten. Er wird sehr empfohlen."

„Gottfried Keller?" schrie Hermann Ohlsen und kletterte so lange an der Leiter hinauf, bis sie das lange Fräulein überragte. „August heißt er nicht, Sie kennen nicht einmal seinen Namen. Kein Mensch sucht Gottfried Keller bei mir und Sie verlangen ihn nur aus Bosheit. Fritz, einen Band Auerbach für Fräulein Müller."

„Ich weiß aber ganz gut, Fräulein Ohlsen," rief diese aufgebracht, „daß Sie oben in Ihrer Privat-bibliothek Keller und Heyse stehen haben und Alles, was gut und theuer ist."

Die Ladenbesitzerin kletterte wieder herunter, lief bis an den Ladentisch, hob sich auf die Fußspitzen und stemmte ihre Ellenbogen auf.

„Was geht Sie meine Privatbibliothek an? Was haben wir privatim mit einander zu thun? Wenn ich nicht lesen will, was mein Publikum zer= lesen und verknüllt hat, so ist das meine Sache. Und wir Beide haben lange nicht denselben Geschmack. Was nicht in meinem Verzeichniß steht, das ist hier nicht zu haben. Oben habe ich auch meine Leibwäsche, gutes Hausleinen, besser als manche Leute, und die steht auch nicht im Verzeichniß. Oben habe ich meine Ruhe, und die steht auch nicht im Verzeichniß. Bitte, wollen Sie den Auerbach nehmen, ja oder nein?"

Nach einigem Sträuben begnügte sich Fräulein Müller mit einem älteren Werke der Marlitt, welches sie schon wieder vergessen hatte und ging ohne Gruß von dannen. Das Schulmädchen, welches bescheiden gewartet hatte, trug nun richtig irgend einen spä= teren Band des Zauberers von Rom nach Hause.

Heinrich Weigertz fürchtete sich vor Hermann Ohlsen und legte mit einem schüchternem „Danke" die ästhetischen Briefe auf den Ladentisch.

„Bitte, was kann ich Ihnen geben?" flötete Hermann Ohlsen.

„Der Herr ist nicht Abonnent," erklärte Fritz. „Er hat eine größere Anschaffung in Reklam gemacht und dann eine litterarische Notiz nachgesehen." Leise, doch für Heinrich vernehmbar, fügte er hinzu: „Mein Freund Weigertz. Selbst Dichter."

Hermann Ohlsen lächelte Heinrich aus ihren klugen Augen freundlich an und sagte:

„Angenehm, Ihre Bekanntschaft gemacht zu haben. Vorausgesetzt, daß Sie keine Romane schreiben wollen."

Heinrich wollte versichern, daß er bis jetzt nur Lyriker war und fortan nach dem Muster von Kleist ein unverstandener Dramatiker werden müßte. Aber im ersten Stockwerk schlug ein altes verstimmtes Uhrwerk die zweite Stunde; er entschuldigte sich kurz und eilte durch den Schlamm der Straße in die Apotheke „Zum Mohrenkönig" zurück.

Dort verkaufte er wieder viele Zehnpfennigdüten mit Bullrichsalz, Kurella'sches Brustpulver und andere Hausmittel für kranke Kinder und verschwiemelte Menschen. Dazwischen hatte er mit peinlichster Aufmerksamkeit Rezepte ins Buch abzuschreiben und für den Provisor Droguen zu verreiben. Nur bei dieser letzten Beschäftigung konnte er zu sich selbst kommen und nach dem Takte, in welchem er die Keule in

Mörser führte, versuchte er unsterbliche Liebeser=
klärungen an Ottilie, vorläufig ohne Reime, zu
dichten. Verderben konnte er nicht viel, da ihm die
Arzneimittel zugewogen wurden. Nur einmal, als
er selbstständig fünf Tropfen Fenchelöl in die Mi=
schung thun sollte, träufelte er langsam nach dem
Takte seines Gedichtes die halbe Flasche aus und
mußte sich von einem älteren Kollegen kränkende
Dinge sagen lassen. Weiter geschah bis zum Laden=
schlusse kein Unglück. Heinrich zog ehrbar seinen
Ueberrock an und sagte gute Nacht.

Es war zehn Uhr, als er in seiner Kammer an=
langte. Der Tisch war sauber gedeckt, ein Napf
mit einem Viertelpfunde Schmalz, ein Teller mit
zwei Schrippen und einem Endchen Leberwurst, eine
Flasche leichten Biers und ein Glas standen darauf.
Heinrich steckte die dünne Kerze an; zu einer Petro=
leumlampe hatten seine Ersparnisse immer noch nicht
gereicht. Da der Ofen nicht geheizt war, setzte er
sich im Ueberrock zu seinem Abendbrot nieder. Er
zog sein Taschenmesser hervor; aber so kräftig sein
Hunger war, er legte zuerst die beiden Bändchen
vor sich hin und schnitt sie säuberlich auf. Dann
begann er gleichzeitig die Mahlzeit und „Käthchen
von Heilbronn". Er las schnell und aß langsam.

Unverwandt über das Büchlein gebeugt, stach er
mit seinem Messer nach den eßbaren Dingen, fuhr
oft daneben und sah doch nicht einmal hin, wenn
er ein Stück Schrippe mit dem Schmalz beschmierte.
Er nahm große Bissen, und es schmeckte ihm vortreff=
lich. Aber was war ein Abendbrot gegen den Genuß,
den sein erhabenes Vorbild ihm bereitete. Er hatte
das Stück ja auf der Bühne gesehen und manches
hatten sie dort sehr gut gesprochen. Aber was ver=
standen diese Komödianten von der Schönheit des
dichterischen Wortes? Was hatte die Schauspielerin,
die sie gab, mit Käthchen von Heilbronn zu thun?
Käthchen war Ottilie und er selbst war Friedrich
Wetter, Graf von Strahl. Zu ihm, zu ihm selbst
sprach Ottilie=Käthchen ihr süßes: „Mein hoher Herr,"
von ihm ließ sie sich jede Demüthigung gefallen. Aber
es wird ja gut ausgehen.

Nach jedem Akte nahm Heinrich unter Thränen
einen großen Bissen und las weiter und kaute und
weinte. Und als es zu Ende ging, da konnte Heinrich
nicht länger an sich halten. Mit dröhnender Stimme
rief er die Worte: „Käthchen, meine Braut, willst
du mich?" Und mit nassen Augen hauchte er die
Antwort: „Schütze mich Gott und alle Heiligen!"
Immer lauter deklamirte er noch die kurzen Reden

des Kaisers und der bösen Kunigunde. Für das
Schlußwort aber sprang er auf. Ganz Wetter von
Strahl hob er die Faust, schlug auf den Tisch, daß
der Teller klirrte, verzerrte sein Gesicht zum Ausdruck
eines Henkers und zischte hervor:

„Giftmischerin!"

Zitternd vor Aufregung sank er nieder, barg
schluchzend das Büchlein und sein Gesicht in beiden
Händen und stöhnte immer nur: „Käthchen, Käthchen,
willst Du mich?"

Plötzlich erschreckte ihn ein Klopfen an der Ver-
bindungsthür. Seine Wirthin wollte wohl schlafen.
Sie war doch keine poetisch angehauchte Natur.

„Verzeihen Sie, ich habe laut gelesen," rief
Heinrich gefaßt und machte eine Verbeugung gegen
die Thür. Dann begann er sich rasch auszukleiden.
Sein Abendbrot hatte er mit dem Stücke zugleich
beendet, das andere Bändchen konnte er im Bette
lesen. Es war ihm ohnehin empfindlich kalt geworden.

Während er ordentlich ein Gewandstück nach dem
andern auf den einzigen Stuhl legte, machte er sich
im Stillen Vorwürfe. Heinrich von Kleist war sein
litterarisches Vorbild, und er hatte beim Lesen doch
nur an die schöne Geschichte gedacht, anstatt zu
lernen, wie man das ebenso machte. Doch beim zwei-

ten Male konnte er das Studium nachholen. Bah,
solche Theaterstücke konnte er auch schreiben. Da
fiel ihm schon eins ein. Ein schöner junger Ritter
liebte ein armes Zigeunermädchen, die aber eigent
lich eine Tochter des Königs von Frankreich war
Sie wurde von einer Nebenbuhlerin arg verfolg
und vom Ritter hart geprüft. Doch endlich siegt
die Unschuld, der König erkannte sie an und der
Ritter heirathete sie. Ihr Name war Ottilie.

Während er den Leuchter auf den Nachttisch
stellte, sagte er sich, daß dieser Stoff doch woh
zu viel Aehnlichkeit mit dem Käthchen haben würde
Einerlei. Morgen dachte er sich wieder etwas Anderes
aus. Jetzt galt es, den „Michael Kohlhaas" seines
Dichters zu lesen. Heinrich war sehr gespannt
er erinnerte sich nicht, den Namen je gehört zu
haben.

Er streckte sich behaglich unter seinem leichten
Deckbett aus und wollte die Novelle ruhig auskosten
Doch schon von der zweiten Seite ab packte ihn der
Stoff, und bald las er wie im Fieber weiter. Da
war von Liebe nicht die Rede, und es war dennoch
viel ergreifender als das Käthchen. Ein armer
Bauer, der im Kampfe um sein Recht zum Räuber
und Mörder wird und das Reich aus den Fugen

zu heben droht. Und der sich an seinem Fürsten so
furchtbar rächen will. „Du kannst mich auf das
Schaffot bringen, ich aber kann dir wehthun, und
ich will's." Michael Kohlhaas wird den geheimniß=
vollen Zettel nicht hergeben...

In diesem Augenblicke flackerte das Kerzlein
auf und dann löschte es fast völlig aus. Das
Stümpfchen Licht war am Rande nicht mehr so
dick wie ein Thaler. In der Mitte aber hatte das
verkohlte Endchen des Dochtes sogar schon den
Boden durchgestoßen; dann war es umgefallen und
schimmerte nur noch mit einer bläulichen Flamme.

Aengstlich rückte Heinrich mit dem Hefte bis
dicht an den Lichtstumpf heran, um womöglich noch
die letzten zwanzig Seiten zu durchfliegen. Aber
er gelangte nur bis zu der Stelle, wo der Kurfürst
von dem Inhalt des geheimnißvollen Zettels zu
sprechen beginnt. Dann mußte er ein Blatt um=
wenden und von dem leisen Zuge verlöschte das
Flämmchen. Ohne sich aufhalten zu lassen, zündete
Heinrich ein Streichholz nach dem andern an, um
die Geschichte bei ihrem Scheine zu beenden. Aber
er gab es bald wieder auf. Sie hätten nicht
gereicht und wenn er sich mit jedem die Finger
verbrannte.

Jetzt legte er sich in der Dunkelheit zurück und zermarterte sein Gehirn. Er war Dichter und hatte überdies soviel Chemie gelernt; da mußte er doch im Stande sein, sich Licht zu verschaffen! Seine Wirthin wecken? Das ging nicht, sie war ohnehin schon böse. Wie, wenn er sich wieder ankleidete und in ein Kaffeehaus ging, um dort weiter zu lesen? Aber das dauerte zu lange; jetzt, auf der Stelle, ohne Unterbrechung mußte er weiter in dieser Wunderwelt, und wenn er hätte das Haus anzünden müssen, um bei der Feuersbrunst seinen Kleist zu lesen und dann unterzugehen. Fiel ihm denn gar nichts ein? Von Weihnachten her hatte er noch ein paar Wallnüsse übrig; die Kerne waren fetthaltig, die mußten brennen! Mit nackten Füßen sprang er aus dem Bette und zündete wieder ein Streichholz an. Da fielen seine Blicke auf den Napf mit Schmalz. Er fühlte etwas von der Freude Robinson's, als dessen Lama sich zum ersten Male von ihm melken ließ. Aus diesem Napf mußte sich eine römische Lampe herstellen lassen! Es fehlte nur der Docht. Aber Heinrich war ein Dichter und ein Chemiker. Einen seiner gestrickten Pulswärmer trennte er auf, legte den Wollfaden achtmal zusammen, drehte ihn zum Dochte und steckte ihn in

in das Schmalz, daß nur ein Endchen hervorragte.
Immer beim Scheine von Streichhölzern vollendete
er sein Werk. Als er den Docht entzündet hatte, mußte
er zwar noch warten, daß die Masse geschmolzen war
und konnte für den Napf erst nach einigen unglück=
lichen Versuchen die richtige schräge Stellung aus=
findig machen: dann aber brannte die neue Lampe
fast so hell, wie die dünne Kerze. Mit einigem
Stolz las Heinrich nun weiter. Aber dieses klein=
liche persönliche Gefühl schwand wieder, Heinrich
ging ganz in seinem Dichter auf, und als er die
Geschichte beendet hatte, lag er eine Weile da wie
ein Todter, faltete die Hände über der Decke und
murmelte endlich still ergeben:

„Nein, das kann ich noch nicht.“

Er schämte sich. Da fiel ihm wieder seine Er=
findung ein; er löschte den Docht und bemerkte erst
jetzt, daß es ein wenig nach verbrannten Lumpen
und sehr stark nach Schweinebraten roch. Wenn
des Schmalzes Rache ihn umschwebte und ihn mit
hundert Düften tödten wollte? Ein jämmerliches
Ende für einen Dichter, der eben zwei Meisterwerke
eines Vorbildes kennen gelernt hat.

Aber es war nicht so schlimm. Heinrich schlief
nur ein und schlief bis zum Morgen, bis die Wirthin

ihn weckte. Sie hatte den Kaffee und zwei Schrip=
pen auf den Tisch gestellt und stand grau und mürrisch
mit zusammengeschlagenen Händen vor seinem Bett.

„Herr Weigertz, Herr Weigertz! Das riecht ja
entsetzlich. Wollen Sie mir denn das Haus mit
Schweineschmalz in Brand stecken? Wie soll ich denn
meine arme gelähmte Mutter retten, wenn ein Un=
glück passirt? Wenn Sie so tolles Zeug machen,
so kann ich Sie beim besten Willen nicht in meiner
Wohnung brauchen.“

„Frau Spießke!“ rief Heinrich beschwörend,
„verwirren Sie sich Ihr Gefühl nicht mit dem Schein
des Philisteriums. Machen Sie sich nicht schlechter
als Sie sind. Auch Sie sind eine Künstlernatur,
das lese ich aus den Zügen Ihres Antlitzes und
Ihrer Schrift. Ihre Monatsrechnungen würden
eine Dichterhand verrathen, auch wenn ich nicht auf
der Rückseite damals — wissen Sie noch? — jene
Verfluchung der Tochter gelesen hätte. Vielleicht
sind auch Sie zu etwas Höherem geboren!“

Ueber das graue Gesicht der Frau Spießke fuhr
ein dunkler Schein.

„Zum letzten Male bitte ich Sie, von dieser dummen
Geschichte nicht mehr zu sprechen,“ sagte sie ein
wenig lebhafter als sonst. „So lange man für Je=

mand zu sorgen hat, muß man für ihn und für sich selbst Brot erwerben. Ob man das mit Stiefel= putzen oder mit Straßensingen thut, ist Alles egal. Wer nicht stiehlt und nicht lügt, kann immer ein anständiger Mensch sein, wenn er nur Ordnung hält. Dichten Sie meinetwegen, aber werden Sie nicht unordentlich. Wollen Sie sonst noch etwas!"

Heinrich bat sie, sich zurückzuziehen, da er es eilig hätte. Rasch machte er sich fertig und nahm ein Frühstück ein, während er in der Stube auf= und niederging. Er wußte die Schrippen ungeschmiert essen, weil sein Schmalz auf Beleuchtung verwandt war. Aber diese Entbehrung machte ihm die Er= innerung an „Michael Kohlhaas" nach erhebender. Er fühlte sich dem unglücklichen Kleist unendlich nahe verwandt. Kerzen brennen und Schmalz zum Früh= stück essen, das konnte jeder Philister. Aber das Verhältniß umzukehren, Unordnung ins Leben zu bringen, das war groß, das war genial.

Er nahm sich also noch die Zeit, etwas geniale Unordnung in seiner Stube herzustellen. Das Kaffee= brett mit Allem, was darauf war, stellte er säuber= lich auf seinen leeren Koffer. Das Tischtuch faltete er kunstreich zusammen und warf es nachlässig über die Stuhllehne. Als es herunterfiel, hob er es auf,

5*

stäubte es sorgfältig ab und legte es noch einmal
über die Lehne. Dann nahm er Briefbogen und
Umschlag, Dintenflasche und Feder und schrieb:

„Berlin d. 17. Januar 1875.

Theurer Herr und Freund!

Sie haben mir gestern hinsichtlich der sämmt=
lichen Werke meines Lieblingsdichters Namens der
Firma Hermann Ohlsen jeden Kredit verweigert.
Ich grolle Ihnen darum nicht, denn Sie kannten die
Tragweite dieses Entschlusses noch nicht. Ja, ich selbst
wußte noch nicht, wieviel davon abhing. Aber jetzt,
mein theurer Freund, hören Sie mich an. In=
mitten der wüsten Unordnung, des zigeunerhaften
Tohuwabohu meines Dichterstübchens, durch welches
der Wind ungehindert hindurchsaust, —"

Heinrich war kein Lügner, aber eine höhere Ge=
walt hatte ihn gezwungen, diese Worte niederzu=
schreiben; er war eben ein Dichter. Nun überlegte
er, ob er nicht eine Scheibe einschlagen konnte, um
die Briefstelle ebenso wahr zu machen, wie sie schön
war. Er konnte nachher den Schaden mit Papier
verkleben; das hätte echt ausgesehen. Aber er hatte
Angst vor seiner ordentlichen Wirthin. So begnügte
er sich damit, das Fenster ein wenig zu öffnen
Er blies bitterkalt hinein und nun hatte er nicht ge=

logen. Er schrieb weiter. „— nach einer jener ent=
setzlichen Nächte, die auch Sie kennen müssen, flehe
ich Sie bei allen neun Musen an: heben Sie mir
die übrigen sechs Hefte auf. Ich hole sie heute
Abend und bleibe Ihnen die M. 1,20 bis zum
Ersten schuldig. Wenn Sie mir diese Jämmerlich=
keit, die für mich von unendlichem Werthe ist, ver=
weigern, mein Herr, so sind Sie mein Freund ge=
wesen. Noch eins, mein hoher Herr. Wenn
Hermann Ohlsen ein Herz hat, wenn nicht Schmalz,
sondern Blut in Euern Adern kocht und in Eurem
Gehirn spritzt und brennt, so schafft mir eine Bio=
graphie von Heinrich von Kleist. Pest, Tod und
Rache! Am liebsten wäre es mir, wenn ich sie geliehen
bekommen könnte. Ihr wißt, ich bin klamm bei Gelde.

Ewig der Ihrige

Heinrich Weigertz, Wetter von Strahl.“

Die Worte „Wetter von Strahl“ strich er wieder
durch, doch nicht so, daß sie unleserlich geworden
wären. Dann spritzte er, ohne daß ihm die Absicht
völlig klar wurde, seine Feder über den Brief aus
und machte eine Nachschrift.

„1. P. S. Sie werden die Kleze entschuldigen,
lieber Kollege. Die Unordnung in meinem Dichter=

stübchen erstreckt sich schon auf das Schreibzeug, was nicht sein sollte. Wie denken Sie darüber? Halten Sie auf kalligraphische Manuskripte? Da hat wohl Jeder seine eigene Art. Meine alte Wirthin kämpft vergebens in ihrer Einfalt gegen die genialische Un=ordnung, die mir Bedürfniß ist.

Unentwegt
H. W."

„2. P. S. Sagen Sie doch Ihrem Lebensver=sicherungsfritze, daß er mich in der Apotheke „zum Mohrenkönig" besuchen möge. Mein Vormund will, daß ich es thue. Der Obige."

Er steckte den Brief noch feucht in den Umschlag, damit er unleserlicher würde, und ging dann auf=gerichteten Hauptes an seine Sklavenarbeit, in die Tretmühle, unter das Joch, wie er die Apotheke „Zum Mohrenkönig" abwechselnd gerne nannte.

Das Wetter hatte sich nicht geändert, und der nasse Montag schien bereits böse Folgen gehabt zu haben. Unaufhörlich hatte Heinrich jedesmal für zehn Pfennig die wohlbekannten Hausmittel gegen Heiserkeit und Halsschmerzen zu verabfolgen. Düster reichte er den Hilfesuchenden bald ein Fläschchen mit Altheesaft, bald ein Päckchen mit chlorsaurem Kali. War er denn eine Krämerseele, daß er den Leuten

für ihre urprosaischen Schmerzen den urprosaischen
Schwindel anhängen mußte? Ja, wenn er eine
furchtbare Seuche zu bekämpfen gehabt hätte, wie
Kohlhaas die Ungerechtigkeit der Welt, mit Feuer
und Schwert, da hätte er gern geholfen! Wohl
kamen heute häufig Rezepte für schwerkranke Kinder;
abschreiben durfte er sie, die Flaschen ausspülen
und verkorken, sie in Seidenpapier einwickeln und
für die Medizin das schäbige Geld einstreichen.
Man traute ihm nicht! Und doch! Wenn er sich
einmal verschrieb oder bei der Uebergabe vergriff,
dann konnte es eine Tragödie geben. Mord und
Todtschlag, mit dem Henker im Hintergrund! Doch
nein, die Unordnung mit den zerbrochenen Fenster-
scheiben gehörte ins Dichterstübchen; hier hieß es
aufpassen, den Kopf kalt und die Füße warm
halten.

Heinrich hatte heute genug hin und her zu springen.
Er verzichtete auf seine Mittagspause, um Abends
schon um acht Uhr freikommen und seinen Freund
in der Leihbibliothek noch besuchen zu können. Er
war wie gerädert, als sein Dienst endlich vorüber
war. Er mußte sich, bevor er ging, einen richtigen
Apothekerschnaps mischen, um nicht schwach zu werden.
Dann aber hob er den hübschen Kopf, strich sein

Schnurrbärtchen und trat den Weg an, der darüber
entscheiden sollte, ob Fritz Töpfer noch sein Freund
war oder nicht.

Er fand die Leihbibliothek geschlossen. Die
Laden waren heruntergelassen. Als er klingelte,
öffnete Fritz vorsichtig und schloß gleich wieder
hinter dem Besucher ab. Kein Abonnent sollte ahnen,
daß die Bibliothek noch wach war.

„Wenn Sie kein Kaffer wären,“ sagte Fritz zur
Begrüßung, „so könnten wir heute einen gemüthlichen
Skat machen. Der dritte Mann wird gleich hier
sein. Ich glaube, er ist auch schwach auf der Brust,
so wie Sie. Da, lesen Sie.“

Heinrich blickte unverwandt auf die Karte, die
Fritz ihm reichte. Da stand gedruckt: „Hans Renard,
Meiereibesitzer“ und darunter mit ausgeschriebener
Kaufmannshand:

„bittet seinen Genossen Friedrich Töpfer, ihn
nach acht Uhr zu einer wichtigen Besprechung zu
erwarten. Es regt sich auf dem Parnaß. Und
wie Panzner so schön mit meinem Goethe sagt:
wir müssen von den jungen Damen erfahren, was
sich für uns schickt. Die Würfel sind gefallen.
Die Deinige ist noch toller als die Meinige. In
neidloser Freundschaft   D. U.“

„Was bedeutet das?" fragte Heinrich.

„Das bedeutet, daß Panzner uns am Sonntag Alle verrückt gemacht hat. Ich allein bin noch bei Verstande. Ich frage Sie, ist das Goethescher Stil? Höchstens Schiller. Und wenn Hans mir nicht den Goethe abtritt, mache ich nicht mit. Er hat ja eine gewisse Form, aber keine Erfahrung und keine Einfälle. Wenn ein Anderer als ich sein Mitdichtwart wäre..."

Heinrich fühlte sich durch diese Ausfälle gegen einen Freund unangenehm berührt. Mit steifer Würde unterbrach er:

„Mir liegt zunächst am Herzen zu erfahren, wie Sie sich zu meiner Bitte stellen wollen, mein Herr."

„Sie sind ein verrücktes Huhn, mein Herr. Hermann Ohlsen hat Ihre Wünsche entgegengenommen und ersucht Sie, ihm in seiner Privatwohnung das Vergnügen Ihres Besuches zu schenken, mein Herr. Ich habe einstweilen die Bücher einzuräumen, die heute zurückgekommen sind, und die Klabbe ins Kassenbuch zu übertragen. Lassen Sie mich in Ruhe, mein Herr."

Heinrich mußte durch einen finstern Korridor, in welchem er sich nur zweimal an den Bücherregalen stieß und dann über eine enge Treppe nach dem

ersten Stockwerk; dort war die Privatwohnung von
Hermann Ohlsen. Er klopfte, eine Flötenstimme
rief „herein“, und er trat in einen hellerleuchteten
gemüthlichen Raum, in welchem freilich vor lauter
Tischchen und Stühlchen und Bücherschränken für
die Menschen nur wenig Raum blieb. Auf dem
größten Tischchen waren vier kleine Gedecke vorbereitet und eine große Schüssel voll von belegten
Butterbroden wartete auf die Gäste. Hermann
Ohlsen lehnte vergnügt in einem hohen, eigens für
sie gebauten Polsterstuhle zurück und streckte dem
jungen Manne, ohne sich zu erheben, das seine weiße
Händchen entgegen.

„Sie brauchen sich nachher nicht weiter um mich
zu bekümmern, mein lieber Herr Weigertz,“ sagte
sie mit ihrer unsicheren, zwischen Diskant und Alt
wechselnden Stimme. „Ich will, daß Fritz seine
Freunde ungehindert bei mir empfange, als ob ich
seine Mutter und nicht eine abgestandene Großtante
wäre. Ich habe Sie nur vorher bitten lassen, damit
Sie sich in meiner Privatbibliothek umsehen, und
Ihre Bücher heraussuchen.“

Heinrich hatte die Empfindung, als ob er in ein
Märchenschloß oder mindestens in den Salon einer
äußerst vornehmen Dame getreten wäre. Er

wagte den Händedruck des alten Fräuleins kaum zu
erwidern und stammelte, er wüßte nicht, wodurch
er so viel Güte verdient hätte.

„Fritz hat mir Ihren Brief vorgelegt," schrie
Hermann Ohlsen auf. „Ich habe keine eigene
Jugend gehabt, darum freut mich fremde Jugend
desto mehr."

Erröthend wandte sich Heinrich den Bücher=
schränken zu. Wenn das gnädige Fräulein es ge=
stattete, so wollte er sich in ihrer Schatzkammer um=
sehen. Hermann Ohlsen ließ einen Ton hören, der
nicht ganz einem vernünftigen Lachen und auch nicht
ganz dem Gurren einer Taube glich.

„Sie sprechen hübsch für Ihr Alter, Herr Wei=
gertz," sagte sie. „Sehen Sie sich in meiner Schatz=
kammer um und nehmen Sie Ihren Kleist nur gleich
heraus. Sie finden seine Biographie darin. Sie
dürfen die Bücher auf vierzehn Tage nach Hause
nehmen. Wenn Sie aber unpünktlich sind, so be=
kommen Sie nie wieder etwas geliehen."

Heinrich musterte ehrfurchtsvoll die Reihen der
Bücher, welche Rücken an Rücken in gleichartigen
Halbfranzbänden hinter den blanken Scheiben standen.
In einfacher Goldpressung waren die Namen der
Schriftsteller zu sehen. Und was für Namen! Nach

denen zu schließen, welche Heinrich kannte, mußten es durchaus unsterbliche Bücher sein und einige recht langlebige dazu.

Im ersten Schranke sah er lauter ausländische Dichter, offenbar in Uebersetzungen. Von dem guten Vater Homer, der glücklicherweise bisweilen schlafen sollte, bis zu Cervantes und bis zu Balzac, waren da über hundert Namen beisammen, von denen jeder einzelne den jungen Kollegen bedrückte; denn die er kannte, waren Riesen, und die Andern nicht zu kennen schämte er sich.

„Sehen Sie, lieber Freund,‟ rief Hermann Ohlsen, „selbst die abscheulichen Romane meiner Leihbibliothek haben ihr Gutes. Man kann für das schmutzige Geld, das sie einbringen, gute Bücher kaufen. — Bei dem zweiten Schranke halten Sie sich nicht auf, das ist eine Prunksache, wie andere alte Jungfern ein Silberspind haben. Gelehrte Werke, die wir Beide nicht verstehen würden. Ich kaufe sie aber doch; und Einzelnes lese ich auch. Mommsens „Römische Geschichte‟ da habe ich mir mit Felix Dahns „Kampf um Rom‟ verdient, die Marlitt hat mir Darwins und Schopenhauers sämmtliche Werke eingebracht. Und da sind diese Leute noch schlecht auf die Frauen zu sprechen! Hier.

im dritten Schranke, da werden Sie sich satt lesen
können, wenn Sie immer pünktlich sind. Hundert=
fünfzig Bücher deutscher Dichtung, keine Schund=
waare darunter. Das können sie uns Alle nicht
nachmachen, Alle nicht. Hundertfünfzig gute Bücher
giebt's nicht in Frankreich und nicht in England."

Hermann Ohlsen war erregt von ihrem Lehnstuhl
heruntergesprungen. Ihre Aermchen auf dem miß=
gestalteten Rücken gekreuzt, lief sie auf und nieder
und blieb endlich in herausfordernder Stellung vor
dem dritten Schranke stehen.

„Alle nicht," wiederholte sie kreischend und streckte
beide Hände aus. „Da Lessing und da Goethe und
all die Andern. Licht und Herz, wenn ich die nicht
gehabt hätte in meinem Leben, wenn mich die nicht
beglückt hätten, lieber als Hund auf die Welt
kommen als so."

Hermann Ohlsen gurrte ein paarmal auf, als
ob sie schluchzte. Dann kletterte sie in ihren Lehn=
stuhl zurück und fragte mit lispelnder Stimme:

„Haben Sie ihn gefunden?"

Heinrich zog, von Andacht durchschauert, die drei=
bändige Kleistausgabe hervor und schlug begierig
eines der Bücher auf.

„Sie werden doch nicht gleich anfangen wollen

zu lesen, lieber Heinrich? Setzen Sie sich her und erzählen Sie mir etwas von dem verdrehten Pegasus. Was ich bisher weiß, haben mir Fritz und Hans berichtet, und die sind an der Narrheit stark betheiligt. Wie ist die Sache am Sonntag verlaufen?"

Ernsthaft berichtete Heinrich Zug um Zug, was er erlebt hatte. Nur die Geschichte vom weißlila Sträußchen und vom Schlittern ersetzte er durch zweimaliges Erröthen. Hermann Ohlsen lachte einige Male leise auf. Inzwischen hatte es wieder geklingelt, und man hörte von da ab bis herauf Fritz und Hans lebhaft und heftig miteinander reden.

"Fritz ist so weit ein anstelliger Mensch," sagte das alte Fräulein, als Heinrich geendet hatte. "Er hat zwar nach meinen Büchern keine Sehnsucht, aber er rührt auch das Lesefutter draußen nicht an. Wenn er nur nicht immer in seinen Vereinen Feste herzurichten und dazu Reime zu machen hätte."

"Wenn er aber den Beruf in sich fühlt," warf Heinrich schüchtern ein.

"Wenn er nicht vernünftig wird, erbt er nicht meine Leihbibliothek. Aber er wird schon; so dumm wie der Hans ist er doch nicht. Nun aber, lieber Heinrich, erzählen Sie einmal, so gut Sie können;

vas wissen Sie von den paar Jahren, die Sie bis=
her gelebt haben? Ich werde Sie nämlich „Du“
nennen, bevor Sie heute von hier fortgehen, und
Sie mich „Tante Ohlsen“. Da müssen wir einander
doch vorher kennen lernen.“

Heinrich stockte Anfangs oft, dann aber berichtete
er immer zutraulicher, was das bischen Leben ihm
bisher gebracht hatte. Als er damit schloß, daß das
Stiftungsfest des Pegasus schon die dritte Epoche
in seinem Leben gemacht habe, da lächelte Tante
Ohlsen gütig und sagte mit geschlossenen Augen:

„Du bist ein Kind. Jetzt will ich dir dein bis=
heriges Leben wieder erzählen und in drei Worten.
Du warst ein einziges Kind, und als du geboren
wurdest, waren deine Eltern nicht mehr jung. Du
warst zart und sie wollten dich schonen. Du warst
wißbegierig und wolltest viel lernen. Sie steckten
dich natürlich in das verdammte Gymnasium. Als
du vierzehn Jahre alt warst und im Begriff deine
Zukunft freier zu gestalten, starben deine Eltern
und hinterließen dir zu wenig zum Leben, zuviel
um Sterben. Dein Vormund meinte es gut, als
er dich aus der Schule nahm und dich später be=
stimmte, Pharmazeut zu werden. Und nun sitzest
du da mit deiner ungestillten Sehnsucht nach der

dummen griechischen Bildung. Und bildest dir ein, diese kranke Sehnsucht wäre die Blüthe der Dicht= kunst. Es haben es schon Andere vor dir geglaubt, auch sehr Große. Vielleicht ist es wahr. Armes Kind. Nun aber rufe die Anderen zum Thee." —

Fritz Töpfer und Hans Renard traten mit düsteren Mienen herein und setzten sich nach kurzem Gruße mürrisch an ihre Plätze. Sie griffen darum nicht minder zielbewußt in den Stullenberg hinein und wurden in unglaublich kurzer Zeit mit ihm fertig, wobei Heinrich in träumerischer Stimmung tapfer half. Tante Ohlsen bröselte nur ein wenig; sie bereitete kenntnißreich den Thee und goß unermüdlich sich und den Andern Tasse auf Tasse voll. Bier duldete sie nicht in ihrem Hause. Danach schrieb man schlechte Bücher, meinte sie. Ein Theelöffelchen Rum in jede zweite Tasse war das Aeußerste, wozu sie Fritz hatte bewegen können, seitdem er vierund= zwanzig Jahre alt war. Dagegen durften die jungen Leute nach Herzenslust rauchen, sobald abgeräumt war.

Während des Abendbrots hatte man theils ge= schwiegen, theils politisirt. Hans Renard führte dabei das große Wort und war für hohe Zölle auf italienische und österreichische Milch. Wenn Hans=

Renard Milch sagte, so meinte er selbstverständlich immer Käse.

Als die drei dunkeln Cigarren ihre krausen Kräuter durcheinander qualmen ließen, ging ein Engel durchs Zimmer. Fritz und Hans versanken wieder in die düstere Stimmung, mit der sie eingetreten waren. Plötzlich unterbrach das alte Fräulein die Stille und rief:

„Nun schießt mal los, Kinder. Was ist mit den Mädchen? Laßt sie laufen, wenn sie Euch ärgern."

Fritz und Hans sahen einander erschrocken an.

„Da hilft das nicht," sagte endlich Fritz. „Tante Ohlsen erfährt doch Alles. Und Heinrich Weigertz ist an der Geschichte mit betheiligt. Erzähle das Ganze ordentlich noch einmal."

Hans Renard hörte sich gerne reden. Er räusperte sich, zog an seiner Cigarre so lange, bis sie schief aber kräftig in Brand war und begann:

„Urtheilen Sie selbst, Fräulein Tante. In der gestrigen Katerstimmung beschlossen Fritz und ich unsere Schwüre im Pegasus als vorübergehende Aeußerungen eines Rausches anzusehen. Wir wollten unseren dichterischen Bestrebungen mehr Muße widmen als bisher, aber uns nicht zu ihren Sklaven machen,

weil ein häuslicher Herd doch nicht sicher auf Druck=
papier gegründet werden kann. Wir wollten die
Wochentage noch wie vor unseren ehrenhaften, ich lege
Werth darauf, zu wiederholen: unseren ehrenhaften
Berufsarten widmen und nur etwa die langen Abende
und den friedlichen Sonntag zwischen unseren Musen
und unseren Bräuten theilen. So hofften wir unsern
Pegasus reiten zu können, ohne darum unsere Pflichten
mit seinen Hufen zerstampfen zu lassen."

„Vom Panzner hat er was," rief Fritz dazwischen,
„das will ich gerne zugeben. Aber von Goethe
nicht die Bohne. Höchstens Schiller."

Hans strich seinen schönen rothblonden Schnurr=
bart, streichelte dann mit dem Zeigefinger seine Nase
und fuhr fort:

„Da komme ich heute Nachmittag nichts ahnend
zu meinem Bräutchen und finde dort eine nette Be=
scheerung. Die beiden Mädchen und der Backfisch,
die Ottilie..."

Heinrich sprang entschlossen von seinem Stuhle
auf:

„Ich verbiete Ihnen, in solchen Ausdrücken von
einer jungen Dame zu reden..."

„Setz' Dich nieder, Heinrich," kreischte Tante

Ohlsen dazwischen, „und du sagst gleich: Fräulein
Ottilie, Hans.“

„Also die drei Mädchen hocken mit unsrem Panz=
ner zusammen und haben einander zugeschworen,
lieber alte Jungfern zu werden, verzeihen Sie, Fräu=
lein Tante, als sich anders zu verheirathen, denn
an drei Dichter.“

„‚Denn‘ ist gut,“ murmelte Fritz.

„Die Mädchen sehen ein, daß sie nicht warten
können, bis wir als die drei Klassiker der Gegen=
wart anerkannt sind. Aber wirkliche Dichter sollen
wir heißen; bei der Volkszählung und im Adreß=
buch sollen wir unter den Dichtern stehen. Heinrich
soll seine Pillen aufgeben, ich meine Meierei, und
selbst Fritz, der doch als Buchhändler ein so hoch=
poetisches Geschäft hat, soll es umkommen lassen.“

„Und sie wollen uns bestimmt nicht heirathen,
bevor nicht ein Buch von uns in irgend einem Käse=
blatt besprochen worden ist.“

Jetzt sprang Hans Renard zornig auf.

„Worauf spielst du mit Käseblatt an? Warum
soll ich nur in Käseblättern recensirt werden?“

„Laß mich in Ruhe,“ erwiderte Fritz. „Wenn
dir dein Käsehandel so ein Greuel ist, so laß doch

6*

den Quark und unterstütze deine bisherigen Kon-
kurrenten durch Bücherschreiben.“

„Was willst du damit sagen?“ rief Hans immer
erregter.

„Ich meine, daß du die Makulatur nur billiger
machen wirst, wenn du auch noch Bücher heraus-
giebst.“

„Du vielleicht,“ rief Hans außer sich. „Du vielleicht mit deinen alten Späßen. Was ich aber
schreibe, und was Heinrich Weigertz schreibt, das
ist formvollendet, das ist — wie soll ich sagen, —
gewissermaßen hochpoetisch. Und damit du's nur
weißt, ich bin entschlossen. Aureliens Wille ist der
meine. Ich werde meine Meierei liquidiren und
mich völlig dem Pegasus in die Arme werfen, d. h.
du verstehst mich schon. Soviel wie das alte Käse-
geschäft wird es auch noch abwerfen.“

Tante Ohlsen blickte, die Aermchen auf die Stuhl-
lehnen gestützt, lustig auf die Streitenden. Schon
vorher, bei Renard's Erzählung, waren Lichter hellen
Uebermuths über ihre faltigen Züge gehuscht. Jetzt
saß sie lachend da, wie vor den Darstellern einer
Posse und schaute nur mitunter verwundert zur Seite
nach Heinrich, der die Narrheiten ernsthaft und theil-
nahmsvoll anhören konnte. Als aber der Ton noch

heftiger wurde und Fritz sich bis zu dem Worte verleiten ließ:

„Deine Gedichte wird Niemand haben wollen, auch wenn du zu zwölf Käsen ein Exemplar gratis giebst!" —

Da holte das Fräulein plötzlich einen Band der großen Lachmann'schen Lessingausgabe aus der Tischschublade hervor und klopfte damit heftig auf die Platte. Sofort wurde es still, die Dichter setzten sich nieder und schämten sich.

„Werdet ihr wohl Ruhe geben," rief Tante Ohlsen dann und machte ein möglichst ernsthaftes Gesicht. „Ich würde euch auf der Stelle hinausjagen, wenn ihr euch ernstlich um eurer Gedichte willen zanktet. Aber ihr thut es ja eigentlich nur um die Frauenzimmer. Jetzt will ich Antwort haben. Giebt denn die Frau Panzner den Unsinn zu? Die soll ja sonst nicht fürs Höhere sein."

„Das dachte ich auch," sagte Hans kleinlaut. „Als die Mädchen so halsstarrig waren und unser Panzner immer nur dazu nickte, wie ein alter Papageiensprachlehrer, da ging ich ja auch zur Panznern auf den Wäscheboden, wo sie sehr freundlich war und mich auf eine alte verschrumpfte Holztiene niedersetzen ließ. Aber ihren Beistand schlug sie mir rundweg ab. Das wäre freilich Blödsinn, daß ich meine Meierei — sie drückte sich sehr rücksichtslos aus — aufgeben sollte und Fritz die Hoffnungen, später einmal die Leibibliothek zu erben — verzeihen Sie, Fräulein Tante."

„Was soll ich verzeihen? Daß ich einmal von meiner Leihbibliothek scheiden werde? Junge, diese Pflicht wird mir ein großes Vergnügen sein, auch wenn ich meine Privatbibliothek nicht mitnehmen kann. Aber weiter, was hat Frau Panzner sonst noch zu dir gesagt?"

„Hans Renard, hat sie gesagt, Sie sind ein... muß ich es wörtlich sagen?"

„Möglichst wörtlich."

„Sie sind ein Meiereibesitzer und Aurelie ist eine poetisch angehauchte Seele. Das stimmt nicht. Eins muß nachgeben. Entweder Aurelie hört auf, Veilchen zu fressen, oder Sie hören auf, Käse reif zu machen. Sonst setzt es nachher in der Ehe was. Sie müssen nämlich wissen, Fräulein Tante, daß Frau Panzner ihrem Manne sehr unähnlich ist. Es ist eine recht ungleiche Ehe."

„Da hat sie also aus Erfahrung gesprochen," rief Tante Ohlsen.

„Das sagte sie mir und geradezu. Ich bin ihm

doch gewiß ein gutes Weib, sagte sie; Keine würde ihm so wie ich die Knöpfe annähen, die er sich wohl selber abdrehen muß, so viele fehlen ihrer immer. Keine würde so dafür sorgen, daß er immer die richtigen Hefte und Bücher in die Schule mitnimmt. Keine würde so viel Geduld mit ihm haben. Und wie es ihm täglich schmeckt, besonders Rinderbrust mit Meerrettigsauce, darin übertrifft mich Keine. Er erkennt es auch an, aber er ist nicht ganz glücklich, er sieht mich manchmal so erstaunt an. Und warum? Weil meine Eltern die paar Thaler für Bildung auch noch gespart haben, weil ich nicht poetisch an= gehaucht bin. — Wissen Sie, Fräulein Tante, dabei setzte sich die Panzuern zu mir auf die Tiene und weinte bitterlich."

Es wurde ganz still um den Theetisch. Fritz riß verwundert die Augen auf und Tante Ohlsen murmelte:

„Sieh, sieh, die robuste Frau!"

„Und weil sie weinte," fügte Hans hinzu, „da= rum konnte ich ihr gar nicht widersprechen. Sie will zwischen Käse und Poesie nicht entscheiden. Sie neigt sogar entschieden zu Poesie, weil sie so einträglich sein soll. Es bleibt mir nichts Anderes übrig, ich muß Dichter werden."

„Dann thue ich's auch," setzte Fritz nach einer Weile dumpf hinzu.

„Und ich mit Freuden," rief Heinrich.

Tante Ohlsen hatte ihre Hände zwischen die Blätter des Bandes Lessing hineingesteckt, als wollte sie sich dort wärmen. Immer noch zuckte es übermüthig in ihren Augen auf, dabei aber blickte sie doch voll Mitleid auf die jungen Leute, als sie sagte:

„Keine Uebereilung, Kinder. Wenn ihr die Mädchen ehrlich lieb habt, und sie euch ebenfalls, so werde ich noch Urgroßtante werden, ob mit, ob ohne Hochzeitsgedicht. Wenn der ganze faule Zauber nur von dem Panzner ausgeheckt wäre, oder nur die Mädchen euch um den Verstand gebracht hätten, so würde ich euch schön kommen. Da ihr aber mit eurer Eitelkeit die Hauptschuld tragt, so habe ich nichts dagegen, daß ihr Beide gefälligst selbst auf eure Nasen fallt. Dir, Hans, habe ich nichts zu befehlen; aber dir —" sie wandte sich an Fritz — „will ich einen Rath geben. Ein Jahr lasse ich dich dichten. Du darfst dir aus meiner Tasche so viel Papier, Federn und Tinte kaufen, als du willst. Du darfst auch außer Sonntag in die Kneipe gehen, du darfst dir die Haare noch länger wachsen lassen. Wenn sich nach Ablauf des Jahres ein

inziger vernünftiger Mensch findet, der dich für
inen Dichter hält, so wird dir von mir nichts
ntzogen und du kannst treiben, was du willst.
Wenn du aber in der Zwischenzeit das Geschäft
vernachlässigst, oder wenn du nachher noch ein
inziges Mal bei meinen Lebzeiten sagst, oder nur
denkst, du seist zu etwas Höheren geboren, so verkaufe
ch meine Leihbibliothek als Makulatur und meine
paar Thaler vermache ich lieber einem Thierschutz=
verein als dir. Hast du mich verstanden?"

„Jawohl, Tante, und ich danke dir, besonders
für die freien Abende. Und mein Entschluß ist ge=
faßt. Ich gebe meine Gedichte heraus!"

„Friedrich, Bruder, kannst du mir vergeben?"
rief Hans.

Beide hatten sich erhoben und fielen einander in
die Arme.

„Du weißt," sprach Hans, als er ruhiger ge=
worden war, „ich habe den Werth deiner Gedichte
nur im Zorn unterschätzt. Ich achte dich hoch,
und du thust dasselbe, d. h. du weißt: mir gegen=
über. Bruder, unsere Mädchen sind Schwestern,
mögen es auch unsere Musen sein. Laß uns unsere
Gedichte zusammen herausgeben. Das ist billiger

und wird als ein unzerstörbares Denkmal unserer Freundschaft auf die Nachwelt kommen."

„Topp," rief Fritz. „Gesammelte Gedichte von Fritz Töpfer und Hans Renard."

„Das heißt, du weißt: von Hans Renard und Fritz Töpfer."

Einen Augenblick verdüsterten sich ihre Gesichter.

„Ich bin der erste Dichtwart, du nur der zweite," sagte Hans vorwurfsvoll.

Doch plötzlich streckten sie einander mit einer gleichzeitigen Bewegung die rechte Hand entgegen und Fritz rief:

„Der Rangstreit soll uns heute nicht entzweien."

„Und wenn wir auf demselben Pegasus sitzen," sprach Hans bis zum Weinen gerührt, „und die Hörer uns hundert Kränze winden, was kann uns viel die Frage nützen, wer vorne sitzt, wer hinten."

Die Dichtwarte reimten oft so, zur Uebung oder wenn sie ergriffen waren. Fritz wollte sich auch heute nicht übertrumpfen lassen. Begeistert rief er:

„Kastor und Pollux sind abgethan, mit ihnen David und Jonathan. Von allen großen Freundes= paaren, die bis zum Tod getreu sich waren, erscheinen der Nachwelt im reinsten Glanz allein der Friedrich und der Hans."

Beide wollten noch weiter dichten. Aber von Rührung überwältigt, sanken sie einander abermals in die Arme.

„So ist es recht," kreischte Tante Ohlsen. „Von den gesammelten Gedichten stelle ich fünf Exemplare in der Leihbibliothek auf. Und die Leute müssen es lesen, wir lassen ihnen keine Wahl."

„Die Redaktion mußt du mir überlassen," rief Fritz. „Vorhin z. B. hast du übersehen, daß ,winden' und ,hinten' kein reiner Reim ist. Und was den Gebrauch des Wortes hinten überhaupt anbelangt, hochpoetisch kannst du es nicht nennen."

„Aber es giebt doch Stellen, wo es hingehört," rief Hans aufgebracht. „Z. B. wenn ich, und es fällt mir ein..."

Heinrich hatte sich bescheiden in den Schatten des großen Dichterschrankes zurückgezogen. Jetzt trat er erröthend vor und sagte:

„Freunde, eure Bräute und eure Musen sind schwesterlich vereint. Doch sie haben eine Base..."

„Das Kind will auch mitreden," schrie Tante Ohlsen. „Du bist noch nicht reif, mein Heinrich. Weder für die Musen, noch für das andere dumme Zeug; wenn du mich nicht böse machen willst, so sprichst du von diesen Dingen nicht wieder, bevor ich dich nicht aus meiner Privatbibliothek entlasse hābe. Hier diese Kerls wirst du mir langsam lesen einen nach dem andern, aufmerksam und hochachtungs voll und ergebenst. Und solltest du dann nach Jahren noch immer deine Raupen im Kopfe haben, dann bist du unverbesserlich, und ich lasse auch dich au die Leute los. Nun aber gute Nacht, Kinder, un bitte, dichtet heute nicht mehr."

IV.
Verlobung.

Am nächsten Sonntage erschien in den meist ge=
enen Berliner Blättern die gleichlautende Anzeige:
„Ein leistungsfähiger Verleger wird gesucht für
ei tüchtige, junge Poeten, welche in den weitesten
eisen von Berlin S. und Berlin S.W. bereits
coben ihres Könnens abgegeben haben. Adressen
beten unter Postamt 35 H. und F. —"

Bei Panzners wurde diese Anzeige mit Jubel
grüßt. Die beiden Dichtwarte erschienen Nach=
ttags, um Aurelie und Trude zum Schlittschuhlaufen
zuholen, wie ja auch Goethe und noch einer —
chiller war es nicht — das zu thun liebten; aber
s Wetter war ihnen Allen heut viel zu frostig.
o blieb man bei einander, trank Grog, brachte die
esundheit der beiden Dichter und ihrer geistigen

Kinder aus, und auch der Verleger wurde nicht vergessen.

Erst gegen acht Uhr erschienen Heinrich und Ottilie. Heinrich hatte sein Mädchen nach dem Mittagessen vor ihrem Hause erwartet und sie geradeswegs zur Rousseauinsel begleitet. Er wollte nicht nur schlibbern, er wollte ordentlich auf zwei Eisen laufen lernen. Vier Stunden lang hatte er dort den Kampf zwischen seinen Beinen und seinen Schlittschuhen ausgehalten. Während Ottilie in ruhigen, gleichmäßigen Bogen bald fern von ihm über die Eisfläche schwebte, bald rückwärts vor ihm her laufend wie ein neckendes Irrlicht ihn lockte, bis er stürzte, bezwang er selbst mit anerkennenswerther Willenskraft seine angeborene Ungeschicklichkeit. Um zwei Uhr hatte er zum ersten Male im Leben die Schlittschuhe angeschnallt und bald daran verzweifelt, jemals auf diesen eiligen Dingern auch nur eine Sekunde stehen zu können; dann hatte er doch geduldig fallen gelernt, fallen nach vorn und nach hinten, nach rechts und nach links, auf die Kniee und auf die Hände, leicht und heftig fallen, langsam und plötzlich, allein und mit Anderen, in allen Positionen hatte er es gelernt. Gegen vier Uhr war so viel erreicht, daß er aufstehen konnte,

ne sofort wieder hinzufallen. Und als Ottilie
e Eisbahn verließ, da hätte er noch bleiben mögen,
nn jetzt konnte er vollkommen gut laufen. Noch
ar zwar jedes seiner Beine selbstständig und von
m unabhängig, noch griff er mit beiden Händen
rzweifelt in der Luft umher, aber er konnte unter
mständen stürzend und stolpernd über den ganzen
isplatz dahinrennen, bevor er am Ziele, in sein
chicksal ergeben, selbstverständlich niederfiel.

Auf dem Eise hatte Ottilie des Anfängers sich
schämt. Auf dem Heimwege behandelte sie ihn
mmer noch schlecht; er konnte sonst glauben, daß
: wegen ihrer sechzehn Jahre noch keine Dame war.
r sollte also mit ihr Schritt halten, er sollte gnä=
ges Fräulein zu ihr sagen, er sollte nicht so laut
rechen. Heinrich war von seinen ersten Versuchen
uf dem Eise so erschöpft, daß er sich Alles gefallen
eß. Als sie aber bei Panzners anlangten, und er
ch mit zwei Gläsern Grog wiederhergestellt hatte,
a erwachte sein geistiges Leben. Man war im
reise des ersten Vorsitzenden lebhaft plaudernd schon
i der zehnten Auflage der Gedichte angelangt.
lan feierte die Dichtwarte, die einen Verleger suchten,
hon so, als ob der Unbekannte bereits an ihnen
nd mit ihnen reich geworden wäre. Fritz schimpfte

sogar schon auf die elende Krämerseele, die auf der Bärenhaut lag, während die armen Dichter es sich hätten sauer werden lassen.

„Gönne ihm den Mammon," sagte Hans, der nicht so viel vertragen konnte. „Hat er doch beim Druck der Gedichte sein Geld gewagt und so erst den Grund zu seinem eigenen Wohlstand und Ruhm gelegt."

Aurelie gab ihrem Bräutigam einen Kuß und wagte endlich die Frage, ob die Gedichte ihr und Trude gewidmet sein würden.

„Selbstredend," rief Hans, „ich habe mir schon eine schöne Widmung ausgedacht: Unsern lieben Schwestern Aurelie und Trude zugeeignet von Hans und Friedrich."

„Das geht nicht," rief Fritz. „Man würde glauben, sie wären wirklich unsere Schwester. Ich schlage vor: Unsern Bräuten Friedrich und Hans."

Die Dichtwarte stritten lange. Plötzlich fragte zum allgemeinen Entsetzen Trude, was so eine Auf= lage von Gedichten eigentlich einbringe.

„Zweitausend Mark," rief Hans aufs Gerathe= wohl nach einer langen Pause.

„Viertausend," entgegnete Fritz heftig; „wir lassen

nmer sehr große Auflagen drucken. Und bei der
ünfundzwanzigsten Auflage ..."

„Das hätte ich nie geglaubt," sagte Frau Panz=
er bedächtig. „Viermal fünfundzwanzig macht nach
[d]am Riese hundert. Für das dumme Zeug wollen
[S]ie hunderttausend Mark kriegen? Und immer
[w]ieder so viel, so oft Sie sich vors Tintenfaß
[h]insetzen und irgend etwas Spaßiges für'n Sonntag
[a]usdüfteln? Gott straf' mich, wenn ich das gewußt
[h]ätte, dann hätte ich meinen Panzner nicht immer
[g]leich so kaduck gemacht, so oft es bei ihm aus=
[b]rechen wollte. Wenn aber der fremde Herr nicht
[s]o viel drucken will?"

„Zweiflerin!" rief unser Panzner und erhob sich
[l]ängelang, sein Haupt schüttelnd. „Kleinmüthiges
[W]eib! Glaubst du, der Pegasus hätte nur seine
[h]immlische Seite, von welcher aus gesehen, er den
[R]eiter auf glänzenden Fittigen von der Erde empor=
[h]ebt, indem er mit Titanenfäusten den Parnaß auf
[d]en Olympos stülpt und aus seinen Nüstern ein
[F]euer bläst, welches wie der Koloß von Rhodos die
[h]ellsten Sterne überstrahlend, den fernsten Schiffern
[t]raulich entgegenglüht? Nein, das Flügelroß hat
[a]uch eine entgegengesetzte Seite, die befruchtend die
Köpfe des Familienherdes füllt. Zweiflerin! Die

fünfundzwanzigste Auflage ist nur der Anfang. Ich stehe mit meinem Glauben bei der fünfzigsten. Es ist die goldene Hochzeit des Pegasus mit der Muse, und wenn dann ein erhabenes Gastmahl die Ritter des Geistes vereinigt, und die erhabenen Vorbilder aus dem Elysium herabschauen werden, dann wird eine Stimme erschallen und sprechen: Wir wollen an diesem Freudentage auch unsern Panzner nicht vergessen. Vielleicht hätte er auch einer werden können. Aber die poetische Ader, die sein wackeres — weine nicht mein Weib; die Stimme ruft: sein wackeres Eheweib ihm weislich unterbunden hatte, hat er selbstlos überströmen lassen in den göttlichen Wahnsinn seiner Jünger, und die dritte Blüthezeit der deutschen Dichtkunst ist erwachsen aus dem Treibhause, in dessen Erdreich die wackere Hausfrau die Leichen von Panzner's Hochgefühl verscharrt hat."

Frau Panzner mußte eilends in die Küche hinaus gehen, um fürs Abendbrot zu sorgen. Man hörte sie draußen mächtig mit Feuerhaken und Taschentuch hantieren. Panzner hatte sich niedergesetzt und ließ sich wie geistesabwesend von seinen Nichten Haar und Wangen streicheln. Die beiden Dichtwarte drückten ihm über den Tisch hinweg die Hände und versicherten, er wäre noch nicht zu alt, um mit dem

egaſus noch einen kleinen Hopſer zu machen.
einrich, deſſen Müdigkeit verſchwunden ſchien, ſchlug
äftig auf den Tiſch und rief immer wieder:

„Ich melde mich beim erſten Vorſitzenden als
ues Mitglied des Pegaſus an. Ich bitte mich
fzuſchreiben; ich muß ſehr darum bitten.“

Ottilie blickte aus ihren großen Augen ver=
undert in das Treiben hinein. Sie zweifelte keinen
ugenblick, daß die Dichtwarte im Begriff ſtanden,
hr berühmte Leute zu werden. Aber ſie fühlte ſich
kränkt, weil von Heinrich gar nicht die Rede war,
id der blieb doch von allen Dreien immer der
etteſte und Bedeutendſte. Auch erfüllte es ſie mit
ütterlichem Kummer, daß man den Heinrich zum
rinken verleitete; dafür war er noch nicht alt
mug.

Sie brach plötzlich auf und erklärte ſo entſchie=
n, Herr Weigertz brauchte ſie nicht nach Hauſe zu
gleiten, daß er ſich ihr ſofort zur Verfügung
ellen mußte. Die übrige Geſellſchaft war bereits
überirdiſch geſtimmt, daß man das Fortgehen
r beiden jungen Leute kaum beachtete.

Auf der Straße blieben ſie eine Weile befangen,
id weil Ottilie glaubte, Heinrich beneide die An=
ren um ihre Erfolge; ſo war ſie lieb und gut zu

7*

ihm und munterte ihn auf, ihr bald wieder etwas von seinen Versen zu zeigen.

„Aber nicht wieder an mich, Herr Weigertz. Das habe ich ja gar nicht verdient."

Weiter konnte sie ihm nicht entgegen kommen Und als er, wie wenn er nicht gehört hätte, stumm neben ihr weiter schritt, bereute sie, freundlich ge wesen zu sein und wollte ihn wieder ärgern.

„Nicht wahr, es war schön auf dem Eise?" fragt sie recht boshaft.

„Es war zum Erschießen schön," antwortet Heinrich wie auf ein Stichwort. Seit drei Tagen hatte er diese Antwort auf den Lippen. Heinrich von Kleist hatte dieses Wort einst gesprochen und die Hörer es nicht verstanden. Als er sich dann wirklich erschoß, da flüsterten sie sich's einander zu an seinem Grabe. Und so sollte Ottilie sich des Wortes an Heinrich's Grabe erinnern, wenn sie schön wie ein Marmorengel mit einem Kranze von ver späteten Lorbeerzweigen davorstand.

„Was das für eine dumme habige Redensart ist," sagte sie nach einer Pause. „Wo haben Sie die wieder aufgeschnappt?"

Heinrich antwortete nicht gleich. Auch Kleist war im Leben durch seine Verschlossenheit aufge

allen. Als Ottilie ihn aber erschrocken ansah und
plötzlich ausrief: „Um Gottes Willen, was ist Ihnen,
aber Herr Weigertz!" da schmolz die Eisrinde von
seinem Herzen, und leidenschaftlich begann er zu
sagen, was seit acht Tagen seine Seele bestürmte.

Er ging mit so heftigen Schritten weiter, daß
sie kaum zu folgen vermochte. Bald tauchte er seine
Fäuste verzweifelt in die tiefen Taschen seines Ueber=
rocks, bald streckte er sie wie zu einer feierlichen
Anklage, oder zur Abwehr einer Gefahr weit vor
sich aus.

Sie verstand ihn anfangs nicht. Er erinnerte
sie daran, daß unser Panzner ihm in der neuen
Blüthenperiode der deutschen Dichtkunst die Rolle
vom Kleist zugewiesen habe.

„Wissen Sie, was das bedeutet?" rief Heinrich.
Es giebt zweierlei Dichter. glückliche und unglück=
liche. Die Dichtwarte des Pegasus haben Schiller
und Goethe, die beiden glücklichsten, aufbekommen;
ich aber habe die unglückliche Rolle, bis an mein
Lebensende Werke zu schreiben, die den Leuten nicht
gefallen und aus Kummer darüber dieses Lebens=
ende durch Selbstmord zu beschleunigen. Oh, Fräu=
lein Ottilie, zittern Sie nicht und erblassen Sie
nicht. Ich bin über das Alter hinaus, wo der Tod

noch Schrecken für uns hat. Ich bin bald einund zwanzig. Ich denke sogar daran, mir die Sache bequemer einzurichten, als mein Vorgänger. Ich wil die Werke, welche den Leuten doch nicht gefallen würden, gar nicht erst niederschreiben. Diese Resignation wird mich nur noch unglücklicher machen und ich werde den letzten Schritt erhobenen Hauptes gehen."

„Das ist ja schrecklich!" rief Ottilie dazwischen „Versprechen Sie mir, daß Sie Ihre Werke erst aufschreiben wollen. Vielleicht werden sie doch einiger Menschen gefallen. Mir gewiß!"

„Der Himmel segne Sie für dieses Wort. Wir stehen vor Ihrem Hause. Leben Sie wohl. Ein Gefühl, dem Worte zu leihen mein männlicher Stolz nicht duldet, hat mich verleitet, Ihnen meine ganze Seele zu enthüllen. Schwören Sie mir, Ottilie, daß Sie das Geheimniß meines Daseins unter keinen Umständen, nicht unter den Schrecken des Vehmgerichts, nicht unter den zerfleischenden Bissen einer wahnsinnigen Liebe, nicht einmal in der Ohnmacht des Traumschlafes jemals verrathen wollen! Schwören Sie und dann geben Sie mich auf!"

„Ich lasse Sie nicht so fort!" rief Ottilie ängstlich. „Kommen Sie mit mir hinauf; ich will Sie

meiner Mutter vorstellen, damit Sie immer zu mir
kommen können, wenn Sie so unglücklich sind wie
heute."

Heinrich nickte nur stumm mit dem Kopfe und
ging trotzig hinter dem jungen Mädchen die Treppe
hinauf. Ottilie wußte zwar ganz genau, daß ihre
Mutter um diese Zeit nicht zu Hause war. Die
kränkliche und kindisch gewordene alte Dame brachte
jeden Abend in Frauen=Vereinen zu, wo sie sich auf
das ewige Leben vorbereitete. Ottilie war nach
Dunkelwerden stets mutterseelenallein. Aber um so
sehnsüchtiger empfand sie den Wunsch, ein fühlendes
Menschenkind in ihrer Nähe zu haben. Auch konnte
sie doch den netten Herrn Weigertz nicht in dieser
Stimmung fortschicken.

Bis zum Halse hinauf pochte ihr das sechzehn=
jährige Herz bei ihrem ersten Abenteuer. Es war
ja Alles Unsinn mit dem Unglück und mit dem Er=
schießen. Aber schön war es, wie der hübsche Junge
dabei strahlte. Das konnte ja nur der Anfang zu
einer Liebeserklärung sein, Ottilie fühlte das ganz
genau; und darum zitterte ihre Hand, als sie mit
dem Drücker die Korridorthür öffnete.

„Es ist kohlrabenschwarz hier drin," sagte sie.

„Gehen Sie voraus und bleiben Sie hier in der Ecke stehen, bis ich Licht gemacht habe.“

Sie schloß hinter sich zu, streifte ihn im Vorübergehen und lachte. Heinrich aber rief mit düsterer Stimme:

„In der Ecke stehen und im Dunkel bleiben. Das ist mein Loos. Oh, die Welt ist voll von Bildern, die mich necken.“

Ottilie steckte eine Petroleumlampe an und nöthigte ihn in die Berliner Stube hinein.

„Legen Sie Hut, Rock und Schlittschuhe ab. Ich kann Ihnen nichts zu essen anbieten, lieber Herr Weigertz. Ich fürchte, es ist Niemand zu Hause, ich werde Sie bald wieder fortgehen heißen müssen. Aber ein Glas Bier müssen Sie vorher trinken, sonst werden Sie schwach.“

Sie stellte ein Glas und eine Bierflasche auf den Tisch. Dabei plauderte sie aufgeregt. Die Mutter sei im Sommer allsonntäglich bei gutem Wetter auf dem Friedhofe, wo der Vater ruhte, oder bei einer alten Freundin im Siechenhause. Im Winter bekäme sie es immer mit der Frömmigkeit. Ottilie hatte den Vater kaum gekannt. Er hatte ein hübsches Vermögen hinterlassen. Mutter konnte was für sich thun. Aber anstatt sich zu schonen und zu pflegen, lief sie bei solcher Kälte an traurigen Orten umher. Es war traurig, daß kein Mann im Hause war, der da einschritt. Es hätte mehr als noch für einen Dritten gelangt.

Heinrich hatte sich inzwischen abgemüht, den Patentverschluß der Flasche zu öffnen. Darüber war ihm die tragische Stimmung entschlüpft. Aufmerksam horchte er auf den seltsamen Ton, mit welchem das Mädchen von einem Manne im Hause sprach; und er sagte:

„Ja, es ist ein rechtes Glück, wenn man für den schlimmsten Fall einen Nothpfennig übrig hat. Ich bin sogar versichert, d. h. ich habe mich dazu angemeldet und mich wird man nicht zurückweisen! Auf Lebensfall. Ich erhalte die Rente vom fünfzigsten Jahre ab ausgezahlt."

„Ach, Sie werden doppelt so alt!" rief Ottilie und lachte dabei etwas spöttisch.

Da runzelte Heinrich die Stirne und erinnerte sich seines düsteren Entschlusses. Dann öffnete er mit einem Ruck die Flasche und goß das Glas voll; er trank es zur Hälfte aus, setzte es hart auf den Tisch nieder und sagte mit rollenden Augen:

„Es reicht für uns Beide!"

„Nein, ich mag nicht, trinken Sie es nur allein aus."

Heinrich trank aus, dann aber rief er:

„So verstößt auch du mich, Geliebte! Laß dir erzählen. Als Heinrich von Kleist zum Sterben reif war, da wollte er in der letzten Stunde seines Lebens glücklich sein, und er ward es. Er starb nicht allein. Mit der Geliebten zusammen ging er in den Tod und in die Unsterblichkeit. Ottilie," — er fiel dem erschreckten Mädchen zu Füßen — „mein Leben ist mir vorgezeichnet. Willst du die Meine sein? Bist du bereit, mit mir zu sterben an dem Tage, wo ich den Undank Deutschlands nicht mehr ertragen kann?"

Ottilie schloß die Augen und hielt seine flehend erhobenen Hände zwischen den ihrigen. Ach, war das süß! So ängstlich und so schaurig! Ach, war das eine schöne Liebeserklärung! So eine hatten gewiß alle ihre Freundinnen nicht gehabt, selbst die Achtzehnjährigen nicht.

Sie beugte sich zu dem Schwärmenden nieder und sagte leise aufseufzend:

„Ach, lieber Herr Heinrich, das habe ich gar nicht verdient. Ich habe Sie auch recht lieb."

„Und du willst mit mir sterben, wenn die Stunde ruft?"

„Ach ja, lieber Herr Heinrich, was Sie wollen. Aber jetzt stehen Sie auf. Wenn meine Mutter plötzlich käme und Sie so fände!"

„Du hast Recht, Geliebte. Niemand außer uns soll das Geheimniß unseres Schwures ahnen. Niemand soll mir mein Gefühl verwirren."

Er zog den Ueberzieher wieder an, er nahm den Hut in die rechte, die Schlittschuhe in die linke Hand und rief begeistert:

„Bei Panzners verloben sie sich miteinander, um zu siegen und zu leben. Auch wir haben uns in dieser Stunde verlobt, doch nur um unterzugehen und zu sterben. Wir sind die besseren Menschen. Das Grab wird unser Brautbett sein. Lebewohl!"

Er stürzte fort und Ottilie hörte die Schlittschuhe rasseln, so lange er die Treppe hinunterlief. Sie blieb unbeweglich stehen und dachte: Einen Kuß hätte er doch wohl verlangen können. Ich hätte ihm ihn ja nicht gegeben. Verlangen hätte er ihn dennoch müssen. Der gehört doch zu jeder Liebeserklärung. Aber hübsch und nett ist er doch.

Als Heinrich so schnell wie möglich, damit Ottiliens Ruf nicht geschädigt würde, zu Panzners zurückkehrte, kam er gerade recht, um dem ausdrücklichen und feierlichen Verlöbniß zwischen Fritz Töpfer und Trude beizuwohnen. Wohlwollend freute er sich mit den Glücklichen, aber es war ihm doch lieb, daß die allgemeine Aufregung ihm gestattete als stummer Beobachter zuzusehen, wie wohl es anderen Leuten wurde. Frau Panzner küßte ihre Nichte und bat sie unter Thränen, niemals zu vergessen, daß es mit Kochen und Scheuern allein nichts war, daß man als Weib eines schreiblustigen Mannes auch selber poetisch angehaucht sein mußte.

„Lieber die Suppe ein bischen angebrannt und der Kuchen ein wenig glitschig, als beim Vorlesen einschlafen. Für mich ist es zu spät. Ich lerne es nicht mehr."

Panzner aber unterbrach sie und sprach:

„Hans und Friedrich, nun doppelt meine Söhne, weil ihr meine Neffen geworden seid. Möge es euch ergehen wie Saul, dem Sohne Kis. Auch ihr zoget nur aus, um treue Genossinnen für euer Leben zu suchen und habt ein Königreich gefunden. Und ihr zogt aus, einen Verleger zu suchen, und der Musengott hat euch geleitet und wird mit diaman= tenen Nägeln die goldenen Hufeisen eures kraft= strotzenden Pegasus beschlagen."

„Und wann soll die Hochzeit sein?" rief Fritz

Töpfer, der auch in solchen Augenblicken seinen Rück=
fall in die Alltäglichkeit nicht zurückhalten konnte.

„Wenn dieselbe Decke," erwiderte Panzner, „die
papierenen Kinder eures Geistes schützend umhüllt
haben wird, dann dürft ihr daran denken, unter be=
sonnener Leitung meines wackeren Weibes, die noth=
wendigen Einkäufe für die wohnlichen Stuben eures
Herdes zu machen. Und nun auf ein Stündchen in
die mütterlich warmen Arme des Pegasus, dort
spinnen die Verächter des Weißbieres und des Ide=
alismus ihre Ränke. Auf!"

Im Pegasus wurden die Herren von ihrer Partei
mit begeistertem Zuruf, von den Gegnern mit nei=
dischem Schweigen empfangen. Man hatte auch da
die Anzeige, worin ein Verleger gesucht wurde, ge=
lesen, und selbst die Feinde zweifelten nicht daran,
daß die beiden Dichtwarte einen kräftigen Verleger
finden müßten.

V.

Ein Verleger wird gesucht.

Aber es ging nicht so rasch, wie ihr Glaube an die Gerechtigkeit der Welt den Dichtwarten des Pegasus eingeredet hatte. So oft auch einer der Dichter auf dem Postamt 35 nachfragte, niemals lag ein Brief unter ihrer Chiffer für sie da. Sie wiederholten ihr Gesuch noch zweimal; als aber auch dann noch eine Woche verging, ohne daß der Verleger sich von selbst meldete, da setzten sie ihre Hoffnungen ein wenig herab.

Es traf sich, daß Hans und Fritz an dem Schalter des Postamts aneinander stießen, beide im Begriff, noch einmal zu fragen. Sie blickten einander traurig an und verließen stumm das Postamt, ohne den Beamten gestört zu haben. Unwillkürlich schlugen sie den Weg zu Tante Ohlsen ein. Dort fanden sie

Heinrich, der seinen Kleist zurückbrachte und bei Fritz eine neue Ausgabe seines Vorbildes bestellte.

„Und wenn ich darob verhungern sollte, und wenn ich mich in Schulden stürzen müßte, ich werde ihn besitzen."

Als er von dem Mißgeschick der Dichtwarte erfuhr, lächelte er düster als ein Weiser, dem die gerechliche Einrichtung der Welt keine Enttäuschung mehr bringen kann. Tante Ohlsen gab den vernünftigen Rath, die Gedichte erst sauber abzuschreiben und sie den angesehensten Verlegern nacheinander anzubieten, bis sich endlich ein einsichtsvoller Mann fand, der sie druckte. Kam der Berg nicht zu Mohamed, so mußte Mohamed zum Berge gehen.

Die Dichtwarte drückten einander stumm die Hand und lächelten ein wenig von oben herunter zu Heinrich's naseweisen Bemerkungen. Was bildete er sich ein? Der borgte noch von Tante Ohlsen Bücher zum Lesen, während sie bereits im Begriffe waren, selbst, wenn auch nur gemeinsam, ein Buch herauszugeben. Aber der Rath des alten Fräuleins schlug durch. Es kostete zwar Ueberwindung, sich einem dieser Litteraturprotzen unaufgefordert anzubieten; dafür war aber auch der Erfolg auf diesem Wege sicher.

Sie gingen noch an demselben Abende daran, einige Gedichte Friedrich's nach gemeinsamer Berathung auszuseilen und abzuschreiben. Heinrich hörte dem wohlerwogenen Gedankenaustausch der beiden Glück= lichen, ihrem Silbenzählen und Reimesuchen eine Weile achtungsvoll zu, dann aber schlich er plötzlich fort. Wer doch auch schon so weit wäre, öffentlich eine Braut zu besitzen und einen Verleger zu suchen! Heinrich fühlte sich für den Augenblick mit der Litte= ratur zerfallen. Alle Tage hatte er wohl die Ab= sicht, eine Novelle zu schreiben, wie etwa der Michael Kohlhaas war, aber es fiel ihm nichts Epochemachendes ein. Da beschloß er auch in diesem Punkte Kleist's Beispiel nachzuahmen und sich eine Zeit lang einer unfruchtbaren hohen Wissenschaft hinzugeben. Er wollte Mathematiker werden. Da er nämlich gerade für sein Pharmazeutenexamen ein Lehrbuch der Mathematik in seiner Stube liegen hatte, so ver= senkte er sich allabendlich · in diese unpoetische Welt. Er arbeitete das Lehrbuch tüchtig durch. Aber bei= leibe nicht fürs Examen! Er hätte sonst die Gramma= tik, welche er für eine Nachprüfung aus Latein nöthig hatte, nicht zum Antiquar getragen.

Um sich in den Zweifeln an seinem poetischen Beruf angenehm zu stärken, kam er mitunter auf

n halbes Stündchen zu Tante Ohlsen, aß ein paar
cke Stullen, trank den dünnen Thee und lauschte,
enn die gottbegnadeten Dichtwarte darüber stritten,
b „Känguruh" und „blinde Kuh" ein einfacher oder
oppelreim, oder gar ein falscher Reim sei.

Je länger Hans und Friedrich an ihren gemein=
nmen Gedichten feilten, desto freudiger wurden sie
i aller Uneinigkeit. Jeder hielt heimlich die Verse
s Andern für gewöhnliche Pfuscherei und nur die
ücksicht auf das Ansehen, welches der Eine und
er Andere in den Kreisen des Pegasus schon er=
ngt hatte, verhinderte einen Bruch. Auch genoß
eder von ihnen die Freude, an seinen Gedichten
erumzubosseln, doppelt, wenn der Andere gezwungen
ar zuzuhören. Anfangs hatte Fritz manche kritische
Bemerkung über die Unverständlichkeit der philoso=
hischen Gedichte von Hans gemacht. Als Hans sich
ber sofort rächte und launige Einfälle Fritzens
latte Witzeleien nannte, da legten sie rasch den
ehler des Hochmuths ab. Stillschweigend schlossen
e die Uebereinkunft, einander nicht mehr zu kränken,
ondern neidlos das unsterbliche Werk zu vollenden,
owie Schiller und Goethe — Goethe und Schiller
erbesserte Hans — aus Einem Tintenfasse heraus
iele Gedichte geschrieben hatten.

Tante Ohlsen war das vermittelnde Element. Sie behauptete immer, die beiden Dichter seien einander vollkommen ebenbürtig. Sie war auch gegen allzuviele Aenderungen. Die erste Fassung, wie sie noch warm aus dem Kopfe hervorgegangen war, erschien ihr immer als die beste. Sie rettete oft die Eigenart eines Verses, wenn Hans einen falschen Reim von Friedrich verbessern oder Friedrich einen unklaren Gedanken von Hans beleuchten wollte.

Daß das Dichten eine viel leichtere Sache war, als musenverlassene Dutzendmenschen sich das vorstellten, das wußten die beiden Dichtwarte längst; besonders Friedrich konnte nie begreifen, wie ein so begabter Mann wie Goethe in achtzig Jahren nicht mehr als vierzig Bände geschrieben hätte. Eine Bagatelle. Daß aber auch das Ausfeilen und Herausgeben so leicht war, das machte ihnen eine unbändige Freude. Wenn ihnen ausnahmsweise einmal ein Wort nicht gefiel, so standen ihnen immer gleich zehn Variationen für eine zur Verfügung; und immer eine schöner als die andere. Da fing z. B. ein ernstes Poem von Hans, welches „An den Dichter" betitelt war, mit den Worten an:

Reizt Dich ein weißes Blatt zum Dichten,
So mußt Du es nicht gleich verrichten.

„Da weiß man ja nicht," rief Friedrich, „ob der
rs gleich mit kurzlang anfängt. Ich schlage vor:
reizt Dich weiß Papier zum Dichten, Du aber
ißt's nicht gleich verrichten."

„Dein Einwand ist richtig," sagte Hans. „Aber
eine Verbesserung ist hart. Auch scheint mir jetzt,
ß verrichten ein prosaisches Wort ist. Ich werde
ber sagen:

> „Dich reizt Papier zu hohen Sachen,
> Du aber mußt sie gleich nicht machen."

„Da hast Du eine Schönheit fahren gelassen,"
tgegnete Friedrich; „nicht jedes Papier reizt, nur
s weiße, wie Du so fein empfunden hattest. Ich
lage vor:

> Reizt weiß Papier Dich auf zum Reimen..."

„Leimen," rief Hans vorschnell.

„Nein," sagte Friedrich überlegen:

> So mußt Du's langsam lassen keimen."

„Das klingt wieder, als ob das Papier keimen
lte," meinte Hans mit boshaftem Lächeln. „Ich
hme Deinen ersten Vers an und fahre fort:

> Geht's nicht so schnell als wie beim Heumähn."

„Bravo!" rief Friedrich. Und Beide sprangen auf
b drückten sich die Hände. Und sie blickten ein=
der in die Augen und waren nur zu bescheiden,
ort das Wort auszusprechen, das ihnen Beiden

8*

auf den Lippen schwebte. Endlich warf Friedri
den Kopf zurück und besiegte die falsche Bescheidenhe

„Da hat Deutschland endlich wieder zwei sol(
Kerle," murmelte er gutmüthig.

Schließlich blieb auf den Rath der Tante Ohls
der Spruch an den Dichter in seiner ersten Fassu
stehen.

In dieser Weise betrieben sie ihr Geschäft a
abendlich; sie änderten nicht viel, aber sie lernt
desto mehr. Wenn sie ihren Bräuten erzählten, d
sie ihrem alten Tageslauf nur noch mit halber The
nahme oblagen, so war das keine Lüge.

Fritz verstand jetzt die Verachtung, mit der Tar
Ohlsen auf die Abonnenten ihrer Leihbibliothek h
absah. Alle fragten sie nach den leeren Modedichter
keiner von ihnen ahnte, daß die gemeinsamen G
dichte von Hans und Friedrich bereits ihr struppig
Haupt über den Horizont der deutschen Poesie h
vorstreckten. Wie ein incognito reisender Fü
lächelte Fritz jedesmal, wenn ein junges Mädch
etwas recht Poetisches verlangte und ihm die Wa
überließ. Ueber ein Kurzes wird sie das Läche
verstehen. „Warte nur, balde ruhest Du auch — n
meinen Gedichten unter dem Strauch." Es streng(
ihn gar nicht an, solche Einfälle zu haben.

Hans und Friedrich waren sonst durchaus ver=
schiedene Naturen. Aber dasselbe Lächeln eines in=
cognito reisenden Fürsten schwebte über den Lippen
Hans Renard's, wenn er in seinem großen Lager=
hause am Stettiner Bahnhof die allwöchentliche Käse=
versteigerung en gros abhielt. Ging das Geschäft
flau, dann achtete er wohl auf den Fortgang der
Versteigerung, auf die Mienen der Käufer und auf
die Düfte der ausgereiften Käsemassen, welche doch
nicht ewig auf Lager bleiben konnten wie schlechte
Gedichte. Wenn aber die reife Waare bei festen
Preisen lebhaft abging, wenn nur noch die frischen
Käseberge im Lager zurückblieben, und er eines hüb=
schen Gewinnes sicher war, dann schweiften wohl
seine Gedanken aus. Sein Schweizerkäse kam aus
Sommern von der Meeresküste, wohin er sich sehnte
wie an der Mutter Brüste; sein Hauptartikel, fetter
Tilsiter, erinnerte ihn an den Kollegen Heinrich
Beigertz, der ja auch aus Tilsit war und an Königs=
berg, „die Stadt der reinen Vernunft, wo den Kant
erkannte der Philister Zunft." Und es kam wohl
vor, daß er in Gedanken an den Rhythmus seiner
Verse, die er in seinem Gehirn improvisirte, mit dem
Hammer zu früh zuschlug, weil ein sechsfüßiger
Jambus gerade zu Ende war. Ein Käsehändler aus

Charlottenburg hatte einmal noch weiter bieten wollen; aber das machte nichts. Der wahre Genius war immer etwas zerstreut. Und Hans lächelte incognito.

Schon gegen Ende Februar waren die Dichtwarte mit ihrer fröhlichen Arbeit zu Ende. Nur die Widmung und das Schlußgedicht stand noch aus und wurde nach einem schweren, dreitägigen Kampfe festgestellt.

Die heitre Muse Friedrich's sollte das Bändchen mit seiner bekannten, im Pegasus immer wieder gern gehörten Parodie auf Schiller's Glocke beschließen. Sie hieß „der Pegasus" und verletzte eigentlich an manchen Stellen die Pietät, welche jeder deutsche Dichtersmann vor den Manen dieses Dichterkönigs haben sollte. Friedrich hatte beim Abfassen eben noch gar nicht gewußt, daß er zum neuen Schiller bestimmt war. Jetzt wollte er sein reifstes Werk in der Sammlung nicht missen. Hans wurde ungemüthlich, wenn von Reise die Rede war. Das Wort erweckte in ihm Vorstellungen, welche ihn sein parfümiertes Taschentuch hervorziehen ließen. Er tadelte den Freund bitter, weil er die gemeinsame Sammlung durch die Häufung scherzhafter, wenn auch noch so geistvoller Verse „zu einem Tanzboden-

r die Füße des Pöbels" machen wollte. Er wünschte
ir die eine Stelle aus der Parodie aufgenommen
: sehen, in welcher Friedrich bei der Parodie von
s Feuers Macht wie durch ein Wunder tiefernste
öne gefunden hatte, „über welche auch die hochge=
zwellteste Dichterbrust nicht zu erröthen brauchte."
riedrich war von dem Gedanken ergriffen worden,
ß des Feuers Macht seine Manuscripte zerstören
nnte; da hatte er denn die Schiller'schen Worte
m „Wohlthätig ist des Feuers Macht" bis gegen
s Ende hin — über fünfzig Verse — ganz buch=
iblich stehen lassen, und nur das Letzte ein wenig
ändert.

„Hoffnungslos weicht der Mensch der Götterstärke,
Müßig sieht er seine Werke
Und bewundernd untergehn.
Einen Blick nach dem Grabe
Seiner frohen Dichterhabe
Sendet noch der Mensch zurück —
Greift fröhlich dann zum Wanderstabe.
Was Feuers Wuth ihm auch geraubt,
Ein süßer Trost ist ihm gelassen,
Gedichte birgt in großen Massen
Sein unversehrtes Dichterhaupt."

Diese Stelle war einfach schön, dagegen ließ sich
chts sagen. Aber die übrige Parodie mit ihren
pfefferten Anspielungen auf die Mitglieder des
egasus war der gemeinsamen Gedichte unwürdig.

Und Hans hätte den Sieg über Friedrich's Eitelkei
davongetragen, wenn er nicht auf dem unveränderte
Abdruck seines Widmungsgedichtes bestanden hätte
Dieses richtete sich an die Nachwelt und sprach di
Hoffnung aus, daß die Verse von Hans und Fried
rich die gegenwärtige Formation der Erde und da
Zeitalter von Papier und Eisen überdauern würden
Es war sehr schwungvoll und schloß mit der Auf
forderung, dieses Büchlein immerfort zu lesen:

> „Bis vorüber ist der Horen Tanz,
> Und der Aeon beißt in seinen Schwanz."

Die Horen fand Friedrich gut, aber den Aeon
verstand er nicht. Hans konnte den betreffenden Ver
immer nur mit anschaulichen Geberden wiederholen
Er umfaßte mit seinen Armen möglichst viel Raum
und verkrampfte die Finger beider Hände in einander

„So," rief er beinahe aufgebracht. „So beiß
der Aeon in seinen Schwanz. Du weißt doch
Aeonen — Ewigkeit. Die Schlange, die sich in de
Schwanz beißt, ein Bild der Ewigkeit. Der Aeon
war auch so ein Fabelwesen. Warum soll er nich
auch in seinen Schwanz beißen? Wer das nicht ver
steht, der mag ein ganz guter Gelegenheitsdichter
sein, aber ein Schiller ist er nicht."

„Hans, ich rathe dir, reize mich nicht, dir mein

Meinung zu sagen, sonst vernichte ich unser halbes Buch. Bei Goethe beißt kein Aeon. Man könnte sich einen Floh darunter denken."

„Hanswurst," rief Hans.

„Lieber Hanswurst, als Hans Renard," antwortete Friedrich.

„So trennen wir uns," rief Hans zornig improvisirend. „Gieb mir mein Eigenthum zurück und such' mit Possen dir dein Glück."

Ohne Besinnen erwiderte Friedrich:

„Ist dir mein Kopf zu klar, mein Witz zu munter, so schmeiß ich dich vom Pegasus herunter."

„Elender Parodist!"

„Du bist ein toller Christ!"

„Hör' auf, oder es geschieht etwas Furchtbares."

Tante Ohlsen, welche der Berathung von ihrem hohen Lehnstühlchen aus auch heute wieder folgte, legte sich ins Mittel. Auch sie citirte die Glocke; denn wo das Strenge mit dem Zarten, wo Starkes sich und Mildes paarten, wo der hochfliegende Ernst des Einen mit dem liebenswürdigen Scherz des Andern sich vereinte, da konnte der Erfolg nicht ausbleiben. Wer Vieles bringt, wird Jedem etwas bringen, fügte sie hinzu, damit Goethe nicht zu kurz kam. Auch würde das Bändchen zu dünn werden, wenn die Hälfte fortblieb.

Die letzte Erwägung entschied. Hans gab zuerst nach. „Sie blieben Freunde bis zu ihrem Tode," sagte er weich. „Wir wollen ihrem Beispiel folgen. Willst du, Friedrich?"

„Sie haben sich über ihre gemeinsamen Gedichte vielleicht ebenso gezankt, es sei. Ich gestatte dir deinen allzu beißenden Aeon . . ."

„Friedrich," sagte Hans noch weicher, „scherze nicht mit Dingen, die mir heilig sind."

„Und du hast nichts gegen meine ganze Nach= bildung der Glocke?"

Und sie reichten sich die Hand und setzten sich wieder nieder.

Die beiden heiß umstrittenen Gedichte wurden der Sammlung beigefügt und noch an demselben Abende wurde die ganze Handschrift als Werthpacket an Cotta, den Verleger all unserer Klassiker, zu= rechtgemacht. Das Begleitschreiben hatten sie ge= meinsam abgefaßt, es lautete:

„Berlin, den 20. Februar 1875.

Geehrter Herr!

Wir nehmen uns die Freiheit, Ihnen die bei= liegende Sammlung tragischer und hochkomischer

Gedichte für den Vertrieb in Ihrem rühmlichst bekannten Verlag anzubieten. Wir wissen nicht, ob Ihnen unsere Namen schon vortheilhaft bekannt sind. Aber wir können uns ohne Ruhmredigkeit auf Erfolge berufen, welche weit über den Schoß des Pegasus hinaus die Kinder unserer Launen zu den Lieblingsgegenständen der besten Kreise von Berlin gemacht haben.

Unsere anderweitigen Nebenberufe gestatten es uns, Ihnen bei der ersten Bestellung um des angenehmen Verkehrs willen entgegenzukommen. Wir wollen bei der ersten Auflage — etwa 5000 Exemplare? Wie? Ihnen den sichern Gewinn nicht allzu sehr schmälern, der Ihnen durch die zahlreichen Freunde des Pegasus überhaupt und unseres Pegasus insbesondere, über allen Zweifel erhaben ist. Für spätere Auflagen möchten wir uns neue Abmachungen vorbehalten. Gute Ausstattung, holzfreies Papier, deutlicher Druck und Diskretion ist wohl auch Ihnen Ehrensache.

In von Ungeduld nicht ganz freier Erwartung Ihrer werthen Antwort zeichnen wir

Hochachtungsvoll und ergebenst

Hans Renard und Friedrich Töpfer

z. Z. Dichtwarte des Pegasus.“

Hans durfte das Packet mitnehmen, um es in früher Morgenstunde einem zuverlässigen Postamt, am liebsten dem Hauptpostamte selbst, anzuvertrauen. Die übrige geschäftliche Korrespondenz sollte Friedrich im Einverständniß mit Hans selbstständig führen, weil er als Buchhändler Fachmann war.

Fünf Tage später kam aus Stuttgart das Packet ohne Werthangabe zurück. Die Cotta'sche Buchhandlung bedauerte, von der Offerte keinen Gebrauch machen zu können.

Fritz schickte einen Dienstmann nach dem Stettiner Bahnhof; Hans sollte Alles stehen und liegen lassen und auf der Stelle nach der Leihbibliothek kommen. „Wichtige Nachricht!"

Hans unterbrach trotz wachsender Preise seine Käseversteigerung, gönnte sich eine Droschke erster Güte und fuhr bald vor dem Lesezirkel von Hermann Ohlsen vor. Als er eintrat, waren zu viele Bücherfreunde versammelt, als daß er ungehindert hätte fragen können. Nur einen sprechenden Blick warf er auf Fritz; in den Augen lag die Frage: „Hat Cotta angenommen?" Fritz schüttelte seinen Haarbusch und zwinkerte seinem Mitdichter vergnügt zu. Hermann Ohlsen forderte die Dioskuren uuf, in ihr Privatzimmer zu treten und dort ihre Angelegenheiten rasch abzumachen.

Als sie dort eintraten, erblickte Hans das Manu=script sofort auf dem Tische und schmerzbewegt rief er aus:

„Also abgelehnt. Und darum Räuber und Mord=brenner. Der Centner stand 30½.“

„Abgelehnt, ja,“ rief Friedrich mit stolzer Miene, „aber mit einer Begründung, wie sie für uns nicht ehrenvoller gedacht werden kann.

Er hielt dem Freunde das Begleitschreiben der Buchhandlung unter die Augen. „Wir bedauern von Ihrer Offerte keinen Gebrauch machen zu können,“ las Hans zerstreut.“

„Merkst du was, Hans?“ rief Friedrich trium=phirend. „Cotta bedauert. Er läßt sich nicht weiter aus, aber er bedauert. Vielleicht hat er Rücksichten auf unsere Feinde zu nehmen, vielleicht ist er klamm bei Gelde, einerlei. Fast möchte ich sagen, ich bedauere ihn, daß er bedauern muß.“

„Glaubst du nicht,“ meinte Hans zögernd, „daß das nur eine höfliche Redensart ist?“

„Das verstehst du nicht,“ rief Friedrich erregt. „Im Buchhandel wird nicht korrespondirt wie in deinem Geschäft. Ein Verleger ist nicht höflich, wenn er gern ablehnt.“

„Er bedauert vielleicht,“ meinte Hans nach einer Pause noch langsamer, „weil er den alten Schiller und Goethe keine Konkurrenz machen will.“

„Es war auch mein Gedanke,“ murmelte Fried- rich; „aber ich wagte es nicht, ihn zuerst auszu- sprechen. Jedenfalls kann uns dieses lebhafte Be- dauern Cotta's bei anderen Buchhändlern nur zur Empfehlung dienen. Laß mich nur machen. Unent- wegt vorwärs.“

„Unentwegt vorwärts,“ erwiderte Hans. Und sie trennten sich in bester Stimmung.

Friedrich sandte das Manuscript an ein zweites Stuttgarter Buchhandlungshaus, legte es den Herren ans Herz und schloß als besondere Empfehlung den Brief des Welthauses Cotta ein. Sei es nun, daß das Packet den Weg schon genauer kannte, oder daß die beiden Verleger mit einander über die seltsamen Berliner Käuze gesprochen hatten, genug, das Packet kam genau nach drei Tagen von Stuttgart wieder und die Antwort lautete:

„Auch wir bedauern, und sogar lebhaft, von Ihrem Anerbieten keinen Gebrauch machen zu können.“

Friedrich telegraphirte blos an Hans:

„Alles steht gut, — der zweite bedauert schon lebhafter."

Dann schickte er das Packet mit Werthangabe nach Leipzig an ein anderes Welthaus und fügte als besondere Empfehlung die beiden bedauernden Briefe bei.

Diesmal dauerte es acht Tage, ohne daß Antwort kam, und die beiden Dichter waren voll Hoffnung. Da kam eines Morgens das Packet ohne Werthangabe wieder, und als Friedrich es geöffnet hatte, da lag gar kein Schreiben drin und auch die beiden Empfehlungsbriefe waren verschwunden. Friedrich rief seinen Genossen und Beide waren drauf und dran, dem Leipziger wegen Unterschlagung von Werthpapieren einen Prozeß anzuhängen. Aber Tante Ohlsen, welche täglich munterer wurde, seitdem die beiden Dichter um sie her in Thätigkeit waren, rieth dazu, in Berlin selbst den Verleger zu suchen.

„Tante Ohlsen, Sie sind noch klüger als wir," sagte Hans bescheiden. „Aber wie fangen wir das an?"

Tante Ohlsen hielt sehr viel von ihrer Zeitung und am meisten von deren Kunstkritiker. Man sollte ihm die Gedichte vorlegen und wenn sie ihm gefielen, würde er gewiß mit Leichtigkeit einen Verleger erschaffen.

VI.

Der Verleger wird gefunden.

——

Der Kritifer, der als einer der Zeugen dieser wahrhaften Geschichte noch lebt, war zwischen vier und fünf Uhr Nachmittags für jeden Dilettanten zu sprechen und es war oft eine drollige Gesellschaft, welche in seinem Vorzimmer zusammentraf. Friedrich hätte gar zu gern selbst die Höhle des Löwen betreten; da er aber um diese Stunde am wenigsten abkommen konnte, wurde Hans mit der Sendung beauftragt.

Hans überlegte einige Tage, wie er den gefürchteten Mann anreden und in welcher Tracht er ihm in die Augen fallen sollte. Ein Sammtröckchen und ein Schlapphut wäre für den Lyriker wohl das Schicklichste gewesen; aber Frack, weiße Kravatte und Claque war dem Großhändler ange=

ssener, und erschien zugleich als eine Huldigung
r den berühmten Mann. Hans entschied sich für
n Gesellschaftsanzug.

Er fuhr zur Sprechstunde nach der Potsdamer
orstadt und schickte seine und Friedrichs Karte zum
ritiker hinein. Er mußte ein Weilchen warten,
nn stürzte ein Jüngling mit dem Rufe: „Ich
erde mich zu rächen wissen!" aus dem Arbeits-
mmer heraus und Hans durfte eintreten.

Er hatte das Manuscript in die Höhlung seines
laquehutes gesteckt. Er verbeugte sich so höflich,
ie wenn er sich um die Milchpachtung eines gräf-
hen Gutes beworben hätte.

„Welche von den beiden Karten sind Sie?"
agte der gefürchtete Mann.

„Mein Name ist Hans Renard und ich möchte
ie um Ihre Nachsicht bitten, wenn . . ."

„Ich vermuthe, daß Sie ein Tenor sind. Ich
hreibe nicht über Musik."

Verlegen drückte Hans am Deckel seines Hutes,
: klappte zu, das Manuscript rollte zu Boden.

„Ach so," meinte der Kritiker, „setzen wir uns
lso. Eine Novelle, ein Drama oder Gedichte?"

„Mein Herr, Friedrich und ich werden Ihnen
ielleicht als die Dichtwarte des Pegasus bekannt

sein. Wir haben uns entschlossen, unsere gesammelte
Gedichte unter der hochgeschwungenen Fahne diese
Vereines herauszugeben. Drei Verleger, darunte
Cotta, haben schon ihr Bedauern ausgesprocher
solche Gedichte nicht drucken zu können. Wir abe
denken lieber mit einer Berliner Firma in Geschäfts
verbindung zu treten, und weil auch Sie ein Berline
sind, mein Herr, und weil wir zu Ihrem Urthei
und zu Ihrer Gerechtigkeit ein unbegrenztes Ver
trauen fühlen, haben wir beschlossen, uns an Si
zu wenden, damit Sie uns einen passenden Verlege
nennen. Ich aber bin hergesandt, um unser Manu
script in Ihre einflußreiche Hand zu legen.“

Der Kritiker hatte anfangs nervös mit den
rechten Bein gezittert, welches er mit seiner Hant
über dem linken festhielt. Allmälig aber legte sic
seine Ungeduld, und ein vergnügtes Lächeln glitt
über seine Züge.

„Was sind Sie bisher gewesen?“

„Meierei . . . nein, zwischen uns soll keine Lüge
herrschen. Ich war bisher Käsehändler en gros.“

„Sie waren gewiß ein guter Käsehändler.“

„Ich danke Ihnen, mein Herr. Und wenn Sie
vielleicht Proben . . .“

„Nein, ich danke, gehen wir zu Ihren Gedichten

er. Ihre Manuskript hat einen beträchtlichen Um=
ng. Sie begreifen, daß ich meine Zeit nicht allein
r solche Aufgaben habe. Ihr und Ihres Freundes
ertrauen ehrt mich. Aber ich kann von meiner
ewohnheit nicht abweichen. Ich bitte Sie, mir
sjenige Gedicht vorzulesen, welches Sie für das
ste halten. Wenn es mir sehr gut gefallen sollte,
erde ich noch um andere Proben dieser Branche
hrer Thätigkeit bitten."

Ganz verblüfft blätterte Hans in der Abschrift
ıb wollte wegen anderer Bedingungen unterhandeln.
er Kritiker aber blieb hart, und so griff Hans
ötzlich eine Ode an den Nordpol heraus und las
: mit eisiger Stimme vor. Im Pegasus wußte
an diese Verse und diesen charakterisirenden Vor=
ag ganz besonders zu schätzen.

Der Kritiker hatte schmunzelnd zugehört. Nach
:r Vorlesung schwieg er eine Weile still, endlich
gte er ernsthaft:

„Ich werde Sie kränken und das thut mir leid.
hr Gedicht ist unklar, formlos, schlecht. Ganz und
ar schlecht. Kaum einen gewissen unvollkommenen
inn für Rhythmus kann ich darin loben, und wenn
; Ihr bestes ist, so muß ich bedauern, daß Sie
ch hierher bemüht haben."

„Nun bedauerte der auch!" So zuckte es in Hans
auf, während ihm schwarz vor den Augen wurde
und es in seinem Gehirn dröhnte, als stürzten
himmelhohe Luftschlösser über ihm zusammen.

„Ich habe mich übereilt," rief er flehend. „Viel=
leicht sind Sie mehr für das heitere Genre. Ich
selbst vertrete die ernste Muse. Ich will Ihnen,
wenn Sie es erlauben, noch einen Scherz von Friedrich
vorlesen, ich bitte Sie darum."

Und auf ein Kopfnicken des Kritikers las er mit
flottem Ton, der anfangs freilich etwas gezwungen
klang, Friedrichs Neujahrswunsch des alten Schlaf=
rocks. Erwartungsvoll blickte er dann seinen Rich=
ter an.

„Ich bedauere," sagte dieser sofort — er bedauerte
schon wieder — „aber diese angebliche Parodie steht
noch viel tiefer als die Ode an den Nordpol."

„Nicht wahr?" rief Hans.

„In Ihrem ersten Gedichte ist ein ernstes Wollen
bei einem traurigen Unvermögen; in diesen Scherzen
finde ich eine abscheuliche Gesinnung, welche mit der
Kunst durchaus nichts zu thun hat und für welche
ich wirklich keine Zeit übrig habe."

„So lassen Sie mich noch einige von meinen
ernsten Gedichten..."

Der Kritiker erhob sich. Hans bat inständig:
„Nur noch eins, ein kurzes."

Und als der Kritiker zögerte, las er, oder sprach
vielmehr auswendig, sein letztes und reiffstes Werk „die
Widmung". Mit dem vollen Tone einer echten
Ueberzeugung sprach er seine Verse trotzig dem Kritiker
ins Gesicht:

> … Wir werden dauern
> Bis vorüber ist der Horen Tanz
> Und der Aeon beißt in seinen Schwanz …

Der Kritiker stieß ein kurzes trockenes Lachen
hervor, dann sagte er eindringlich:

„Ich bin Ihnen meine ehrliche Meinung schuldig.
Wenn Sie die Druckkosten bezahlen, werden Sie
auch für Ihre Sachen einen Verleger finden. Aber
ich warne Sie. Die Gedichte besitzen zuviel unfrei=
willige Komik."

Er verbeugte sich. Hans aber klopfte seinen Hut
wieder auf, steckte die Handschrift hinein und wandte
sich zum Gehen. In der Thür kehrte er sich noch
einmal um und rief:

„Sie scheinen keinen Sinn für Poesie zu haben."

Hans trieb sich stundenlang allein umher; er war
wüthend auf den Kritiker und auf Friedrich. Dessen
abscheuliche Gedichte hatten den Mann ungünstig
bestimmt, seine eigenen ernsten Verse gefielen ihm

offenbar. Ganz heimlich barg er in seiner Erinnerung das Wort von der unfreiwilligen Komik.

Als er in später Abendstunde in dem Stübchen über der Leihbibliothek erschien, hatte er sich gefaßt. Auf Friedrichs ungestümes Befragen berichtete er, der aufgeblasene Kritiker sei sehr kurz angebunden gewesen, habe sich etwa ein Dutzend Gedichte vor= lesen lassen, an den lustigen fast Alles getadelt, an den ernsten auch einiges; dann habe er den Rath gegeben, die Gedichte auf eigene Kosten drucken zu lassen.

„Ich will das Opfer für meine Gedichte bringen,“ fügte Hans hinzu, „aber wenn du nicht ebensoviel an deine Scherze wenden willst, so trennen sich unsere Wege.“

Friedrich blickte vertrauensvoll auf Tante Ohlsen.

„Ich zahle die Hälfte der Druckkosten!“ rief sie und die Dioskuren sanken sich wieder wie jedesmal bei feierlichen Anlässen in die Arme.

Wieder wurde durch eine Zeitungsanzeige ein Verleger gesucht, doch diesmal „für einen wohl= habenden jungen Dichter“. Und eine undurchdring= liche Chiffre auf einem Postamt in der Nähe des Schlesischen Thores wurde angegeben, damit der Pegasus das Geheimniß nicht durchschaue. Nach drei

agen waren die Freunde im Besitz von mehr als
anzig Zuschriften, in denen Buchdrucker und Ver-
zer sich ihnen für die Herausgabe und den Ver-
ieb ihrer Gedichte zur Verfügung stellten. Nach
ngem Besinnen wählten die Dioskuren eine Firma,
elche sich ihnen durch einen besonders schönen
ruck ihres Briefbogens empfahl. Sofort wurde
is Manuscript hingesandt, der Druckauftrag geben und einige hundert Mark baar bezahlt.

Als der erste Korrekturbogen bei Friedrich ein-
af und Hans erst zur Stelle gerufen war, kannte
r Glück keine Grenzen. Hans las sein Widmungs-
dicht fünfmal nacheinander vor, ohne die Druck-
hler zu bemerken. Friedrich kräuselte das Papier
wischen Daumen und Zeigefinger und machte dazu
n Gesicht, als wäre er zum ersten Male Vater
worden.

Da sie Beide nicht wußten, was sie mit dem
orrekturbogen eigentlich anfangen sollten, schickten
e ihn an die Druckerei zurück und beauftragten sie,
egen angemessene Entschädigung die Korrektur ge-
au nach der Handschrift selbst vorzunehmen. Das
Buch konnte so schneller fertig werden.

Einige Tage später suchte Fritz die Druckerei ein-
al persönlich auf, um für jeden der Freunde zehn

Freiexemplare und je ein schön eingebundenes Braut
exemplar in Goldschnitt zu bestellen; da erfuhr er
von dem einzigen Setzer etwas, was ihn verstimmte.
Ihr Verleger war eigentlich ein Lederhändler aus
Sachsen, in dessen Verwaltung zufällig das bankerotte
Fachjournal der Wichsfabrikanten und dessen kleine
Druckerei gekommen war. Der gute Mann hatte
es für seine Pflicht gehalten, dieser Druckerei einen
so bedeutenden Auftrag wie die dreitausend Exemplare
des stattlichen Buches zuzuwenden. Fritz runzelte die
Stirn. Der Druck sei schön, sagte er zu dem traurigen Setzer, welcher der ganzen Werkstatt vorstand,
und der geforderte Preis sei nicht zu hoch. Aber
im Verlage des Fachjournals der Wichsfabrikanten
zu erscheinen, sei kein Vergnügen. Das müßte geändert werden, das würde für die Autoren eine
Schande sein.

Zu Hause angelangt, vergaß er bald wieder
diesen Nebenumstand. Was kam es viel auf den
Verleger an? Auf Löschpapier war auch die erste
Ausgabe von Schillers Räubern erschienen. Und
von Stunde zu Stunde harrten die Dichter ungeduldig auf ihre Freiexemplare, die sie mit Auswahl vertheilen wollten. —

Der März war vorüber. Nach einem letzten

artnäckigen Winterschauer war am ersten April
ne warme Frühlingssonne über Berlin aufgegangen.
riedrich war fast krank vor Frühlingssehnsucht und
rwartung. Dreimal schon hatte er geduldig die
inder abgefertigt, welche von bösen Menschen zu
ym in den April geschickt waren und Schiller's
läuber von Kotzebue oder einen Liter Julius Wolff
erlangt hatten. In der Mittagspause erschien Hans
it einem zerknüllten Brief in der Hand. Ein
nonymer Neider hatte bei ihm zum ersten April
undert Stück Limburger Käse bestellt mit dem Be=
ing, daß ein jedes in einen Druckbogen von einem
ohlhabenden Dichter eingehüllt war. Gewiß einer,
er im Pegasus Dichtwart werden wollte!

Da hielt schwerfällig ein Rollwagen vor der
hür. Der Packknecht trat ein und überreichte Fritz
inen Brief und einen Gepäckschein über Ballen im
Gewicht von dreizehn Centnern. Der Brief lautete

„Herrn Friedrich Töpfer
in Firma Hermann Ohlsen.
Hier.

Sie empfangen anbei die bestellten breitausend
xemplare Ihres geschätzten Auftrages, die zwanzig
usbedungenen Freiexemplare sind darin inbegriffen.
as Einbinden der beiden sogenannten Brautexem=

plare konnten wir nicht übernehmen, weil wir Ihr
diesbezüglichen Wünsche nicht kannten. Ihrer g
schätzten Aeußerung von 20. 3. gemäß, haben wi
auf das Titelblatt und den Umschlag anstatt unsere
ehrenwerten alten Firma gesetzt: im Selbstverlag
der Verfasser.

Uns weiteren Aufträgen bestens empfehlend
zeichnen wir u. s. w."

VII.

Kein Erfolg.

———

Als Hermann Ohlsen an diesem ersten April von
hrem Nachmittagsschläfchen erwachte, fand sie die
Dioskuren in einer etwas bedrückten Stimmung
wischen den Bücherregalen des Hinterzimmers.
Dorthin hatten sie vom Rollkutscher die Bücherballen
schleppen lassen, dort saß jeder auf einem Ballen
und hielt verlegen ein hübsches Büchlein in der
Hand. Mit Mühe las die Tante auf dem spinat=
grünen Umschlag:

„Pegasus,
gemeinsame Dichtungen
von
Hans Renard und Friedrich Töpfer.
Ernste und heitere Lieder für wahre Freunde
der Poesie.
Berlin 1875.
Im Selbstverlag der Verfasser.“

Tante Ohlsen klatschte vor Freude in die Händ

„Wie viel?" flötete sie und streichelte dabei der Fritz die Wangen.

„Dreitausend, die Freiexemplare inbegriffen, erwiderte Hans erröthend.

„Ich halte Wort," kreischte Tante Ohlsen. „Ie nehme fünf Exemplare für meine Futteranstalt."

„Und wir legen fünf gratis zu," rief Fritz groß artig.

„Angenommen," sagte die Tante; „aber genöthig wird nicht mehr als gewöhnlich. Wer durchau nicht will, braucht sie nicht zu lesen. Wie hoch i' denn der Ladenpreis?"

Die Dichter sahen einander an. An diese Neben sache hatten sie noch gar nicht gedacht. Unentweg hielten sie die Fahne des Idealismus hoch.

„Ihr habt ja Zeit euch zu entscheiden," sagt die Tante. „Einstweilen versendet die nöthigen Freiexemplare."

Nach Feierabend machten sich die Dichter an di Arbeit einige hundert Exemplare unter Kreuzband zu kleben und zum Versenden bereit zu machen Man konnte freigebig sein, der Vorrath schien un erschöpflich; die Ballen wurden garnicht kleiner Hans schlug vor, an sämmtliche Schulen Berlins

wie an die zahlreichen geselligen Vereine Exem=
lare zu senden. Das mußte die Gedichte bekannt
nachen. Fritz aber war mißtrauisch geworden und
ezte es durch, daß sie nur an die litterarischen Kreise
nd an die Mitglieder des Pegasus verschenkt
urden. Bis lange nach Mitternacht saßen sie dann
usammen, suchten aus dem Adreßbuch die Namen
on mehr als zweihundert Verlegern, Redakteuren
nd Schriftstellern heraus, holten die Brüderliste
es Pegasus, schrieben Adressen, bis sie die Finger
chmerzten, und verklebten einstweilen den ganzen
Vorrath an Briefmarken, den Hermann Ohlsen besaß.
Sodann suchte jeder der Dichter nach einer erregten
Trennung sein einsames Lager auf; jeder hatte ein
Exemplar zu sich gesteckt, schnitt es auf und las
arin seine eigenen Gedichte von Anfang bis zu
Ende.

Vom nächsten Morgen ab warteten sie auf den
Erfolg. Bevor noch die Freiexemplare von der
Post ausgetragen sein konnten, suchten sie in den
Blättern schon nach Rezensionen.

Sie überreichten zur Mittagsstunde ihren Bräuten
die Gedichte ungebunden, damit sie nicht ungeduldig
wurden. Panzner erhielt zwei Exemplare, Frau
Panzner noch eins besonders, und auf dem Laden=

tisch der Leihbibliothek stand ein Stoß von fünfzi
Stück zum Verkaufe bereit. Der Ladenpreis wa
aber immer noch nicht festgesetzt.

Der Erfolg schien langsam zu Fuß zu sein
Fritz hörte zwar unter vier Augen häufig, daß di
scherzhaften Gedichte von bekannter Güte wären, da
aber die ernsten Sachen das ganze Buch verdärben
Und von dem Gegentheil ließ sich Hans mitunte
erfreuen. Unter vier Augen bekamen die Dichte
auch wohl von ihren Bräuten manchen ehrliche
Kuß, aber auch die Mädchen sprachen sich vor Zeuge
nicht gern über die Dichtungen aus. Selbst su
warteten auf den Ausspruch der Oeffentlichkeit
Im Pegasus schüttelten die Weißbiertrinker de
Dichtern die Hände und Herr Cohn versprach, di
Ode an den Nordpol in Musik zu setzen. Dagegen
zuckten die Dunkeln, die Patzenhofer, mit den Achseln
und waren nicht zu bewegen aus ihrer Mitte den
Antrag stellen zu lassen, dahingehend, daß Hans
Renard und Friedrich Töpfer in Ansehen ihrer
Meisterschaft zu unabsetzbaren Dichtwarten des
Pegasus ernannt wurden. Beide Parteien fürchteten,
von der öffentlichen Meinung Lügen gestraft zu
werden.

Nicht ganz so zurückhaltend war die Kritik in

r Leihbibliothek. Zwar von den zum Verkaufe
ußgelegten Büchern war noch keines auf natürlichem
Wege verschwunden. Da aber Fritz sie als „Kinder
ner graziösen Dichterlaune“ jedem Abonnenten
npfahl, und die Kunden daraufhin immer das
'erste Exemplar in die Hand nahmen und darin
ätterten, so war dieses oberste Exemplar immer
von nach einigen Tagen zu Grunde gerichtet und
ußte in die Reihe der Leihbücher gestellt werden.
So standen in der Leihbibliotek von Hermann Ohlsen
gen Mitte April bereits fünfzehn Exemplare „Pe-
gsus“, wovon fünf scheinbar Spuren des Lesens
t sich trugen. Diese Spuren den zehn ersten eben=
lls beizubringen, war Fritz mit allen bei Hermann
hlsen gelernten Künsten bestrebt. Doch vergebens.

Zwei Abonnenten waren bereits um der Gedichte
illen abgegangen, Hermann Ohlsen selbst führte
n ihretwillen einen täglichen Kampf mit den Haus=
enern und Köchinnen der abonnirten Herrschaften,
e Exemplare wanderten mit fabelhafter Schnellig=
it hin und her, der spinatgrüne Umschlag wurde
ischeinbar, doch das Innere blieb unversehrt.

Das Geschäft litt darunter. Was aber war der
ine Schaden gegen die Qualen des einen Dichters,
r wie ein kalter Geschäftsmann diesem Hin= und

Herschießen seines Werkes zusehen mußte und Fräu
lein Müller nicht beleidigen durfte, als sie ihm nichts
ahnend zurief:

„Wenn Sie mir diesen Quatsch zum vierten
Male in die Hand spielen, so gehe ich ab.“

Friedrich litt Unaussprechliches. Aber sein Mar
tyrium erreichte den Höhepunkt, wenn Hans Renard
erschien, wie irgend ein lesewüthiger Bücherfresser
sich in einen Winkel stellte, vertieft in einem Ro
mane las, in Wirklichkeit aber aufmerksam den harten
Kampf um die gemeinsamen Gedichte verfolgte. Wenn
dann der Laden geschlossen wurde, ging Hans traurig
von dannen und Friedrich blieb traurig bei Tant
Ohlsen zurück. Alle fünfzehn Exemplare hatte er
jeden Abend in ihre Reihen zurückzustellen; aber noch
hatte die öffentliche Meinung nicht gesprochen.

Es war am dritten Sonntag des April, Hermann
Ohlsen saß mit einem weltlichen Andachtsbuche in
ihrem Lehnstühlchen; draußen trieb ein heftiger
Wind durch die Straßen. Da klingelte es unten
Es war Hans, der in seinem flotten Frühlingsanzug
weißer Weste und karrirten Rock, ganz erfroren aus
sah; mit einem unsichern Blick seines gerötheten Ge
sichtes reichte er dem Freunde ein zerzaustes Zeitungs
blatt und sagte:

„Da, lies selbst. Ich werde nicht klug daraus. Zerreißen will uns der Kerl nicht, dazu ist er zu höflich. Aber mir ist die Sache unheimlich."

Fritz setzte sich in den dunkeln Laden, dicht an den Spalt des Fensterladens, und vergaß bald Alles um sich her, während er das bekannte Zeitungsblatt aufschlug und in fliegender Hast den Aufsatz „Hans und Friedrich" las.

Rasch war er zu Ende, blickte unsicher zu Hans auf, der mit dem Hute auf dem Kopfe stehen geblieben war und sich die hellen Hosen mit dem Spazierstöckchen klopfte.

„Du verstehst das nicht," sagte Fritz endlich. „Eine Ehre ist eine so lange Kritik jedenfalls. Allerdings scheint der Mensch sich für sehr klug zu halten, er lobt etwas von oben herunter. Na, von Schiller und Goethe spricht er doch auch, wenn auch etwas seltsam. Hm! ich muß es noch einmal lesen."

„Lies laut," bat Hans. „Ich finde, unsere Namen machen sich ganz gut so. Sieh' mal her, Hans Renard und da wieder Hans Renard. Sie werden sich daran gewöhnen müssen." Und er lachte vor Lust.

Friedrich las laut:

„Die dankbare Nachwelt kann mitunter das ge=

meinfame Eigenthum von Schiller und Goethe mit
allen Künften der Kritik nicht scheiden, und so wird
auch die dankbare Mitwelt sich begnügen müffen,
die gemeinfamen Gedichte des Pegafus ſtillvergnügt
zu genießen, ohne viel nach den Dichtern zu fragen.
Hans und Friedrich wird für uns in eine Vor=
ſtellung verſchmelzen, wie etwa Max und Moritz."

„Das finde ich etwas trivial," ſagte Hans be=
leidigt. „Er hätte Kaſtor und Pollux ſagen können,
oder die Dingsda — du weißt doch, die Beiden
aus der Bürgſchaft."

„Laß ihn," rief Fritz; „er meint es gut, nur
ein bischen von oben herab. Aber ſo ſind ſie Alle."

Und er las weiter:

„Hans und Friedrich reihen ſich der unſchätz=
baren Gallerie derjenigen Dichter an, welche weniger
wiſſentlich als unwiſſentlich den wärmſten Dank
jedes Freundes einer guten Geſundheit verdienen.
Lachen iſt heilſam; wer das Buch anſchafft, wird das
Zehnfache an Kurkoſten erſparen." — Du ſiehſt, Hans,
er lobt nur die heiteren Gedichte. Ich verſichere
dich, ich bin ganz überraſcht, ich ſtecke nicht dahinter.
— „Wir geben es auf, das Geheimniß der dop=
pelten Vaterſchaft entſchleiern zu wollen, möchten aber
doch behaupten, daß gleich das Widmungsgedicht

on dem Schalk unter ihnen, dem Verfasser der heiteren Lieder hergestellt ist."

„Er hat mich nicht verstanden," murmelte Hans.

„Der Dichter dieser Widmung wollte bescheiden ausdrücken, daß seine Gedichte nur Eintagsfliegen seien. Er hat das in die Worte gekleidet:

Sie werden dauern,
Bis vorüber ist der Horen Tanz
Und der Aeon beißt in seinen Schwanz.

Nicht jeder Leser wird das Bild sogleich verstehen. Der erste Vers enthält eine feine litterarische Anspielung. „Die Horen" nannte sich bekanntlich eine Zeitschrift Schillers und der Dichter will sagen: „Wenn erst der Tanz um den veralteten Schiller aufgehört haben wird, dann beginnt die Geltung von Max . . . Verzeihung, von Hans und Friedrich."

„Warum läßt der Kerl," fragte Hans dazwischen, „es noch drucken, wenn er sich so dumm verschrieben hat? Er hätte es doch nur auszustreichen brauchen."

Mit ebenso wohlfeilen Scherzen gab der Feuilletonist andere Proben aus den gemeinsamen Gedichten zum Besten. Friedrich ärgerte sich darüber, daß die Beispiele meistentheils aus Hans genommen waren. Von ihm selbst waren fast nur die Schiller'schen Verse, von der Macht des Feuers, abgedruckt und gelobt. Zum Schlusse hieß es:

„Hans und Friedrich bieten noch eine Abtheilung, welche sie in angestrengtester Arbeit zusammen verfaßt haben müssen; denn noch nie hat ein einzelner Dichter, wenn ich etwa den grauenvollen Kurt von Runenstein ausnehme, für sich allein so sehr die Phantasie eines angeschossenen Ebers erreicht, wie sie in den Balladen von Hans und Friedrich uns — um mit unseren Doppeldichtern zu reden — „Mit des Hochgerichtes Funken, In des Thurmes tiefste Höhle, Unter Molchen, unter Unken, Auf die blutgespitzten Pfähle Und in die Verzweiflung schmeißt.‟

Endlich wurden die gemeinsamen Gedichte, besonders die ernsten, allen Freunden eines siegreichen Humors an's Herz gelegt. In einer Fußnote des Feuilletons war ausdrücklich die Leihbibliothek und Buchhandlung von Hermann Ohlsen für Anschaffung des Werkes bestens empfohlen.

Nach einer langen Pause sagte Fritz:

„Im Ganzen ist er wohlwollend, aber heimlich versetzt der Neidhardt uns doch manchen Seitenhieb Das mit dem angeschossenen Eber soll wohl eine Kränkung sein, aber wer ist dieser Kurt von Runenstein? Sollten wir einen ebenbürtigen Dichter in Berlin haben?"

Hans fand das Feuilleton immer noch unheimlich; Fritz wurde ernsthaft böse über diesen Pessimismus.

Als aber Tante Ohlsen neugierig in den dunkeln Raum hereintrat, verbargen sie vor ihr das Zeitungs= blatt und Fritz gab für den lebhaften Wortwechsel die Erklärung, die Dichter hätten sich über die Vertheilung des bevorstehenden Ueberschusses nicht einigen können.

Nachmittags bei den bräutlichen Schwestern half das Versteckenspielen nichts. Panzner hielt das Blatt, weil es alle Gedenktage unserer großen Dichter feierte und ihn so schon beim Morgenkaffee an die Pflichten mahnte, die dem redegewaltigen, unabsetz= baren ersten Vorsitzenden des Pegasus oblagen. Als er das Feuilleton über Hans und Friedrich entdeckt hatte, kam es auch ihm unheimlich vor, wenn er auch mit einigem Stolze die Namen seiner leiblichen Schwiegerneffen und geistigen Söhne in seiner Zeitung gedruckt sah. Er rief sein wackeres Weib und fragte sie, was ihr schlichter Verstand wohl zu dieser Rezension sagte. Die Panzner las des Morgens etwas langsam. Als sie aber erst zehn Zeilen bewältigt hatte, sprang sie, über und über roth, in die Höhe und rief:

„Ulk treibt er mit uns, der elende Tintenklexer!
Aurelie! Trude! Daß so etwas über unsere Familie
kommen mußte, zum Pojazz gemacht zu werden!
Panzner, er hat dich doch nicht auch beim Wickel?
Der elende Kerl! Wenn er dir was thut, wahrhaftig, dann gehe ich selber in seine Schreibstube
und schmeiße ihm sein Dintefaß in die Visage, daß
der Fleck ebensowenig wieder rausgeht, wie der
vom Luther und seinem Teufel!"

Panzner wagte nicht, sie auf das Unziemliche
ihrer Worte aufmerksam zu machen. Die Mädchen
eilten in ihren Nachtjacken herbei und brachen in
ein jammervolles Schluchzen aus, als Frau Panzner
ihnen sagte, Hans und Friedrich dürften sich nicht
wieder auf der Straße sehen lassen. Panzner tröstete
kleinlaut, das Feuilleton enthalte doch manches Lob.
Die unglücklichen Bräute mußten nun den schrecklichen Aufsatz vorlesen. Wenn Aurelie vor Weinen
nicht mehr weiter konnte, fuhr Trude mitten im
Satze fort, und umgekehrt. Schließlich verbrannten
sie das Blatt an der Spiritusflamme der Kaffee-
maschine. Aber damit war der Schmerz nicht überwunden. Aurelie namentlich wollte sich nicht beruhigen; Trude schimpfte am stärksten auf den
schlechten Menschen von Zeitungsschreiber, aber sie

egriff doch, daß es eine gewiſſe Ehre brachte, wenn
er Bräutigam öffentlich angegriffen wurde. Was
atten ſich die Zeitungen nicht früher über Bismarck
uſtig gemacht.

Es war ein ſchlimmer Sonntag Vormittag für
die Panzner'ſche Familie; die Frau ſollte ihrem Manne
den Vortrag „über verbrannte Dichter" durchſehn,
den er heute Abend im Pegaſus halten wollte. Sie
var nur halb bei der Sache, hatte das dunkle Ge=
fühl, daß ſie gefährliche Stellen zu ſtreichen vergaß
und daß ſie den argloſen Panzner durch ihre Zer=
treutheit vielleicht um den Bezirksvorſteher brachte.
Wohl las ſie die „verbrannten Dichter" dreimal
durch, aber die Buchſtaben tanzten vor ihren Augen.
Die Mädchen gingen herum, als wäre ihnen „die
Krone gebrochen", und als man ſich zum Mittag=
eſſen niederſetzte, war die Hammelkeule richtig an=
gebrannt.

Und am Nachmittag kam Ottilie und fiel den
Mädchen einem nach dem andern weinend um den
Hals. Und Heinrich trat herein und ſchüttelte ihnen
im ſtummen Schmerze die Hand. Die beiden Dichter
aber ließen ſich nicht blicken.

Erſt gegen ſieben Uhr erſchien Fritz, um unſern
Panzner in den Pegaſus abzuholen. Hans ließ ſich

durch ihn unpäßlich melden. Fritz Töpfer spielte
den Unbefangenen. Der arme Hans war freilich
in der ersten Kritik unfreundlich behandelt worden;
seine eigene Dichterehre war unverletzt, und er wurde
erst heftig, als Aurelie wieder zu weinen anfing,
und Frau Panzner die Behauptung aufstellte, der
Pegasus und der ganze übrige Unsinn trage die
Schuld an der verbrannten Hammelkeule. Unfreund=
lich und kriegerisch gestimmt gingen die Herren fort.
Auch unser Panzner war niedergeschlagen. Er hatte
seinen Vortrag nicht gut genug auswendig gelernt
und äußerte auf seinem Wege zu Heinrich:

„Das hätte mir Hans nicht thun sollen! Er
hätte seine Flinte nicht in dem Augenblicke ins Korn
werfen müssen, wo das Unkraut so üppig in die
Halme schießt! Ein Pegasusabend mit nur einem
Dichtwart! Du wirst sehen, den Patzenhofern wird
der Kamm schwellen und der Hafer wird sie stechen.“

Aber er irrte glücklicherweise. Wohl hatte jedes
Mitglied des Pegasus den schändlichen Aufsatz ge=
lesen, aber noch war das Gemeingefühl zu groß,
als daß die Mißvergnügten aus dem Unglücke Hans
Renard's hätten Vortheil ziehen wollen. Die Masse
der Patzenhofer nahm eine abwartende Haltung ein;
nur Herr Ahrens schnitt höhnische Gesichter. Die

eißbiertrinker aber standen Alle für Einen, und
ner für Alle; der zweite Vorsitzende wollte dem
ßhandelten Hans ein Stammweißbierglas stiften
d Herr Cohn schlug vor, daß Jemand den Pas=
illanten durchprügeln sollte. Im Ganzen war es
ne stille Sitzung. Unser Panzner hielt mit halber
raft seinen angekündigten Vortrag über verbrannte
ichter.

Als ältestes Mitglied des Vereins „Holzstoß“,
ar er ein begeisterter Anhänger der Leichenver=
ennung und wollte im Pegasus für diesen Ge=
nken wirken, indem er die Bedeutung aller der
ichter hervorhob, welche von Homer bis Shelley
bendig oder todt auf den Scheiterhaufen gekommen
aren. Er nahm nämlich auch die Opfer der In=
uisition für die große Reformidee der Leichen=
erbrennung in Anspruch. Panzner erntete sogar
nigen Beifall, als er die Einleitung mit den
Borten schloß:

> „Einen Scheiterhaufen schichte du!
> Wenn der Funke sprüht,
> Wenn die Asche glüht,
> Eilten sie den alten Göttern zu!

So sagt Goethe, und ich bin voll und ganz seiner
Ansicht.“

Als Panzner aber in der Verbrennung auch ein

moralisches Symbol fand und nachzuweisen sucht Lessing habe in seinem Nathan den Juden die größt und verdienteste Ehre angethan, als er den Patr archen den Weckruf anstimmen ließ, der auf Leichen verbrennungen im alten Testamente anspielt: de Jude wird verbrannt, da lachten die rohen Rädels führer der Patzenhofer.

Das war unserm Panzner noch nie begegnet Er verheddverte sich und sagte einmal anstatt „di verbrannten Dichter" — „die verbrannte Hammel keule".

Da lachte wohl Niemand, denn die Phalanx de Weißbiertrinker reckte die Hälse und sah drohent drein. Aber bedeutsame Winke gaben einander di Patzenhofer. Sie schienen zu sagen: unser Panzner wird alt.

Man ging früh auseinander.

VIII.
Kurt von Runenstein.

Fritz Töpfer suchte die böse Rezension zu ver=
essen. Er drängte den Abonnenten die Gedichte
icht mehr auf, weil er ihren Spott fürchtete, aber
s half ihm nichts. Kaum war der Laden am
Montag geöffnet worden, als Fräulein Müller er=
hien und der Tante Ohlsen die Sonntagsnummer
es nichtswürdigen Blattes triumphirend überreichte.
Hermann Ohlsen behielt zwar in Gegenwart der
unbeliebten Abonnentin ihre Würde, nachher aber
rklärte sie das Feuilleton für vernichtend. Sie
efahl überflüssigerweise, daß kein Exemplar mehr
durch List oder Gewalt abgegeben werden und daß
er Stoß der käuflichen Exemplare vom Ladentische
erschwinden sollte. Zum größten Schmerze des
Dichters aber erschienen am Montage und Diens=
tage verwegene Herren im Laden, die Kneifer auf

den Nasen hatten und ironisch hindurchblickte, und die gemeinsamen Gedichte von Hans und Friedrich kaufen wollten.

Das erste Mal kämpfte Fritz einen harten Kampf mit sich selbst. Das waren offenbar Leute, die mit dem Buche ihren Spott treiben wollten. Aber vielleicht gefiel es ihnen doch. Der Dichter setzte in einer plötzlichen Eingebung den Preis auf 4,50 Mark fest; er verkaufte im ganzen sieben Exemplare. Hans, der Dichter des Tragischen, billigte den hohen Preis weil dadurch mancher von den frivolen Herrchen abgeschreckt wurde, aber er verzichtete von vornherein auf seinen Antheil an diesem Judaslohne.

Der Dichter der scherzhaften Lieder konnte sich immer noch zu keiner Klarheit hindurchringen.

Es war zweifellos daß diese unangenehmen Bücherkäufer durch die räthselvolle Kritik veranlaßt worden waren, nach den gemeinsamen Gedichten zu fragen. Denn zwei Herren, welche gemeinsam den Laden betreten hatten, unterhielten sich darüber, ob der Preis nicht zu hoch wäre und hofften, für ihr Geld wenigstens halb so viel Vergnügen zu haben, wie von Kurt von Runenstein. Wer war dieser rühmlichst bekannte Dichter? Herman Ohlsen hatte ihn nicht aufgestellt, und dennoch war Fritz Töpfer

wiß, den Namen schon von Berufswegen gehört
haben.

Es war am nächsten Sonnabend, und die Leih=
bliothek sollte eben geschlossen werden, als ein
ker, kleiner Mann, den Fritz als Kolportagebuch=
ndler kannte, hereintrat, um sich von Hermann
hlsen die Antwort auf seine Offerte zu holen.
a fiel es dem Dichter ein: das war der Verleger
n Kurt von Runenstein. Es handelte sich um
e Schauerromane dieses großen Unbekannten. Fritz,
r heute wieder, wie an jedem Sonnabend, die ganze
bliothek ordnen mußte, horchte aufmerksam auf
e Unterhandlungen zwischen Hermann Ohlsen und
m kleinen Dicken.

Dieser legte seinen Plan noch einmal in Kürze
r. Die meisten kleinen Leihbibliotheken konnten
cht leben und nicht sterben, weil ihr Lesefutter für
e Herrschaften nicht frisch genug und für die kleinen
ute nicht blutig genug war. Da hatte er denn
n Einfall, seine Romane in allen diesen kleinen
andlungen zur Subskription auszulegen. Die
öchinnen und Hausdiener, welche Mühlbach und
tarlitt liebten würden leicht zu bewegen sein, Kurt
n Runenstein lieferungsweise zu beziehen.

„An der Leihbibliothek, liebes Fräulein Ohlsen,

verdienen Sie nicht viel; die reichen Leute geben kei
Geld für Bücher aus. In der Gesindestube abe
bringt man unserm Geschäft noch Opfer. Ich besit
ein Haus ohne Hypothek, allein durch Kurt vo
Runenstein. Vom „Glöckner der Petrikirche" hat
ich 8000 Stück abgesetzt, neunzig Lieferungen z
fünfundzwanzig Pfennig. „Die Grafentochter un
der Pennbruder" hat ebensoviel eingetragen. Un
der neueste Roman „die Geheimnisse von Berli
oder der Jesuitengeneral", von dem bis heute fün
undsiebzig Lieferungen heraus sind, hat ein
Kontinuation von 15000 Abonnenten. Ich bring
es mit Hilfe Ihrer Kollegen auf 20,000. Und di
alten Sachen bieten wir mit einem neuen Tite
wieder aus."

Herman Ohlsen zögerte. Sie hatte in „di
Grafentochter und den Pennbruder" einen Blick ge
worfen und das Urtheil gewonnen, daß das poetisch
Talent so ungefähr auf der Höhe ihrer Leihbibliothe
stand. Der Unterschied der Bildung machte nich
viel aus, wie sie sagte. Und wenn sie sich von den
Gewinn etwa die neuen theuern Prachtausgaben vo
deutschen Klassikern kaufen konnte, so war ihr ei
Kolportageroman nicht mehr zuwider, als ihre Leih
bibliothek. Aber zweierlei lehnte sie ab. Alte Sache

t neuen Titeln wollte sie nicht feilhalten und
anständigkeiten dürften die Bücher nicht bringen.
s sagte sie dem Händler mit lauter Stimme und
oß zur Thüre hinaus.

Der Dicke wollte sich achselzuckend entfernen, da
t der Gehilfe, den er gar nicht beachtet hatte, rasch
ter dem Ladentische hervor. Der Kolportagebuch-
ndler glaubte schon, er würde neue Grobheiten
hören bekommen; doch Fritz Töpfer faltete still
Hände und sagte halblaut:

„Schenken Sie mir einen Augenblick Gehör.“

„Ich verstehe,“ sagte der Dicke flüsternd. „Sie
llen das gute Geschäft hinter dem Rücken von
rmann Ohlsen und auf eigene Faust betreiben.
h gebe Ihnen denselben Rabatt...“

„Das sei ferne von mir, mein Herr. Ich bin
n Betrüger, wenn ich auch leichtsinnig bin. Ich
namlich selbst Dichter, wie Sie wissen werden,
b da wollte ich ergebenst anfragen, ob auch ich
r Sie Romane in einer Auflage von zwanzig-
usend schreiben könnte. Ich habe sehr viel Witz.“

Der Dicke betrachtete Fritz Töpfer prüfend; mit
er halb verächtlichen, halb mitleidigen Miene sagte
dann:

„Ich kann keine anderen Namen gebrauchen als

den von Kurt von Runenstein. Da weiß man schon
wie die Bedingungen sind und Alles. Ich bin nicht
nur der Verleger, ich habe auch den Autorname
erfunden und gebe die Titel an. Der betreffend
Autor schreibt nur den Roman. Ich bitte Sie, we
würde „Treue Herzen von Anna Spießke" kaufen
Ich habe es in „der Glöckner der Petrikirche vo
Kurt von Runenstein" umgetauft. Das ist die Haupt
sache und das ist meine Leistung gewesen. Und d
spricht man noch von Ausbeutung."

Fritz Töpfer fragte, ob er nicht wenigstens unte
dem Namen Kurt von Runenstein gleichfalls einer
Versuch machen könnte. Er werde mit dem bescher
densten Lohn zufrieden sein.

Der Verleger sann einen Augenblick nach.

„Es will doch gelernt sein. Aber wir können
es versuchen. Sie müssen einige Zeit bei meinen
gegenwärtigen Kurt von Runenstein in die Schul
gehen. Er heißt wirklich Anna Spießke, die Adresse
will ich Ihnen aufschreiben. Wenn Sie dor
ordentlich Romankochen gelernt haben und um
fünfzig Pfennig per Bogen billiger sind, so könner
Sie der neue Kurt von Runenstein werden."

„Mein Herr, ich werde mich niemals dazu ver-
stehn, Dichterhonorare zu drücken."

„Auch gut. So können Sie unter denselben
Bedingungen, wie die Spießke, mit ihr zusammen
arbeiten. Ich bekomme dann zwei Druckbogen
täglich und habe so den doppelten Umsatz.“

Fritz erröthete vor Vergnügen.

„Und würde ich als bloßer Mitarbeiter das
Recht haben, mich unter Freunden Kurt von Runen=
stein zu nennen? Ich geize nach dieser Ehre.“

„Wir wollen sehen,“ sagte der Dicke mit einem
kurzen Lachen. „Wenn Sie nicht theuer sind und
Ihre Sache gut machen, so gebe ich Ihnen vielleicht
die Erlaubniß.“

Der Buchhändler ging und Fritz Töpfer blieb
mit unbeschreiblichen Gefühlen allein. Morgen
wollte er zu Kurt von Runenstein eilen, dort fiel
die Entscheidung. Fritz Töpfer konnte an nichts
Anderes mehr denken.

Abends erschien Heinrich, um den Freund zu
Zanzners zu begleiten und um aber und abermals
vor den Gefahren zu warnen, die den Dichtwarten
von Herrn Ahrens drohten. Doch umsonst wies
der treue Apotheker mit tragischen Worten auf die
Verschwörung hin, die sich vorbereitete. Man habe
ihn, Heinrich Weigertz, durch die Aussicht auf die
höchsten Ehrenstellen des Pegasus bestechen wollen.

Er sei zwar dem edeln Vorsitzenden treu geblieben, doch die Gefahr sei groß, wenn die beiden
Dichtwarte ihr wankendes Ansehen nicht durch neue
Großthaten wiederherstellten. Fritz Töpfer hörte
kaum hin. Wenn morgen der kühne Wurf gelang,
so mußten sich alle seine Feinde beugen und einst,
wenn die Zeit erfüllt war, mußte ihm sogar der
Vorsitz des Pegasus als Erbe zufallen.

Auch bei Panzners blieb Fritz heute einsilbig.
Da die Frau seit dem verunglückten Mittagessen
die Küche fast nicht mehr verließ, da Hans und
Aurelie müßig dasaßen und einander auf die Lippen
sahen, da unser Panzner und Heinrich eifrig alle
Möglichkeiten erschöpften, um den Kriegsplan der
dunkeln Patzenhofer zu errathen, blieben Fritz und
Trude auf einander angewiesen. Sie versicherte ihm
zum hundertsten Male, daß sie an seinem Genie
nicht irre geworden sei, und daß er für sich allein,
ohne die tragischen Sachen von Hans, gewiß lorbeer=
gekrönt zu ihr aus dem Streite zurückgekehrt wäre.

Solche Schmeicheleien kamen ihm gerade recht;
er warf den Kopf zurück und strich überlegen seinen
Schnurrbart. Ihm schwebte sein Abkommen mit
Kurt von Runenstein vor, und kaltblütig log er
seiner Braut als Thatsache vor, was er doch erst

u planen begann. Noch dürfe er sein Geheimniß nicht verrathen, aber bald werde es tagen. In unbestimmten Ausdrücken deutete er an, daß er mit einem berühmten Autor gemeinsam an einem Werke arbeite, welches eine ungeheure Auflage erleben müsse. Trude glaubte ihm gern, aber sie wurde ängstlich, als er sich an seinen eigenen Lügen berauschte und immer größere Ziffern nannte. Als er bei dem dreihundertsten Bogen und bei einer Auflage von 100,000 Exemplaren war, rief Frau Panzner zu Tische, und eigen gemachte Bratwurst und Bratkartoffeln vereinigte endlich die Gruppen zu einem gemeinsamen Gespräch; natürlich handelte es sich um den Pegasus. Aber Panzner wurde durch sein Lieblingsgericht milde gestimmt — „Blutwurst besänftigt, Blutdurst nicht" — hatte er einmal in die Sammlung seiner ungedruckten Aphorismen geschrieben — und war geneigt, Heinrichs vertrauliche Mittheilungen für die Aeußerung jugendlich schätzbaren Uebereifers zu nehmen. Jedenfalls durfte morgen Niemand vom Gesammtvorstande fehlen; und Hans erhielt einen strafenden Blick, weil er letzthin kleinmüthig geworden war.

Man trennte sich, und gelassener blickte man der Sitzung entgegen. Nur Fritz verbrachte eine schlaf-

11*

lose Nacht. Sein unklarer Wunsch, bei Kurt von Runenstein zu lernen, wie man ein erfolgreicher Dichter würde, mußte jetzt Wirklichkeit werden. Er hatte sich gebunden, als sich ihm seine Dichterwünsche zu Lügen verdichtet hatten.

Am Sonntag, gegen fünf Uhr Nachmittags, zog Fritz die Klingel über dem Blechschilde, auf welchem „Frau Spießke" zu lesen war; als Heinrichs Wirthin öffnete, betrachtete er sie aufmerksam. In einem Schlafrock, der nicht grau und nicht schwarz war, nicht gut und nicht schlecht saß, bewegte sich müde und theilnahmlos eine Frau, die nicht jung und nicht alt war und wohl auch niemals reizvoll gewesen sein mochte.

„Ich suche Frau Spießke," sagte Fritz mit ausnehmender Höflichkeit.

Frau Spießke nickte ergeben mit ihrem welken Kopfe und führte ihn in ihre Stube. Neugierig schnüffelnd blickte Fritz in dem Dichterheim umher. Es sah recht gewöhnlich aus, ein Tisch und ein Schrank von Mahagoni, dazu ein paar Rohrstühle — doch ha! dort am Fenster, das nach dem Hofe ging, ein kleiner Schreibtisch von Fichtenholz und darauf Manuscripte; halbe Bogen mit einer großen Handschrift bedeckt.

„Setzen Sie sich einen Augenblick, ich stehe gleich zu Diensten."

Und Frau Spießke verschwand im Nebenzimmer zur Linken, von wo ein unheimlicher leiser Ton, wie das Röcheln eines kranken Kindes, sie gerufen hatte.

Fritz setzte sich nicht nieder. Rücksichtslos trat er an den Schreibtisch und warf einen raschen Blick auf das Manuscript. Der letzte Absatz begann mit den Worten:

„Der verkleidete Jesuitengeneral stieß mit dem Fuße nach der spanischen Zigeunerin; sie blickte ihn noch einmal demüthig an und stürzte dann lautlos in die bleiernen Wellen des Engelbeckens. Der Jesuitengeneral mur= melte: Corpo di bacco! und rief mit einem schrillen Pfiff . . ."

Da kam Frau Spießke wieder. Sie ertappte ihren Besuch, der sich nicht schnell genug losgerissen hatte. Er aber war seiner Sache sicher und sagte zierlich:

„Hier also lebt Kurt von Runenstein?"

Frau Spießke wischte sich, als erwachte sie aus dem Schlafe, mit beiden Händen über Augen und Gesicht, und sagte leise und mit bittender Stimme:

„Lassen Sie sich das nicht einfallen; ich bin es nicht. Ich weiß nicht, was Sie meinen?"

Doch triumphirend rief Fritz Töpfer:

„Dieses ist das Manuscript von „die Geheimnisse von Berlin oder der Jesuitengeneral". Sie schreiben es vielleicht nur ab? Der Autor ist am Ende im Nebenzimmer verborgen?"

Frau Spießke lächelte bitter.

„Ich weiß nicht, was sie herführt," sagte sie tonlos; „aber Sie sind noch jung und vielleicht noch gut."

Sie führte ihren Gast in das Nebengemach, einen großen, hellen und wohnlichen Raum, worin zwei Betten standen. In dem größeren, dicht am Fenster, lag eine alte Frau; das Gesicht und die Haare waren weiß wie die Kissen. Sie hielt die Augen offen, aber sie wandte sich nicht nach der Eintretenden um. Von Zeit zu Zeit stieß sie einen unartikulirten Klagelaut aus.

„Auf dem armen Muttchen soll der Verdacht nicht sitzen bleiben, daß sie Kurt von Runenstein ist. Es ist die Mutter meines armen Mannes, den ich ins Krankenhaus, Sie wissen schon, nicht wahr, geben mußte, weil die Polizei es so verlangte; aber Mutter behielt ich. Sie thut Niemand was zu Leide ie kann nicht sprechen und sich nicht bewegen. eit zehn Jahren liegt sie so da. Kaum alle Monat nmal hat sie ihren guten Tag, wo sie sprechen nn, dann sagt sie mir, daß ich sie vergiften will. ie giebt mir viel zu thun."

Frau Spießke schenkte ein Glas Ungarwein ein, b den Kopf der Alten in die Höhe und setzte es r an den Mund. Die Kranke schluckte den Wein ngsam hinunter und blickte ihre Pflegerin dabei it ängstlichen Augen an.

Frau Spießke führte Fritz wieder hinaus und gte dann:

„Geben Sie mir die Hand darauf, daß Sie hweigen werden. Schön, ich glaube Ihnen. Und un sagen Sie mir, was um des Heilands willen ollen Sie von mir?"

Stotternd erzählte Fritz, wie er die Bekanntschaft es Buchhändlers gemacht habe und wie er ent= hlossen sei, auch ein Kurt von Runenstein zu erden.

„Sie und ich wollen den Plan gemeinsam über= gen und dann um die Wette schreiben. Nehmen ie mich zu Ihrem Jünger an! Auf der Höhe Ihrer tellung muß es ein schönes Bewußtsein sein, einen egeisterten Nachfolger zu erziehen. Theilen Sie mit

mir Geld und Ruhm und seien Sie
Dankbarkeit versichert."

Sie hatten sich Beide neben den
niedergesetzt. Frau Spießke lächelte
sam:

„Ich möchte Sie gern vor Ung
mein guter Herr Töpfer. Hören Sie
mein Mann fortgebracht werden mußt
bald darauf sich hinlegte, da wußte
und ein. Ich gab ein möblirtes Zi
Herren ab, ich erbettelte mir von dem
dessen Kassenbuch mein Mann es sich (
kleine Unterstützung, aber es langte ni
Arbeit, aber Muttchens wegen darf i
nung kaum einmal verlassen, und ein
kann ich nicht zahlen. Ich bin sei
selten die Treppe unten gewesen.
ich es, für eine Schulfreundin, die
abzuschreiben. Das brachte sechzig P
Sie schrieb schreckliche Geschichten und
Kurt von Runenstein und verdient
Mark; als sie krank wurde, schrieb
kurzen Angaben manchmal ganze Kapit
Dann starb sie und ich beendete den
mehr zu verlangen als meine sechzig P

ber der Verleger kam zu mir und machte mir den
Vorschlag, unter dem Namen Kurt von Runenstein
weiter zu schreiben. Weil ich eine Anfängerin war,
hielt ich aber nur einen Thaler den Bogen. Mehr
läßt mich Muttchen nicht an einem Tage schreiben.
Und das möchten Sie mir nachmachen? Lieber
Schneeschippen!"

Es war Fritz, als würde ihm die Kehle zuge=
schnürt. Erst als Frau Spießke, die sich mit der Hand
über die grauen Haare fuhr, etwas heiterer sagte:

„Das Geld reicht nicht für Beide, aber die Ehre
überlasse ich Ihnen gern!" — da fand er den Muth,
auf sein Anliegen zurückzukommen. Es war ihm
um das Geld gar nicht zu thun gewesen. Eigentlich
habe er nur das Recht erwerben wollen, sich einen
Mitarbeiter an den Werken von Kurt von Runen=
stein zu nennen. Natürlich durfte das nicht ge=
logen sein.

„Ich kann Ihnen Proben meines poetischen Ta=
lentes vorlegen; ich habe anerkannt sehr viel Witz.
Lassen Sie mich an diesem Roman mitarbeiten! Ich
verlange kein Honorar für den Anfang."

„Aber sehr gern," sagte Frau Spießke. „Da
setzen Sie sich hin und schreiben Sie ein paar Seiten
weiter. Je mehr, desto besser."

„Ich danke Ihnen, Kurt," rief Fritz erregt.

„Aber machen Sie doch keinen Unsinn," erwiderte sie. „Setzen Sie sich hin und schreiben Sie. Ich bin überzeugt, es wird gehen. Ich glaube, es kann es Jeder."

„Aber ich muß doch vorher die bisher erschienenen fünfundsiebzig Lieferungen gelesen haben."

„Ach nein," sagte sie, „es kommt nicht darauf an. Ich werde schon aufpassen, daß die Namen richtig sind. Sie können lauter neue Personen einführen und den Schluß mache ich dann selber."

„Also, wenn Sie erlauben," rief Fritz, warf Schlapphut und Handschuhe in die Ecke und setzte sich an den Schreibtisch mit dem Gefühle, als hätte ihm Schiller aus den Wolken die Hand gereicht.

„Nehmen Sie es nicht so schwer, es geht dann nicht," sagte Frau Spießke.

Er las den letzten Absatz des Manuscripts noch einmal.

„Der Jesuitengeneral murmelte corpo di bacco und rief mit einem schrillen Pfiff . . . Die Zigeunerin muß natürlich gerettet werden?"

„Erst in vierzehn Tagen," sagte Frau Spießke ruhig, „nach drei Kapiteln. Kümmern Sie sich nicht darum. Es ist das geraubte Töchterchen des spaischen Gesandten in Berlin; sie heißt natürlich armen. Hier muß der Jesuitengeneral eine neue Schändlichkeit thun, da das Kapitel erst anfängt."

Fritz suchte mit der Unterlippe nach seinem Schnurrbart, um ihn zu beißen.

„Es ist doch nicht so leicht," sagte er. „Halt! Er dingt einige Einbrecher, um aus der Reichskanzlei werthvolle Aktenstücke stehlen zu lassen!"

„Aber das ist ja sehr gut," meinte Frau Spießke. Ich werde Ihnen einen Vorschlag machen: Sie gehen auf und nieder und diktiren mir; ich schreibe gern ohne zu denken."

„Ein genialer Einfall," rief Fritz, überließ der Frau seinen Platz und rannte aufgeregt in der einen Stube auf und nieder. Er sprach mit sich selbst, er rollte die Augen und ballte die Fäuste; dann drehte er die Knöpfe von seiner Weste ab und Frau Spießke meinte schon, es würde nicht gehen; plötzlich begann er zu diktiren.

„. . . rief mit einem schrillen Pfiff die beiden Nachtwächter heran, die den fürchterlichen Sturz Carmens mit erzener Ruhe und hohnlachend mitangesehen hatten."

„Sehr gut," sagte Frau Spießke. „Ich werde nur gewisse Uebertreibungen beim Schreiben fortlassen."

„So unterbrechen Sie mich doch nicht," donnerte
der Dichter sie an; dann fuhr er fort:

„Mit raschen Schritten kamen sie heran. Es
waren zwei schwarzbärtige Franzosen, welche in
dieser Verkleidung unter den Fenstern der arglos
schlummernden Bewohner ihre schwarzen Pläne
schmiedeten.

„Parbleu! sagte der Eine. Carmen ist todt!
Der Jesuitengeneral legte den Finger auf den
Mund und sprach mit einer Stimme, welche alle
Todten am jüngsten Tage zu erwecken und alle
Lebendigen zu tödten im Stande war."

Erwartungsvoll blickte Fritz die Schreiberin
an; sie nickte ihm ermunternd zu und fuhr fort:

„Er flüsterte: Ist der Schlüssel zum Reichs=
kanzlerpalais fertig?

„Oui, erwiderten die Franzosen wie aus einem
Munde. So laßt uns keine Zeit verlieren, sprach
der General mit Grabesstimme. In der folgenden
Nacht versammeln wir uns in der Wilhelmstraße.
Rom! ist die Parole. Wer sich uns in den Weg
stellt, sinkt lautlos unter den Stichen unserer
Stilets nieder. Und ist das Werk gethan, so ver=
sammeln wir uns wieder zwischen der Hedwigs=
kirche und dem Opernhause, um Vorbereitungen

zu treffen, damit meine süße Freundin, die ita=
lienische Tänzerin, morgen bei der Probe durch
den unterirdischen Gang entführt werde, dessen
Ausgang am Juliusthurm in Spandau heute durch
die von uns bestochene Schildwache besetzt ist."

„Vortrefflich," sagte Frau Spießke und schrieb
lig nieder, was Fritz Töpfer in einem wahren
ausche seiner Phantasie ihr diktirte. „Nur weiter so."

Fritz ging heftig in der Stube auf und nieder.
och wie er auch den Boden stampfte, wie er sich
n Schnurrbart zupfte und in den Haaren wühlte,
er die Augen weit aufriß, ob er ein geistsprühendes
er ein verhageltes Gesicht machte — es fiel ihm
chts mehr ein.

„Na weiter," rief Frau Spießke ungeduldig. „So
rliere ich ja meine Zeit."

„Ich glaube, ich habe mich ausgegeben," murmelte
itz in dumpfer Verzweiflung.

„Ja, dann thut es mir leid . . ."

„Kurt," rief Fritz flehentlich, „haben Sie Geduld
it mir, ich will Ihnen einen neuen Vorschlag
achen: wir arbeiten den Roman zusammen weiter,
h. Sie diktieren und ich schreibe, solange mir
chts einfällt. Ihren Mitarbeiter darf ich mich ja

schon jetzt nach dieser kurzen Thätigkeit nennen, wenn ich mich auch ausgegeben haben sollte."

Frau Spießke ging mit Vergnügen auf dieses An erbieten ein, wenn Herr Töpfer für seine Mühe kein Geld verlangte. Ihren Mitarbeiter könnte er sich immer nennen, wenn er sich nicht schämte; sie hätte sich immer einen Schreiber gewünscht.

Und so begann sie zu diktiren. Ihr Mitarbeiter schrieb bis ihn die Finger schmerzten und bis es Zeit war in den Pegasus zu gehn.

Als er dort eintraf, fand er den Verein in un geheurer Aufregung. Erstens hatte Hans Renart brieflich sein Amt als Dichtwart niedergelegt und zweitens hatte Herr Ahrens, der Rädelsführer der Patzenhofer, den Antrag gestellt, die Vereinssitzungen fortan in einem neuen Biergarten der Belle=Alliance= straße abzuhalten. Trotz seinem dichterischen Selbst= gefühl erkannte Fritz sofort, daß die Demission Hans Renard's auch seine Stellung bedrohte. Sie war das unumwundene Eingeständniß, daß die ge= meinsamen Gedichte ein Fiasko erlitten hatten. Aber die Bedeutung der Lokalfrage verstand er nicht gleich. Erst aus den Debatten entnahm er, daß in dem Garten, welcher in Vorschlag gebracht war, gar kein

Weißbier ausgeschenkt wurde. Der Antrag war ein Schlag ins Gesicht des alten Gesammtvorstandes.

Wild wogte der Kampf hin und her. Herr Cohn, dem das Weißbier eigentlich nicht bekam, verschwor sich hoch und theuer, den deutschen Meth des echten Berliners nicht missen zu wollen, solange in unserm alten Panzner noch ein Nerv zuckte, um den jeder Pegasus-Bruder sich unentwegt zu scharen hatte.

Der zweite Vorsitzende erklärte ruhig:

„Kann ich im Pegasus nicht mein Weißbier trinken, lege ich meine Würde nieder und ziehe meinen Jahresbeitrag von fünfzig Mark zurück.“

Als die Patzenhofer darauf laut durcheinander schrieen und riefen: „Wir lassen uns nicht erkaufen! —“ da erhob sich Fritz Töpfer und rief donnernd in die Versammlung hinein:

„Was die Demission meines Freundes und Mit-Dichtwarts, Hans Renard, anbelangt, so könnten binnen Kurzem Ereignisse eintreten, welche den einen ihrer bisherigen Dichtwarte als den Autor eines sensationellen, epochemachenden Erfolges hinstellen, und den andern Dichtwart veranlassen müssen, unter die Penaten des Pegasus zurückzukehren. (Zur Sache!) Was aber die sogenannte Lokalfrage anbelangt, so ist sie in der Tiefe ihres Wesens nur eine Bierfrage.

Genossen! Ich bin zwar euer Dichtwart, aber ich gehöre der Jugend an, auch ich trinke zuweilen Patzenhofer. (Bravo!)

„Unsern alten Herren aber ihren altgewohnten Labetrunk, dies Symbol der Berliner Intelligenz zu entziehen, das wäre ... eine Rohheit sondergleichen.“

Ein ungeheurer Sturm erhob sich: „Selbst roh! Revociren! Demissioniren!“ schallte es durcheinander.

Da erhob Panzner mitten im Getümmel seine lange Gestalt. Sinnig berührte er mit dem Glocken= knopf den Rand seines Weißbierglases zweimal, dreimal, da wurde es still. Er blickte ringsum und schien jedem Patzenhofer in die Seele zu blicken.

„Ich stelle die Kabinetsfrage,“ sagte er endlich ernst.

„Panzner ist unabsetzbar,“ riefen die Gegner.

Panzner lächelte.

„Ich erkläre mich selbst für absetzbar,“ sagte er fein; „und ich stelle die Kabinetsfrage.“

Kein Laut war zu hören.

„Abstimmen!“ rief Herr Cohn.

Es wurde abgestimmt und mit allen Stimmen gegen die des Antragstellers wurde für diesmal der Angriff zurückgewiesen.

— —

IX.
Fritz Töpfer's Dichtung.

Wohl hatte unser Panzner im Pegasus voll und
anz über seine Widersacher gesiegt, aber er fühlte
ennoch keine Freudigkeit wie etwa sonst, wenn er nach
ner glorreichen Schlacht heimkehrte. In seinen
räumen verfolgte ihn das Triumphgeschrei der
aßenhofer, und im Wachen trug er sich mit dem Ge=
anken, unter dem Titel: „der letzte Weißbiertrinker"
ne blutige Geißel über den Geist der Jetztzeit zu
hwingen. Stramm und unentwegt ging er seinen
Beg zur Schule, so aufrecht, als trüge er unsicht=
are Lorbeerkränze. Aber er war nicht recht be=
riedigend.

Seine Frau verstand ihn nicht, aber sie sah es
jm an, daß er litt. Sie mußte sich freilich darauf
eschränken der verständigen Aurelie ihre Beobach=

tungen mitzutheilen. Es war nämlich die Jahres
zeit, wo das junge Gemüse oder gar was extra ar
Geflügel und so für den Mittelstand nicht zu er=
schwingen ist, wo selbst die tüchtigste Hausfrau nicht
weiß, wo sie jeden Wochentag etwas Anderes und
Sonntags was Gutes auf den Tisch bringen soll.
Sonst hatte es ihm aber doch immer auch anfangs
Mai geschmeckt, weil man da viel hinausgeht, ob
die jungen Kirschen schon blühen, und stundenlang
spazieren geht, und dann will man nichts Besseres,
als alten Hering und alte Kartoffeln mit der guten
gelben Maibutter. Aber Panzner ging dies Jahr
nicht hinaus, den Frühling wachsen zu hören, und
was er aß, war nicht die Rede werth; und nicht
einmal reden that er öffentlich soviel wie früher.

Einmal des Morgens, als Frau Panzner ihm
die Milch in den Kaffee goß, sagte er:

„Wenn ich Bezirksvorsteher bin, so lege ich meine
anderen Würden nieder.“

Doch die Thränen standen ihm in den Augen,
und er ging zur Schule ohne den Kaffee berührt
zu haben.

Auch sonst war es im Panzner'schen Hause nicht
wie es sein sollte. Die Mädchen vertrugen sich
schlecht. Aurelie war immer böser Laune und in

rem Aeußern nicht wiederzuerkennen. Wenn das
Wort für Hans Renard's Braut nicht verpönt
gewesen wäre, man hätte sie käsebleich nennen dürfen.
Sie war es, die plötzlich altjüngferliche Empfindlichkeit
zeigte und täglich Streit anfing; aber das eigent=
liche tückische Karnickel war doch die Trude, das ließ
sich Frau Panzner nicht nehmen.

Fritz hatte seiner Braut verschwiegen, wie un=
heimlich auch ihm die Aufnahme der Gedichte war.
Je kleinlauter er daheim unter den spöttischen Augen
von Tante Ohlsen war, desto lärmender brama=
birte er vor den Mädchen von seinen künftigen
Erfolgen. Alle großen Dichter wären bei ihrem Auf=
treten verkannt worden; wer zuletzt lachte, lachte
am besten.

Und nun, seit mehr als acht Tagen, seitdem er
ihr das selbstgeschriebene Manuscript seines neuen
Romans mitbrachte und daraus vorlas, sah Trude
in ihm einen berühmten Dichter und reizte die arme
Aurelie unaufhörlich durch die Ausmalung ihres
künftigen Ehelebens. Sie hatte zwar keine ganz
deutliche Vorstellung davon, wie sie als Dichters=
gattin die Wirthschaft führen würde, aber das Eine
war sicher, daß ihr Umgang ein sehr gewählter sein
mußte. Jede Geheimräthin würde es sich zur Ehre

rechnen. Kaufleute mit Auswahl, wenn man auc
den lieben Verwandten nicht vor den Kopf stoße
wollte.

Hans Renard war schon so vernünftig geworden
er verlangte nur, daß man ihn nicht mehr an d
alten Dummheiten erinnerte, und hätte am liebste
gleich geheirathet. Auch Aurelie hatte ja ihre ve
nünftigen Tage, wo sie des Morgens in der Zeitun
nur die Heiraths= und Geburtsanzeigen las, unte
den Inseraten höchstens noch die Ankündigunge
von Wohnungen und Möbelverkäufen, wo sie Vo
mittags der Tante in der Küche half und sich d
ein oder das andere Rezept abschrieb; wenn ab
Trude wieder so hochnäsig dasaß und aus der Zeitun
Personalnachrichten über Dichter und Gelehrte vo
las, da stieg auch Aurelie ihr bischen Blut zu Kop
und der arme Hans mußte sich sagen lassen, da
seine Braut nie, nie, nie die Frau eines Käsehändle
wurde, wenn ihre Schwester, und noch dazu d
jüngere, einen Dichter bekam.

So war es Mitte Mai geworden, und obglei
Frau Panzner nun schon die jungen Suppenkräut
für eine vorzügliche Fleischbrühe benutzen konnt
obgleich der Frühling draußen nach wochenlange
Kämpfen endlich siegreich und sonnig über de

ächern lag, im Panznerschen Hause wurde es
ißterer und düsterer.

Trude selbst, die sich mit ihrem Dichter groß that
und mit sich und ihrem Schicksal zufrieden schien,
war eigentlich nur trotzig, denn sie traute der
Mitarbeit bei dem großen Romane nicht recht.

Tante Panzner verstand ja nicht viel vom Dichter=
geschäft, und sie fand es ganz begreiflich, daß sich
zwei Dichter zusammenthaten, wenn einer allein
nicht Grips genug hatte. Frau Panzner hielt in
der Küche vor Aurelie auch darüber mit ihrer
Ansicht nicht zurück: Gott, die Schlächtermeister
kauften auch manchmal einen Ochsen zusammen.
Aber die Trude, die wurde immer blaß und roth,
wenn darauf gestichelt wurde, und ihre anzüg=
lichen Redensarten, daß ein halber Dichter ihr lieber
sei, als ein ganzer Meiereibesitzer, kamen der nicht
aus dem Herzen. Sie fühlte ganz gut, die
Trude, daß man ihren poetischen Bräutigam „nicht
so hochachtungsvoll und ergebenst ansah, wie das
bei alleinstehenden Bücherleuten vorkam, z. B. bei
Schiller mit Lorbeerkränzen und Frackschniepeln, und
Geburtstag im Tageskalender und Straße nach
ihm heißen.“ Und dann schwieg Trude offenbar
nur sehr ungern dazu, daß Fritz Töpfer jetzt keine

Zeit mehr für sie übrig hatte. „Allabendlich, wenn man im Geiste schon die Nachthaube aufsetzte, auf einige Minuten, oder aus seinen Schriften vorgelesen und Sonntag eine Stippvisite. Man dichtet doch nicht zur Besuchszeit und als Bräutigam!" Ihr Panzner war doch auch von den Gelehrten gewesen; aber als Bräutigam war er unaufhörlich in ihrem väterlichen Hause, und wenn sie auch Alle des Abends um den Tisch herum einschliefen, der Bräutigam blieb, bis es Zehn schlug: so schickte es sich.

Und dabei war nach Frau Panzner's Beobachtung Trude noch die Glücklichste im Haus. Aurelie bekam so einen gelblichen Schimmer, als wäre sie mit Zwiebeln gekocht worden, wie die Ostereier. Und gar Panzner selbst! Er litt darunter, daß Hans Renard nicht mehr dichten wollte; es war ihm aber auch nicht recht, was Fritz Töpfer dichtete. Er sagte ja nichts vor den jungen Leuten. Aber im ehelichen Schlafgemach murmelte er beim Auskleiden wohl vom Pegasus im Joch, und einmal sagte er geradezu zu seiner Gattin: „Ich habe mich geirrt, er ist nicht Schiller. Nur widerwillig kann der Pegasus die feilen Bocksprünge ausführen, mit welchen Fritz Töpfer über die besudelte Fahne des Idealismus hinwegsetzt."

Panzner schloß in dieser Nacht kein Auge und eine Frau weinte lautlos unter ihrer Bettdecke. Es mußte schlimm um den unabsetzbaren Vorsitzenden stehen, wenn er solche schöne Worte an sein Weib verschwendete.

Auch Ottilie und Heinrich, die sich allsonntäglich hier zusammentrafen, heiterten die Familie Panzner nicht eben auf. Heinrich war wohl im Allgemeinen guter Laune, und wenn er ein schönes Theaterstück mitbrachte und daraus vorlas, so war das für die Frühlingszeit ein ganz nettes Vergnügen, aber dann verfiel der junge Apotheker immer wieder in ein hartnäckiges Stillschweigen, als ob er gewettet hätte, den Mund nicht aufzumachen. Frau Panzner konnte ich ja leicht vorstellen, daß sein lateinisches Examen ihm Sorge machte. Aber diese jungen Leute sind sonst nicht so, wenn nicht nebenbei Liebesgedanken mit reellen Absichten ihr Wörtchen mitsprechen. Das konnte nun ein Blinder um Mitternacht sehen, daß Heinrich in die kleine Ottilie verschossen war.

Niemals kam Einer ohne den Andern. Aber es war eigen; diese halbwüchsigen jungen Leute benahmen sich nicht so recht wie Verliebte, schon mehr wie fertige Eheleute, die sich ohne Unsicherheit lieb haben. Heinrich kommandirte nur so mit Ot-

tilie herum, und sie gehorchte in Allem, wie etwa
ein gutes Weib dem kranken Manne seinen Willen
läßt; und doch war das ganze Gethue unreif, drollig,
sechzehnjährig. Die Aussprache eines Wortes mußte
Ottilie verbessern, oder das Seidenband um ihren
Hals nach seinem Geschmack ändern, und sie that das
so ergeben, als hinge sein Leben von ihrem Gehorsam ab. Nein, glücklich waren nicht einmal diese
Kinder.

So war wieder einmal ein Sonntag herange-
kommen und in Panzner's Berliner Stube saß der
vertraute Kreis bei einem guten Kaffee um den runden
Tisch. Nur Fritz Töpfer fehlte natürlich; er dichtete
wohl. Unter dem Gepraſſel eines Regenschauers
hatte Heinrich Weigert eine unheimliche Novelle von
Heinrich von Kleist vorgelesen. Diesmal hatte sogar
Frau Panzner, trotzdem der Regen auf die sauberen
Scheiben sie kränken mußte, aufmerksam zugehört;
es war so angenehm graulich, wie da geheimniß-
volle Kräfte mit dem Leben der Menschen spielten,
wie eiskalte Todenhände aus dem Jenseit den Zu-
hörern nach dem Schopfe griffen. Ja, der Heinrich
hatte recht: der Dichter mit dem Premierlieutenants-
namen, der verstand sein Geschäft. Das war mal
was Anderes als die Romane in der Zeitung und

p, wo man sich immer fragen sollte, ob Elsa und
Elisabeth ihn und den andern „ihn" kriegen würden.
Als ob man mit Aurelie und Trude nicht genug
Sorgen gehabt hätte.

Der Regenschauer ließ nach. Langsam verirrten
ch röthliche Reflexe der Abendsonne zu dem einen
breiten Fenster der Stube und eine lebhafte Unter=
haltung über Gespenstergeschichten nahm ihren An=
ang. Nicht etwa wie in der Spinnstube auf dem
Dorfe, wo die dummen Menschen all' das Zeug
glauben, nein, selbst Frau Panzner erklärte es nur
für merkwürdig, daß sie die Nacht vor dem Tode
ihrer Mutter ganz deutlich denselben Grabstein vor
ch gesehen hatte, den sie nachher auch bestellte.
Aurelie und Trude hatten selbst noch nichts Ge=
spenstisches erlebt, aber sie wurden für ihr Leben
gern graulich. Hans Renard meinte, im Januar 71
vor Paris bei zehn Grad Kälte um Mitternacht
Vorposten stehen, das ginge noch über Gespenster=
geschichten; aber man wollte von diesen natürlichen
Sachen nichts hören und blickte erwartungsvoll auf
Heinrich. Ottilie hatte zuerst wahrgenommen, daß
: etwas auf dem Herzen hatte, trotzdem er seit der
Vorlesung den Mund nicht wieder geöffnet hatte.

„Haben Sie sich mal was vorspuken lassen Heinrich?" fragte endlich Frau Panzner.

„Sprich, mein Sohn," sprach ihr Gatte nach einer kurzen Pause der Verlegenheit. „Sollte einmal der silberne Mondenstrahl aus dem Jenseit auch dir deinen Sitz vergoldet haben?"

Heinrich Weigertz trank den Kaffeerest aus, der über seiner Vorlesung kalt geworden war und begann.

„Keine Gespenstergeschichte, aber etwas höchst Räthselhaftes habe ich gestern Abend erlebt. Ich bitte, Fräulein Ottilie, wenn Sie mich so starr ansehen, kann ich nicht erzählen. Nun sehen Sie wieder ganz und gar weg! Ich danke und fahre fort. Ich kam gestern wegen eines ganz prosaischen Zahnschmerzes schon um acht Uhr in meine Klause, da hörte ich im Nebenzimmer meine harmlose alte Wirthin eine grauenhafte Geschichte ganz laut erzählen, so laut, daß sie mich nicht kommen hörte. Ich glaubte anfangs, sie wäre wahnsinnig geworden. Langsam, als ob sie Einem diktirte, erzählte sie den gräßlichen Vorfall. Gegen meine Zahnschmerzen war die Sache ausgezeichnet, sie waren fortgeflogen, und von Minute zu Minute steigerte sich meine Aufregung. Eine der anwesenden Damen — ich nenne sie nicht — weiß, daß ich seit Monaten einen Stoff für mein Drama suche, und nun auf einmal schenkt mir der Himmel durch den Mund meiner armen Wirthin diesen Stoff. Sie muß aus dem Schlafe geredet haben, denn da die Zigeunerin sich als die Tochter eines Herzogs entpuppte — gerade diesen Stoff suche ich — und ich in meiner Erregung aufsprang und meinen Stuhl umwarf, da wurde plötzlich Alles stille. Nur noch ein leises Flüstern, leise Schritte, kaum hörbar ging die Thür, und mein guter Genius schlich wie ein Dieb von dannen."

„Die Geschichte muß mit Frißens Roman Aehnlichkeit haben," sagte Trude, „dann ist sie gewiß gut."

„War es denn lohnend zuzuhören?" fragte Frau Panzner.

Bevor Heinrich noch etwas erwidern konnte, klingelte es draußen und Trude ging öffnen. Es dauerte immerhin etwas lange, bevor sie mit Fritz Töpfer wieder hereintrat. Der Mitarbeiter von Kurt von Runenstein trug das blaue Heft unter dem Arm, man konnte sich also auf eine Vorlesung gefaßt machen. Langsam vollzog sich in der Stube eine neue Gruppirung. Unser Panzner mochte seinen übriggebliebenen Dichtwart nicht kränken, aber doch

dieſer Art von niedrig fliegendem Pegaſus ſeine
Segen nicht ertheilen; er ſchleppte ſeinen Sorgenſtuh
ans Fenſter und ließ ſich dort nieder, wie Einer, de
alle Verantwortung ablehnen will. Aurelie ärgert
ſich darüber, daß Trude mit Friz ſo jugendlich ver
liebt that; ſo ſchäkerte ſie denn recht abſichtlich mi
Hans und ſchämte ſich nicht, in der dunkelſten Eck
des Zimmers, dicht neben dem Ofen, auf zwei ſeh
nahen Stühlen mit ihm ſchön zu thun. In ihrem Alter

Friz Töpfer war, wie nun fortwährend ſei
Wochen, ſehr aufgeregt. Heute war ein großer Tag
für ihn; er hatte ſich ſelbſtſtändig gemacht, d. h
er hatte es bei Herman Ohlſen ausgewirkt, daß e
ſich in den Nachtragsliſten vom Berliner Adreß
kalender eintragen durfte, und er hatte nicht länge
hinter dem Berge gehalten. Die Eintragung lautet
wörtlich: „Töpfer, Friedrich, Buchhändler un
Schriftſteller (Pſeudonym: Kurt von Runenſtein)
Königsſtraße 45, Sprechſtunden 7—8 Uhr Vor
mittags.“

Alle Dichter hatten ihre Sprechſtunden im Adreß
buch, und er hatte keine andere Zeit.

Und noch in einer größeren Sache hatte dieſe
Tag beinahe Epoche gemacht. Er hätte heute de
Schluß des großen Romans mitbringen könner

venn ihn nicht gestern Abend das rohe Lärmen eines
vüsten Trunkenboldes in seinen Dichterträumen
jestört hätte. Heinrich blickte erzürnt vor sich hin;
nan sollte Dichterstörung mit schwerer Strafe be=
egen, sagte er ernst.

Trude wollte zum hundertsten Male wissen, wo
Fritz eigentlich seine Arbeitsstube habe, und unter
Liebkosungen bestürmte sie ihn um den Namen seines
Mitarbeiters; denn das war klar, daß Fritz auf
essen Stube dichten ging.

„Am Ende ist es eine junge Dame, oder wenigstens
ine interessante Wittwe," rief sie halb im Scherz.

Als Fritz jedoch geckenhaft die Achseln zuckte, als
sollte er nicht widersprechen, da hätte Trude bald
eweint, und es wurde nicht früher Ruhe, als bis
Fritz Töpfer bei Tische saß und mit der Vorlesung
egann. Nur Frau Panzner und Trude, Ottilie
und Heinrich saßen um ihn her. Georg Panzner
rauerte am Fenster über den Abfall seines Absalon,
nd Aurelie suchte „flau zu machen," indem sie über=
läßig viel nieste und sich bald da und bald dort
jas zu schaffen machte. Hans Renard warf ihr
erweisende Blicke zu und lauschte aufmerksam. „Mit
espanntem Ohr, aber mit gekrümmtem Herzen," dachte
Panzner.

Heinrich, der kritisch zuzuhören pflegte, kam es vor, als ob das seltsame Abenteuer von gestern ihn noch nicht frei lassen wollte. So große Mühe er sich nahm, der bunten Handlung des Romans zu folgen, immer wieder und immer deutlicher tauchte vor ihm die Gestalt des Zigeunermädchens auf, welche ihm in der seherhaften Erzählung seiner Wirthin als ein Dramenstoff erschienen war, den der Himmel ihm als Geschenk herunterwarf. Und merkwürdig, hier und da kam in dem Romane seines würdigen Freundes ein Wort vor, das geradezu an die Traumdichtung von Frau Spießke erinnerte. Jetzt begann ein neues Kapitel, es war „die Entlarvung" überschrieben. Heinrich wurde immer verwirrter: auch Fritz Töpfer erzählte von einem Herzog und einem Zigeuner= mädchen.

Was war das? Der Jesuitengeneral führte den Herzog in eine Straße, in den Keller, wo gestern der himmlische Dramenstoff gespielt hatte. Es war kein Zweifel mehr, Fritz Töpfer las die Vorgeschichte der gestrigen Eingebung. Sollten unsichtbare Mächte in Heinrichs Leben eingreifen wollen? Sollte der Dichtwart Heinrichs Dramenstoff an sich gerissen haben? Er war schon völlig hilflos, als plötzlich bekannte Sätze an sein Ohr schlugen; er lauschte,

zweifelte, er lauschte wieder. Jetzt war es sonnen=
ar. Der Weißbierkeller entschied. Fritz war an
r Stelle angelangt, welche Heinrich gestern zuerst
rnommen hatte und las nun Silbe für Silbe
s Werk von Frau Spießke vor.

Heinrich sank blaß in seinen Stuhl zurück und
hnte leise auf. Nur Ottilie bemerkte es; sie wollte
m zu Hilfe eilen, aber auf einen strengen Blick
n seiner Seite blieb sie sitzen. Die Andern waren
rade völlig von der Dichtung eingenommen.

Fritz Töpfer las:

„Der Jesuitengeneral hatte den Herzog bei
der aristokratischen Hand gefaßt und führte ihn
immer tiefer in den unergründlichen Keller hinab.
Sie waren Beide als Droschkenkutscher zweiter
Klasse so glücklich vermummt, daß die ihnen be=
gegnenden Arbeiter sie nicht erkannten. Uebrigens
war es finster, und die Arbeiter waren Mitver=
schworene. Auf dem tiefsten Grunde des Kellers
angelangt, ließ der Jesuitengeneral seinen Begleiter
los und rief: Corpo di bacco, die Gräfin schon
hier! Kellner, Sekt! Und sie wanden sich durch
das Gedränge der vielfach verkleideten Ver=
schworenen, die einander alle nicht kannten, durch

den ersten, zweiten und dritten Saal, bis sie endlich vor der Thür des Extrakabinets Halt machten.

„Ist das wirklich so bei die Budikers?" erlaubte sich Frau Panzner die Vorlesung zu unterbrechen.

Fritz Töpfer blickte zerstreut von seiner Handschrift auf.

„Sie sind eine Realistin, Tante Panzner. Wir Dichter aber sind Idealisten und setzen überall die Geschöpfe unserer Phantasie anstatt der gemeinen Wirklichkeit. Nehmen Sie nur Schiller. Marie Stuart und die Luise Miller waren in der Geschichte gar keine solche Tugendheldinnen."

„Das ist wahr," meinte Frau Panzner.

„Aber der Idealismus hat seine Flügel nicht dazu angeschnallt bekommen, daß er auf ihnen die schmutzigen Stufen solcher Keller hinabkrieche,' sprach Panzner dumpf vom Fenster her, dann konnte Fritz fortfahren.

— Im Extrakabinet wurden die Drei mit infernalischem Jubel begrüßt. Unter der prächtigen Gaskrone, welche ihr zauberhaftes Licht über die ausdrucksvollen Gestalten der Gäste und über die weichen Linien der golddurchwirkten Sammttapete schweifen ließ, saß in einem lieblichen Knabenanzuge, unaufhörlich auf der Harfe klimpernd und

beide Hände vor das erröthende Gesichtchen ge=
schlagen — doch der Leser weiß, wen wir meinen.

„Wer ist dieser Knabe," fragte der Herzog,
und warf auf ihn einen Blick, in welchem die
Stimme der Natur alle Stimmen des Budikerkellers
übertönte.

„Was soll der faule Zauber?" rief der Je=
suitengeneral. „Dieser Knabe erinnert mich ...
Ha, Beppo, du hast doch dafür gesorgt, daß Car=
men uns nicht zur Unzeit überraschen kann?"

„Sie liegt im Burgverließ und wird gut ver=
pflegt," erwiderte der Kellner. Es war Beppo.

„Meine Damen und Herren," ergriff der Je=
suitengeneral das Wort, „zur Sache! Sie wissen
Alle, daß wir diesen Keller von der Dorotheen=
straße aus betreten haben. Aber Niemand von
Ihnen weiß, wo wir uns hier befinden." Alles
horchte auf. Da drückte der Jesuitengeneral vor=
sichtig auf einen unsichtbaren Knopf in der Ta=
pete, langsam senkte sich ein Theil der Decke nieder,
durch einen Spalt fiel helles Tageslicht herein
und draußen erkannten die Verschworenen die
grauen Säulen des Brandenburger Thores. Be=
vor sich die stummen Verschworenen von ihrem
Staunen erholt hatten, hörte man oben das

Klappern von Hufen, ein reitender Schutzmann
kam daher und stürzte wie vom Blitz getroffen,
als er die schräge Granitplatte betreten hatte.

„Gut getroffen," murmelte der Jesuitengeneral
und schlug eine trockene Lache auf. Dann drückte
er auf einen andern Knopf, und die Decke schloß
sich wieder, nachdem sie dem Schutzmannspferde
noch ein Hufeisen abgezwickt hatte, welches jetzt
klirrend auf den Tisch unter der Krone herunterfiel.

„Meine Damen und Herren," hohnlachte der
Jesuitengeneral, „Sie Alle wissen, daß es ein
Unbekannter ist, welcher den Reichskanzler seit
einigen Jahren gegen Rom in so blanken Harnisch
wirft. Wir sind berufen, die Welt zu retten,
indem wir den Unbekannten in unsere Gewalt
bringen. Er wird um drei Uhr und zehn Minuten
diese Granitplatte passieren, und hier ist ein
Chronometer, Herr Herzog, drücken Sie, wenn es
Zeit ist."

„Ja aber . . ." Frau Panzner wollte etwas sagen.
Fritz wehrte mit der Hand ab und las weiter.

„Ein ungeheures Getöse erhob sich bei diesen
Worten. Die französische Gräfin und die dänische
Excellenz waren es, die sich am deutlichsten machten.

Woran sollte man den Unbekannten erkennen?

wenn man ihn nicht kannte? Was machte man,
wenn ein Privatmann in den Keller fiel? Was
machte man überhaupt mit dem Unbekannten?
Würde er . . . (und die Gräfin machte eine be=
zeichnende Bewegung mit ihrem Dolche). Vor
Allem aber: warum sollte der Herzog drücken und
die ganze Ehre der That zu den übrigen Glücks=
gütern auf seinen Scheitel häufen? Er war doch
schon spanischer Gesandter! Jüngere Leute wollten
auch leben. Auch konnte es diplomatische Ver=
wickelungen geben. Der Jesuitengeneral zog einen
Revolver aus dem Schaft seines rechten Stiefels.
Da wurde es still.

„Meine Damen und Herren,“ sagte er mit
freundlichem Lächeln. „Euch Allen würde in dem
entscheidenden Augenblicke die Hand zittern. Aber
dem Herzog wird sie nicht zittern; denn das Blut
seines Hauses schreit zum Himmel um Rache an
dem Unbekannten, welcher nach einer Mittheilung
Roms heute um 3 Uhr 10 Minuten die Platte
oben betreten wird.“ Und der Jesuitengeneral
zeigte zur Bekräftigung ein chiffrirtes römisches
Telegramm vor, welches Niemand lesen konnte.

„Warum wird seine Hand nicht zittern?“

fragte der Marquis und warf der Gräfin einen
glühenden Blick zu.

„Meine Damen und Herren," sagte der Herzog
in spanischer Aussprache. „In frühester Jugend
wurde mir eine Tochter geraubt. Sie hieß Carmen
und war das süßeste Geschöpf unter der lieblichen
Sonne Kastiliens. Sie war so holdselig ... doch
lassen Sie mich schweigen, denn jetzt will ich reden.
Es ist Zeit, es ist sogar schon drei Uhr. Diese
Tochter wurde mir geraubt, bei Zigeunern er-
zogen, die sie treu hüteten, dann aber wurde sie
von dem Unbekannten verführt und ermordet.
Beim heiligen Blute," rief er spanisch, „und bei
den Wunden aller Märtyrer, er soll nur kommen,
ich werde nicht zittern."

„War es sicher der Unbekannte?" fragte der
Marquis mit neidischen Blicken. „Sicher," stammelte der Herzog erbittert, „denn der Jesuitengeneral hat es mir gesagt." Dieser zog zur Bekräftigung eine zweite chiffrirte Depesche aus
seinem Hutfutter hervor.

Der Herzog trat an die Tapetenwand, drückte
an den unsichtbaren Knopf und wandte kein Auge
von dem Chronometer. Es war fünf Minuten
nach drei.

„Der arme Junge," flüsterte die Gräfin, „er blutet ja."

Das Hufeisen war dem harfenspielenden Knaben — wir wollen ihn immer noch so nennen — auf die Schulter gefallen, hatte ihm das seidene Wämschen entzwei gerissen und die entblößte Schulter blutig geritzt. Er — oder sie — schlug weiter Zither auf seinen Knieen. Er hatte seine Augen verhüllt und die Wunde nicht beachtet.

„Was ist ihm denn?" wiederholte die Gräfin.

„Sechs Minuten," sprach der Herzog mit harter Stimme.

Alle umdrängten den Zitherspieler und nahmen ihm sein Saitenspiel gewaltsam aus den blutenden Händen.

„Wie heißt du, mein Kind?" fragte die Gräfin und ignorirte es, daß der Marquis sie förmlich unter eifersüchtigen Blicken begrub.

„Ich habe viele Namen gehabt," murmelte das Kind, dessen Geschlecht wir noch nicht verrathen dürfen. „Jean, Rinaldino und Juarez, einst aber hieß ich Carmen."

„Sieben Minuten," bemerkte der Herzog.

„Aber das ist ja gar kein Junge," schrie der

Marquis und versöhnt reichte er der Gräfin die Hand.

„Wahrhaftig, es ist ein Mädchen!" riefen Alle durcheinander und drängten sich herzu, um die weißen Alabasterlinien ihrer Schultern mit der Gluth ihrer südlichen Blicke zu entweihen. Es waren eben Römlinge.

„Sie sollten sich etwas schämen," rief die dänische Excellenz. Oh, daß die Weltgeschichte uns wackere Nordländer gezwungen hat, mit dem Babel Rom einen unnatürlichen Bund zu schließen! Doch laßt einmal sehen!" Und roh ergriff er das Kind an der marmorweißen Schulter. Es fiel in Ohnmacht. „Oeffnen sie ihm das Wams völlig, gnädige Frau Gräfin" murmelte der Marquis, „das ist Frauensache."

„Acht Minuten," äußerte der Herzog mit trockenem Humor.

„Ach du mein lieber Gott," rief die Gräfin, „wie niedlich, hier unter der linken Schulter hat sie ein ganz merkwürdiges Muttermal, gekreuzte Schwerter, wie auf echtem Meißner."

„Gekreuzte Schwerter!" donnerte der Herzog und ließ den Chronometer fallen; „daran erkenne ich meine Tochter Carmen." Beppo wollte sich ihm in den Weg stellen. Aber mit Riesenkraft schmetterte der Herzog ihn nieder, dann sank er dem bewußtlosen Mädchen zu Füßen und sprach:

„Carmen, oh du mein holdseliges, zwar wirk= lich von Zigeunern geraubtes, mir aber durch eine Fügung des gütigen Himmels heute wiedergege= benes Kind.“

Während überall einige Thränen der Rührung niederfielen, hatte der Jesuitengeneral seine Ver= mummung abgeworfen und stand als französischer Abbé da, was er auch war. Er hob den Chro= nometer vom Boden auf und murmelte: „Es wird schon gehen, er geht noch.“ Und mit heiserer Kommandostimme wetterte er, zu Beppo gewandt: „Keiner darf heraus, Jeder herein. Der Herzog und seine Tochter zum Schaffot. Du haftest mir mit deinem Kopf, Beppo, ha, mit deinem Seelen= heil. Neun Minuten. Jetzt werde ich selbst drücken und nicht zittern. Und wißt Ihr, wer ich bin?“ Gespannt blickten Alle zu ihm auf.

„Der Jesuitengeneral.“

Beppo fiel auf die Kniee nieder, denn er hatte es bisher noch nicht gewußt.“...

Fritz Töpfer schlug den Deckel der Handschrift

zu und wischte sich den Schweiß von der Stirn. Herausfordernd blickte er sich um.

„Sehr schön," sagte zuerst Frau Panzner, „aber etwas unwahrscheinlich. Und das mit dem Zitherspiel des Mädchens gefällt mir nicht, die muß sechs Hände gehabt haben."

Und man begann über die Schönheiten und Fehler des Kapitels im Einzelnen zu plaudern, im Allgemeinen war die Wirkung eine starke gewesen.

Heinrich Weigertz hatte immer noch kein Wort hervorgebracht. Genau bis zu dieser Stelle hatte Frau Spießke gesprochen; so gesprochen, als ob sie diktirte. Was für ein Geheimniß steckte dahinter? Er mußte einige Male ansetzen, bevor er ein deutliches Wort hervorbrachte.

„Fritz Töpfer," sagte er endlich ängstlich, „haben Sie dieses Kapitel allein geschrieben? Ich meine ohne Ihren Mitarbeiter?"

„Hier sehen Sie meine Handschrift. Wollen Sie ein Autograph von mir haben?"

„Fritz Töpfer, ich meine, ob das Alles von Ihnen ist? Es wäre ja möglich, daß Sie jedes Kapitel erst zusammen überlegten..."

„Sie haben mir so etwas wohl nicht zugetraut,"

agte Fritz Töpfer selbstbewußt. „Nun denn, gerade
ieses Kapitel ist von mir allein."

Heinrich ließ den Kopf sinken. Es fiel nicht
weiter auf, daß er sich nicht mehr am Gespräch be=
theiligte, weil er ja doch so redescheu geworden war.
Doch einmal mischte er sich noch ein, als selbst Au=
relie gestehen mußte, daß sie auf den Schluß äußerst
gespannt war, und Frau Panzner etwas spitz gegen
ihn bemerkte:

„Sie können es wahrscheinlich besser, Heinrich,
weil sie so mucksch sind. Neid ist keine schöne Sache;
man wird gelb davon, was bei Napfkuchen hübscher
ist, als bei jungen Menschen."

„Ich bewundere den Verfasser dieses Kapitels,"
sagte Heinrich da ernst und geheimnißvoll mit der
tiefen Stimme, die er sich jetzt anzugewöhnen suchte.
Fritz Töpfer blickte erschreckt auf, beruhigte sich aber
bald wieder; was Heinrich Weigert redete, das
konnte nicht gefährlich sein.

Es dauerte nicht lange, bis Ottilie aufbrach und
wie immer sagte, Heinrich brauchte sich um ihret=
willen nicht zu stören. Er bot ihr also seine Be=
gleitung an und nahm von der Gesellschaft düstern
Abschied.

„Du kommst doch wieder, mein Benjamin?"

sagte Panzner traurig. „Ich möchte dir gerade heute gern einige Regeln der wahren Kunst einverleiben."

„Ich kann nicht, alter Mann," murmelte Heinrich; und er ging.

Auf der Straße machte Heinrich seinem Herzen Luft und rief:

„Fritz ist kein Dichter!" Ottilie suchte vergebens ihn von seinem Unrecht zu überzeugen. Etwas unwahrscheinlich war der Roman und weit hergeholt, aber doch sehr spannend.

Sie zankten darüber bis zu Ottiliens Wohnung.

„Wollen Sie auch heute wieder nicht mit heraufkommen? Die Mutter hat sie soweit ganz gern. Sie wollen immer etwas extra haben; Mancher wäre froh."

„Ich vermag den Anblick der Frau nicht zu ertragen, der ich die Tochter rauben werde."

„Aber Heinrich!"

„Und es bleibt dabei, wir gehen zusammen ins Schauspielhaus zu meinem Kleist, so wie wieder etwas von ihm aufgeführt wird?"

„Herzlich gern, wenn Trude mitgeht."

„Ich will kein Wenn hören! Ja, mein hoher Herr, sollen Sie sagen."

Und sie zankten sich wieder ein bischen, bis ein Hausbewohner sie störte und Ottilie ohne Gutenacht=kuß die Treppen hinauf lief.

Heinrich wollte den Zorn gegen Ottilie festhalten, wollte dann die Handlungsweise Fritz Töpfer's vor dem Richterstuhle seines eigenen Herzens ver=dammen, aber seltsamerweise fiel ihm, kaum daß er allein war, nur sein Examen ein. Er mußte sich den philisterhaften Vorschriften unterwerfen; wenn er aber an den Klippen der lateinischen Pharma=copöe Schiffbruch litt, wenn sein redliches Streben, noch in seinem gereiften Alter ein Kompromiß mit der Alltäglichkeit zu schließen, von den alten Zöpfen erhöhnt wurde, dann war er bereit seinem Kleist nachzuahmen, und dann fand die muthige Seele seiner Ottilie hoffentlich auch den Entschluß, ihm zu folgen.

X.

Die Entlarvung.

--

Heinrich war in die Nähe des Rathhauses geraten; es war noch nicht zu spät, bei Hermann Ohlsen vorzusprechen. Das alte Fräulein war niemals so dankbar für einen Besuch, als gerade am Sonntag Abend. Und Heinrich sehnte sich nach ihren klugen Augen und Büchern, und ganz leise hoffte er, sie würde ihm sein Geheimniß, Fritz Töpfer's Betrug, entreißen. Denunciren wollte er nicht, aber erzählen mußte er's.

Hermann Ohlsen war denn auch seelenvergnügt, als Heinrich geklingelt hatte und mit seiner Ver= kannten=Miene bei ihr eintrat. Sie lachte ihn mit ihren lustigen Augen an, sie ließ ihn unter ihren Bücherschätzen kramen, und sie schmierte ihm die schönsten Brotschnitte; aber lange wollte sie nicht

emerken, daß er heute etwas Besonderes auf dem
Herzen hatte. Erst als sie zufällig von Fritz Töpfer
sprach und Heinrich, kaum daß er den Namen hörte,
die Hände rang und mit heller Stimme ausrief:
„Nein, fragen Sie mich nicht, er ist mein Freund!"
— da merkte sie, daß sie etwas erfahren sollte; es
kostete auch nicht viel Mühe und Heinrich erzählte
ihr äußerst lebhaft sein gestriges Abenteuer und die
überraschende Fortsetzung, die es heute gefunden, da
Fritz Töpfer das Diktat von Frau Spießke als seine
eigene Dichtung vorlas.

Hermann Ohlsen hatte während des Berichtes
nicht sitzen zu bleiben vermocht, ruckend und gurrend
und sich die Hände reibend lief sie in der Stube auf
und nieder. Was Heinrich nur unsicher vermuthete
und in seiner ganzen Entsetzlichkeit nicht glauben
mochte, das durchschaute Hermann Ohlsen ganz genau. Das hätte sie dem Fritz nun freilich nicht zugetraut; aber jetzt hatte sie ihn!

Sie fragte Heinrich, ob er sich morgen Abend
frei machen und vielleicht auch noch einen Zeugen
heimlich in seine Stube bringen könnte. Fritz Töpfer
mußte überrumpelt und überführt werden.

„Die Würde der Dichtkunst verlangt es von uns!"
rief Heinrich.

„Das auch," sagte Tante Ohlsen, „aber vor Allem muß Fritz geheilt werden; er geht morgen Abend wieder hin, wir wollen ihn schon kriegen." --

Am Montag wurde das teuflische Unternehmen, dessen Erfindung ein schlechtes Licht auf Hermann Ohlsen's Charakter warf, von Heinrich gehorsam ausgeführt. Um sechs Uhr sandte er einen Laufburschen zu seiner Wirthin: sie sollte für ihre Mutter sofort eine Flasche medizinischen Tokayer aus dem „Mohren=könig" holen; als sie, überrascht von solcher Ver=schwendung, bald darauf erschien, übergab er ihr den Wein und flüsterte ihr zu, was er sich ganz selbstständig zurecht gelogen hatte: daß er heute Nachtdienst habe, dafür zur Belohnung den Tokayer erhalten hätte und sich erlaube, ihn der guten alten Mutter zum Geschenke zu machen.

Frau Spießke, welche über ihren grauen Schlaf=rock noch eine graue Jacke angezogen und ein graues Tuch um den Kopf gebunden hatte, lächelte nur dar=über, daß Herr Weigertz ihr sein Geschenk nicht gleich durch den Laufburschen gesandt hatte. Ueber seine Dummheit tief erröthend, kam Heinrich nun mit seiner zweiten Lüge vor. Er hätte da einen eingeschriebenen Brief an Fräulein Ottilie B. zu besorgen und dürfte ihn der Neckereien wegen keinem Menschen aus der

Apotheke anvertrauen. Er selbst durfte seinen Posten nicht einen Augenblick verlassen. Ob Frau Spießke die Güte haben wollte, den Brief zum nächsten Post= amt — gleich rechts um die Ecke — zu tragen. Die Frau erklärte sich gern bereit und als sie um die Ecke verschwunden war, eilte Heinrich links die Straße hinauf seiner Wohnung zu. Dort harrten seiner schon die Verschwornen, und empfingen ihn wortlos mit entschlossenen Händedrücken. Heinrich zeigte den Weg und die Uebrigen folgten. Mit unheilver= kündenden Blicken schlich Hermann Ohlsen Allen voran. Sie rieb sich die Hände so geläufig, als ob sie seit gestern Abends nichts Anderes gethan hätte. Hinter ihr schritt Hans Renard mit der Miene eines Staatsanwaltes, der vergnügt ein Todesurtheil be= antragen will; zuletzt kam unser Panzner, die Thränen standen ihm in den Augen, und er mußte sich einen Finger auf den Mund legen, um seinem Schmerze keinen lauten Ausdruck zu geben. Leise bewegten sich Alle in Heinrichs Stube. Dort lud der junge Hausherr sie flüsternd ein, Platz zu nehmen. Hermann Ohlsen setzte sich auf den Stuhl, Panzner auf den Tisch, Hans und Heinrich auf das Bett. Erwartungsvoll blickten sie einander an, endlich sagte Heinrich:

„Wir können uns ja unterhalten, bis Frau
Spießke, oder vielmehr Kurt von Runenstein, zurück-
kommt.“

Panzner hielt noch immer den Zeigefinger seiner
linken Hand fest vor seinen Mund; aber er sprach:

„Wie Brutus keinen Anstand nahm, das Blut
seiner Söhne dem Henkerbeil auf dem Altar des
Vaterlandes zu verspritzen, so verlangt die Republik
der Dichter von mir meinen letzten übriggebliebenen
Dichtwart. Es fällt mir hart; ich weiß, es ist
der Anfang vom Ende. Die Patzenhofer werden
über mich siegen. Fritz Töpfer, Fritz Töpfer, warum
hast du mir das gethan?“

Er drückte den Zeigefinger fester auf seine Lippen
und wischte mit der rechten Hand die Thränen, bis
es ihn übermannte und er beide Hände vor die
Augen schlug; dann zog er sein Taschentuch, trocknete
sich die Wangen und verstummte allmälig. Es wurde
unheimlich still in Heinrichs Stube. Da kam Frau
Spießke nach Hause und machte sich nebenan und
im dritten Zimmer allerlei zu thun. Plötzlich, es
war kaum dreiviertel auf Sieben, klingelte es; Fritz
Töpfer war da. Hermann Ohlsen ballte ihre Händchen. Der Schlingel hatte ihre Abwesenheit benutzt,
um die Leihbibliothek so früh zu verlassen.

Nebenan wurden nicht viel Worte gewechselt.

„Hoffentlich werden wir heute fertig," sagte Fritz Töpfer.

„Vielleicht," erwiderte die müde Stimme der Frau Spießke; „vielleicht auch nicht. Ich möchte gerne noch ein paar Hefte herausschlagen; der Ungarwein ist so theuer."

„Ich will mich gerne dankbar erweisen," sprach Fritz beklommen; man hörte nicht deutlich, was er hinzufügte.

„Ach nein," sagte Frau Spießke, „ich gönne Ihnen gern die Ehre, daß Sie ein Mitarbeiter von Kurt von Runenstein sind. Sie haben ja auch damals selbst etwas geschrieben."

„Es war nicht sehr viel," rief Fritz; „ich hatte mich zu rasch ausgegeben. Sie diktiren mir seitdem Alles; aber mir ist es zu werthvoll, wenn ich mich Kurt von Runenstein nennen darf."

„Das ist reichlich damit bezahlt, daß Sie mit Ihrer schönen Handschrift mein Diktat niederschreiben. Na, ich denke wir wollen anfangen, daß ich es nur hinter mir habe."

Man hörte einen Stuhl rücken und Papier knistern.

„Und werden wir gewiß nicht wieder geſtört werden?"

„Mein Zimmerherr? Ach, das iſt ein guter Narr; er iſt nicht zu Hauſe."

„Wollen Sie nicht doch lieber nachſehen, ob die Luft rein iſt? Es wäre mir höchſt fatal..."

„Heute weiß ich beſtimmt, daß er erſt um Mitter= nacht nach Hauſe kommt."

„Na, alſo los!" rief Fritz mit Begeiſterung und Ungeſtüm. „Dichten wir! Diktiren Sie!"

„Wie war doch gleich das Letzte?" fragte Frau Spießke mürriſch. „Wurde der Herzog umgebracht?"

„Nein," ſagte Fritz Töpfer eifrig, „der Jeſuiten= general hatte ihn zum Tode verurtheilt und wollte drücken, ohne zu zittern; dann entpuppte er ſich, fiel auf die Knice nieder, denn er hatte es bisher noch nicht gewußt."

Die Lauſcher hörten, wie Frau Spießke in ihren Filzpantoffeln eine Weile auf und nieder ſchlich; dann begann ſie:

„Sekunde auf Sekunde legte der ſtumme Zeiger der Weltgeſchichte zurück, und jedes Auge blickte geſpannt auf den drohend erhobenen Finger des Jeſuitengenerals. In dem Extrakabinet wurde es ſo ſtill, daß man eine Fliege hätte kriechen

hören müssen, wenn sich ein solches Insekt bis in
diese hintersten Räume des geheimnißvollen Kellers
gewagt hätte. Aus den vorderen Sälen tönte eine
berauschende Musik herüber und die Paare der Verschworenen drehten sich im wilden Jubel zu ihrem
Takte herum. Urplötzlich — was war das?" ...

„Da bin ich aber neugierig," hörte man Fritz
Töpfer rufen.

„Ich weiß noch nicht was," sagte Frau Spießke
ärgerlich; „es muß da was geschehen. Aber ich
habe Alles schon verbraucht. Ach, es ist ein entsetzliches Leben! Warten Sie ein Weilchen."

Und wieder ging sie in der Stube auf und
nieder, dann diktirte sie weiter:

„Also Sie haben: Urplötzlich, was war das?"

Wie durch einen Zauberschlag verstummte nebenan Musik und Tanz.

„Hast du den Knebel bereit?" fragte der Jesuitengeneral, und Beppo hielt ihn mit dem Kopfe
nickend mit seinen sehnigen Armen hoch empor.

Mit schnellzugartiger Geschwindigkeit näherte
sich die unheimliche Stille von der Kellertreppe
her dem Extrakabinet.

Jetzt sprang die Thür auf und ein mitver-
schworener Telegraphenbote trat herein.

14*

„Aus Rom," murmelte er bleich.

Jetzt zitterte der Jesuitengeneral doch, er öffnete die chiffrirte Depesche und sank ohnmächtig zu Boden. Mit einem Schrei der Genugthuung riß ihm Beppo das Telegramm aus der Hand und las: „An den geheimen Jesuitengeneral in Berlin. Du selbst bist der Unbekannte, der uns Jahre lang verrathen hat. Du selbst hast in diesem Augenblicke die Granitplatte zu überschreiten und unsern Getreuen in die Hände zu fallen. Du bist abgesetzt und wirst in die verschwiegenen Kasematten abgeliefert; Beppo wird Jesuitengeneral, und der Herzog bleibt spanischer Gesandter. Carmen ist unschuldig."

Unterzeichnet war die Depesche mit einem Zeichen, welches selbst Beppo nicht verstand.

Der alte und der neue Jesuitengeneral wechselten die Plätze, indem der Erstere dem Letzteren zu Füßen sank. Der neue — wir wollen ihn immer noch Beppo nennen — wandte sich mit einem milden Blicke der ohnmächtigen Carmen zu, welcher sie vollends zum Bewußtsein brachte.

„Armes Kind," murmelte er in seiner weichen italienischen Mundart, „was hast du nicht Alles leiden müssen. Dafür sollst du aber auch endlich deinen Karlos heirathen — —"

„Halt! — — Warten Sie einen Augenblick, Herr Töpfer! Karlos hieß ja wohl der Halbbruder des Geliebten, den wir verlassen haben, wie er von der Fregatte ins Meer hinab fiel. Wie hieß doch gleich der Geliebte von Carmen?"

„Wie soll ich denn das wissen?" sagte Fritz Töpfer kleinlaut. „Den habe ich noch gar nicht gehabt."

„Ach," rief Frau Spießke ärgerlich, „wenn es Ihnen Spaß macht, sich Kurt von Runenstein zu nennen, so merken Sie sich doch wenigstens die Namen! Das wird wieder eine schöne Konfusion werden."

Bis zu diesem Augenblicke hatten die Vehmrichter im Nebenzimmer sich ruhig verhalten. Die Wirkung auf sie war verschieden gewesen. Hermann Ohlsen und Hans Renard konnten eine gewisse teuflische Genugthuung nicht ganz verbergen, wenngleich der Mitsänger der gemeinsamen Gedichte jedesmal zornig wurde, wenn Frau Spießke eine besonders schöne Stelle diktirte. So ergreifende Sachen wagte der Hanswurst für eigene Erfindung auszugeben! Heinrich Weigertz saß völlig geknickt da, denn wenn er auch Fritz Töpfer's Verrath an den Musen himmelschreiend fand, so ließ ihm doch sein eigener Verrath an der Freundschaft keine Ruhe.

Unser Panzner war undurchdringlich; steif wie eine ägyptische Bildsäule saß er auf Heinrichs Tische. In rechten Winkeln gingen die Beine von den Schenkeln hinab und reckte sich der lange Oberkörper empor; in einem rechten Winkel lagen die Arme am Leibe fest. Mit den knochigen Händen hielt er sich an seinen Knieen, als wollte er sich selbst verhindern, vor der Zeit aufzuspringen; nur sein Kopf saß schräge auf dem Halse. Einmal hatte er sich vergessen und beifällig genickt, da ihm die Poesie, welche nebenan erstand, wohlgefiel; dann aber kam ihm zu Bewußtsein, daß die Ehre des Pegasus da drinnen begraben wurde. Tiefer ließ er seinen Kopf zur Seite sinken, langsam drangen unter seinen Lidern die Thränen hervor und lautlos ließ er sie über seine gefurchten Wangen fließen. Er hätte seinem letzten Dichtwart gern die Schmach erspart, daß er vor seiner Mitschuldigen entlarvt wurde; als aber der echte Kurt von Runenstein den Dichtwart auch noch verhöhnte, da sprang er auf, daß der Tisch rückte und Hermann Ohlsen sich entsetzte, da schlug er mit geballter Faust gegen die Thür und rief mit thränenerstickter Stimme:

„Ja wohl, die Namen wenigstens hättest du dir merken können, du falscher Kurt von Runenstein, du Fluch des Sängerthums, der du gleich Prometheus auszogst, das heilige Feuer der Vestalinnen zu ent= decken, und der du in dem Tempel der Göttin statt dessen gebuhlt hast und vermeinst den tiefgesunkenen deutschen Apollo mit deinen Mantelkindern groß päppeln zu können. Aus meinen Augen, du falscher Dichter!" — Panzner schlug wieder mit beiden Fäusten gegen die Thür. — „Aus meinen Augen, du Plagiator! Dein Feuer ist gestohlen, es wärmt nicht; und darum werden die Furien unter deinem häuslichen Herde blasen, und Trude wird sich's überlegen."

Schon nach den ersten Worten Panzner's hatte man Fritz Töpfer aufspringen gehört. Er wollte entfliehen; aber Hermann Ohlsen vertrat ihm auf dem Korridor den Weg und zog ihn, der sich gar nicht wehrte, in Heinrichs Stube hinein. Eben hatte Panzner mit Trudens Abfall gedroht, da sah er den zerknirschten Sünder vor sich stehen, und er vermochte nicht weiter zu strafen. Sprachlos fiel er Hans Renard, dem ehrlichen, zurückgetretenen Dichtwart, in die Arme und der führte den ersten Vorsitzenden zum leeren Stuhle; nun aber fiel Hermann Ohlsen über ihren unglücklichen Neffen her.

„So, mein Junge," rief sie und blickte sich um, ob sie nicht irgendwo ein paar Stufen hinaufklettern könnte — „laß dich doch mal von oben bis unten besehen. Also Kurt von Runenstein sein Schreiber bist du geworden; es ist dir nicht genug, daß du die schlechten Bücher anderer Leute für ein Sünden=geld ausleihst, selber willst du ein Bücherschmierer heißen, und weil du nicht einmal dazu Grütze genug hast, so nimmst du deine Zuflucht zu Be=trügereien und Durchsteckereien? Und so ein Jammer=mensch soll dereinst nach meinem Tode für meine ehrliche Firma zeichnen? So ein Kellerdichter soll einmal meine Privatbibliothek erben? So ein Jesuit will in meine Hinterstube eine brave junge Frau einführen?"

„Ein Jesuit bin ich nicht!" rief Fritz Töpfer trotzig. „Ihr habt ja sonst recht, aber ein Jesuit bin ich nicht!"

Aber nun drangen Alle auf ihn ein. „Ja, ein Jesuit bist du, ein abgefeimter Jesuit!" kreischte Hermann Ohlsen. „Ein falscher Freund bist du, ein Hanswurst!" schrie ihm Hans Renard wüthend entgegen. „Ich gebe dich auf, ich durfte dich ver=

athen!" wiederholte Heinrich Weigertz immer wieder.
und in das allgemeine Lärmen hinein stieß Fritz
Töpfer immer wieder hervor: „Ich bin kein Jesuit!"

Unser Panzner nur sprach kraftlos und unbe=
achtet von seinem Stuhle aus:

„Der Pegasus wird sich rächen; abgeworfen
hat er dich schon, du schlechter Reiter! Hoch schwebt
er über dir, und im Schrecken über deine Unthat
läßt er auf dich niederfallen das Schwert des Da=
mokles, welches in der Brautnacht zwischen dir und
meiner Nichte liegen wird."

Eben hatte Fritz Töpfer sein „Ein Jesuit bin
ich doch nicht!" abermals unsicher ausgestoßen und
war mit blödem Ausdruck auf das Bett nieder=
gesunken, als die Thür sich öffnete und Frau Spießke
auf ihren Filzpantoffeln hereinschlurfte.

. . „Es war gerade nicht schön von Ihnen, Herr
Weigertz! Jetzt bitte ich mir Ruhe aus, meine
Mutter schläft."

Die Lauscher hatten vorher nicht darüber nach=
gedacht, wie die echte Dichterin aussehen mochte;
als sie aber jetzt das graue, reizlose Weib in dem
verfärbten Schlafrock erblickten, das wirre, graue
Haar um den verwitterten Kopf und den traurigen
trüben Ausdruck in den großen, tiefliegenden, dunkel

umschatteten Augen, da empfanden sie es wie eine
neue Enttäuschung, und während Hermann Ohlser
plötzlich etwas wie Mitleid mit dem echten Kur
von Runenstein fühlte, waren die Würdenträger des
Pegasus aufs Neue empört. Panzner erhob sich
wankend von seinem Stuhle, streckte seine rechte
Hand aus und rief:

„Sind Sie der wahre Kurt von Runenstein, so
klage ich Sie an im Namen der neun Musen, daß
Sie einen begabten Jünger des Parnaß Jahre lang
in Ihrem Venusberg verborgen gehalten und ihn
um sein ewiges Heil gebracht haben. Gewiß hat
der Gott der Dichtkunst auch Sie einst nicht unge-
straft auf die Stirne geküßt, aber wenn Sie deshalb
glauben, Sie könnten darum jeden Tag unser Mitglied werden, so schmeicheln Sie sich zuviel. Der
Parnaß ist kein Venusberg und der kastalische Quell
kein Tummelplatz für Nymphen, um darin schamlos
vor den Augen bockfüßiger Satyren zu baden. Sie
aber sind nicht einmal eine Nymphe, geschweige denn
eine Muse. Ein Irrlicht waren Sie für meinen
armen, gesunkenen Freund, ein schlüpfriger Delphin
der einen Arion entführte, nicht aber um ihn zu
retten, sondern um ihn in die Tiefen des purpurnen
Meeres hinabzuziehen und dort den blanken Schild

einer Ehre Ihrer nimmerſatten Gier zum Fraße
vorzuwerfen.“

„Sie ſchreiben wohl auch ſolche Romane,“ ſagte
Frau Spießke ruhig; „na ja, wie geſagt, machen
Sie das untereinander ab, aber verhalten Sie ſich
hier ruhig, ſonſt muß ich Sie wirklich bitten, an=
erswo zu zanken. Ich muß heute noch einen Bogen
fertig machen. Mit Ihnen, Herr Weigertz, rechne
ich natürlich ab. Suchen Sie ſich ſo raſch wie
möglich eine andere Stube.“

Und müde ging Frau Spießke wieder hinaus.

„Sie hat Recht,“ entſchied Hermann Ohlſen,
gehen wir nach Hauſe.“

Auf der Straße trennte man ſich ohne Aufent=
alt. Panzner fühlte ſich ſehr angegriffen und ließ
ſich von Heinrich nach Hauſe geleiten; Fritz Töpfer
aber mußte zwiſchen Hans Renard, der ihn unter
dem rechten Arm gefaßt hielt und zwiſchen Hermann
Ohlſen, die ſeine linke Hand nicht losließ, gerades=
wegs nach der Leihbibliothek gehen. Auf dem Wege
legte Fritz eine volle Beichte ab und bat nur, man
möchte Trude nichts ſagen. Hermann Ohlſen war
wieder ganz vergnügt geworden und betrachtete die
beiden Dichtwarte von Zeit zu Zeit mit herzlichem
Wohlgefallen. Die hatte ſie nun ſo weit.

XI.

Versöhnung.

In der Wohnung angekommen, kümmerte sich Tante Ohlsen nur um Thee und Abendbrot und überließ es Hans, seinen Freund auf die Folgen seines Thuns hinzuweisen. Hans Renard war aber über den Ausgang viel zu glücklich, um dem ehemaligen Mitdichtwart und Mitdichter den gespielten Betrug gar zu übel nehmen zu können.

„Laß den Kopf nicht hängen, sei gemüthlich," sagte er; „du wirst ja bei Panzner's einen schweren Stand haben, aber Aurelie und ich werden dir helfen, und wenn Trude erst deine Frau ist, werden ihr eure Dummheiten schon vergessen. Im Pegasus aber soll Niemand die Wahrheit erfahren, das verspreche ich dir."

„Du wirst sehen, Trude wird mich verachten," sagte Fritz leise.

Und als Tante Ohlsen den Tisch gedeckt hatte,
nnte er sich lange nicht entschließen mitzuessen.
ie Tante und Hans dagegen hatten einen Hunger
ie Soldaten nach einer gewonnenen Schlacht. Als
ritz sich endlich dennoch überreden ließ, ein Butter=
rot mit Leberwurst zu versuchen, klingelte es plötzlich
nd er schreckte zusammen; er hatte eine unbe=
immte Furcht vor Trude und vor der Polizei.
s war aber nur Heinrich Weigertz, der feierlich
ntrat, um eine Bestellung Panzner's auszurichten;
reichte nur Hermann Ohlsen und Hans Renard
ine Hand.

„Sie hat mir gekündigt," flüsterte er verstört
er Tante zu; dann verbeugte er sich steif vor
em Fälscher und sagte:

„Wenn Sie die Wirkung auf unsern Panzner
esehen hätten, Herr Töpfer, es wäre Ihre schwere
ber gerechte Strafe gewesen; doch lassen wir das.
nser Panzner war unfähig, sofort zu seinen Damen
rückzukehren; er mußte ein Lokal betreten, um
sich zu kommen. Er trank dort ein Glas Bier
nd beachtete es gar nicht, daß es Patzenhofer war.
och lassen wir das. Ich danke, Fräulein Ohlsen,
h könnte in dieser Stunde nichts zu mir nehmen;
chstens diese kleine Stulle; ich danke. Nach reif=

licher Ueberlegung gab mir unser Panzner den Auftrag, Ihnen seinen Willen kundzuthun; ich wage es nicht, seine eigenen Worte zu wiederholen, auch könnte ich es nicht. Ich halte mich nur an den Inhalt seiner Willensmeinung. Der Betrug selbst — ich bitte Herr Töpfer, unser Panzner hat das Wort gebraucht — der Betrug selbst soll in einen dichten Schleier gehüllt werden; aber unser Dichtwart sind Sie gewesen. Sie sollen Ihre Ehrenstellung niederlegen, wie der wackere Hans Renard und sollen als Grund angeben, daß Ihre Berufsgeschäfte Sie verhindern, Ihre Zeit noch länger dem weiteren und engeren Pegasus zu widmen.“

„Dazu bin ich bereit,“ sagte Fritz und krümelte an seiner Wurststulle herum. „Aber Trude? Was hat er über mich und Trude beschlossen? Ich habe es ja doch nur ihretwegen gethan; ich habe sie zu lieb gehabt.“

„Und der Ehrgeiz, Fritz?“ fragte Hans Renard. „Geh in dich, Fritz, hat dich nicht auch der Ehrgeiz getrieben, als du dich Kurt von Runenstein nennen wolltest?“

„Jesuit!“ murmelte Hermann Ohlsen.

„Ein Jesuit bin ich nicht,“ schrie Fritz Töpfer fast weinend und sprang vom Tische auf.

„Es fällt mir schwer," fuhr Heinrich fort, „der
Ueberbringer eines so strengen Urtheils zu sein."
Und mitleidig legte Heinrich eine zweite Stulle bei
Seite. „Panzner will Sie von Trude trennen, der=
gestalt, daß Sie seine Wohnung nicht wieder be=
treten; aber Fräulein Trude soll Sie nicht in
ihrer scheußlichen Verräthergestalt kennen lernen.
Panzner ist milde; er will seiner Nichte nur sagen,
daß er Sie in einem Venusberge gefunden hätte,
und daß Sie darum keine Hoffnung gäben, ein zu=
verlässiger Gatte zu werden. Er sagte wörtlich:
Ich will lieber sein irdisch Theil vernichten, als daß
der Pegasus über ihn erröthen sollte. Das An=
denken des Dichters will ich verhüllen und nur den
Menschen blosstellen."

Nach dieser Bestellung entfernte sich Heinrich so=
fort wieder und bat auch Hans Renard, mitzugehen.
Fritz ging ohne Abendbrot zu Bette. Hermann
Ohlsen wußte nicht, ob ihm der Verzicht auf die
Dichtwartschaft so schwer fiel, oder der auf seine
Braut. Jedenfalls äußerte sich schon beim nächsten
Frühstück eine gesunde Reaktion, und die Tante
konnte den Unglücklichen sich selbst überlassen; nur
an den Kunden der Leihbibliothek ließ er mitunter
seinen Gram aus. Er sprach von jedem Buche, das

verlangt wurde, mit ingrimmiger Verachtung, und
behandelte die Diener und Mädchen, welche einzelne
Lieferungen der „Geheimnisse von Berlin" holen
kamen, wie unmündige Kinder. Die Leute konnten
gar nicht begreifen, warum der junge Mann den
Roman auf einmal so schlecht machte.

Nicht ganz so ergeben hatte Trude die Anzeige
aufgenommen, daß Fritz Töpfer ihrer unwürdig
wäre und daß sie ihn nicht wiedersehen sollte. Sie
heulte die ganze Nacht hindurch und Aurelie weinte
schwesterlich mit ihr, nachdem sie eine kleine Schaden-
freude tapfer niedergekämpft hatte.

Am Morgen des Dienstag waren die Thränen
noch nicht versiegt, aber man konnte doch wenigstens
wieder über die entsetzliche Geschichte reden. Trude
wollte sich jetzt nur noch die Augen aus dem Kopfe
schämen, wollte als Stütze der Hausfrau irgendwohin
auf das Land gehen, wollte überhaupt sterben. Die
Verlobung hatte zwar noch nicht in der Vossischen
Zeitung gestanden, aber alle Freundinnen wußten
bereits davon und hatten die eingekaufte Leine-
wand und die Schablonen zu dem Monogramme
schon gesehen. Frau Panzner, die gerade heute
ihrem Manne gern die Erbsensuppe mit Schweins-

ihren kunstgerecht vorgesetzt hätte, versuchte nur so
beiläufig zu trösten.

Mein Gott ja, wer war nicht schon einmal ein
bschen verlobt gewesen. Die Kirschen, woran die
Spatzen gepickt haben, schmecken nachher oft gerade
am besten. Versprochen sei nicht verschrieben. Sie
selbst, die Panznern, hatte seinerzeit einem verwittweten Viehhändler aus Spandau die Verlobungs-
geldtasche gestickt und schon seine Wohnung ange-
sehen mit aller Einrichtung, damit man nichts Ueber-
flüssiges zukaufte, und dann war es doch nichts geworden. Und wenn auch zwischen ihr und Panzner
nicht Alles war, wie es sein sollte, glücklich war
sie doch oft mit ihm, trotzdem sie ihn nur aus Liebe
geheirathet hatte, und mit dem verwittweten Viehhändler aus Spandau hätte ihr vielleicht doch das
Höhere gefehlt.

Und Frau Panzner ging in die Küche; die Thränen ihrer Nichte thaten ihr leid, aber sie war eine
ernsthafte Frau, und eine gelungene Erbsensuppe mit
Schweinsohren war wichtiger als Mädchenthränen.

Aurelie tröstete weniger aus ihrer Erfahrung
heraus, sie hatte Empfindung für den Kummer
der Schwester, aber sie konnte es sich nicht versagen,
ab und zu ein wenig auf Trudens Eitelkeit zu sticheln.

Den guten Hans Renard hatte man verachtet, weil e
das Dichten bei Zeiten aufgesteckt hatte. Man wollt
Frau Doktor titulirt werden oder wie sonst di
Dichterfrauen hießen. Und doch glaubte Aureli
die Schwester damit zu beruhigen, daß es bei Fri
nun endlich auch mit der Dichterei aus war. Di
Dichtwartschaft würde er am nächsten Sonntag niedel
legen und keine Romane schreiben und sich gan
und gar dem Geschäfte widmen. Auch im Adreß
buch würde er nicht mehr ganze drei Zeilen füllen
wie Hans Renard berichtete, mußte Fritz den Dichtel
namen und die Sprechstunden wieder streichen.

Als Trude das vernahm, fiel sie aufs Neue i
krampfhaftes Schluchzen.

„Das kommt von dem Unsinn," rief sie da
zwischen, „der Onkel ist an Allem schuld; ich hat
es ja nie so ernst gemeint mit dem Dichten. Tan
hat Recht, Sonntags und so, aber nicht alle Tag
Meinetwegen hätte er sogar Käsehändler sein könnel
wie dein Hans; ich habe ihn so lieb gehabt, er we
ein so reizender Mensch. Und nun die Schand
die Schande! Ich glaube, ich gehe ins Wasser. Gewi
giebt er die Dichterei nur auf, um die Andere dest
schneller heiraten zu können; ich bin so unglücklich.

Aurelie glaubte nicht, daß es dem lüderliche

iß Töpfer bei der Andern ums Heirathen zu thun
r. Nicht er habe die Verlobung rückgängig ge=
cht, sondern Onkel Panzner habe ihn für unwürdig
lärt. Das wußte Aurelie bestimmt, wenn Hans
narb auch sehr geheimnißvoll gethan hatte und
jedes Wort aus ihm herauspumpen mußte.

Trude schöpfte neue Hoffnung. Wenn Fritz sie
ßt freiwillig sitzen ließ, so hätte man die Sache
ß erst ihr selbst vorlegen und sie fragen sollen;
lleicht konnte sie verzeihen. Ueberhaupt der Onkel!
r war übergeschnappt, das wußten Alle, wenn sie
auch nicht laut sagten. Alles was Recht ist, ein
lehrter war er und ein guter Mann und der beste
oner von Berlin, aber von Heirathssachen verstand
gar nichts. Ob denn die Andere so war, daß man
: nicht davon reden konnte?

Aurelie theilte ihr die Vermuthung mit, daß die
dere eine Dichterin war, und daß Fritz wahrschein=
mit ihr zusammen den Roman gearbeitet habe.

Trude gerieth in furchtbaren Zorn, und das that
wohl.

„Diese emanzipirten Frauenzimmer!" rief sie und
nte in der Stube hin und her. „Diese Tänzerinnen
 Schauspielerinnen! Und die Malerinnen und
hterinnen sind gerade so, ich habe es einmal be=

15*

schrieben gelesen; und schlecht sind sie Alle, besonder
die Dichterinnen. Kinder mögen sie gar nicht un
immer drei Männer auf einmal. Pfui Schand
das hätte ich von Fritz gar nicht gedacht. Und bi
Toiletten! Sie können es ja haben. Bei Gerso
bleiben sie Alles schuldig, auf dem Markt bezahlen si
was die Frauen verlangen; zwei Mark für da
Pfund Butter vielleicht. Und dann sitzen sie da i
dem ausgeschnittenen Morgenrock, schön roth und wei
geschminkt. Aurelie, sage mir, wie sie heißt, ich mu
ihr etwas anthun!"

Aurelie fühlte für ihre Schwester, seitdem sie i
so schlimmer Lage war, die lebhafteste Zärtlichkei
hätte ihr gern geholfen und gab überdies unger
den Plan auf, mit Trude zusammen an den Alt
zu treten. Die Schwester war zwar jünger und frische
aber Aurelie war schlanker und hatte feinere Züg
und wenn sie im Brautkleide nebeneinander stande
und man nur ein bischen nachhalf, so konnte e
nicht ausbleiben, daß es in der Kirche und drauße
hieß: Lieber die Aeltere!

Aurelie versuchte also, Hans Renard auf ih
Seite zu ziehen, und da der gute Hans seine
Freund gedemüthigt sah und Aurelie eine Doppe
hochzeit aus Sparsamkeits= und Schönheitsgründe

zückend ausmalte, versprach er bald das Seinige
in der Sache zu thun.

Damit meinte er natürlich nur, daß er sich an
Tante Ohlsen wenden wollte. Das alte Fräulein
hatte schon die Wohnungsangelegenheit Heinrichs
geordnet, indem sie ihn einfach bei sich aufzunehmen
versprach; sie konnte auch Fritz in seinem Unglück
aufrichten, wenn sie nur wollte. Ganz, ganz heimlich
hatte Hans sogar den Verdacht, als hätte Hermann
Ohlsen die beiden Dichtwarte absichtlich reinfallen
lassen, um ihnen nachher ihre Bedingungen vor-
schreiben zu können.

Fräulein Ohlsen hatte seit dem denkwürdigen
Montag alle Hände voll zu thun, um das Häuschen
für den neuen Genossen in Stand zu setzen. Es war
ihr ganz lieb, daß sie den dritten Dioskuren, den sie
so zu heilen vorgenommen hatte, unter ihr eigenes
Dach bekam. So konnte sie ihn am besten beauf-
sichtigen, und wenn Fritz Töpfer ein Mädchen
heirathete, welches mit einem Stübchen ihrer „Hühnersteige" nicht zufrieden war, so hatte das alte Fräulein
in Heinrich Weigertz gleich einen angenehmen Gesell-
schafter.

Als nun Hans Renard bei ihr erschien und sie
bat, das auseinandergerissene Paar durch ihre Klug-

heit wieder zu vereinigen, da sagte sie nicht nein
aber sie wollte sich mit dieser Geschichte erst befasser
wenn sie die Uebersiedelung Heinrichs zu Stande g[e]
bracht hätte. Hans aber warnte so ernsthaft vo[r]
jeder Verzögerung und Fritz Töpfer aß dazu so b[e]
weglich seine Stullen, daß Hermann Ohlsen versprac[h]
Trude gleich morgen Vormittag, wenn Panzner i[n]
der Schule war, aufzusuchen, und ihr und besonder[s]
der alten Panznern, welche doch immer die Vernün[f]
tigste blieb, den Standpunkt klar zu machen. Wo[hl]
hatte sie gerade morgen Heinrichs Umzug zu leite[n]
aber ihr Grundsatz war von jeher: je toller ei[n]
Tag, desto mehr läßt sich schaffen.

Sie erschien schon um elf Uhr Vormittags i[m]
Panzner'schen Hause; sie war dort immer als z[u]
verlässige Erbtante mit der größten Hochachtung b[e]
handelt worden. Besonders Frau Panzner hatt[e]
oft gesagt, sie sei frei von Vorurtheilen, und al[te]
schmutzige Bücher auszuleihen, sei am Ende ein G[e]
schäft wie ein anderes; daß ihr das alte verkrüppelt[e]
Fräulein mit ihren zwanzigtausend Büchern un[d]
vielleicht ebensoviel Thalern im Grunde recht unheim[
lich war, das äußerte sie nie verletzend. Heute wurd[e]
Tante Ohlsen wie eine Fee im Märchen empfangen[
Aurelie wollte ihr durchaus den Hut abnehmen, Fra[u

anzner schnitt für sie den abgeriebenen Napfkuchen
n, der erst für morgen bestimmt war, und Trude
ißte ihr einmal heimlich die Hand. Als dann Fritz
öpfer's Tante und seine Braut miteinander allein
lieben, schüttete Trude ihr Herz aus: die Schmach
ner zurückgegangenen Verlobung wäre zu groß für
e, und wenn Fritz nur zu ihr zurückkehrte, so wollte
e ihm das Verhältniß zu der schönen Dichterin ver=
:ihen und den Onkel Panzner schon zum Nachgeben
ringen.

Hermann Ohlsen kicherte still vor sich hin, dann
rderte sie Trude auf, mit ihr zu kommen; sie
ollte Alles thun und Alles verabreden, aber sie
itte keine Zeit und müßte jetzt geradeswegs zum
einrich. Trude war ein wenig verletzt darüber,
aß ihre Angelegenheit so beiläufig behandelt wurde,
ver die Erbtante verdiente gerade jetzt jede Rücksicht,
nd so entschloß sie sich, das alte Fräulein zu be=
:eiten.

Angenehm war der Weg nicht, da Hermann
hlsen sich krampfhaft in ihren Arm hing und durch
re Gestalt, ihre kreischende Sprache und die drolligen
ersuche, größer zu erscheinen, als sie war, allen
euten auffiel. Aber die Tante hatte so erfreuliche
?ittheilungen über ihre Vermögensverhältnisse und

über Fritzens Charakter zu machen, daß Trude guten Muth faßte und Tante Ohlsen schließlich auf deren Bitten bis in Heinrichs Stube hinauf begleitete. Der junge Apotheker war gewiß immer noch nicht mit dem Packen fertig, und Trude konnte dem alten Fräulein behilflich sein.

Als sie eintraten, sprang Heinrich von einer Kiste empor, auf welche er sich während des Aufräumens niedergesetzt hatte, um ein bischen zu lesen; im Uebrigen war er bereit. Die Kiste enthielt den zweiten Anzug und die schmutzige Wäsche; reine hatte er zufällig gerade nicht vorräthig. Frau Spießke, die wöchentlich für ihn mitwusch, konnte sie aber jeden Augenblick bringen.

Da trat Frau Spießke ein. Sie trug auf beiden Händen ein bischen saubere Wäsche und fragte müde, ob sie das auch noch in die Kiste packen, oder nur in ein Zeitungsblatt wickeln sollte.

Die Taschentücher, welche Frau Spießke zuletzt geplättet hatte, waren noch warm. Die Hände der Frau zitterten von der hastigen Arbeit; Haar und Haut schienen noch grauer als sonst, und ihr mißfarbener Schlafrock hing ihr noch schlottriger um die hagern Glieder.

„Ich habe Ihnen den Heinrich nicht ausgemiethet

liebe Frau Spießke," sagte Hermann Ohlsen gut=
müthig, indem sie auf den Stuhl niederkniete und
die Ellenbogen auf den Tisch stützte; „er konnte
nicht bleiben, nachdem er sich dazu hergegeben hatte,
Sie und Fritz Töpfer überfallen zu lassen. Na, und
ich, als Fritzens Tante, war doch die Nächste dazu,
ihn zur Belohnung aufzunehmen."

Trude, welche sich ganz unbefangen in Heinrichs
Stube bewegt hatte, glaubte plötzlich umsinken zu
müssen. Darum also hatte Tante Ohlsen sie herauf=
geschleppt! Und mit diesem Scheusal konnte Fritz
sich vergessen, blos weil sie Dichterin war, und trotz=
dem der Schlafrock allein mehr Schmutzflecken hatte,
als in einer ordentlichen Wirthschaft überhaupt bis
zur silbernen Hochzeit vorkommen dürfen.

„Ich hatte ihm im ersten Zorn gekündigt," sagte
Frau Spießke; „dann that es mir leid. Na, er
hat Recht. Bis zum Ersten hat er ja gezahlt und
mehr darf ich nicht verlangen. Wer weiß, wer der
Nächste sein wird. Bis auf das laute Deklamiren
war er ein ruhiger Miether, der Einzige, dem der
Kaffee nie zu schlecht war. Hier ist die Rechnung
bis heute; es waren sechs Flaschen Bier mehr als
gewöhnlich und ein ganzes Pfund Lichte. Dafür
Schrippen statt Knüppel."

Und Frau Spießke reichte der Tante ein Blatt Papier, auf welchem mit der geläufigen Hand von Kurt von Runenstein eine Rechnung von ungefähr zehn Mark sauber aufgestellt war. Trude konnte es nicht erwarten, daß das unheimliche Weib sein Geld erhielt und sich wieder entfernte. Kaum war dies geschehen, so faßte Trude Tante Ohlsen bei beiden Händen und rief heftig, ohne sich um Heinrichs Gegenwart zu kümmern:

„Nun ist Alles aus! Das kann ich ihm nicht ver- zeihen; wenn sie noch schön gewesen wäre und jung, meinetwegen. Die Männer taugen ja alle nichts. Aber diese alte Person, blos weil sie dichten kann? Nein Fräulein Ohlsen, da danke ich."

Hermann Ohlsen mußte sehr laut werden, um sich bei Trude Gehör zu verschaffen; als diese aber endlich Alles vernommen und von Heinrich bestätigt erhalten hatte, daß es sich nur um Fälschung, aber nicht um Liebe handelte, war sie mit einem Schlage wie verwandelt. Zur großen Freude der Tante, welche die Weiber im Panzner'schen Hause immer für vernünftig gehalten hatte, und zum Entsetzen Hein- richs, der bei seinem Zeugniß für sich und für den Freund erröthete, schien der litterarische Verräther- streich Fritz Töpfer's sie gar nicht zu betrüben. Sie

achte zum erſten Male wieder und hätte mit Heinrich
zewiß einmal herumgetanzt, wenn er ſich dazu ver=
tanden hätte und die Stube nicht zu klein geweſen
wäre. Tante Ohlſen mußte ſie daran mahnen, daß
ie ihrer künftigen Stellung wegen ſich von Fritz
och ein bischen bitten laſſen müßte; ſonſt wäre
Trude geradeaus, in die Leihbibliothek gelaufen und
em Narren, dem verunglückten Dichter, um den
Hals gefallen. So ergab ſie ſich darein, wieder
rach Hauſe zu gehen und der Tante das Weitere
zu überlaſſen.

Dieſe ſollte ihrem Neffen berichten: Trude hätte
Kurt von Runenſtein geſehen und ihre Eiferſucht
zemildert; doch müßte Fritz erſt den alten Panzner
verſöhnen und vor Allem der Tante und der Braut
eierlich geloben, ſich nie wieder mit Dichterinnen
einzulaſſen.

Dann eilte Trude nach Hauſe und bald darauf
vollzog Heinrich mit Tante Ohlſen in einer Droſchke
einen Umzug. Während der kurzen Fahrt fand ſie
noch Zeit, dem jungen Freunde die Leviten zu leſen:
r hätte ſich doch nicht zum Denunzianten machen
ollen und müßte jetzt die Verſöhnung fördern; am
Ende war Fritz doch ſein Freund. Als ob ſie nicht
das Ganze eingeleitet hätte, machte ſie Heinrich für

die Folgen verantwortlich; dann führte sie dunkle Reden vom Splitter und vom Balken.

Ganz verdutzt kam Heinrich in seinem Stübchen an; es lag neben Fritzens Zimmer im zweiten Stock der Hühnersteige.

Fritz begrüßte ihn nicht und auch beim Abend= brot, das die Tante zu Ehren des neuen Hausge= nossen üppig hergestellt hatte — Heringssalat voran und eine Flasche Wein nachher — saßen die beiden letzten Dioskuren lange stumm nebeneinander.

Nach einer schlimmen Nacht blieb Fritz den ganzen Sonntag Vormittag in seiner Stube eingeschlossen, und man wußte nicht, ob er mit Heinrich noch böse war, oder ob er über seine Versöhnung mit Panzner nachdachte. Aber beim Mittagessen erschien er ge= müthlich und hungrig, er reichte Heinrich mit einem Blicke, der um Verzeihung bat, beide Hände. Heinrich konnte es nicht ertragen, daß der einst so verehrte Dichtwart sich vergebens vor ihm demüthigte, und so fielen sie einander um den Hals und ge= lobten einander wieder ewige Freundschaft.

„Du wurdest aus Ehrsucht zum Verbrecher," rief Heinrich gerührt; „wir können nicht alle Dichter sein!"

Ueber dem Essen erzählte Fritz, er hätte einen

Plan gefaßt, den edlen Panzner wieder zu gewinnen. Er hätte im Laufe der letzten Stunden ein Sonett verfaßt, in welchem er sich beim Vereine für Feuer=bestattung als Mitglied meldete. Das sollte Heinrich, der erklärte Liebling Panzner's, Nachmittags beim Kaffee vorlesen; Fritz wollte in der guten Stube versteckt bleiben und hervorstürzen, wenn Panzner erschüttert war.

Plan und Gedicht wurden vortrefflich gefunden; Heinrich war so ergriffen, daß er nicht schwankte, sich auch seinerseits verbrennen zu lassen, und nach=dem die Verse noch einmal gründlich gefeilt und sauber abgeschrieben waren, traten die neuverbundenen Freunde den schweren Weg an. Ihre Stimmung war beklommen, aber gehoben.

Bei Panzner's öffnete Trude und fiel ihrem Bräutigam ohne Vorrede und Umstände um den Hals, dann zog sie ihn in die gute Stube hinein, da er dort doch nicht gut allein sein Schicksal er=warten konnte.

Heinrich trat in das Wohnzimmer mit dem Ge=fühle seiner schweren Verantwortung; unser Panzner empfing ihn gütig. Ottilie war noch nicht da. Man war eben dabei, den unabsetzbaren Vorsitzenden des Pegasus davon zu überzeugen, daß er in seiner

heutigen kurzen Rede die Stelle über Leichenver=
brennung mildern müßte.

Ein Mitglied des Pegasus war gestorben,
Panzner hatte natürlich eine Denkrede aufgesetzt, und
darin fand sich die Stelle, welche Frau Panzner ge=
tilgt wissen wollte. Die Worte lauteten:

„Unser seliger Freund ist immer hilfreich, edel
und gut gewesen, aber er wird uns im Schatten=
reich noch verklagen, wenn wir durch seine sterblichen
Ueberreste den allheilenden Busen der Mutter Erde
vergiften, anstatt mit den Waffen des Geistes einen
Holzstoß zu entzünden, der seinen ach zu frühen
Tod zum leuchtenden Vorbild unserer Stadtver=
tretung machen könnte.“

Ich will ja nichts gegen sagen,“ rief Frau
Panzner, „bei den alten Griechen hättest du damit
meinetwegen Oberbürgermeister werden können; aber
in unsrer Straße wird man mit sowas nicht Be=
zirksvorsteher. Man ist hier allgemein für das
Fortschrittliche, immer noch. Aber hübsch den alten
Fortschritt! Nur nichts Neues, wenn man was werden
will! Der Doktor kann jeden Tag sterben und dann
kommt es zur Wahl.“

Heinrich wollte dem verehrten Manne beistehen,
aber endlich siegten die Weiber wieder, wie immer;

uch Hans Renard hielt jetzt an dem Hergebrachten
est. Als unser Panzner mit den Blicken eines
Märtyrers sich vom Tische abwandte und rief:
So streiche ihn denn, du Mörderin meiner reiffsten
Gedankenkinder!" — da hielt Heinrich den Augen=
lick für günstig; er zog Fritzens Dichtung aus
er Tasche und sprach, nachdem er sich durch ein
mächtiges Stück des abgeriebenen Napfkuchens etwas
Haltung gegeben hatte:

„Ich bringe unerwartete Hilfe. Ein Freund von
mir, der nur ein mittelmäßiger Dichter ist, aber
sonst gut und treu, hat mich beauftragt, sein Preis=
lied der Feuerbestattung heute Abend im Pegasus
vorzulesen. Mit Ihrer Erlaubniß möchte ich es
wohl vorerst hier zur Kenntniß bringen."

„Lies, lies mein Sohn!" sprach Panzner erregt.
Bei so epochemachenden Stoffen sehe ich gern über
seine Härten hinweg. Der Sänger der Schlacht
muß keine so glatte Harfe haben, wie der Dichter
der Liebe, der mit der Nachtigall um die Wette
tötet. Gehalt! Gehalt! Lies, lies, mein Sohn!"
Und Heinrich las:

Preislied an das Feuer.
(Sonett.)

„Die alten Pharaonen balsamirten
Sich selber ein, das war von ihnen wacker;

Die Erde machten's nicht zum Leichenacker,
Wie wir es thun. Drum sind wir die Blamirten.
Oh, daß wir doch die neue Lehre kürten,
Uns brennen ließen von der Flamm' Geflacker!
Dann blieben von uns keine todten Schlacker,
Die unsere Freunde beim Begräbniß spürten.
Zum Holzstoß, auf! Und jede Männerhand,
Sie schwinge einen glüh'nden Feuerbrand,
Womit sie ab die alte Blutschuld wasche!
Zum Holzstoß, auf! Dann sterb' ich wie ein Held
Und laß zurück der unvergift'ten Welt
Nur etwas Dichterruhm und etwas Asche!"

In seiner ganzen Länge hatte Panzner sich er
hoben.

„Heinrich Weigertz," rief er jetzt, „mein Sohn
das hast du selbst gedichtet! Bist du bereit, Mitglied
des Vereins Holzstoß zu werden? Du bist rei
für ihn."

„Ich bin bereit!" rief Heinrich begeistert; „abe
ich habe diese Verse nicht gedichtet. Ich selbst bin
von ihnen erst bekehrt worden, und so werden si
jeden Gegner bekehren!"

„Das müssen sie. Sie werden die Flammen
zeichen auf den Bergen lodern lassen, denn diese
Dichter trägt das heilige Feuer in seinem Herzen
Wer es immer geschaffen hat, er sei mir willkommen."

Da öffnete sich die Thür und von Trude an de
Hand geführt, schlich Fritz Töpfer gesenkten Haupte

rein. Unser Panzner hatte begriffen. Aber so
ächtig bewegte ihn der Widerstreit der Gefühle,
ß er sich an der Tischkante festhalten mußte.

„Du, du," rief er ingrimmig; „und haben Sie
nun dieses vortreffliche Gedicht allein gemacht, Herr
urt von Runenstein?"

„Auf Ehrenwort und bei meiner Liebe zu Trude."

Da öffnete Panzer weit seine Arme, drückte Fritz
ı sein Herz und rief endlich unter Schluchzen:

„Wieder mein! Oh, sähe ich dich schon auf dem
olzstoß, die reine Lehre predigend! Der Pegasus
ıt dich ausgespien, aber das heilige Feuer wird
ch reinigen wie Asbest, und so begrüße ich dich
euerdings an dem Altar meines Herzens, von
elchem ich dich mit blutender Hand verstoßen
ußte."

XII.

Das Leben ist doch schön!

Es war Anfang Juni und ein heißer Tag, d(
erhielt Ottilie eines Morgens ein gesiegeltes Schreiben
in welchem sie mit wechselnder Sorge folgendes las

„Mein hochgeehrtes Fräulein!

Meine theure Braut im T . b .!

Wenn Sie diese Zeilen erhalten, ist bereits de
Sonntag angebrochen, an welchem im Königliche
Schauspielhause die Hermannsschlacht meines Kleis
aufgeführt wird, dergestalt, daß mein Schicksal sic
im Anschuß daran erfüllen kann. Ich bin heute au
allen meinen Himmeln gefallen — ha! g e f a l l e n
Ueber den grandiosen Kalauer des Schicksals! Ein
todte Sprache verlangen sie von uns für ein Hand
werk, das lebendig machen sollte; aber der Pillen
dreher ist ja nur ein Gehilfe des Todtengräbers, un

ch sehe die Zeit kommen, wo man auch vom Todten=
gräber Latein verlangen wird. Ottilie, weißt du,
wie das Perfektum von tango tangere ist? Tetigi,
tetigi, tetigi! Merk' es dir, sonst nennt man dich
gefallen. Satan war ein lichter Engel, aber Gott
ließ ihn fallen von Abgrund zu Abgrund, weil er
bei tango tetigi tactum nicht bestand. Oh, der
Puthschrei Kleist's gegen die Verwelschung Deutsch=
lands wird mir wohlthun; nachher erwarten uns —
du hast doch unsere Verabredung behalten — die
arabiesischen Wonnen der Ewigkeit. Ich werde
das Nöthige bei mir haben.

Wir sind fünf Herren und zwei Damen vom
Laokoon, du kannst dich also anschließen. Amphitheater.
Um halb sieben Uhr am Schillerdenkmal; mach's kurz
mit deiner Mutter. Ob wir auch nach Wannsee hinaus=
fahren? Pfui, es würde wie Nachahmung aussehen.
Moriturus — doch heute kein Latein mehr.

Heinrich."

„P. S." Es war durchstrichen und „Nachschrift"
dafür gesetzt. — „Vergiß dein Opernglas nicht.
Unordnung ist ein häßlicher Fehler bei jungen
Mädchen."

Ottilie ersah zwar aus diesem Briefe, daß Heinrich
ihr durch seine böse Laune den Theaterabend ver=

16*

derben würde, aber sie bettelte sich bei der Mutter dennoch die Erlaubniß und das Eintrittsgeld aus. Die dunkeln Andeutungen Heinrichs machten ihr nicht allzu große Sorge. Er war ein so schöner und lieber Mensch und bekam schon einen ganz deutlichen Schnurrbart. Da hatte er so das kleine Steckenpferd mit dem unglücklichen Dichter; andere junge Leute hatten noch schlimmere Angewohnheiten. Offenbar war ihm heute in der Apotheke etwas Unangenehmes begegnet, vielleicht hatte er ein lateinisches Rezept falsch abgeschrieben; aber das war nicht immer gleich eine Lebensfrage. Wenn sie ihm recht herzlich „lieber Heinrich" sagte, so wurde er gleich wieder ganz vergnügt; das kannte sie schon.

Aber sie erschrak doch über sein verwildertes Aus=
sehen, als sie kurz nach halb sieben Uhr am Schiller=
denkmal erschien und er ihr mit übermäßiger Heftig=
keit wegen der kleinen Verspätung Vorwürfe machte.
Und dabei war sie noch nicht einmal die Letzte; ein
Herr und die beiden Damen vom Laokoon fehlten
auch noch. Und sie hatten nummerirte Plätze, acht
nebeneinander; hatten also gar nichts zu versäumen!
Heinrich wurde unerträglich, aber sie fühlte doch
tiefstes Mitleid mit ihm, als er sie plötzlich bei der

)and faßte und ihr mit genialisch lustiger Stimme
uflüsterte:

„Du weißt, ich bin gestern im Lateinischen durch=
eplumpst! Du hättest die dummen Gesichter sehen
ollen, die sie bei meinen falschen Antworten machten!
Wenn ich in der Stimmung gewesen wäre, ich hätte
arüber lachen können.“

Dann ließ er sie stehen und schalt aufgeregt über
ie Säumigen.

„Wir sind doch keine Bankiers, die zu ihrer
Verdauung ins Theater gehen! Ich sage euch, wer
ie ersten Worte einer Dichtung versäumt, der gehört
ufs Amphitheater; den Eifrigsten sollten die besten
Plätze gehören. Aber das Leben ist so unvernünftig.
Ich habe das Recht, die Tischkarte des Daseins zu
critisiren, denn ich habe nicht übel Lust, die Mahl=
zeit zu verlassen.“

Da die Mitglieder des Laokoon mit mehr oder
weniger Anlage in der gleichen Tonart redeten,
elen die Andeutungen Heinrichs nicht besonders auf;
nur Herr Blumenfeld, Verkäufer in einer bekannten
Modewaarenhandlung, meinte warnend:

„Sie geben sich zu viel aus, Weigertz; meinen
Sie, ich habe nicht ebenfalls Geist? Ich habe Geist!
Aber jeder Mensch hat nur, was er hat. Wenn

Sie Stunden lang Geist reden, behalten Sie nachher keinen zum Schreiben übrig. Zerschnippeln Sie einmal ein Stück Seide in Muster! So werden Sie nichts zum Verkaufen übrig behalten. Man muß doch nicht gleich so aufdringlich sein, wenn man Geist hat."

Es war zehn Minuten vor Sieben, als die Nach= zügler erschienen. Lene Ilges war die Schuldige; sie hatte darauf bestanden, sich — sie war Putzmacherin und dramatische Künstlerin im Laokoon — für den Theaterbesuch einen neuen Sommerhut zu garnieren. Heinrich warf dem hübschen schwarzäugigen Mädchen einen verächtlichen Blick zu und dann stürmte man unter seiner Führung die Treppen zum Amphitheater hinauf. Eben bemächtigten sich die zuletzt Gekommenen der Mittelplätze, so daß Ottilie den Eckplatz erhielt, wo sie nicht so gut sehen, aber sich freier bewegen konnte. Neben ihr saß natürlich Heinrich, dann Lene Ilges, Herr Blumenfeld und weiter die übrigen Mitglieder des Laokoon, die sie kaum dem Namen nach kennen lernte.

Heinrich schimpfte jetzt aufgeregt auf die Theater= verwaltung, welche nicht anfangen ließ, trotzdem die besten Zuschauer schon da waren. Er hätte nicht un= ruhiger sein können, wenn er der Verfasser gewesen

äre; Punkt sieben Uhr begann er mit den Füßen
ı trommeln.

Kaum aber war der Vorhang — auf sein Drängen,
ıie er glaubte — in die Höhe gegangen, als er
er aufmerksamste Zuhörer wurde, und wie es schien,
:in Unglück im Examen und seine düstere Zukunft
öllig über der Dichtung vergaß. In den Zwischen=
kten eilte die Gesellschaft jedesmal hinaus, weil die
ıitze im Saal für die Damen ganz unerträglich war.
.)or dem Kredenztisch, wo die Herren Bier tranken
ınd ihren Begleiterinnen Selterswasser anboten, be=
attirte der Laokoon fast nur über die Leistungen der
:chauspieler; und zwar achteten die Herren nur auf
ie männlichen, die Damen nur auf die weiblichen
Darsteller. Heinrich sprach kein Wort; mit glän=
:enden Augen starrte er ins Leere und ließ die Ge=
:alten, wie er sie gesehen und wie kein Schauspieler
.ie ihm entstellen konnte, an seiner Seele vorüber=
:ehen. Wenn Ottilie ihn durch eine Anrede weckte,
:lickte er sie wohl freundlich an und sagte: „Na,
.huschen!" aber er hörte nicht, was sie sprach.

: Nach dem dritten Aufzuge war große Pause.
(Der Laokoon hatte Zeit, gründlich über die Auf=
ührung zu Gericht zu sitzen. Lene Ilges fand die
Klara Meyer lange nicht naiv genug.

„Schön ist sie ja auf der Bühne; aber laß mich mal mit solchen Absätzen und einer solchen blonden Perrücke in dem Kostüm auftreten, ich sage euch, die beiden Kavallerieoffiziere in der Proscenium-loge würden darauf schwören, ich hätte blaue Augen. Ich sage euch, es fehlt ihr h i e r."

Und sie klopfte ihr pralles halbseidenes Kleidchen in der Gegend des Herzens und guckte nach dem Spiegel, ob ihr neuer Sommerhut sich nicht ver-schoben habe.

Herr Blumenfeld liebte den Ludwig nicht, denn er spielte in dem Vereine seine Rollen.

„Das ist kein Hermann," rief er; „Hermann über-legte nicht so viel. Waren die alten Deutschen Diplo-maten? Keine Spur. Helden waren sie, h i e r hatten sie's sitzen." Und auch er schlug auf die Brust. „Sehen Sie, Weigertz, es fällt mir nur so ein, weil unser Verein so heißt. Ludwig müßte mehr lakonisch sein, und das Stück ist auch nicht lakonisch genug. Ja Lessing! der hat den Lakon weggehabt."

Heinrich brauste auf und in der Hitze seiner Ver-theidigung trat er der Ehre Blumenfeld's beinahe zu nahe; aber Herr Blumenfeld wußte, daß es nicht persönlich gemeint war, und Heinrich selbst war eigentlich heute nicht streitsüchtig.

„Ich werde doch den letzten Abend meines Lebens
icht an ein Duell verplempern," flüsterte er Ottilie
u, als das Klingelzeichen ertönte und Alles wieder
i den überhitzten Saal zurückströmte.

Ottilie hatte an dem übrigen Theil der Vor=
ellung wenig Freude, die Hitze wurde immer un=
rträglicher, und Heinrichs Aufregung stieg, je mäch=
iger die Dichtung ihn über seine eigene Noth hinaus=
uheben schien. Auch konnte Ottilie nicht einsehen,
as Heinrich jetzt auf einmal mit Lene Ilges zu
eden hatte.

Nach der Scene, wo Teuthold seine eigene Tochter
rmordet, da hatte es angefangen. „Zum Er=
hießen schön!" wollte Heinrich rufen, und da er
ch plötzlich erinnerte, die Bemerkung gegen Ottilie
hon zur Genüge oft gemacht zu haben, so wandte
r sich diesmal damit an Lene Ilges. Sie war
war keine Ottilie und keine Thusnelda und keine
ally, aber diesen Ruf mußte jedes schöne Mädchen
ersiehen. Und wie sie ihn verstand! Im Schatten
er Brüstung fühlte er plötzlich ihre warme Hand
uf der seinen, er faßte nach ihren Fingern und
alb erwiderte sie innig seinen Druck. Heinrich
urde durch dieses Zwischenspiel nicht so aufgeregt,
aß er dem Vorgange auf der Bühne nicht zu

folgen vermocht hätte; aber es wurde ihm ver
dammt luftig ums Herz. Ha, er war doch eine
dämonische Natur, er war ganz und gar Don Juan
bevor ihn der Teufel holte. An dem letzten Abend
seines Lebens saß er da zwischen den schönsten
Frauen Berlins, und die grobsinnliche Lene hatte
ihm die Hand gedrückt, die ideale Ottilie, seine Grabes
braut, streifte eben wieder, es war ihre kühnste Zärt
lichkeit, mit ihrem Ellenbogen seinen Arm. Und
auf der Bühne die hohe Dichtung! Königin, das
Leben war doch schön! Wenn nur nicht die Ver
wälschung des Examens gewesen wäre, und was
sonst das Franzosenthum an ihm, an Kleist und an
Deutschland gesündigt hatte.

In dieser Stimmung flüsterte er der theilnehmen
den Lene manchen genialischen Ausruf zu; Ottilie
wurde darüber endlich so aufgebracht, daß sie nach
dem vierten Akt zu gehen wünschte. Heinrich blickte
sie erstaunt an und unterhielt sich dann während
der kurzen letzten Pause allein mit Lene Ilges. Sollte
Ottilie es so eilig haben in den Tod zu gehen?
Oho, erst hörte man seinen Dichter zu Ende. Und
völlig hingerissen gab sich Heinrich den Schauern
des letzten Aktes hin.

Als der Chor der Barden auftrat, da nickte er

m zu, als würde i h m das furchtbare Lied gesungen,
ib leise, nur für Ottilie hörbar, sprach er, tief=
griffen und jugendliche Thränen in den Augen,
ie Worte mit:

> „Wir übten nach der Götter Lehre
> Uns durch viel Jahre im Verzeihn;
> Doch endlich drückt des Joches Schwere,
> Und abgeschüttelt will es sein!"

Er lachte auf vor Wonne und Zorn, so daß
die Nachbarn zu stören begann. Als der Chor
im zweiten Male anhob, murmelte Heinrich die
Worte wieder mit:

> „Du bist so mild, oh Sohn der Götter,
> Der Frühling kann nicht milder sein;
> Sei schrecklich heut, wie Schlossenwetter,
> Und Blitze laß dein Antlitz spei'n."

Bei dem letzten Verse sprang Heinrich in die
öhe und streckte die geballte rechte Faust auf das
chlagwort „Blitze" gegen die Bühne aus. Von
en Philistern hinter ihm wurde er niedergewiesen,
nd etwas verlegen hielt er sich nun bis zu Ende
thig. —

Eilig drängte Ottilie inmitten der Genossen vom
aokoon ins Freie, wo ein Wetterleuchten am
immel blitzte. Sie freute sich, daß es ein Gewitter
eben würde; und trotz der Schwüle athmete sie auf
nd fand rasch ihre Munterkeit wieder. Sie nahm

Heinrichs Arm, und es war nicht böse gemeint, als sie ihn jetzt neckte: ob er nicht lieber mit Lene Ilges nach Hause gehen möchte.

„Mit Lene Ilges, wenn du keinen Muth hast," sagte er feierlich.

Nun machte aber gerade Lene den Vorschlag, noch in einen Biergarten unter die Linden zu gehen. Auf eine halbe Stunde käme es nicht an und die Eltern würden es nicht erfahren. Am lautesten stimmte Heinrich ihr bei. Das war genial! Von einem Rausch in den andern und dann in den letzten!

Ottilie lehnte für sich ruhig ab; sie hätte große Lust den Streich mitzumachen, aber sie wagte es nicht. Sie würde keinen vergnügten Augenblick haben, die Andern sollten sich nicht stören lassen.

„Es hat keine Gefahr, wenn ich allein nach Hause gehe."

„Das glaube ich wohl, daß es dann keine Gefahr hat," sprach Heinrich mit tragischem Ausdruck. „Ich begleite Sie also, da Sie sogar in einer solchen Stunde Ihre bürgerlichen Gewohnheiten nicht opfern wollen. Lebt wohl, Freunde, lebt wohl."

„Sagen Sie doch nicht immer „Freude" mit so 'nem dramatischen R.!" rief Herr Blumenfeld.

Wir werden warten, bis Sie wieder kommen und enn wir drei Glas zahlen müßten."

„Ich komme nicht wieder, lieber Blumenfeld, würde Ihnen zu theuer kommen, auf meine Wieder= nft zu warten; leben Sie wohl, lieber Blumen= ld, ich habe Ihre guten Seiten immer zu schätzen wußt. Lebt Alle, Alle wohl! auch Sie, Fräulein ne, und vergessen Sie das Wort nicht, welches n Akkord unsrer Seelen gestimmt hat."

Und eilig ging er mit Ottilie von dannen; hinter h hörte er Einen vom Laokoon anstimmen: „Du st verrückt, mein Kind!" Schweigsam schritt er ben Ottilie die Taubenstraße hinauf; er ließ noch nmal die Gestalten der Hermannsschlacht an sich rüberziehen. Als sie auf der schmalen Holzbrücke er den dunkeln Wassergraben schritten, riß er ötzlich seinen breiten Filzhut vom Kopfe, strich sich er die heiße Stirn und zeigte dann in die Rich= ng des Wasserlaufes, wo es jetzt unausgesetzt etterleuchtete, wie von einem nahenden heftigen ewitter.

„Hast du verstanden?" rief er plötzlich so hart, aß sie zusammenschrak. „Doch endlich drückt des oches Schwere, und abgeschüttelt will es sein. bgeschüttelt! Hörst du? Abgeschüttelt!"

Gewaltsam riß er sich von ihr los, stellte sich ihr gegenüber und rief:

„Du bist doch bereit, Ottilie, dein Wort zu lösen? Oh, es ist ein herrlicher Gedanke, gemeinsam sterben!"

Und er wollte das Mädchen umarmen. Aber Ottilie wich ihm aus und bat unter Thränen:

„Um Gottes Willen, Heinrich, so mach' doch keinen Unsinn! Du machst mich ja ganz unglücklich! Bringe mich doch nach Hause! Wenn ich dich nur nicht gern hätte! Was willst du denn?"

Und sie blickte nach rechts und links, ob Niemand nahe war. Sie sah keinen Menschen, der sie hätte stören können, wenn Heinrich sie nun küßte, — oder den sie um Hilfe rufen konnte, wenn er wirklich seinen Verstand verloren hatte.

„Sterben will ich und mit dir!" sagte Heinrich. „Erinnerst du dich nicht des Wortes, das du mir gabst in jener unvergeßlichen Stunde, da ich dich einen Blick in die Abgründe meiner Seele thun ließ? Wird dir nicht leicht bei dem Gedanken, mit mir zu sterben?"

„Aber liebster, bester Heinrich, so rede doch vernünftig! Ich will dich ja lieb haben und, wenn du durchaus willst, — es ist aber häßlich von dir, mich

arum so zu ängstigen! Gieb mir schnell einen Kuß
nd komm nach Hause.“

Seelenvergnügt gab ihr Heinrich einen feierlichen
uß. Als er ihr endlich zu lange gedauert hatte,
ß sie sich los, blickte sich scheu um und sprach:

„Na, siehst du. Komm; du bist häßlich. Ich
abe dich ja so lieb, und du mußtest mich darum
cht erst so ängstigen. So ein Unsinn! Sterben,
o die Welt gerade so schön ist.“

Heinrich hatte den Hut wieder aufgesetzt und
ttilie seinen Arm gereicht. Hastig ging er auf der
rücke mit ihr auf und nieder und rief:

„Es muß sein. Mein Leben ist vergiftet; ich
erde der Nation niemals sein können, was ich sein
öchte. Ich fühle es tief in dem Abgrund meines
efühls, daß meine Dramen dem Pöbel doch nie
efallen würden. Ich kann ohne Anerkennung nicht
ben. Das Unglück verfolgt mich seit meiner Ge=
rt. Warum durfte ich das Gymnasium nicht be=
digen? Warum war ich erst sechzehn Jahre alt,
s der große Krieg ausbrach? Warum werde ich
erall mißverstanden?“

Ottilie wollte ihn trösten. Es sei nicht so schlimm.
ie habe ihn lieb, und wenn er erst sein eigener Herr

sei, werde sich das geben. Ohne auf sie zu höre[n]
fuhr Heinrich fort:

„Dazu kam nun gestern noch das Letzte; i[ch]
habe es dir in meinem Briefe schon mitgetheilt, i[m]
Latein bin ich durchgeplumpst. Ein Nadelstich, g[e]
wiß, nicht mehr. Aber dieser Nadelstich, möchte i[ch]
sagen, stößt dem Fasse den Boden aus. Der Kel[ch]
war bis zum Rande voll Wermuth, ein Tropfen h[at]
ihn überfließen gemacht. Du wirst nicht glaube[n]
daß ich mich wegen des dummen Examens umbringe[n]
will. Lächerlich, ich bin kein Knabe; es ist nur d[er]
zufällige Anlaß."

Ottilie zitterte an allen Gliedern, als sie ihn [so]
reden hörte. Ohne Latein wurde er nicht zum Haup[t]
examen zugelassen und ohne Examen konnte er niemal[s]
selbstständig werden und heirathen. Jetzt verstan[d]
sie seine Verzweiflung; er that ihr herzlich lei[d]
Sie hatte nur eine so unsägliche Angst davo[r]
daß er plötzlich einen Revolver hervorziehen könnt[e]
und sie weinte um ihr junges Leben, als sie je[tzt]
leise sprach:

„Ich habe ja deinen Brief nicht verstanden. S[ei]
doch nicht so verzweifelt! Ich habe dich ja so u[n]
endlich lieb. Vielleicht kannst du dich noch einm[al]
zum Examen melden."

„Ich sagte dir ja," rief Heinrich heftig, „daß da
?amen nur der letzte Nadelstich war."

Länger konnte Ottilie ihre Angst nicht bemeistern.

„Du schriebst mir auch, du hättest das Nötige
i dir. Um Gottes Willen," schrie sie auf, „laß!"

Heinrich war mit einer leeren Bewegung nach
?ner Tasche gefahren.

„Ich hatte gestern die Absicht, eine Doppelpistole
?besorgen, oder Gift. Es kam mir etwas dazwischen.
?er sterben will, hat immer das Nötige bei sich.
?an kann sogar so lange den Athem anhalten, bis
?an todt ist; das kann man. Und das Wasser hat
?an immer bei der Hand. Ich denke, wir springen
?s Wasser."

Heinrich hatte die letzten Worte mit ruhiger Kraft
?sagt, und dennoch schöpfte Ottilie leichter Athem.
?enn er keinen Revolver bei sich hatte, dann war
?les gut.

„Ach, wie habe ich mich erschrocken," sagte sie
?fseufzend. „Ach, ich zittere noch. Ich glaubte,
? wolltest mich erschießen."

„Ich hätte es doch mit deinem Willen gethan,
?ttilie."

Das Mädchen wollte nur von der Brücke fort=
?mmen.

„Sei gut," rief sie, „komm'. Hier kann ma[n]
uns sehen. Komm unter den Thorbogen, dort wi[ll]
ich dir noch einen Kuß geben."

Bereitwillig führte Heinrich sie weiter und beka[m]
seinen Kuß; und nach ein paar Schritten wiede[r]
einen. Allmählich gelangten sie bis auf den Hau[s]
vogteiplatz, dort wollte Heinrich wieder umkehre[n]
Ottilie jedoch war muthig geworden, seitdem sie da[s]
Wasser nicht mehr sah und sprach wieder mit feste[r]
Stimme:

„So, und nun sei artig und bringe mich nac[h]
Hause."

„Ottilie," rief Heinrich, als wäre er aufs Aeußerst[e]
entsetzt, „so willst du nicht mit mir sterben?"

Und unwillkürlich, als wäre der Plan des Selb[st]
mordes abgethan, schritten sie dann in der Richtun[g]
zum Spittelmarkt weiter. Ottilie war ihres Siege[s]
sicher. Was Heinrich auch immer noch reden mocht[e]
es schien ihr um nichts gefährlicher, als das Wette[r]
leuchten drüben hinter dem Thiergarten.

„Ich will dir für's Leben angehören, Heinric[h]
und mit dir den Tod erleiden, wenn es sein muß
aber vorläufig ist es ja nicht so schlimm."

„Oh du Verrätherin," sprach Heinrich tapfer, i[n]
dem er seinen Schritt beschleunigte, „bestehst d[u]

) die Probe deiner Liebe? Warte nur, du wirst es
ereuen, wenn ich eine Andere gefunden habe, die
erz genug hat, mit mir hinüberzuschweben."

„Allein thust du es nicht?" fragte Ottilie be=
ommen.

„Das möchtest du wohl, Weib ohne Liebe," rief er
eftig; „aber den Gefallen thue ich dir nicht, jetzt gerade
icht. Diesen einzigen, süßen letzten Augenblick ist mir
as Schicksal nach der langen Plage schuldig, daß ich
tit meiner Geliebten sterben gehe! Und die mit mir
erben will, soll meine Geliebte heißen. Du aber
ast keine Liebe, keinen Muth, kein Herz und em=
findest gar nicht, wie das Leben mir zugesetzt hat.
ene Ilges wird mich besser verstehen."

Sie gingen immer eiliger. Ottilie wollte Alles
ber sich ergehen lassen; aber bei den letzten Worten
urde sie doch zornig und erwiderte:

„Jene Ilges wird sich hüten; der ist ihr neuer
Sommerhut lieber als du, und ich will dirs sagen:
ir ist es auch nur um das Latein zu thun! Wenn
u fleißig gewesen wärst, so hättest du dich mit
ir verloben können. Jetzt natürlich weißt du dir
inen Rath."

„Du willst mich also beleidigen," sagte Heinrich
alt und ließ ihren Arm etwas locker; „gut, mein

Fräulein, wie Sie wünschen. Wenn ich aber mein Grabesbraut gefunden habe, und unsere Leichen nicht unerkannt nach fremden Ländern getragen werden, wenn mich hier in dieser feindlichen Stab ein Hügel decken wird und wenn mich alle Freund vergessen haben werden, so wirst du den Friedho besuchen und wirst an meinem Todestage jedesma den Kranz hinlegen, den du dem Lebenden verweiger hast; und noch einst mit weißem Haar, wenn du gan allein im Leben stehst, wirst du meinen Tod betraure und deine Thränen werden den Kranz benetzen."

Heinrich konnte vor Rührung kaum die Lippe bewegen. Sie waren vor Ottiliens Hause ange kommen. Das Mädchen schluchzte, wie ein Kind das man ungerecht bestraft hat. Hastig zog sie de Hausschlüssel aus der Tasche und während sie sic abmühte, das Schlüsselloch zu finden, sagte sie kaun verständlich:

„Nein, du bist zu schlecht; nein, ich werde nich auf dein Grab gehen, und ich werde dir keine Kranz bringen, und ich werde keine einzige Thrän vergießen, weder auf deinem Grabe noch zu Hause und alt werden thue ich auch nicht. Jeder Ku thut mir leid, den ich dir gegeben habe. Du soll mir aber wieder kommen!"

Es war ihr gelungen, die Thür aufzuschließen;
: schlüpfte hinein und rief:

„Geh' nur zu Lene Jlges, Sie wird dich aus=
chen; denn so lieb wie ich hat dich Niemand auf
r Welt."

Sie schluchzte laut auf und warf die Hausthür
s Schloß.

Heinrich blieb einige Sekunden unschlüssig vor
m Hause stehen. „Sie wird weinen!" rief er
ötzlich laut, mochte sie es immer hören, wenn sie
uschte. Dann eilte er den Weg zurück, den sie
kommen waren. Er wollte die Genossen vom
okoon treffen und noch heute bei Lene Jlges sein
lück versuchen. Ottilie war seiner nicht würdig;
geschah ihr ganz recht, wenn er noch in derselben
tunde Ersatz fand.

Als Heinrich von der Charlottenstraße her in
e Linden einbiegen wollte, kam die Gesellschaft
rade vorüber. Blumenfeld hatte Lenes Arm er=
iffen und redete lebhaft auf sie ein.

„Blumenfeld ist immer so furchtbar komisch,"
ef Fräulein Lene, als Heinrich rasch herantrat.
hne stehen zu bleiben, hängte sie sich mit ihrem
dern Arm bei ihm ein und eilte an der Spitze
r muntern Schaar ihrer Stadtgegend zu. Die Mit=

glieder des Laokoon waren alle in der Gegend der Ritterstraße zu Hause.

Vergebens versuchte es Heinrich, in Blumenfeld's Gegenwart ein tieferes Gespräch anzuknüpfen und zu dem Mädchen anzudeuten, daß er Großes mit ihr vorhabe. Blumenfeld fühlte sich belästigt und unterbrach ihn jedesmal mit schnöden Bemerkungen, und Fräulein Lene selbst schien wirklich nur an ihrem neuen Hut zu denken. Die seltsame Wärme der Juninacht hatte nachgelassen; von Nordwesten her thürmte sich etwas Schwarzes am Himmel auf. Es roch nach Regen, und der Donner war schon zu hören.

Sie waren am Bellallianceplatze angekommen und Blumenfeld hatte eben deutliche Anspielungen gemacht, daß er Lene Ilges allein nach Hause zu geleiten wünschte. Er sagte zu Heinrich:

„Sie haben so feierlich von uns Abschied genommen, daß wir geglaubt haben, Gott weiß, wo Sie hingingen, ins Wasser oder in den Pegasus. Wir haben nicht geglaubt, daß wir Sie wiedersähen, heute Abend schon gar nicht."

Noch suchte Heinrich nach einer scharfen Erwiderung, da fielen die ersten Tropfen, und gleich darauf prasselte ein warmer Sommerregen in dichten

roßen Tropfen nieder. Im Nu war der große
Platz von allen Menschen gesäubert, und auch die
Begleiter Heinrichs stoben auseinander. Kreischend
zog Lene Ilges mit Herrn Blumenfeld fort; sie
hatte Heinrich losgelassen und ihm nicht einmal
„gute Nacht" zugerufen.

Als er so allein stehen gelassen wurde, wollte er
einen Augenblick sein Unglück überlegen und den
Himmel ob seiner Härte anklagen; doch vor dem
Regen hielt die Stimmung nicht stand; er faßte
sein Röckchen über der Brust zusammen und sprang
nach dem nächsten Hausflur. Auch dort, wo er
wieder mit einem Genossen vom Laokoon zusammen=
traf, konnten die tieferen Gedanken gegen das Un=
wetter nicht aufkommen. Als das Wasser nicht mehr
so jählings niederstürzte, aber ein feiner Regen ihn
vom Heimwege abhielt, entschloß er sich kurz und
lief mit aufgestülptem Kragen nach dem nahen Ver=
einshause des „Pegasus". Vielleicht waren die
Freunde durch den Losbruch des Wetters so lange
zurückgehalten worden und er konnte ein Stünd=
chen mit ihnen verbringen.

Er stürzte durch den Garten und den Vorraum
und blieb nun schwer athmend vor der Glasthür
des hell erleuchteten Vereinszimmers stehen. Er

wollte nur seinen Rock in Ordnung bringen und
das Wasser von seinem Filzhute abschwenken.

Aber höchlich verwundert betrachtete er das un=
gewohnte Schauspiel, welches der Pegasus in diesem
Augenblicke bot. Die Tische waren dicht besetzt,
wie an allen jenen Abenden, an welchen eine neue
Epoche des Vereins begann. Jetzt fiel es Heinrich
ein, daß auf heute die Neuwahl der beiden Dicht=
warte angesetzt war. Der Gesammtvorstand hatte —
nicht ganz mit dem Willen unseres Panzner — eine
Wiederwahl der freiwillig abgegangenen Dichtwarte
geplant; die Patzenhofer aber wollten Männer
aus ihrer Mitte. Ein heißer Wahlkampf war darum
zu erwarten gewesen: und nun saßen sie drin,
mäuschenstill, wie bei einer Grabrede.

Heinrich blickte nach dem ersten Tische, wo unser
Panzner einsam zwischen Herrn Cohn und dem
zweiten Vorsitzenden, feierlich wie ein römischer Se=
nator der den Feind erwartet, dastand. Unmittel=
bar zu seiner Rechten und zu seiner Linken war
ein Stuhl für je einen Dichtwart frei. Die Wahl
war also noch nicht vollzogen. Mit Freude sah
Heinrich, daß an diesem Tische dichtgereiht lauter
Weißbiergläser im Lichte funkelten und daß Hans
Renard und Fritz Töpfer als einfache Mitglieder

treuherzig an diesem selben Tische saßen. So mochte
Königen zu Muthe sein, welche ihre Krone nieder=
gelegt hatten und geruhig den Kämpfen ihrer Nach=
folger zuschauten. Weshalb aber waren die Andern
so still?

Plötzlich verstand Heinrich, was vorging. Aus
den Reihen der Patzenhofer hatte sich Einer erhoben;
es war Herr Ahrens, der alte Rädelsführer. Mit
einer vollen Tulpe Bairisch schritt er den Tisch ab,
aber er blieb nicht bei einem der Mitglieder stehen,
um etwa gemüthlich auf dessen Wohl anzustoßen,
nein, weiter und weiter trugen ihn seine Schritte,
erst neben dem zweiten Vorsitzenden hielt er an und
nahm, ohne zu erröthen, den leeren Platz ein. Herr
Ahrens war also Dichtwart, ein Mann, der höchstens
bei patriotischen Festen offizielle Toaste ausbringen
konnte, in der Poesie aber nicht im Geringsten zu
Hause war.

Rasch betrat Heinrich jetzt den Vereinssaal, alle
Mitglieder wandten sich nach ihm um und unser
Banzner warf ihm einen seelenvollen Blick zu. Man
wollte ihm unter den jüngeren Mitgliedern Platz
machen; Heinrich überlegte noch, ob er unter den
Patzenhofern weilen dürfe, da schlug Herr Ahrens
an seine Tulpe, so hart und schneidig, daß die Weiß=

biertrinker zusammenfuhren, und mit einer Stimme, welche unserm Panzner auf die Nerven fiel, sprach der neue Dichtwart:

„Meine Herren, Sie haben mich zu ihrem Dichtwart gewählt, und ich nehme die Wahl an. Sie haben mich gewählt, trotzdem ich mich bisher mit Versen nur stellenweise abgegeben habe. Sie haben sich gesagt, daß unsere eiserne Zeit auch ihre Rechte hat, und daß die Prosa eigentlich die Poesie dieser Zeit ist. Weil ich prosaisch bin, haben Sie mich zum Dichtwart gewählt, und darum nehme ich die Wahl noch einmal an. Ich werde das verantwortungsvolle Amt im Sinne der Neuzeit mit dem Geiste der Zukunft zu erfüllen trachten. Wir schreiten somit zum zweiten..."

Mit einem Ruck schnellte unser Panzner empor. Nur ganz leise berührte er mit dem Glockenschwengel sein Weißbierglas und sprach:

„Sie haben bereits zwei Formfehler begangen, Herr Dichtwart. Wer nur Prosa schreibt, sieht aber weniger auf die Form. Sie haben das Wort ergriffen, ohne es zu verlangen; das mag hingehen. Aber Sie haben versucht, zur zweiten Wahl aufzufordern. Herr Dichtwart, die Leitung der Vereinssitzungen ist Sache der Vorsitzenden."

Unser Panzner wandte sich zur Versammlung und rief mit schmerzbewegter Stimme:

„Nun ja denn, schreiten wir zur zweiten Wahl. Lassen Sie Ihrer Mehrheit die Zügel schießen und senden Sie mir einen Zweiten von Ihnen als Vertreter der Neuzeit an die Seite; ich bin machtlos. Mag fortan die Harfe der Prosa an diese Säulen schlagen, bis sie geborsten über dem edeln Haupte des flügellahmen Pegasus zusammenstürzen.“

Ein allgemeines Schweigen folgte. Die Patzenhofer schienen von ihrem eigenem Siege erschreckt. Sie murmelten leise durcheinander und konnten sich in der zwölften Stunde nur schwer entschließen, ihrem ersten Vorsitzenden noch mehr wehe zu thun. Heinrich hatte sich an die Wand gelehnt und blickte erwartungsvoll nach Panzner, der dastand wie Cäsar in der Bildsäule des Pompejus und der nur noch Heinrichs Dolch zu erwarten schien, um auszurufen: „Auch du, Brutus!“ Nein, Heinrich durfte, so sehr ihn auch dürstete, nicht unter den Patzenhofern sitzen.

Da plötzlich sprang Hans Renard auf, wie von einer Eingebung ergriffen. Er sprach rasch einige Worte zu Fritz Töpfer, dann gingen Beide von Tisch zu Tisch, von Gruppe zu Gruppe. Sie schienen einen Aufstand zu erregen. Alle sprachen zugleich durcheinander und an einigen Ecken wurde heftig gestritten; aber die Meisten riefen den abgetretenen Dichtwarten Beifall zu. Unser Panzner stand noch immer aufrecht, aber aus zweiundzwanzig Wunden blutend, an der Säule des Pompejus. Demonstrativ faßte er die Weißbierkufe kunstgerecht mit einer Hand und that einen mächtigen Zug. Er wußte nicht, was vorging; aber die abgetretenen Dichtwarte unternahmen sicherlich nichts gegen sein Herz. Da erbat sich Hans Renard das Wort und sprach tiefergriffen:

„Meine Damen und Herren! Sie wissen, ich will ... also meine Freunde! Wir meinen es Alle herzlich gut, die Ehre des Pegasus geht uns hoch über alle persönlichen Fragen. Wenn Sie wollen, so können Sie einen Zweiten aus Ihrer durchaus ehrenwerthen Partei wählen. Wir werden Herrn Ahrens, so lange er Dichtwart ist, immer hochhalten; aber ich frage ihn selbst, hat er Alles, was dazu gehört? Und ich frage Sie Alle, wollen Sie noch einmal gegen den Geist des Mannes entscheiden, an dessen Busen jedes Mitglied des Pegasus wie ein Zwillingsbruder hängt. Das heißt, Sie wissen schon, wen ich meine. Meine Herren, ich spreche nicht für uns, wir sind abgethane Größen. (Oho!)

Jawohl, Herr Cohn, Fritz Töpfer und ich, wir sind
abgethane Größen, und wir erklären, daß wir
eine Wiederwahl unter keinen Umständen annehmen
würden. (Sensation.) Blicken Sie auf zu unserm
Panzner und Sie werden sehen, daß ich ihm aus
einer großen Seele gesprochen habe. Meine Herren,
Sie wollen das Alte stürzen? Ich schlage Ihnen
einen radikalen Umsturzgedanken vor! Wählen Sie
zum zweiten Dichtwart den Herrn Pharmazeuten
Heinrich Weigertz! Seiner Jugend nach gehört er
zu Ihnen, seinen Dichtungen zufolge ist er ein Dicht=
wart von altem Schrot und Korn und dem Herzen
unseres Altmeisters, der den Pegasus geboren, d. h.
Sie wissen schon. Ich stimme für Heinrich Weigertz."

Heinrich hatte bis zu dem Augenblick, wo sein
Name genannt wurde, mit gespanntester Aufmerk=
samkeit zugehört; dann wurde ihm schwarz vor den
Augen. Durch ein dumpfes Brausen, wie von
fernen Wellen, hörte er nur laute Rufe und seinen
Namen, Gläserklirren und die Präsidentenglocke.
Dann wurde er angefaßt, von allen Seiten zugleich,
und als er entsetzt die Augen aufschlug, da lachten
ihn freundliche Gesichter an. Man zürnte ihm nicht
für die Kühnheit des verrückten Hans. Jetzt schleppte
man ihn zum Tische des Gesammtvorstands und

stellte ihn auf den leeren Platz zwischen Herrn Cohn
und Panzner. Endlich wurde es still und wieder
berührte der Vorsitzende sein Glas fast zärtlich mit
dem Glockenschwengel, und sprach mit einer Stimme
in der die freudigste Bewegung nachzitterte:

„Mein Sohn Heinrich, du bist mit Akklamation gewählt. Herr Pharmazeut Heinrich Weigertz, nehmen
Sie die auf Sie gefallene Wahl an?"

Heinrich blickte um sich; wohl schien Herr Ahrens
finster zu blicken, aber sonst sah er dicht um sich
geschart die Alten und die Patzenhofer in aufgelöster
Ordnung, und Vertrauen und Wohlwollen leuchtet
aus allen Augen. Da öffnete Heinrich den Mund
aber anstatt zu sprechen, schluchzte er auf und fiel
Herrn Cohn in die Arme.

Liebreich beugte sich unser Panzner herab und
flüsterte: „Nimmst du die Wahl an?" Und unter
Thränen hauchte Heinrich sein „Ja". Da sprach der
erste Vorsitzende mit fester Stimme:

„Herr Heinrich Weigertz hat die auf ihn gefallene
Wahl angenommen, und so spreche ich es wohl im
Namen aller Anwesenden aus, daß dieses Jawort
welches in bräutlicher Verschämtheit unsere jüngste
Kraft dem Pegasus vermählt, für uns Alle der
Bruderkuß war, welcher Millionen umschlingt, nach

dem die Eris den Apfel der Zwietracht aus der Toga holte, in welche ich mich bereits gehüllt hatte. So sage ich denn willkommen zu beiden Dichtwarten und möge der Pegasus unentwegt unter dem alten Banner wachsen, blühen und gedeihen, wie der Sand am Meere."

Das Programm der Sitzung war erschöpft, aber man blieb noch lange beisammen. Heinrich traf das Richtige, als er — wieder zu sich gekommen — mit beiden Parteien fraternisirte. Zuerst trank er mit Panzner und dem zweiten Vorsitzenden den Weihetrunk aus ihren Weißbierkufen, dann aber that er den besiegten Rebellen mit manchem Glase Bairisch Bescheid.

Es war ein Uhr vorüber, als er zwischen Herrn Tohn und unserm Panzner etwas unsicher nach Hause schritt. Der Regen war vorüber und eine ruhige, sternklare Nacht wölbte sich über ihm.

„Wer hätte das gedacht!" rief er ein über das andere Mal. „Nieder mit den Welschen, sage ich, welche unsere heilige Muttersprache mit dem elenden Latein verfälschen wollen. Tango, tetigi, tactum ist Unsinn, und wenn das Vaterland mich anerkennt, will ich ja gern eine Weile noch weiterleben und meine ganze Kraft daran setzen, daß der Pegasus

jetzt endlich die neue Blüthenperiode erlebe, derge=
stalt, daß er nicht mehr abgeschüttelt werden kann."

Unser Panzner hielt seinen Benjamin am rechten
Arme fest und schritt sinnend neben ihm her.

„Ich bin nicht glücklich," sagte er nach langem
Schweigen. „Es ist etwas im Werke. Wenn die
Prosa es zum Dichtwart bringt, so ist die alte Zeit
mit den alten Göttern reif zum Exil. Der Holzstoß
steigt empor, und ob aus der Asche des alten Pega=
sus ein neuer Phönix aufflattern wird, oder die
eiserne Lerche der nackten Wirklichkeit, das weiß kein
Sterblicher. Ich fürchte, Heinrich, wir sind die letzten
Poeten und es ist Schlafenszeit für uns. Gute
Nacht, sonst schilt mein wackeres Weib."

Zweites Buch.

— —

Helene Illo.

Vier Jahre waren vergangen. Heinrich Weigertz
en sich mit dem Leben abgefunden zu haben, er war
terer geworden und auch seine Erscheinung machte
rmann Ohlsen, seiner Erzieherin, alle Ehre. Er
te immer blendend saubere Wäsche und einen gut=
enden Rock. Sein Haar trug er modisch gescheitelt.
Um Kinn und Wangen sproßte flockig ein hell=
uner Bart, während freilich der Schnurrbart
mer noch nicht recht männlich oder gar militärisch
Bsah. Heinrich hatte sein Pharmazeutenexamen
icklich abgelegt, bereitete selbst die gefährlichsten
zneien; wenn sie den Kranken nichts halfen,
war das sicherlich nicht seine Schuld. Er wog
b mischte und rieb und kochte und schüttelte
es so sorgfältig und verkorkte und verklebte die

18*

Fläschchen so gewissenhaft, daß man ihm den ver
kannten Dichter kaum mehr anmerkte. Unter der
Leitung von Hermann Ohlsen hatte er sich daran
gewöhnt, seinen äußeren und seinen inneren Beru
auseinanderzuhalten und die Tragik des Daseins
nicht in das Pillendrehen hineinzutragen. Man wußt
in der Apotheke, daß er sich als zweiter Dichtwar
eines großen geselligen Vereins Sonntag Abend
für etwas Höheres halten durfte, aber man nahm
es ihm nicht weiter übel, weil er sonst ein gemüth
licher und offenherziger Kollege war. Er hatte einig
Redensarten an sich, die er sich bei seiner Sonntags
nachmittagsarbeit angewöhnt haben mochte. S
fand er Alles, was ihn freute, „zum Erschießen
schön"; da er jedoch vor Allem das Leben selbst zur
Erschießen schön fand, so konnte man ihn unbedenk
lich mit allen Giften der Apotheke allein lassen.

Es war nicht hübsch von Heinrich, daß er an den
kleinen und großen Festen „mit Damen", welche sein
Genossen veranstalteten, niemals theilnehmen wollt
Es war lächerlich, daß er aus Angst vor dem alte
verkrüppelten Fräulein, bei welchem er wohnte, kein
Damenbekanntschaften suchte. Denn daß er sich nicht
daraus machte, wie er oft und feierlich versichert
das glaubte ihm Niemand; und die unglücklich

iebe, die ihm das Herz in der Blüthe geknickt haben
ollte, war ja doch nur ein Beweis dafür, daß er
hon verliebt gewesen war. Er hatte die Sache
ohl zu ernst genommen. Er selbst sprach darüber
ur bisweilen am Montag Morgen, wenn er etwas
erspätet in die Apotheke „zum Mohrenkönig" kam
nd sich mit natrum bicarbonicum oder bittern
xtrakten etwas zu schaffen machte.

Es war Anfang März des Jahres 1879. Der
interfrost war endlich gebrochen, wilde Frühlings=
türme hatten den Schnee geschmolzen, und in den
reiten Wasserlachen jagte der Wind ein Wellenge=
:äusel auf, welches den jungen Apotheker immer
n Geiste nach seiner heimathlichen Ostsee versetzte,
o oft er einen Blick durch das Spiegelfenster auf
ie Straße warf. Es war heute kein Montag; und
o arbeitete Heinrich, ohne allzuviel zu träumen,
munter, was die Rezepte ihm befahlen.

Eben wickelte Heinrich ein Medizinfläschchen in Sei=
enpapier. Es war ein Mittel gegen Diphtheritis und
für Tielchen . . ." stand darunter; darum hatte Hein=
rich es so rasch fertig gestellt und darum sagte er
zu der Dienstmagd, die stumpfsinnig wartete: „Neun=
zig Pfennig und möchte es recht gut helfen."

Er war jung und hatte noch solche Regungen,

welche nur störten; aber allzuviel Zeit gönnte er sich nicht. Rasch bediente er einige Kunden, welche Brustthee, Emser Pastillen, Rhabarberwein oder Kurella'sches Brustpulver verlangten. Da hörte er eine weibliche Stimme, die ihm bekannt vorkam. Vor einem andern Gehilfen stand eine hübsche junge Dame, in einen einfachen Regenmantel gekleidet. Sie hatte ein Paar prachtvolle schwarze Augen, deren Wimpern und Brauen überflüssigerweise gefärbt waren, und auf dem üppigen schwarzen Haar trug sie einen riesigen braunen Rembrandthut mit schwefel= gelben Straußfedern.

„Ich bitte, geben Sie mir für zwanzig Pfen= nige Goldcrême, aber vom besten, und dann bitte ich um eine Flasche Honigwasser. Es greift doch schwarzes Haar nicht an?"

Heinrich stand einen Augenblick müßig; dann erröthete er plötzlich und sprach zur großen Ueber= raschung aller Kollegen das Fräulein an, das er gar nicht zu bedienen hatte.

„Sie können ohne Sorge sein, mein Fräulein! — Ich bediene die Dame schon. — Auch kann ich Ihnen ein vorzügliches Rosenwasser empfehlen. Fräulein Jlges, wenn ich nicht irre?"

Die junge Dame hatte ihn, als er sich vor=

rängte, zuerst mit schlecht gespielter Entrüstung
ingesehen, ihn dann aber aufmerksam betrachtet.
Als er sie jetzt plötzlich beim Namen nannte, wurde
ie verlegen und erwiderte leise:

„Ja wohl. Nein, eigentlich ... doch ja. Nicht
vahr, Sie waren damals Mitglied des Laokoon?
Ich habe Sie gleich wieder erkannt. Herr Heinrich ...
Heinrich —“

„Weigertz,“ flüsterte Heinrich.

„Natürlich, wir haben täglich von Ihnen ge=
prochen. Wieviel macht das Ganze? Können Sie
s mir zuschicken? Fräulein Illo — mein Künstler=
name. Fräulein Helene Illo, Münzstraße 5. Doch
ein, ich will die Kleinigkeit lieber mitnehmen.“

Heinrich kam hinter dem Ladentisch hervor, um
ie bis zur Thür zu begleiten.

Sie sah ihn schwärmerisch an und drückte ihm
um Abschied so fest die Hand, daß er in Er=
taunen gerieth. Als er schnell zu seinem Geschäft
urückkehrte, lächelten die Kollegen; aber sie hatten
eine Zeit, ihn zu necken. Es gab zu viel zu thun.

Gegen Mittag brachte ein Dienstmann einen
Brief; der Mann war nicht bezahlt und sollte Ant=
vort bringen. Auf solche Abenteuer wartete Heinrich
igentlich sein Leben lang, und hätte darum nicht

einmal verwundert sein sollen. Er war dennoch erregt, als er den schlechten Umschlag geöffnet hatte und auf einem gelblichen Viertelbogen Schreibpapier folgende Zeilen las:

„Mein lieber, alter Freund!

Ich habe es in Ihren Augen gelesen, daß das Wiedersehen auch Ihnen die angenehme Erinnerung an Entschwundene Zeiten wachrief. Ich wagte es, Ihnen meine Adresse anzugeben. Darf ich auch hoffen, daß Sie dabei meine Absicht errathen haben? Alter, treuer Freund!!! Ich erwarte Sie heute Abend nach Schluß Ihrer Appothefe, in welcher es so feine Toilettenseifen geben soll. Wir werden uns viel zu erzählen haben! Wir sind so gut wie allein. Mutter stöhrt nicht. Mit Ungeduld Ihrer Zusage harrend und dann des Freundes selbst

Ihre alte Lene Ilges,
jetzt Helene Illo.

Münzstraße 5, Hof, drei Treppen.

Heinrich hatte täglich genau eine Stunde, um bei Hermann Ohlsen Mittag zu essen und hin und zurück zu gehen. Heute hätte er die Zeit noch kürzer gewünscht, um die prüfenden Blicke des alten Fräuleins nicht aushalten zu müssen. Er dachte ur an Lene. Aber endlich wurde es doch dreiiertel auf Zwei und er mußte sich entscheiden.

„Ich möchte heute ins Theater gehen, Tante," ıgte er plötzlich ganz keck.

Hermann Ohlsen athmete auf.

„Das also war's, mein Söhnchen, und ich laubte schon, es wäre ein Rückfall. Du machtest ıugen, als ob du das Mädchen aus der Zauberwelt esehen hättest. Na gern, gern. Wohin denn, mein Söhnchen? Es wird doch nichts von deinem Kleist egeben?"

Heinrich erröthete, weil er seine Lüge weiterinnen mußte.

„Ich bitte dich, Tante, du weißt, diese Neckerei erletzt mich. Natürlich ins Schauspielhaus."

Heinrich wußte gar nicht, was dort aufgeführt ıurde. Die Tante hatte sich's glücklicherweise geierkt und brachte ihn aus aller Verlegenheit.

„Maria Stuart! Das ist recht; das ist noch ıute alte Poesie. Davon wird man nicht verrückt nd nicht menschenfeindlich. Zu Schiller kannst du nmer auf meine Kosten gehen; hier, stecke den haler gleich ein."

Ziemlich vergnügt eilte Heinrich mit seinem hlechten Gewissen in die Apotheke zurück; er konnte den Abend nicht erwarten, und wer weiß, was er noch für Unglück angerichtet hätte, wenn ihn nicht der gutmüthige Spott der anderen Gehilfen immer wieder an seine Verantwortung gemahnt hätte.

Bald nach acht Uhr konnte er schon frei kommen; er nahm einige stark duftende Seifenstücke zu einem Vorzugspreise aus dem Kasten, er kaufte im nächsten Blumenladen ein kleines Sträußchen von Maiglöck= chen und Veilchen, welches in seiner mächtigen Pa= pierspitze wie vergraben lag und lief dann wie ein Knabe nach der nahen Wohnung von Helene Illo. Der neue Name wirkte auf ihn, wie die Ankündigung einer großen Kunstleistung. Helene Illo! Das klang nach Lorbeerkränzen und Kavallerieoffizieren, nach ausgespannten Pferden und fürstlichem Luxus, und mit Helene Illo sollte er so kameradschaftlich ver= kehren, wie einst mit Lene Ilges. Der Irrgang seines Lebens führte ihn doch auf schwindelnde Höhen.

Er mußte in dem weitläufigen Gebäude lange umfragen, bevor er über einen wüsten Hof den Zu= gang zu der richtigen Hintertreppe fand. Schnell stieg er die schlecht erleuchteten Holzstufen hinauf, ohne die Vorstellung fallen zu lassen, daß ihn oben die reiche Märchenwelt einer Theaterprinzessin em= pfangen würde. Erst als er im dritten Stockwerk

or der roh geſtrichenen Thür ſtand, welche die
hmierige Karte „Helene Illo, dramatiſche Künſt-
:rin" trug, als er mit ſeinen unverwöhnten Apo-
jekerhänden nach dem grünlichen Meſſingknopfe der
lingel griff, da zuckte es ſchmerzlich in ihm auf,
aß am Ende auch Helene Illo eine Verkannte ſein
önnte; aber dann verſtand ſie ihn vielleicht um ſo
eſſer.

Helene öffnete ſelbſt und führte ihn durch einen
unkeln Vorraum von nicht viel über einen Meter
n Geviert, in das kleine Wohnzimmer, in welchem
ine alte Frau beim Scheine der unſaubern Petroleum-
ampe mit einem Zinnlöffel in einem Topf Kaffee
erumrührte. Der zierliche Tiſch war von polirtem
ußbaumholz; umher ſtanden drei Rohrſtühle und
in vielfach zerriſſenes gelbſeidenes Sopha, auf wel-
jem ein paar Stiefelchen, ein Leihbibliothekbuch
nd zwei Schlummerrollen lagen.

„Es iſt reizend, daß Sie gekommen ſind!" rief
hm Helene entgegen, und während die Alte mit
inem ſtummen Gruße auf ſeine Hände ſchaute,
rachte Helene an ſich, was er ihr mitgebracht hatte.
Sie ſteckte die Blumen an ihre Bruſt und ſog ent-
ückt den Geruch der Seife ein.

„Sie ſind ein reizender Menſch!" ſagte ſie und

blickte nach den Taschen seines Ueberziehers. Hein=
rich legte Rock und Hut ab, setzte sich mit Helene
auf das Gelbseidene, nachdem seine Freundin das
Buch auf den Tisch, die Stiefelchen unter den Tisch
und eine Schlummerrolle in eine Zimmerecke ge=
schleudert hatte. Sie sagten einander allerlei Ver=
bindliches über ihr verändertes Aussehen; dann ver=
suchte Heinrich die alte Frau ins Gespräch zu ziehen.

„Ihre Frau Mama ist wohl noch beim Kaffee?"
fragte er, um doch mit etwas anzufangen.

„Mama macht keine Ansprüche," sagte Helene.
„wenn man sie nur den ganzen Tag ihren Kaffee
trinken läßt. Sie brauchen gar nicht mit ihr zu
sprechen."

„Und er ist schon wieder theurer geworden; Lene
will, ich soll noch mehr Cichorien nehmen," sagte
die Alte mit heiserer Stimme.

„Ich weiß ja nicht mehr, wie ich es erschwingen
soll; was mich dein Kaffee im Jahr kostet, davon
könnte ich mir drei Seidenkleider machen lassen und
am Hoftheater die Julia spielen."

„Ich kann doch nicht verhungern."

Es schien kein Zank zu sein; man sprach sich
eben aus. Um die Unterhaltung etwas unpersönlicher
zu machen, gab Heinrich zum Besten, was er über

ie Verfälschung von Kaffeebohnen gelesen hatte. Frau Jlges fand die Handlungsweise solcher Menschen niederträchtig. Da rief Helene:

„Aber Sie haben wohl noch nicht Abendbrot gegessen, lieber Heinrich? Zieren Sie sich nur nicht, Sie bekommen doch nichts, ich bin jetzt ohne Engagement. Wenn Sie aber Hunger haben, so bringt Ihnen Mama etwas vom Schlächter herauf."

Heinrich gerieth in die äußerste Verlegenheit. Helene mußte ihn erst geradezu auffordern, Alles baar zu bezahlen, bevor er sein Geldtäschchen hervorzog und seine ganze Baarschaft — beinahe vier Mark — der Alten einhändigte.

„Wenn Sie so gütig wären, gnädige Frau," stammelte er.

Frau Jlges zog nur ihr Tuch fester um die Schultern und ging hinaus. Helene sprang in die Höhe und holte drei Teller und Gläser, sowie allerlei Messer und Gabeln heran. Sie klagte dabei über die schlechten Zeiten und über die großen Summen, welche das gierige Leben der Mutter verschlang; sie machte dazu ein recht sorgenvolles Gesicht. Plötzlich warf sie sich dem Jüngling auf den Schoß, schlang ihre Hände um seinen Nacken und ließ ihren Kopf auf seine Brust niedersinken.

„Oh, wie habe ich mich nach dir gesehnt, mein Freund!" rief sie pathetisch und weinte ein wenig; dann richtete sie sich wieder empor und flüsterte:

„Küsse mich, Felix!"

Da Heinrich das Mädchen schon recht fest in seinen Armen hielt und den Mund in ganz küßrige Stellung gebracht hatte, so ließ er sich den fremden Namen nicht sehr anfechten und tauschte mit Helene einige Küsse. Zum Sprechen kam er kaum. Sie umschlang ihn immer fester und hauchte bunt= durcheinander süße Liebesworte.

„Ich liebe nur dich allein! Sei nicht so stürmisch, mein Herz! Nicht wahr, Sie sind mein Freund? Ach, so möchte ich dich halten und nicht mehr lassen! Hast du oft an mich gedacht?"

Als nach ziemlich langer Zeit die Korridorthüre wieder ging, schrak Heinrich zusammen; Helene erhob sich aber langsam von seinem Schoß und sagte gleichmüthig:

„Mama stört wirklich nicht viel. Wir schicken sie nach dem Abendbrot wieder hinaus, mein Schatz."

Frau Ilges trat behaglich herein und holte aus einem Marktkorbe Bier, Wurst, Schinken und Apfel= sinen heraus.

„Das ist noch nicht für zwei Mark!" rief Helene
eftig. „Was haft du da noch verfteckt?"

„Ich habe für den Reft Kaffee und Zucker ge=
uft; follte ich nicht?"

Helene ftampfte mit dem Fuße auf, aber dann
:zte man fich doch ganz vergnügt zum Effen nieder
nd ließ es fich fchmecken. Die beiden Frauen
hienen tüchtig Hunger zu haben, es war für Heinrich
ne rechte Freude. Als er einmal, da er nach dem
)rote langte, fchüchtern Helenens Handgelenk ftreifte,
ichte fie ihm dankbar zu und zog feinen Kopf zärt=
ch heran. Auf halbem Wege ließ fie ihn los und
ß weiter; aber fie berührte ihn mit ihrer Fußfpitze.

Auf feine fchüchterne Frage, warum fie bei ihrer
roßen Begabung keine fefte Stellung habe, fchalt
e auf Direktoren und Theateragenten, auf Neben=
uhlerinnen und Intriguen und verficherte, fie habe
:in Glück; dann lachte fie wieder und erzählte leb=
aft, durch welches Schickfal fie eben jetzt wieder
m ein Sommerengagement gebracht worden fei.

„Ich war feit dem erften Oktober für den ganzen
Binter engagirt, in einem Nefte auf ow, da oben,
)enn man vom Stettiner Bahnhof abfährt. Es war
ine plattdeutfche Truppe. Ich follte alle erften
:iebhaberinnen fpielen, weil die hochdeutfch reden

dürfen. Der Bürgermeister hatte uns als Schau=
spielhaus die gedeckte Winterbahn des Kegelvereins
überlassen, deſſen Vorstand er war. Ich ſage Ihnen,
ein herrliches Lokal; ſechs Mann breit und die letzten
Plätze über dem Stein, wo ſonſt Kegel aufgeſtellt
wurden. Es ſah wie eine Wurſt aus, und das war
ein gutes Vorzeichen. Wir legten nichts zurück,
hatten aber ganz gute Koſt. Nur ſollten wir zum
Geburtstag der Frau Bürgermeiſterin ein kleines
Luſtſpiel aufführen, welches der Bürgermeiſter ſelbſt
ſchreiben wollte; aber er wurde nicht fertig damit
und ſchob nachher die Schuld auf uns. Seitdem
dachte er daran, uns zu ſchaden. Eines Sonntag
Abends, die Meiſten von uns waren eben beim
Schminken, hörten wir laut ſprechen und Stühle
rücken, als ob das Publikum nur ſo wimmelte.
Plötzlich rollte etwas durch den Zuſchauerraum und
ſchlug krachend ein paar Kegel nieder. Als wir
Alle hervorſtürzten, ſahen wir die Beſcheerung. Der
Kegelverein hatte von dem Lokale wieder Beſitz er=
griffen, die Stühle fortgeſchafft, die Kegel aufgeſtellt
und griente uns an, wie ſie dort ſagen. Unſere
Geſellſchaft löſte ſich auf; ich konnte mich noch vier=
zehn Tage in dem Städtchen halten. Dann kam

) nach Berlin, um hier dramatischen Unterricht zu
ben."

„Und haben Sie Schülerinnen?"

„Nur einen Schüler: Felix Blumenfeld; aber
zahlt nicht regelmäßig. Ich studire jetzt mit ihm
n Karl Moor."

„Ja," mischte sich da Frau Ilges ins Gespräch,
ber wenn er am Schauspielhause engagirt ist,
zahlt er der Lene zeitlebens den dritten Theil
iner Gage. Alle Schüler der Lene sind ans Schau-
ielhaus gekommen. Sie hat die Methode, wissen
ie, und sie hat mir immer gesagt: der Herr, der
ute herkommt, hat sehr viel Talent. Versuchen
ie es doch ein paar Wochen. Es kann ja den
opf nicht kosten."

Helene hörte so gleichgiltig zu, als spräche eine
emde Person, sie warf der Mutter die kleinste von
n Apfelsinen auf ihren Teller und rief: „Iß
ber!" Dann suchte sie eine schöne Frucht für
einrich aus. Die Wurststücke hatte sie vorhin mit
n Fingern aufs Brot gelegt und ebenso die Haut
gelöst. Jetzt schnitt sie zierlich die Apfelsinenschale
irch und machte dem Freunde kunstgerecht einen
ebesbronnen zurecht, aus welchem er den Saft nur
herauszulöffeln brauchte.

Als die Vorräthe faſt gänzlich verzehrt ware
und Frau Ilges Neigung zeigte, auf ihrem Stuhl
einzuſchlaſen, ſchickte die Tochter ſie hinaus. S
ſollte in der Küche das gebrauchte Geſchirr abwaſche
und brauchte nicht wiederzukommen.

„Es würde dich doch nur langweilen, was i
mit Herrn Heinrich zu reden habe.“

„Er ſoll nur Stunden nehmen,“ brummte Fra
Ilges, während ſie langſam abzog, ohne jedoch eine
Teller mitzunehmen.

Kaum war das junge Paar wieder allein, al
Helene auch ſchon ihren Kopf auf Heinrichs Schult
legte; ſie faßte ſeinen Arm zwiſchen ihre Händ
und ſagte:

„Laß mich ein Weilchen, ich bin ſo müde.“

Sie ſchien wirklich einige Minuten zu ſchlafe
Als ſie ſich plötzlich wieder bewegte und ihre Auge
verliebt zu dem jungen Manne aufſchlug, rief e

„Das war zum Erſchießen ſchön.“

„Wie ſagſt du? Ach ja! Zum Erſchießen ſchör
Das mußt du mir ſchon einmal geſagt haben.“

„Als wir uns das letzte Mal ſprachen, vor vi
Jahren; bei der Aufführung der Hermannſchlacht.

„Richtig, die Klara Meyer hatte ein weiß

fchmirkleid mit kirfchrothem Befaz und die große
»nde Perücke.“

„Ja, damals war es, theure Helene; Sie ahnten
»hl nicht, wie ernft es mir war, aber Sie drückten
r unter der Brüſtung die Hand und ich wußte:
e verſtanden mich. Und wenn der Plazregen nicht
ommen wäre, ich hätte uns Beide in jener Nacht
choffen, ich hatte das Nöthige bei mir.“

Helene rührte ſich nicht; ſie ſchmiegte ſich nur
er an ihn an und ſagte:

„Das iſt ſchön, das iſt romantiſch. Ich hatte
e auch gleich ſehr lieb. Komm, ſetzen wir uns
quemer.“

Und ſie warf ſich leicht in eine Sophaecke; Hein=
h aber folgte ihr nicht. Alles war wieder in ihm
fgeregt worden, und er ging lebhaft in der Stube
f und nieder. Plötzlich ſank er ihr zu Füßen,
zte ihre beiden Hände und flüſterte:

„Du allein verſtehſt mich, Helene! Du allein kannſt
ffen, wie es einem verkannten Dichter ums Herz
. Drum habe ich dich erwählt, mir auf der letzten
trecke meiner Pilgerfahrt das Geleite zu geben.
eit Jahren trage ich ein Drama im Kopfe. Du
üſt die Titelrolle ſpielen, und nachher wollen wir

gemeinſam ſterben, wie mein großes Vorbild und
ſeine Seelenfreundin es thaten.“

„Ach ja,“ ſagte ſie, „das iſt noch ſchöner als
lieben! Solche Sachen mußt du mir immer erzählen
Ich rede auch gern ſo. Ich will mit dir Alles theilen
dein Glück, ſo lange du lebſt, und ſpäter wollen
wir gemeinſam ſterben; das iſt ein wunderſchöne
Gedanke. Für einen Geliebten biſt du eigentlic
zu . . . zu gut. Wie heißt die Titelrolle?“

„Ich bin mir über die Heldin noch nicht in
Klaren,“ ſagte er aufſpringend; und wieder ging e
haſtig auf und nieder. „Seit Jahren umgiebt mic
nichts als die gemeine Proſa. Wohl habe ich e
in unſerem Verein zu einer der angeſehenſten Stelle
gebracht. Ich bin, wie du wiſſen wirſt, Dichtwar
des Pegaſus. Aber auch dort hat ſich Alles ver
ſchlechtert. Die Poeſie gilt nicht mehr viel. Mei
Mitdichtwart, der ſich den erſten ſchimpfen läßt, häl
patriotiſche Vorträge in Proſa und erntet dafü
Beifall. Unſer Panzner iſt alt geworden. Anſtal
die Kabinetsfrage zu ſtellen und durchzugreifen, ha
er ſich an den Ehrenſtuhl des unabſetzbaren Vor
ſitzenden feſtgeklammert und wird faſt nur noch au
Pietät bewundert. Und die früheren Dichtwart
laß mich von ihnen ſchweigen. Vier Kinder habe

e zusammen, die Philister. Fritz Töpfer drei, Hans
enard eins, ein Mädchen. Er war immer der Edlere
on Beiden. Ich verkehre bei ihnen, aber mit bluten=
m Herzen. Hans Renard spricht ungescheut von
iner unästhetischen Waare, und Fritz Töpfer hat
st ein einziges Buch für seine Privatwohnung ge=
uft, ein Kochbuch. Sie waren meine Freunde.“

„Wieviel hast du monatlich?“ fragte Helene.

„Oh, du verstehst mich,“ rief er nnd drückte ihr
1 Vorübergehen die Hand. „Nicht wahr, du willst
umit andeuten, daß mich die Prosa meines Berufs
t Boden drücken muß. Ja, es ist schändlich, bei
chzig Mark monatlich Pillen drehen zu müssen für
den Böotier, der sich den Magen überladen hat.“

„Was sind das für Leute? Zahlen sie viel?“

„Ein Fremdwort. Ich werde es dir einmal er=
ären. Ich werde mich überhaupt deiner Bildung
nnehmen. Wir wollen uns an einander in die
öhe ranken, wie zwei junge Eichen, welche ... merke
r das Bild.“

„Und wohnst du noch immer bei der alten ver=
üppelten Person? Wirst du sie beerben? Sonst
üßte es doch entsetzlich sein.“

„Oh, ich verstehe deine bittere Ironie, und ich
rdiene sie. Der Fleischtöpfe Egyptens wegen habe

ich den alleinigen Gott der Dichtkunst verleugnet und meine ungeheure Kraft an den Spinnrocken dieser Omphale verkauft."

„Die alte Schachtel."

„Nein, schelte sie nicht; sie meint es gut und hat etwas Sinn für das Höhere. Ich bin ihr Dankbarkeit schuldig. Und diese Schuld macht das Gewicht meiner Leiden vollends unerträglich."

„Na ja, es ist nicht immer Alles so, wie man möchte. Komm, setz' dich her, nein, anrühren darfst du mich nicht. Zum Lieben bist du nicht; du gefällst mir so viel besser, du bist so hochpoetisch. Meinetwegen, die Hand, aber nicht mehr! Sage einmal, du hattest damals ein Verhältniß mit einer dummen Pute. Nicht übel und sehr jung. Das war doch auch nur romantisch?"

Heinrich hatte sich zurückgelehnt und ließ Helenens Hand los.

„Woran mahnst du mich," flüsterte er. „Sie hat mich nie verstanden. Einem Manne kann ich einen Augenblick der Feigheit vergeben, der Geliebten nie. Sie wollte nicht!"

„Was wollte sie nicht?"

„Mit mir sterben; das Wort erschreckte sie."

„Und ich höre so gern davon. Ich weine auch

gern. Zu mir kannst du jeden Tag kommen
[u]d vom Selbstmord plaudern, wir wollen uns
[or]dentlich abgraulen. Seid ihr vollständig auxein=
[an]der?"

„Wie Tag und Nacht. Ueber ein Jahr lang
[ha]ben wir uns nach unserem Bruch geschnitten; wir
[ve]rabredeten die Tage, an welchen sie zu Panzners
[ka]m und an welchen ich. Nur um das zu verab=
[re]den, kam ich manchmal zu ihr. Die Liebe war da=
[m]als noch nicht völlig aus meinem Herzen gerissen.
[Ic]h war eifersüchtig auf ihren Musiklehrer. Ich weiß,
[da]ß ich ihr Unrecht that, ich wußte es sogar schon
[da]mals, aber die Leidenschaft ließ mich einige recht
[ge]lungene Klagegedichte gegen sie verfassen."

„Du, mir mußt du auch Gedichte mitbringen,
[ve]rliebt und traurig und mit meinem Namen."

„Das will ich," sagte Heinrich nach kurzer Ueber=
[le]gung. „Ottilie existirt als Weib nicht mehr für
ich. Seit unserer Versöhnung nehme ich mich nur
[no]ch ihrer vernachlässigten Bildung an; ich habe
[ni]cht umsonst studirt."

„Du hast studirt? Auf der Universität? Mit
[ei]ner bunten Kappe?"

„Du solltest doch wissen, daß wir Pharmazeuten
[kl]assische Bildung haben. Nur den Doktor machen

wir nicht; die Aerzte erlauben es uns nicht, damit sie ihren Verdienst nicht verlieren. Ja, während dieser Zeit starb die Verwandte, bei der sie wohnte, und Ottilie ist eine reiche Erbin geworden; du begreifst, daß ich mich zurückziehen mußte."

„Natürlich, sie wollte dich nicht mehr."

Heinrich stand auf.

„Du findest das natürlich? Würdest denn auch du mich von dir stoßen, wenn das Glück dir lächeln wollte?"

„Ach nein, Heinrich," flüsterte Helene wie in einem wollüstigen Traume. Sie hatte den Kopf zurückgeworfen und die Augen geschlossen. „Ich würde dir mein ganzes Vermögen geben, und du würdest dafür eine Pistole kaufen und wir — würden uns von unserem Ende erzählen."

„Ich werde die Pistole aus eigenen Mitteln kaufen," sagte Heinrich hart. „Ich lasse mich nicht freihalten; und wenn Alle sich um ihre Gunst bewerben, ich behandele sie so, daß ich ihre Achtung nicht verlieren kann."

„Wird ihr denn viel der Hof gemacht?" murmelte das Mädchen müde.

„Mein Mitdichtwart jagt nach dem Goldfuchs. Der Mann der Prosa wird eben ihr Mann werden.

Ha, es ist schändlich! Laß mich jetzt gehen, ich möchte nicht gern zu spät heimkehren; Tante Ohlsen hat einen so furchtbar leisen Schlaf."

Es war elf Uhr vorüber; nur noch in halbem Wachen begleitete ihn Helene bis zum Hausthor. Im Flur reichte sie ihm gedankenlos den Mund zum Küssen dar.

„Und deiner bin ich sicher?" flüsterte er.

„Mit Vergnügen," erwiderte sie schlaftrunken.

II.
Kleist's Apotheose.

Jetzt hat er den Rückfall, dachte Tante Ohlsen, als Heinrich am nächsten Tage jedes Gespräch über die Aufführung von Maria Stuart ablehnte und statt dessen beim Mittagessen auseinandersetzte, wie er, Heinrich Weigertz, das Stück hätte schließen lassen. Die Hinrichtung der schottischen Königin mußte auf der Bühne stattfinden unter dem infernalischen Hohn= gelächter der Elisabeth; dann aber entpuppte sich der Henker als ein geheimer Vehmrichter und schlug auch Elisabeth den Kopf ab.

Daß Heinrich einen Rückfall habe, das wurde bei Tante Ohlsen von Tag zu Tag mehr zur Ueber= zeugung. Sie war gewiß, daß er sie hinterging. Er hatte drei= bis viermal in der Woche des Abends außer dem Hause zu thun, er log sie mit den schlech=

eſten Ausreden an und hielt es nicht einmal unter
einer Würde für die vorgegebenen Zwecke Geld von
ihr anzunehmen; und ſein Geld gab er offenbar
nicht dafür aus, wozu es beſtimmt war. Wenn man
fünf Mark in die Taſche ſteckt, um ſie zur Geburts=
tagsfeier eines Collegen zu vertrinken, ſo hat man
am nächſten Morgen keinen ſolchen Hunger, wie
Heinrich ihn zeigte.

Vier Jahre lang war es ihr gelungen, ihren Schütz=
ling unnachſichtlich unter ihrer Herrſchaft zu halten.
Sie hatte ſich oft gefragt, wann dieſer Gehorſam
ein Ende nehmen, wann Heinrich ſeine Freiheit ver=
langen würde. Und wenn der ſtattliche und brave
Jüngling ſich allmälig von ihrem Gängelbande
löſen wollte, Tante Ohlſen hätte es nicht zu feſt
geſpannt. Es iſt einmal der Welt Lauf, daß aus
netten Jungen eines Tages ſo widerliche Geſchöpfe
werden, wie es die Männer nun einmal ſind. Aber
hintergehen durfte Heinrich ſie nicht wollen. Auch
war er offenbar nicht, wie es natürlich geweſen
wäre, von ſeinen Collegen und Altersgenoſſen in ihr
Leben hineingezogen worden. Tante Ohlſen ließ
es ſich nicht nehmen: er hatte einen Rückfall. Wie
ſchlimm es aber um Heinrich Weigertz ſtand, das
ahnte Tante Ohlſen doch nicht.

Seit dem ersten Besuche bei Helene Illo verging
fast kein Tag, an welchem er sie nicht sah. Nach
der Apotheke kam sie, um sich parfümirte Seife zu
holen, nicht mehr, seitdem Heinrich es sich verbeten
hatte; denn gegen den Hohn seiner äußerst rea-
listischen Kameraden war er empfindlich. Aber jeden
freien Augenblick benützte er, um die drei Treppen
zu der dramatischen Künstlerin emporzufliegen, und
jeden Abend, an welchem er sich aus der Haft von
Hermann Ohlsen befreien konnte, verbrachte er bei
ihr. Helene Illo war die Geburtstagsfeier seines
Collegen, Helene Illo der kranke Provisor, bei
welchem Heinrich Krankenpflege übte, Helene war
der populäre Vortrag, den er zu seiner Weiter-
bildung hören mußte, Helene der Kegelclub, dessen
Mitglied er geworden war.

Ja, es war plötzlich wieder über ihn gekommen,
was Tante Ohlsen eine Krankheit nannte, was aber,
nach seiner eigenen Meinung, in Wahrheit der
Glaube an sich selbst, der Glaube an seinen höheren
Beruf war. Endlich nach vierjähriger Enthaltsam-
keit konnte er wieder von den höchsten Interessen
der Menschheit sprechen, von Litteraturgeschichte
und Komödienspiel. Und endlich nach jahrelangem
Verzicht hatte er das Weib gefunden, welches sein

Schickſal ihm zu ſuchen aufgegeben hatte. Helene verſtand ihn voll und ganz. Wie in der erſten Stunde blieben ſie einig dabei, daß ſie zuſammen ſterben wollten. Wann und wo und wie? Das konnte natürlich ſpäteren Entſchließungen vorbehalten bleiben.

Trotz der Gewißheit, nun doch wie durch eine Gnade des Himmels die langerſehnte Todesbraut gefunden zu haben, war Heinrich im Verkehr mit ihr nicht vollſtändig glücklich. Sie war ja eine durch und durch ideale Natur, aber ihre Umgebung konnte nicht befriedigen und ſie ſelbſt ließ ſich doch mehr als nöthig von dieſer Umgebung beeinfluſſen. Da war vor Allem die Mama. Es war nicht mehr zu leugnen, daß ſie außer dem Hauſe wuſch. Eine ehrenvolle Thätigkeit, vor welcher Heinrich aus dichteriſchen und demokratiſchen Grundſätzen die größte Hochachtung hatte. Aber ihre Geſinnung war nicht ſo wie bei der alten Waſchfrau von Chaniſſo. Ihre Geſinnung war entſchieden nicht vornehm, Heinrich wollte kein härteres Wort denken. Jedesmal forderte ſie ihn auf, durch ſie das Abendbrot beſorgen zu laſſen, was ganz in der Ordnung war, wenn auch der dichteriſche Genius ſich nicht gern mit ſolchen Sorgen befaßte. Helene ließ ſich

ja auch mitunter etwas von ihm schenken: Hand=
schuhe, ein Corsett, Seife, Rüschen, aber sie empfand
zu fein, um jemals baares Geld zu verlangen; und
die Geschenke selbst nahm sie nicht ihres Nutzens
wegen, sondern um ein Andenken an Heinrich zu
haben. Die parfümirte Seife wenigstens sammelte
sie mit einer seltsamen Laune in ihrer Commode
und nahm für den Gebrauch das schlechte Zeug,
das die Mutter von den Waschtagen nach Hause
brachte. Das Corsett zog sie zu Hause nie an; sie
schonte es für die Bühne, für die Kunst.

Diese zarteren Gefühle erfüllten die Mama nicht.
Niemals gab sie etwas heraus, auch wenn ihr Hein=
rich einen Thaler oder ein Fünfmarkstück in die Hand
gedrückt hatte; und was sie dafür einholte, das
wurde immer weniger und reichte kaum für die
beiden Damen. Der Hunger ist zwar ein prosaischer
Trieb im Menschen, aber Heinrich litt doch unter
solchen Wirthschaftsgrundsätzen. Als er einmal von
Hans Renard ein Zwanzigmarkstück geborgt und
die Mama auch darauf nichts herausgegeben hatte,
trotzdem Heinrich sie verächtlich anblickte, da nahm
er die Gewohnheit an, seine Münzen immer erst
zu wechseln, bevor er die drei Treppen zu seiner
Todesbraut emporflog. Seitdem schritt er seinem

finanziellen Ruine langsamer entgegen, dafür bekam
er von der Mama kaum ein Stückchen Brot mehr.

An den Abenden, an welchen die Mama spät
aus der Arbeit heimkam, hätte es gemüthlicher
werden können, aber Felix Blumenfeld war in seiner
Art noch störender als die Mama. Heinrich konnte
es nicht vergessen, daß Helene ihn selbst im ersten
Rausche einmal Felix genannt hatte. Zwischen den
Beiden bestand zweifellos ein unerlaubtes, wenn auch
hoffentlich platonisches Verhältniß. Als Heinrich
sie einmal in einer sehr zärtlichen Stellung überrascht hatte, bemühte er sich alle Qualen der Eifer-
sucht zu empfinden. Aber es gelang ihm nicht.
Wenn er eifersüchtig werden wollte, fiel ihm immer
nur ein, ob jetzt Herr Ahrens nicht bei Ottilie war.

Also die Beziehungen, welche Felix Blumenfeld
zu Helene hatte, thaten ihm nicht wehe. Und doch,
und doch! Wie konnte sie nur an dem leeren Künstler
Gefallen finden, der von nichts Anderem sprechen
konnte, als von seinen Eroberungen, seiner Geld-
knappheit und den elenden Theaterverhältnissen
Deutschlands. Mit diesem Menschen unterhielt sich
Helene so kameradschaftlich, so offenherzig, so
bürgerlich, unmittelbar nachdem sie mit Heinrich eine
hochpoetische Stimmung durchgekostet hatte. War

am Ende ihre Wahrheitsliebe nicht ganz goldecht? Fast sollte es so scheinen, wenn Heinrich bedachte, wie er sie oft bei den gleichgiltigsten Dingen auf Lügen ertappte. Sie war im Stande die Mama um Leberwurst zu schicken, und fünf Minuten später keck zu behaupten, sie habe Mettwurst verlangt, nur um die Mama noch einmal fortschicken zu können. Heinrich kämpfte eifrig gegen dieses Uebel. Hier mußte viel geschehen, wenn sie vor ihrem frühen Tode geläutert werden sollte.

Trotz der poetisch angehauchten Gespräche über ihren gemeinsamen Tod wäre Heinrich vielleicht nicht so häufig zu Helene Illo gekommen, wenn nicht ihr Beruf und Alles, was drum und dran hing einen so unwiderstehlichen Zauber für ihn gehabt hätte. Selbst Felix Blumenfeld wurde ihm oft werthvoll, wenn ein Strahl der Kunst auf sein glattrasirtes Antlitz fiel. Und je sicherer Heinrich war, bei Tante Ohlsen ein gutes Bett und reichliche Nahrung und Wäsche und Kleidung bereit zu finden, desto wohler fühlte er sich als Zuschauer des genialen Künstlerlebens, welches Felix und Helene ihm darboten.

Sie waren nicht die einzigen ehemaligen Mitglieder des Laokoon, welche jetzt bereits selbstständig am Thespiskarren zogen. Während aber

ie anderen Genossen, deren Namen auch Heinrich
nnte, da und dort, zwischen Riga und Basel, ein
Interkommen bei großen oder kleinen Bühnen ge=
unden hatten, gehörten Felix und Helene zu den
Bechvögeln, denen es nicht glücken wollte. Sie
ählten zu den vielen Hundert stellungslosen Jüngern
Thaliens, welche wohl oder übel in Berlin lebten,
nd darauf warteten, daß man ihre Dienste plötzlich
rgendwo brauchte. Ihre Bühnensicherheit ermög=
chte es ihnen, sofort einzuspringen, wenn an
inem Privattheater ein Darsteller in der zwölften
Stunde erkrankt war, oder auch wenn an einer großen
Bühne eine kleine Rolle mit fremden Kräften besetzt
erden mußte. Die wichtigste Einnahmequelle war
ür Felix und Helene, wie für diese ganze Schaar,
as Gastspielleben in der Umgegend Berlins. Be=
onders zur Sommerszeit gab es zwischen Branden=
urg und Oranienburg viel zu thun, wenn die Ein=
ohner von kleinen Städten und Dörfern eine
röße des Berliner Ostendtheaters in ihrer Glanz=
olle sehen sollten und dazu rasch ein „Berliner
nsemble" zu Stande gebracht werden mußte. Wie
ie Anderen wurden dann Felix und Helene, die treu
hsammenhielten, für einen Abend oder für eine
Boche von einem unternehmenden Direktor — ge=

wöhnlich einem besonders unglücklichen Collegen —
engagirt; sie fuhren zu jeder Aufführung die kurz
Strecke mit der Eisenbahn hinaus und blieben auch
wohl, wenn sich der letzte Zug nach Berlin durch
energische Kürzungen des Stückes nicht mehr erreichen
ließ, in dem Orte ihres Gastspiels über Nacht.

Diese gute Zeit nahte jetzt wieder heran und
Heinrich wurde nicht müde, aus den Gesprächen der
beiden Künstler die interessantesten Aufschlüsse über
dieses dem Ideal geweihte Leben zu sammeln. Frei
lich mußte er das Gehörte wohl sichten, um die
Spreu vom Weizen zu sondern. Der größte Theil
der Unterhaltung war schmutzigem Coulissentratsch
gewidmet, und alle moralischen und physischen Ge
brechen der vacirenden Mimen von Berlin wurden
schonungslos besprochen. Auch der regelmäßige
Nachweis, daß man vom Direktor betrogen worden
sei, gehörte nicht recht auf die Höhe der Kunst
Heinrich aber blieb in seinem Wesen so unberührt
von den trüben Bildern, die ihm gezeigt wurden,
ja, er nahm sie eigentlich so wenig wahr, daß er
diesen Theil des Zwiegesprächs gewöhnlich überhörte,
und wenn er geradezu auf etwas recht Schmähliches
aufmerksam gemacht wurde, so gab er allein den
cynischen Felix Blumenfeld die Schuld. Er war

nmer so gewesen! Wovon Heinrich gefesselt wurde,
as waren die ernsthaften Berufspflichten der Beiden,
elche ja auch von der Thätigkeit der ersten Schau-
ieler nicht verschieden waren. Auch Helene mußte
re Rollen fleißig auswendig lernen, wenn sie nicht
on der Probe fortgeschickt werden sollte; sie hatte
undert kleine Sorgen mit ihrer Toilette; sie durfte
ch von keiner Nebenbuhlerin ausstechen lassen, und
re Freude und ihr Zorn war gewiß ebenso echt, wie
e einer gefeierten Tragödin. An diesen Aufregungen
eilnehmen zu können, war für Heinrich ein hoher
enuß und ganz heimlich zog ihn doch auch die
hantasie, welche durch dieses Zigeunerleben lebhaft
ngeregt wurde, in ihre Kreise.

Zu all dem kam noch, daß Heinrich immer un-
ändiger den Wunsch in sich groß werden fühlte,
ine Tragödie durch Helene Illo „kreiren" zu lassen.

Denn die Tragödie, von welcher er bei ihrem
sten behaglichen Wiedersehen wie von einer voll-
deten Thatsache gesprochen hatte, entstand nun
irklich fabelhaft rasch in diesen angeregten Früh-
ngstagen. Während er sich für seine Todesbraut
ie entsetzliche Schuldenlast — es waren schon über
00 Mark — bergehoch über den Kopf wachsen ließ,
ährend er seine freie Zeit fast völlig ihrer Per-

son widmete, formte sich wie von selbst „Kleist's
Apotheose," wie sein Hauptwerk heißen sollte.
Es war erstaunlich, wie glatt ihm die Arbeit von
der Hand ging. Allerdings dachte er in der Apotheke zum Mohrenkönig tagüber an nichts Anderes,
als an die große Dichtung; aber es bewies dennoch ein ganz gigantisches Talent, daß er dann
des Abends aus dem Handgelenk eine ganze Scene
in Jamben — immer kurz=lang — hinwerfen konnte,
ohne jemals im Manuscripte etwas zu bessern. Tante
Ohlsen war unerträglich. In einer solchen Zeit
machte sie ihm Vorwürfe über die Auslagen an
Papier und Licht. Ob wohl die Unsterblichkeit mit
diesen paar Pfennigen zu theuer erkauft war!

Heinrich hatte sich Kleist's Tod zum Stoff seiner
dreiaktigen Tragödie gewählt und die Thatsachen
ungefähr in der großen Weise Shakespeare's einfach und wahr in Verse gebracht. Der erste Akt
spielte auf dem Zimmer von Henriette, welche im
Personenverzeichniß einfach die Todesbraut Kleist's
genannt wurde. Der ganze Akt war ein Zwiegespräch
zwischen Kleist und Henriette. Jedes erzählte seine
bisherige Lebensgeschichte und dann setzten sie sich
aus Klavier und sangen zweistimmig — so schrieb
die Bühnenanweisung vor — zwei bis drei schöne

lte Kirchenlieder und „Was ist des deutschen Vater=
and?" Nach den patriotischen Versen sagte Kleist zu
einer Geliebten:

„Ha, das ist zum Erschießen schön, oh Weib!"
lickte sie bedeutungsvoll an und der Vorhang fiel.

Der zweite Akt führte die Leser oder Zuschauer
ach Wannsee in das Wirthshaus, wo das Todes=
rautpaar die Nacht zugebracht hatte und von wo
s sterben gehen wollte. Auch der zweite Akt bestand
am größten Theil aus einem langen Zwiegespräch,
orin Henriette dem Dichter über seine sämmtlichen
Berke viel Angenehmes sagte und Kleist bescheiden
blehnte. Dann kam ein großer humoristisch=
ealistischer Schlager. Der Wirth zum Stimming
rachte, nachdem geklingelt worden war, eine Flasche
tum und machte drollige Redensarten wie: „Ach
otte doch" und „Da brat' mir mal Einer einen
Storch." Besonders lustig mußte es wirken, wenn
seinen Rum anpries und die Geheimnisse der ver=
ilschten Nahrungsmittel dabei in leichten Jamben
am Besten gab. Warum sollte man dem Dichter
icht anmerken, daß er Apothekerkenntnisse besaß?
Spürte man doch bei Schiller den Mediziner. Nach
em Abgang des Wirths schrieben Kleist und Hen=
ette ihre beiden später aufgefundenen Briefe an

die Freunde. Diese mußten im Wortlaut vorkommen
Da aber das stumme Niederschreiben eines langen
Briefes nur dann von dramatischer Wirkung sein
kann, wenn ein genialer Darsteller den Inhalt aus
seinem Gesichte ablesen läßt, Heinrich aber zu Felix
Blumenfeld dieses Vertrauen nicht hatte, so half er
sich mit einem Bühneneinfall, auf welchen er selber
stolz war. Sein Kleist diktirte nämlich der Henriette
den Abschiedsbrief und wieder die Nachschrift Hen-
riettens schrieb Kleist während Henriette diktirte
So erfuhren die Zuschauer den Inhalt auf die
natürlichste Weise. Der Brief wurde gesiegelt; dann
zog Kleist einen Revolver aus der Brusttasche und
sprach, während der Vorhang langsam sich senkte

„Nun auf zur Stätte, wo mein Grabmahl steht.'

Hier strich Heinrich das Wort „steht" denn doch
aus und setzte dafür „stehen wird", obwohl ihm
die poetische Licenz eigentlich gefiel.

Ueber den dritten Akt mußte er viele Tage nach
denken, bevor er für ihn genug Gedanken hatte
Aber sie fielen ihm ein. Wieder kam der größte
Theil auf ein Zwiegespräch des Todespaares, worin
aber diesmal außer allgemeinen Gedanken über die
Unsterblichkeit der Seele auch mancher Rath für die
Lebensführung allein stehender junger Mädchen vor

kam. Heinrich war gegen seinen Willen dazu ge=
kommen, während des Dichtens unaufhörlich an
Ottilie zu denken; da nun der sterbende Kleist Nie=
nand Anderes war als er selber, so war es ganz
n der Ordnung, daß die letzten Worte vor dem
Tode seinem Mädchen galten.

Der Schluß war einfach und würdig. Kleist
choß Henriette nieder, nachdem sie zweistimmig wieder
in Kirchenlied gesungen hatten und jagte sich dann
mit fröhlichem Gesichtsausdruck eine Kugel mitten
urchs Herz. Die Linke auf die Wunde gepreßt,
nit der Rechten im feuchten Grase wühlend," sprach
r dann die Abschiedsworte ans Publikum. In
iemlich richtigen Jamben wahrsagte er das Schick=
al des deutschen Vaterlandes, die Schlacht von Leip=
ig, den Sedantag und die Kaiserkrönung Wilhelms I.,
r deutete mit einem Wortspiel auf die deutsche Münz=
inheit, die Mark, und auf Bismarck hin, dem er ein
hoch ausbrachte, warnte aber schließlich davor, die
Freiheit über die Größe Deutschlands zu vergessen.
Sonst würden bald gewöhnliche, ideallose, prosaische
Menschen, Bierverlegerssöhne, durch leere patriotische
Phrasen ihren Platz neben den echten Dichtwarten
innehmen und sogar von den liebenswürdigsten

Mädchen nett gefunden werden. Seine allerletzten
Worte waren:

Mehr Licht, mehr Licht! so starb ja auch schon Goethe.
Die Dunkeln nur verdrießt die Morgenröthe.

Mochte das große Publikum dabei an alle licht-
scheuen Kulturfeinde denken, ein kleiner Kreis wird
verstehen, daß der sterbende Weigertz-Kleist mit den
Dunkeln den Herrn Ahrens und seine Genossen meinte.

Keine vierzehn Tage hatte Heinrich für sein
Hauptwerk nöthig gehabt. Anfangs April durfte er
es schon bei Helene Illo im Kreise der Künstler vorlesen. Er nahm, um ein Fest für die seltene Gelegenheit veranstalten zu können, in seiner Apotheke
Vorschuß für den Mai. Der Mama wurde keine
größere Summe anvertraut, sondern nur die Be-
sorgung von Bier und Brot überlassen; Heinrich
selbst mit Hilfe von Helene kaufte allerlei Lecker-
bissen und einfach nahrhafte Dinge zusammen. Eine
große Bowle (von Bowlenmosel zu sechzig Pfennig,
Selterwasser, Zucker und Maikräutern, aber auch
mit einer Flasche unechtem Sect) sollte die Zuhörer
in die rechte Stimmung bringen. Felix Blumenfeld
fand sich bereit, die Einladungen für drei bis vier
Collegen ergehen zu lassen und auch einen Direktor
heranzulootsen.

Am festgesetzten Abend, einem unvergeßlichen
Donnerstag, stellte es sich nun freilich heraus, daß
zufällig Herrn Blumenfeld's Geburtstag war und
daß Heinrich sich also in neue Schulden gestürzt
hatte, um seinem Nebenbuhler eine Bowle zu po-
niren. Doch der Dichter von „Kleist's Apotheose"
war nicht kleinlich. Mochte der Schauspieler immerhin an der Börse des Dichters schmarotzen!

Schlimmer war es, daß Herr Blumenfeld nicht
etwa seine Collegen von der Bühne, sondern seine
alten Freunde vom Ladentisch eingeladen hatte.
Auch der Direktor, den Helene im letzten Augenblicke selbst besorgt hatte, war leider nur ein ver-
krachter alter Schauspieler, der für die nächsten
Jahre nicht daran denken konnte, ein Ensemble zu-
sammenzubringen. Doch vermehrten die jungen
Freunde Blumenfelds immerhin das Publikum und
der alte Direktor konnte sicherlich in theatralischen
Dingen klugen Rath ertheilen.

Der Abend verlief so lärmend, daß Heinrich
mit seinem Erfolge zufrieden war. Erst als die
Bowle zur Hälfte geleert und ein witziger Toast auf
das Geburtstagskind gesprochen war, hatte Heinrich
zu lesen begonnen. Man war verblüfft. Die Ge-
burtstagsgäste hatten ein scherzhaftes Gedicht zu

Ehren Blumenfeld's erwartet und fanden sich erst
langsam in die hochpoetische Stimmung. Kleinig=
keiten, welche nicht vorherzusehen waren, störten
nicht allzusehr. Als die Mama schon während des
ersten Aktes zu laut schnarchte, wurde sie von Helene
hinausgeschafft. Nach dem zweiten Akte hatte der
Direktor einen kleinen Zornanfall, in welchem er
verlangte, man solle sofort zu lesen aufhören und
ihn lieber Richard III. deklamiren lassen; aber er
wurde beruhigt. Zum Schlusse hörte der Dichter
nichts als Lobeserhebungen. Das mußte große
Summen einbringen, wenn es oft aufgeführt wurde!
Und Felix Blumenfeld selbst ließ den genialen
Dichterfreund hochleben und abermals hoch und zum
dritten Male hoch. Wieder, wie vor Jahren im
Pegasus, sah Heinrich begeisterte junge Leute den
Entschluß fassen, einen Salamander zu reiben, und
diesmal sollte er ihm zu Ehren gerieben werden;
und wieder klappte es nicht.

Im glücklichen Rausche des Augenblicks erklärte
Heinrich sich bereit, die Ehre der ersten Aufführung
seinen genialen Freunden zu überlassen. Helene
sollte die Henriette creiren, Felix Blumenfeld den
Kleist. Jubelnd wurde dieser großmüthige Zug auf=
genommen. Nun drang aber der erfahrene Direktor

mit seinen praktischen Rathschlägen durch. Das Stück sei ganz vortrefflich, aber es müßte in sauberer Abschrift ein Souffleurbuch angefertigt und die Rollen einzeln kopirt werden. Gegen das übliche Honorar erbot er sich der Kunst diese Handlanger= dienste zu leisten. Begeistert wollte Heinrich sofort zustimmen, aber Helene nahm das Manuscript und versprach alle diese Dinge auf sich zu nehmen. Binnen Kurzem werde sie in der Umgegend von Potsdam gastiren, sogar als Käthchen von Heil= bronn auftreten, und da sei die beste Gelegenheit, „Kleist's Apotheose" als Vorspiel aufzuführen. Auf einen Bombenerfolg der Premiere wurden die letzten Gläser der Bowle geleert. Dann ging man heim und auf Heinrichs Kosten wurde noch eine richtige Bierreise unternommen. Spät und elend kam Heinrich nach Hause. Am andern Morgen redete er der Tante Ohlsen vor, er habe in der Apotheke Nachtdienst gehabt. Das alte Fräulein schwieg, aber sie war fester als je überzeugt, daß Heinrich einen schweren Rückfall bekommen habe.

———

III.

Bei Panzner's.

Seit Anfang April verschlimmerte sich sichtlich
der sittliche Zustand Heinrichs dermaßen, daß Her=
mann Ohlsen an der Rettung des dritten Dioskuren
verzweifelte. Er kam keinen Abend vor Mitternacht
nach Hause und zeigte beim Frühstück nicht mehr
die alte Eßlust. Keine Frage, er betrog das alte
Fräulein. Sie war die Einzige, welche zu betrügen
er sich die Mühe nahm. Denn aus allerlei An=
spielungen seiner Freunde erfuhr sie, daß der Rück=
fall in die Poesie ihnen Allen kein Geheimniß war
und daß sie die übrige Verbummelung eben als eine
selbstverständliche Folge mit in den Kauf nahmen.
Fritz Töpfer, der die Leihbibliothek nun fast selbst=
ständig leitete, sonst aber immer noch in dem ehr=
erbietigen Verhältniß zu Hermann Ohlsen stand,
schmunzelte immer so seltsam, wenn von Heinrich

die Rede war. Aber er sei kein Verräther und gar
zu toll treibe es der Heinrich noch nicht.

Daß der Apothekergehilfe da und dort kleine
Schulden machte, daß sein Prinzipal mit ihm unzufrieden zu werden anfing, das erfuhr die Tante
rein zufällig, als sie einmal bei „Bilse" mit Herrn
Ahrens zusammentraf und dieser scheinbar ganz
harmlos von Heinrich zu plaudern begann. Dieser
Intrigant! Herr Ahrens war der Todfeind von
Heinrich und Herr Ahrens war auch die alleinige
Ursache, daß Hermann Ohlsen ihren Pflegebefohlenen
schonte und es vorläufig zu keiner Katastrophe kommen ließ. Denn Herr Ahrens bewarb sich seit Jahr
und Tag um Ottilie und lauerte nur darauf, daß
ein Unglück Heinrichs das unentschlossene Mädchen
dem hübschen Apotheker ungetreu machte. Hermann
Ohlsen aber hatte es sich nun einmal in den Kopf
gesetzt, Heinrich zu retten, und zwar ihn durch Ottilie zu retten. Ihr hübsches Vermögen war dem
alten Fräulein dabei durchaus nicht gleichgiltig;
aber die Hauptsache war doch, daß Ottilie ein auf-
gewecktes und vernünftiges Prachtmädel geworden
war und den dummen Jungen immer noch ganz
unvernünftig lieb hatte. Ihren höchsten Schatz,
ihre Privatbibliothek, hätte Hermann Ohlsen dafür

gegeben, wenn sie Herrn Ahrens damit hätte un=
schädlich machen können. Diesem aber war mit guten
Büchern nicht beizukommen und bei dem ganzen
Freundeskreis war auf überzeugungstreue Hilfe gegen
den Intriganten nicht zu rechnen. Bei Panzners,
wie bei den verheiratheten Dichtwarten, war der
Egoismus eingezogen; man nahm an einem fremden
Schicksale gar nicht mehr den erforderlichen Antheil.

Frau Panzner redete sich damit aus, daß die
junge Welt schlecht und undankbar sei. Ihr Mann
wollte das damit erklären, „daß Kronos mit den
Rädern seines Sonnenwagens alles Vergangene zu
zerstampfen liebt". Die Frau fühlte sich zwar nicht
im Geringsten vergangen, sie war sogar noch um
vieles völliger geworden und wäre ganz gut bei Ge=
sundheit gewesen, wenn die Sorge um ihn ihr nicht
so oft das Blut verkehrt hätte.

Mit ihm war eben nicht mehr viel los. Ohne
Freudigkeit trieb er sein Lehramt, und wenn er des
Abends einmal über der Arbeit einschlief, mußte sie
sogar die Schulhefte statt seiner korrigiren.

Das ging für gewöhnlich ganz gut, besonders
im Rechnen, wo sie keinen Fehler durchließ. Aber
ihre Handschrift war wohl nicht ausgebildet genug,
und selbst wo sie unter den Fehlern nur einen Strich

machen wollte, gab es häufig einen Klex. Das machte die mangelnde Bildung; und dann war im Deutschen eine böse Geschichte passirt. Ein Schüler hatte in seinem Heft die Worte „mit den Brüdern" durchgestrichen gefunden, anstatt „den" hatte die Frau des Lehrers „die" hingesetzt und das „n" in Brüdern getilgt. Es war wirklich ihre Ueberzeugung, daß es nur „mit die Brüder" heißen konnte; aber der Fall war bei der vorgesetzten Behörde zur Anzeige gebracht und seitdem schwebte über Panzners Haupt das Racheschwert der Pensionirung — so sagte er selbst eines Morgens, während er sich die immer länger und dünner gewordenen Haare zurückstrich.

Wenn er wenigstens Bezirksvorsteher geworden wäre. Er hätte dann selbst einen Rückzug ins Privat= leben mit Würde tragen können. Und die Frau hatte ja fürs Leben genug im Kasten, wenn sie auch fürs Höhere nicht genügend ausgebildet war. Aber der alte Arzt, welcher die Ehrenstelle im Bezirk inne hatte, wollte ja nicht sterben.

„Zürne ihm darob nicht," sagte Panzner oft. „Die Scheere der Parze hängt oft nur an einem Haare."

So waren Panzners seit vier Jahren älter und trüber geworden und in dieser Stimmung war namentlich der Mann gänzlich unfähig, sich für die Verheiratung von Heinrich Weigertz zu interessiren. Hermann Ohlsen hatte gehofft, daß der Haß gegen Herrn Ahrens ihn für ihre Pläne gewinnen würde. Aber der unabsetzbare Vorsitzende haßte Niemand, auch den eingedrungenen Dichtwart nicht. In seinen schwächsten Stunden verachtete er ihn höchstens und verachtete dann auch Ottilie, weil sie nicht, wie Goethes Frauengestalten es lehrten, in der reinen Verehrung der Dichter aufging. Nach seiner Meinung sollte Heinrich Weigertz überhaupt nicht heirathen, sollte die Bleifesseln der weiblichen Prosa nicht an seine Flügel heften. So störte er sein wackeres Weib nicht, welches lieblos und kurzsichtig die Partei des Herrn Ahrens ergriff, wenn gerade Ottilie zu= gegen war.

Wenn Panzner durch Kummer egoistisch geworden war, so lebten die beiden ehemaligen Dichtwarte ebenso selbstsüchtig ihrem häuslichen Glück. Was war aus den Verfassern der gemeinsamen Gedichte geworden! Von Panzner stammte der Scherz, daß sie, die sonst nur nach den drei Grazien gerufen hatten, jetzt immer nur nach dem dritten Mann schrieen — zum Skatspiel nämlich. Ja sogar in den Räumen des Pegasus wurde jedesmal nach

einer kurzen geschäftlichen Sitzung dem Moloch ge=
opfert. Und Hans und Fritz spielten fast immer
mit Herrn Ahrens! Panzner duldete still, doch wie
zum Spaß hatte er sich bereits die Karten und die
wichtigsten Regeln erklären lassen; denn er wollte
lachen, wenn er einmal plötzlich zeigen konnte, daß
so ein alter treuer Idealist das Spiel ohne Uebung
besser verstand als abtrünnige Dichtwarte.

Die Frauen dieser kalten Egoisten waren nun
schon gar auf Seiten des Herrn Ahrens. Wenn
Hermann Ohlsen der Frau Panzner ins Gewissen
redete, daß Heinrich doch eigentlich der Begründer
der beiden jungen Ehen war und daß er ein eben
solches Glück verdiente, da bekam sie zur Antwort:
Heinrich Weigertz sei ein Narr und die Panznern
habe der Mutter Ottiliens versprochen, über dem
armen Mädchen zu wachen. Und man könnte eine
vergnügte Frau werden ohne das Höhere. Und es
sei nicht jede Frau kräftig genug, um die Ehe mit
einem Dichter auszuhalten. Bei ihren Nichten da
erholte sie sich noch ein bischen. Da gab man noch
etwas auf ihren Rath. Besonders Trude mit ihren
drei Kindern traf keine Entscheidung ohne Tante
Panzner. Aurelie war nicht ganz so vernünftig, sie
führte sogar bei ihrem einzigen Wurm Kaltwaschen

ein, ohne zu fragen; aber in der Hauptsache war auch
sie ein gutes Kind. Und die beiden Männer äußerten
bei jeder Gelegenheit eine unbegrenzte Verehrung
für die Schwiegertante.

Wenn nun Ottilie Frau Ahrens wurde, so gab
es ein drittes Haus, wo sie etwas galt und wo sie
vielleicht für kleine Kinder. sorgen konnte. Sollte
die gute Ottilie vielleicht auch ein freudenloses und
kinderloses Leben führen? Und was auch Hermann
Ohlsen dagegen sagte, Frau Panzner blieb bei der
Ueberzeugung, daß Dichter und so Leute, die ausgehauen wurden, wie Panzner vielleicht nach seinem
Tode, niemals Kinder kriegten.

In dieser Lage blieb Herman Ohlsen nichts weiter
übrig, als Ottilie bei jeder Gelegenheit vor einem
entscheidenden Schritte zu warnen. Sie machte
Herrn Ahrens nur selten schlecht, lobte aber dafür
um so nachdrücklicher den guten, bescheidenen, soliden
Heinrich. Früher war ihr das leicht geworden, weil
die Anerkennung von Herzen kam. Jetzt wagte sie
es nicht einen andern Ton anzuschlagen, damit Ottilie
wenigstens durch sie nicht von Heinrichs Verwand-
lung erfuhr. Nur wenn Ottilie, was sich nun öfters
wiederholte, mit Thränen in den Augen erzählte,
daß Heinrich Weigertz ein schlechter Mensch geworden

ei, konnte Hermann Ohlsen wieder mit Leiden=
schaft widersprechen. Herr Ahrens sei ein nichts=
würdiger Verleumder und ein Klätscher und ein
Jntrigant. Ein anständiger Herr kämpfe gegen
einen Nebenbuhler nicht mit so gemeinen Mitteln.
Ottilie gewöhnte sich schließlich daran, von Heinrich
schlecht zu sprechen, nur damit Tante Ohlsen ihn
vertheidigte.

So kam der letzte Sonntag des April heran, an
welchem im Pegasus ein überraschendes Ereigniß
die Lösung herbeiführen sollte. Panzner selbst ahnte,
daß Schweres bevorstand. Doch am Nachmittag vor
der ereignißreichen Sitzung, als man um den Kaffee=
tisch herumsaß, ging es noch so harmlos zu wie
immer. Man plauderte über die guten Dinge, die
man nicht anders haben wollte, und über die bösen,
die man nicht ändern konnte.

Außer dem verwilderten Heinrich Weigertz waren
die Alle beisammen: Panzners, die alten Dichtwarte,
Tante Ohlsen und Ottilie. Sogar Aurelie und
Trude waren auf einen Sprung gekommen, hatten
etwas über Kindererziehung gestritten und waren
dann zusammen fortgegangen; ihre Männer hatten
sie verwarnt, daß sie nicht zu lange ausblieben.

Während Tante Ohlsen und Ottilie nun bei

21*

Frau Panzner sitzen blieben, nahmen die alten Dicht
warte mit ihrem Vorsitzenden am Fenster um der
Nähtisch herum Platz. Sie wollten wieder einma
den Versuch machen, ihm die Geheimnisse des Skat
spiels beizubringen. Wie ein unvollkommener Mär
tyrer, der sich aus Verzweiflung bereit erklär
hat, den neuen Göttern heimlich zu opfern, lie
sich Panzner zu dem Nähtisch führen. Eigentlic
verstand er von dem Spiel noch ganz und gar nichts
Aber nur nichts merken lassen! Auch wurde er durc
die Rechthaberei der jungen Leute aufgebracht.

„Ich wiederhole Ihnen zum hundertsten Mal,
sagte bald Hans Renard, „daß Sie v o r dem Spiele
die lange Farbe bringen müssen, h i n t e r dem Spiele
die kurze.“

„Ja, ja, die lange Farbe, natürlich. Das i
immer Eichel, die Frucht des deutschen Ruhmes
kranzes. Habe ich auch gespielt!“

„Mancher lernt’s nie!“ brummte Fritz Töpfe
und Hans Renard bemühte sich, die Sache zu erkläre

Aber schon nach fünf Minuten mußte Hans di
Regel von der langen und kurzen Farbe abermal
ins Gedächtniß bringen, und als der unabsetzbar
Vorsitzende gar in seiner Unschuld dem Gegner zw
Zehnen wimmelte, da äußerte Fritz Töpfer seine

Unmuth so laut, daß es wieder einmal zum Bruche
kam.

Hans Renard und Fritz Töpfer gingen fort, um
einen dritten Mann zu suchen. Panzner aber verbarg die Wunde, welche ihm da schon wieder ge-
schlagen worden war, und hörte herablassend dem
Geschwätz der Frauen zu.

Hier war das Gespräch so lebhaft geworden,
daß Tante Ohlsen schon auf ihrem Stuhle kniete,
um sich über dem Tische besser sehen und hören lassen
zu können.

„Sie sind zu leichtgläubig, Frau Panzner,“
kreischte sie mit ihrer hohen Stimme; „Herr Ahrens
ist nichts für unsere Ottilie. Heute, so lange seine
Mutter Geld verdient, hat er den Stall voll Pferde
und kann die Frau, oder wen er sonst will, spazieren
fahren. Aber verdienen hat er nicht gelernt. Und
wenn er bei dem Pferderennen erst sein baares Geld
zugesetzt hat, dann wird's bald aus sein. Und einen
zukünftigen Droschkenkutscher soll unsere Ottilie nicht
zum Manne kriegen, nicht einmal einen erster Klasse.“

„Gott bewahre,“ rief Frau Panzner, „wo sie
Mittags das bischen Essen bis auf den Halteplatz
tragen muß und dann anstatt an einem gedeckten
Tisch drinnen Alles eilig hinunterschlucken und auf-

passen, daß es kein Schutzmann sieht. Gott bewahre! Aber das ist Alles nicht wahr, das sagen Sie nur vor Sympathie, wie mein Mann zu sagen pflegt. Zuviel gelernt hat er nicht, das ist wahr, aber das ist auch gut. Wo wir Mädchen nichts gelernt haben soll der Mann auch nicht fürs Höhere sein. Ich danke für Obst. Aber sonst ist der Ahrens gediegen. Und die hundert Märker am Totalisator, oder wie das Ding heißt, die kann er noch lange aus halten. Besser so sein Geld verlieren als im Karten spiel und mit Druckenlassen, wo man in die Zeitungen kommt und ausgelacht wird. Und der Heinrich ist zu jung und zu sehr fürs Höhere. Das gäbe ein Wirthschaft. Außen Verse und innen ein zerrissene Tischtuch. So ist es bei die Dichter."

„Bei den Dichtern," sagte Panzner vom Fenster her bedeutend, „ist es nicht immer so."

Tante Ohlsen nahm ihren jungen Freund in Schutz und Frau Panzner mußte zugeben, daß er unter ihrer Obhut immer reinlich und zweifelsohne unter die Menschen ging. Aber eine Schraube war bei ihm los. Da Tante Ohlsen das nicht zugeben wollte, geriethen die beiden alten Damen immer mehr in Eifer, bis Ottilie bescheiden auch ihre Mei nung äußerte.

Sie war seit Jahren schon daran gewöhnt,
daß die Andern sich über ihre Zukunft zankten und
fand das eigentlich ganz in der Ordnung. Denn
ein alleinstehendes Mädchen mußte noch dankbar
dafür sein, wenn fremde Leute ehrlich ihren Rath
gaben. In ihrem kleinen Trotzköpfchen bildete sie
sich freilich ein, daß sie sich zu guterletzt von Nie=
mand würde dreinreden lassen, aber man konnte
doch immer zuhören. Als Tante Ohlsen jetzt den
Heinrich rühmte, als wäre er ein Ausbund von
Güte und Nachgiebigkeit, und darum das Ideal
eines Gatten; als dagegen Frau Panzner verfocht,
ein richtiger Mann müßte die Zügel in einer festen
Hand halten können, und das Gespräch so allmälig
in einen langweiligen Streit über allgemeine Grund=
sätze auszuarten drohte, da führte Ottilie ihr Tüch=
lein an die Augen, um erst die mitleidigen Damen
zum Schweigen zu bringen; dann sagte sie gelassen:

„Herr Ahrens drängt mich so. Ich werde mich
bald entscheiden müssen. Ich will keine alte Jungfer
werden und Heinrich ist so unausstehlich zu mir."

Jetzt weinte Ottilie wirklich einige Thränen und
ergriff mit ihrer Hilflosigkeit so sehr, daß selbst
Panzner herankam, ihr den Kopf tätschelte und sie
ein braves Mädchen nannte, nicht unwürdig an der

Seite eines Dichterheros auf goldenen Tischen zu sitzen. Die Damen verlangten mehr zu hören und Ottilie erzählte nicht ohne einige Verschämtheit:

„Meine beiden Verehrer hatten sich noch nie bei mir getroffen, und das war ein Glück. Letzten Mittwoch ist das Unglück endlich passirt. Ich mußte sie Beide fortschicken und nun ist mir zu Muthe als ob ich einen von ihnen zurückrufen müßte."

„Natürlich den Heinrich," sagte Tante Ohlsen.

„Wo wird sie denn!" rief Frau Panzner. „Sie kann froh sein, daß sie ihn auf gute Art los geworden ist. Oder hat es einen Auftritt gegeben?"

„Wie man's nimmt. Sie kennen sie ja. Herr Ahrens kam immer Vormittags gegen zwölf, wenn die Doktoren ihre Besuche gemacht haben und alle Apotheken voll sind. Da saß er dann ein halbes Stündchen oder länger und unterhielt mich sehr artig von seinen Pferden und von dem Werthe des Berliner Grund und Bodens, von Biersorten und von meinen schönen Augen."

„Ein sehr gebildeter Mensch," warf Frau Panzner ein.

„Heinrich kam früher außer am Sonntag immer noch einmal in der Woche des Abends, was ich sehr unschicklich fand. Aber er sagte ja ohnehin immer,

er habe als Mensch mit mir gebrochen, und habe
nur noch wie ein Gärtner an seinen Blumen, ein
Interesse als Lehrer an mir. Na ja, es war ja
Unsinn, denn er tappste, wo er konnte, nach meiner
Hand. Ich hätte es eigentlich nicht leiden sollen,
aber er that mir so leid und dann ... Ich habe ..."

„Lieb haben Sie ihn!" rief Tante Ohlsen. „So
leugnen sie doch nicht!"

Ottilie protestirte und auch Frau Panzner er=
klärte mit Entschiedenheit, daß Heinrich dem guten
Mädchen durchaus egal sei. Endlich konnte Ottilie
fortfahren:

„So kam er bis vor Kurzem alle Woche zweimal,
oder auch öfter auf eine Stunde zu mir und leitete
meine weitere Ausbildung. Sonntags hatten wir
Naturwissenschaften und Wochentags Geschichte.
Aber eine Stunde war ebenso graulich wie die andere.
In der Geschichte hielt er sich immer bei den alten
Griechen und Römern auf und erzählte von lauter
Selbstmördern, und das immer mit einer Begeisterung,
als wäre es die Lebensgeschichte der Apostel. Wenn
man ihm zuhörte, so konnte man glauben, die alten
Leute würden nur darum in den Schulen gelehrt,
weil sie sich so hübsch umzubringen wußten. Wer
damals nur ein bischen was war, wurde ein Selbst=

mörder. Und dabei giebt sich Heinrich den Anschein, als ob ihn die Sache gar nichts angehe."

Die beiden Frauen waren ganz ängstlich geworden. Aber Panzner nickte ehrbar mit dem Kopfe und murmelte:

„Wer sich von Jugend an auf die harte Lehrbank des römischen Kothurns gesetzt hat, vor dem zerreißt der Nebel des verschleierten Bildes der Zukunft."

„So tückisch kann er sein?" sagte Tante Ohlsen. „Und ich glaubte, ich hätte ihn schon so weit wie die beiden Andern. Na weiter, wie war's mit den Naturwissenschaften?"

„Ach, noch viel schlimmer. Da brachte er immer die fürchterlichsten Gifte mit und setzte mir genau auseinander, woraus sie bestehen und wie sie wirken. Und wenn ich mich dann aus lauter Angst dicht an ihn herandrängte und ihm die Finger streichelte, nur damit er mir nichts that, — na ja, da ließ er sich das ganz vergnügt gefallen und zuckte die Achseln. Ich weiß, er wartete immer darauf, daß ich eins von den Giften zum Spaß zurückbehielt. Wie oft läßt er mich eine Weile mit dem Fläschchen oder mit der Düte allein! Dann kommt er wieder zurück, blickt mich verächtlich an und packt Alles sehr sauber wieder zusammen. Dabei ist mir am wohlsten

denn ich sehe, daß er vor dem Zeug selber Angst
hat. Aber mit solchen Gedanken soll ein Christen=
mensch nicht spielen."

Tante Ohlsen und Frau Panzner waren dies=
mal gleichmäßig gegen Heinrich erzürnt. Selbst der
erste Vorsitzende des Pegasus schüttelte seinen grauen
Kopf, aber er konnte es begreifen, daß das Elend
der neuen Zeit in erleuchteten Köpfen eine Sehnsucht
erzeugte, nicht nur nach der Schönheit der Klassiker,
„sondern auch nach den Lastern, welche als häßliche
Sonnenflecken den blanken Ehrenschild des Heiden=
thums so blutig roth färbten."

„Und das ist Alles, was das Scheusal Sie lehren
kann?" fragte Frau Panzner äußerst aufgeregt.

„In der letzten Viertelstunde lerne ich jedesmal
noch Latein," sagte Ottilie kleinlaut.

„Was?" rief Frau Panzner entsetzt. „Latein
auch noch? Und dann sollen Sie sich die schönen
braunen Haare abschneiden und eine runde Mütze
darauf und einen Kneifer auf die Nase? Und wohl
gar nach der Schweiz gehen zu den Russinnen,
welche den Salat mit Petroleum anmachen und den
Thee ohne Zucker trinken sollen? Lassen Sie mich,
Fräulein Ohlsen, lassen Sie mich! Mit dem wird
die Panznern reden, aber nicht Lateinisch, gutes

Berliner Deutsch, weil das gesund ist und weil ich's nicht anders kann."

„Sie haben mich falsch verstanden," sagte Ottilie ganz erschreckt. „Es ist nur die Schrift! Latein ist es eigentlich nicht; das ist ja bei ihm selbst keine seiner starken Seiten. Ich soll mich nur im Lateinschreiben üben, mit einer fürchterlichen Orthographie. Lauter kleine Anfangsbuchstaben, was ja sehr bequem wäre, weil man manchmal doch nicht recht weiß wie. Aber dann, wenn man es am wenigsten erwartet, muß auf einmal ein großer kommen. Es sieht wie eine wildfremde Sprache aus."

„Die Narrheit kenne ich," sagte Tante Ohlsen, und Frau Panzner rief aufathmend:

„Gott sei Lob und Dank, daß es nichts Schlimmeres ist. Aber heirathen thut man so Einen doch nicht. Seitdem die Welt steht, haben die Frauen nach einer alten Orthographie schreiben dürfen. Und wem das nicht recht ist, der soll bis an sein Lebensende im Gasthaus essen, wo sie mit neuen Wissenschaften und mit neuer Orthographie kochen. Sie dürfen sich das Latein nicht gefallen lassen, Ottilie."

Panzner hatte seine Arme in heftiger Erregung

auf den Rücken geworfen und ging mit großen Schritten auf und nieder.

„Sie wollten es nicht glauben," sprach er trau= rig, „wie diese Frage, welche sie thörichter Weise im Schoße des Pegasus aus der Urne gezogen haben, ihre Wellen bis zu den unschuldigen Herzen unserer Kinder aufwirft. Nun haben sie es! Mit einem Schwabenstreiche wollten sie den Pegasus mitten entzwei hauen und wollten des Dichters nicht schonen, der auf ihm sitzt. Nun aber sieht man zur Rechten und zur Linken ein halbes Mädchenherz in dem Aufruhr der Elemente ertrinken."

„Es ist wirklich beinahe so," sprach Ottilie.

„Ueber die lateinische Frage wird heute unter meinem Vorsitz im Pegasus entschieden," rief Panz= ner, über die Unterbrechung zürnend. „Du, Mäd= chen, greife nicht vor. Meinen Hut, mein Weib!"

IV.

Die Bismarck - Beleidigung.

Die Zeit war längst vorüber, da man im Pegasus mit jeder Debatte und jeder Entschließung auf den ersten Vorsitzenden wartete.

Als Panzner heute eintrat, erhoben sich zwar immer noch ein Dutzend Mitglieder von den Sitzen, aber Herr Ahrens unterbrach seine Rede nicht.

Panzner übersah mit einem einzigen Feldherrn= blicke die Lage. Gegen das letzte Mal wieder zwei Weißbiergläser weniger. Ueberdies war die große Kufe vor Herrn Cohn nur dekorativ, da er in ihrem Schatten Patzenhofer trank. Heinrich hielt bei seiner Unsitte fest, es in dieser Beziehung beiden Parteien recht zu machen. Die alten abgesetzten Dichtwarte waren zwar unentwegt, aber sie saßen mit einem dritten Mann, und das war ein Patzenhofer, an

einem kleinen Tischchen und schienen ungeduldig das
Ende der geschäftlichen Sitzung zu erwarten. Wie
tief waren sie gesunken.

Panzner schritt feierlich auf seinen Platz. Je
weniger man sich um ihn bekümmerte, desto deut=
licher glaubte er seinen inneren Werth durchschimmern
lassen zu müssen. Auf die Rede des Herrn Ahrens
hörte er nur halb hin. Der gegenwärtige erste
Dichtwart war in keinerlei Weise berufen, über
wichtige Fragen zu entscheiden. Ob deutsche oder
lateinische Schrift allein herrschen sollte, darüber
konnte so ein Prosamensch nicht urtheilen. Der
Bericht über die Tagesordnung war in guten Hän=
den. Heinrich Weigert hatte ihn auf sich genommen.

Mit Panzner hörten alle Weißbiertrinker, die
Freunde des Fortschrittes und der lateinischen Schreib=
art, nur unaufmerksam zu. Auch die Patzenhofer
gaben nicht recht acht, denn Herr Ahrens las ja
doch nur vor, was er sich aus Zeitungen zusammen=
geschrieben hatte. Aber sie hielten sich still und
mochten auf etwas lauern, was noch kommen
sollte. Und da kam es. Herr Ahrens schien mit
folgenden Worten schließen zu wollen:

„Und so wollen wir denn mit deutscher Treue
und mit unverbrüchlicher Hingebung festhalten an

der deutschen Form unserer herrlichen Muttersprache und uns unsere Schriftzüge so wenig verwelschen lassen, wie unsere Herzen!"

Damit klappte er sein Manuscript zu und ließ einigen Beifall, so wie ein schüchternes Zischen der Gegner, tapfer über sich ergehen. Man sah ihm an, daß er noch nicht fertig war. Da wurde plötzlich Alles stumm, auch die Lateiner spitzten die Ohren und Herr Ahrens fuhr in seiner Rede fort:

„Ich glaube des Beifalls der Mehrheit sicher zu sein, und in diesem Sinne erlaube ich mir, eine Resolution zu beantragen. Ich stelle den Antrag daß wir dem Fürsten Bismarck, unserm großen Reichskanzler, erstens überhaupt und zweitens für sein heldenmüthiges Eintreten in der deutschen Schrift frage unsere Huldigung telegraphisch übermitteln Meine Herren!" — Herr Ahrens wurde so laut als wollte er die Gegner überschreien; aber es war Alles still. — „Meine Herren, ich weiß, daß ich mit diesem Antrage eine kleine Minorität des Pega sus nicht verpflichte; dieselbe Minorität, welche so preußisch-partikularistisch ist, daß sie sich nicht mit unserm großen Kanzler auf unser Bairisches National getränk einigen kann, dieselbe Minorität, welche sich fortschrittlich nennt, aber in allen ihren Aeuße rungen — doch ich will nicht politisch werden. Ich bitte, meinen Antrag zur Abstimmung zu bringen."

Nicht einmal die Patzenhofer klatschten Beifall. Es lag wie ein Alp auf der Versammlung. Man fühlte allgemein, daß die Stunde der Entscheidung gekommen sei; nur Fritz Töpfer, Hans Renard und ihr dritter Mann riefen: „Schluß der Debatte! Abstimmen!" Aber auch sie, erschreckt von dem lastenden Schweigen rings umher, bezähmten ihre Ungeduld und verstummten wieder.

Unser Panzner erhob sich schwerfällig, um auf Wunsch des zweiten Vorsitzenden wieder seines Amtes zu walten. Er brauchte die Klingel nicht zu rühren; langsam sagte er:

„Es ist mehr als ein Dutzend Jahre her, daß ich mit Aufbietung meiner ganzen Kräfte das Steuer des Wagens lenke, in welchem der Pegasus sicher ruht. In diesem halben Menschenalter, in diesen drei Lustren, oder anderthalb Dezennien ist es mir noch nicht vorgekommen, daß man dermaßen das Präsidium — ich bin sonst kein Freund unparla= mentarischer Ausdrücke — überrascht hätte, ich hätte fast überrumpelt gesagt. Das Präsidium des Pega= sus weiß sehr wohl, daß dieser Antrag, welcher sich scheinbar nur mit der deutschen Schrift beschäftigt,

dennoch bis tief in die Nieren des Pegasus seine
Emissäre schickt. Ich sage nichts gegen den Fürsten
Bismarck. Die Einigung Deutschlands war eine
recht schöne That, und wenn auch das Flügelpferd
der Volksbegeisterung das Ziel vielleicht unblutiger
ersprungen hätte, so will ich doch daran nicht mäkeln.
Aber der Herr Antragsteller mußte aus der Geschichte
unseres Vereins wissen, daß wir, so unpolitisch wir
auch sein mögen, dennoch ein gewisses Banner noch niemals in das Korn des Byzantinismus geworfen haben.
Wir haben den Pegasus gegründet aus Verzweiflung
über das Jahr 64, und wir bedauern, — ich sage,
wir bedauern noch heute den Bruderkrieg von 1866.
Das hätte sich Alles anders machen lassen. Lachen
Sie nicht, meine Herren, wenn ihr erster Vorsitzender
spricht, sonst thue ich, was mich reut. Der zweite
Dichtwart hat sich zum Worte gemeldet, um die
Gründe für die sogenannte deutsche Schreibung auf
den Nullpunkt zurückzuführen. Wenn der zweite
Dichtwart Sie von der Zukunft des Lateinischen
überzeugen sollte, so fällt der Antrag Ahrens vor
selbst.“

Heinrich Weigertz hatte eine lebhafte Rede zu
Gunsten der lateinischen Schreibart aufgesetzt und
auswendig gelernt; er trug sie jetzt mit kräftiger

Stimme und lebhaften Bewegungen vor. Doch je
mehr er sich dem Ende nahte, desto ängstlicher wurde
er bei dem Gedanken, daß er schließlich noch etwas
gegen die Resolution des Herrn Ahrens aus dem
Stegreif werde sagen müssen. Er überstürzte sich und
stand plötzlich, ohne einen Augenblick nachgedacht
zu haben, vor dem Ende seiner Rede. Als er vergebens ein Weilchen innegehalten hatte, faßte er sich
ein Herz und sprach weiter:

„Die Resolution an den Fürsten Bismarck hat
gar nichts mit unserer Tagesordnung zu thun. Soviel ich weiß, sollten wir heute darüber beraten, ob
wir, ein Jeder in seinem Kreise, die lateinische Schrift
an Stelle der sogenannten deutschen einführen wollen
oder nicht. Die Meinung eines einzelnen Ministers
kann uns dabei ganz gleichgiltig sein. Von dieser
Frage versteht Bismarck auch nicht mehr als Herr
Ahrens und als wir Alle.“

Wie Ein Mann fuhren die Patzenhofer in die
Höhe. Laut schrien sie durcheinander: „Bismarckbeleidigung!“ und Herr Ahrens selbst erhob seine
Stimme und rief: „Es ist eine Beleidigung des
großen Kanzlers, wenn von ihm behauptet wird,
daß er eine Sache nicht besser versteht als ich. Ich
bitte unsern ersten Vorsitzenden, daß er meinen Mit-

22*

dichtwart im Interesse der nationalen Ehre an solchen
Ausschreitungen verhindere."

Die Weißbiertrinker wollten die Sache gemüth=
lich beilegen, aber noch lange währte die Entrüstung
der Patzenhofer so laut, daß Panzner sich nicht Ge=
hör verschaffen konnte. Als es ihm endlich gelungen
war, mit rhythmischem Schlägen der Glocke den
Aufstand zu dämpfen, sagte er:

„Der zweite Herr Vorsitzende hat das Wort."

Wieder brach der Lärm los. Heinrich Weigertz
sollte erst zur Ordnung gerufen werden, aber Panzner
hielt Stand und endlich konnte der zweite Vorsitzende
sich vernehmbar machen. Er sprach kaum einmal
im Jahr, aber dann immer humoristisch.

„Meine Damen und Herren!" sagte er, „ach so,
es sind keine Damen da! Dann sind wir also ganz
unter uns und da frage ich Sie: worüber streiten wir
denn? Mir ist das ganz egal. Buchstaben schreibe
ich das ganze Jahr über so wenig, daß es mir
ganz einerlei ist, was jetzt Mode wird. Und die
Ziffern, meine Herren, werden immer bleiben, was
sie sind. Wenn Bismarck was dazu machen kann,
daß ich größere Ziffern in mein Einnahmebuch zu
schreiben habe, dann will ich auch telegraphiren,
oder was Sie wollen. Sonst nicht!"

Mit allgemeinem Murren wurde der unziemliche Scherz aufgenommen. Auch unser Panzner war nicht ganz zufrieden und nöthigte den Kassenwart zu seiner Linken, das Wort zu ergreifen. Es sollte wenigstens deutlich werden, daß Niemand im Gesammtvorstande die Gesinnungen des Herrn Ahrens theilte.

Herr Cohn erhob sich unsicher. Er hatte sich's bis jetzt nicht eingestehen wollen, daß seine Stellung im Pegasus schwankte; aber er wußte ganz gut, daß nur ein sehr vorsichtiges Auftreten ihn davor schützte, in seinem Ehrenamte von irgend einem Mitgliede verdrängt zu werden, das nicht Cohn hieß. Er faßte sich darum kurz und sagte:

„Ich stimme dagegen."

Von beiden Parteien wurde „Bravo" gerufen, weil jede die Erklärung zu ihren Gunsten auslegte. Nach einmal erhob Panzner seine Stimme und warnte vor den Folgen eines übereilten Beschlusses.

„Werfen sie den Pegasus," so schloß er, „nicht der gefräßigen Hydra des Parteikampfes zum Fraße vor. Sagen Sie sich lieber, daß ein solcher Gegen= satz unter uns nicht möglich war, solange noch leichtbeschwingte Versfüße die Hufe unseres Flügel= pferdes dahin trugen, solange noch die neun Musen, jede eine der Grazien im Arm, wie die sieben

Plejaden vor dem Schiffer, vor uns herschwebten. Die Prosa verdirbt den Charakter. Lehnen Sie den Antrag Ahrens ab, und wenn die Prosa infolge dessen abdanken und ihren Thron niederlegen sollte, so lassen Sie die alte Poesie wieder hinaufsteigen und glauben Sie mir, Niemand wird dabei besser fahren als der Pegasus."

„Schluß, Schluß! Abstimmen!" rief es von allen Seiten.

„Ich lasse mich nicht terrorisiren," rief Panzner erregt, „und ich schreite zur Abstimmung!"

„Namentliche Abstimmung!"

„Geheime Abstimmung!"

„Hände aufheben!"

„Ich entscheide mich für die geheime Abstimmung," sagte Panzner im Bewußtsein seiner guten Sache.

Es dauerte eine ganze Weile bevor die Stimmzettel vertheilt, beschrieben und gesammelt waren. In Panzner's Cylinderhut lag endlich das Schicksal des Pegasus beisammen. Die Frage lautete: Ob ein Huldigungstelegramm an Bismarck abgesandt werden sollte oder nicht? Einunddreißig Stimmzettel waren deutlich mit „Ja" beschrieben. Einer war unbeschrieben; man erkannte den des Herrn

Sohn, weil er die Gewohnheit hatte, alle Papier=
den abzuknabbern.

Nur sechs Stimmzettel sagten „Nein"; aber auch
on diesen waren fünf mit deutschen Buchstaben ge=
chrieben. —

Noch in derselben Nacht, in welcher der Pegasus
iesen denkwürdigen Beschluß faßte, war plötzlich
er volle Frühling hereingebrochen. Sicherlich
ntzückte er mit seinem Vogelgezwitscher und seinem
Blättersprießen so manchen alten und jungen Lenz=
reund; aber der Kreis, dessen Mittelpunkt Georg
Panzner bildete, konnte sich des holden Gastes nicht
rfreuen. Das Einzige bei Renard's und das Ael=
este bei Töpfer's hatte die Schafpocken. Dies ge=
iügte für die Eltern und für die alte Frau Panz=
ier, um mit dem Weltlauf unzufrieden zu sein.
Aber auch die Unbetheiligten, Panzner selbst,
Heinrich, Tante Ohlsen, Ottilie, ja sogar die Herren
Ahrens und Cohn gingen umher, als ob jedes zu
Hause ein Kind mit Schafpocken liegen hätte. Und
ei Heinrich hätte das nicht einmal gelangt.

„Es muß etwas geschehen, sonst ereignet sich
twas!" rief Panzner fast täglich aus; und wenn
Heinrich zugegen war, so erwiderte er wohl: „Es
st etwas geschehen!" Dabei schüttelte der gegen=

wärtige zweite Dichtwart seine rechte Hand über
seinem Kopfe, wie wenn ein schlechter Schauspieler
Todesangst malen will.

Der letzte Tag des April war erreicht. Ottilie
saß in ihrem saubern Stübchen vor dem Schreibtisch
und las eine Novelle, welche Heinrich Weigertz ihr
zur Uebung in Lateinabschreiben gegeben hatte. Die
warme Mittagssonne floß durch das offene Fenster
herein und draußen auf dem grünbelaubten Flieder-
busch zankten die Spatzen. Ottilie warf das Buch
ärgerlich auf ihr Schreibheft, trat ans Fenster und
schaute den lärmenden Vögeln ein Weilchen zu. Da
klingelte es draußen und gleich darauf klopfte es
an der Thüre. So zuversichtlich klopfte nur Herr
Ahrens. Sie seufzte „Herein”.

Herr Ahrens war es wirklich. Er überreichte ihr
einen unheimlich großen Rosenstrauß und sah heute
äußerst unternehmend und siegesgewiß aus.

„Wissen Sie, daß morgen der erste Mai ist,”
begann er nach den üblichen Vorfragen plötzlich ein
anderes Gespräch. „Wie ist es mit dem Wettrennen?”

„Ich hätte nicht geglaubt, daß es schon erster
Mai ist,” sagte Ottilie traurig. „Es ist ja Keinem
von uns frühlingsmäßig zu Muthe. Die hellen
Kleider machen es nicht allein.”

„Aber seit gestern hat sich viel geändert," rief Herr Ahrens. „Vor Allem bei Ihrem Panzner. Da kommt der Fluß endlich ins Rollen, wie er zu sagen pflegt. Wissen sie es noch nicht? Er, er ist todt!"

„Das freut mich," erwiderte Ottilie freundlich. „Da wird er endlich was werden. Mit dem Pegasus ist es ja doch nur Unsinn, und Lehrer ist er wohl auch am längsten gewesen. Na, es freut mich, daß er todt ist."

„Es freut uns Alle aufrichtig."

Sie sprachen von dem alten Arzte, dem Bezirksvorsteher in der Ritterstraße, der nun endlich für einen Nachfolger Platz gemacht hatte. Seit vier Wochen lauerte der ganze Bezirk auf den Tod des guten Mannes.

„Damit wird ein großer Wechsel eintreten," nahm Herr Ahrens das Gespräch wieder auf. „Sobald Panzner Bezirksvorsteher ist, ernennen wir ihn zum Ehrenpräsidenten und setzen ihn als ersten Vorsitzenden ab. Das ist beschlossene Sache. Er entspricht durchaus nicht mehr den Anforderungen der Neuzeit. Herr Weigertz wird einfach zur Abdankung gezwungen."

„Bah," machte Ottilie verächtlich; aber sie wurde

dabei roth. Es entstand eine Pause. Plötzlich strich Herr Ahrens mit beiden Handflächen sein Haar vom Mittelweg aus fest, drückte sich sein Glas ins rechte Auge und sagte möglichst bescheiden:

„Sie werden mich zum ersten Vorsitzenden wählen."

„Das ist auch was Rechtes," sagte Ottilie. Aber der Hieb hatte doch gesessen. Sie stand auf, besprengte die Rosen mit Wasser und brach eine Knospe heraus, um mit ihr zu spielen. Herr Ahrens war mit der Wirkung zufrieden und schickte sich an, seine zweite Neuigkeit vorzubringen. Er war entschlossen, die Stube heute nicht ohne Verlobungskuß zu verlassen.

„Ich hole Sie also morgen zum Wettrennen ab. Panzners haben schon zugesagt. Wir fahren in meinem Jagdwagen mit den beiden Braunen. Ein flottes Geschirr! Bis nach Charlottenburg können Sie die Zügel in der Hand halten, wenn Sie wollen, liebes Fräulein Ottilie."

. Ottilie wollte schon, aber sie wußte noch nicht, ob sie die Einladung annahm. Er lachte.

„Ja, sonst müßten sie schon am ersten Mai zu Hause bleiben. Erster Mai und Sonntag fällt diesmal zusammen. Das wäre so ein Tag zum Vergnügen! Wir sind Alle irgendwo. Panzners haben

mir feſt zugeſagt und die beiden abgetafelten Dicht=
warte fahren wegen Weigertz nach Potsdam hinaus.“

„Ach ja! Was iſt denn da eigentlich los? Ich
habe nicht recht zugehört, als man davon ſprach.“

Ottilie wußte kein Sterbenswort; aber ſie wollte
ſich keine Blöße geben.

„Sie wiſſen ja,“ ſagte Herr Ahrens möglichſt
ſchnarrend, „er verplempert ſich immer mehr mit
den Kommödianten. Wir haben es erſt geſtern von
Fritz Töpfer und Hans Renard erfahren; die hat er
in ſeiner Eitelkeit eingeladen. Hoffentlich wird es
Hermann Ohlſen erfahren. Wenn ſie ihn nur nicht
einſchließt.“

Herr Ahrens nahm ſein Glas vom Auge in die
Hand, um Ottiliens Verlegenheit beſſer ſehn zu
können.

„Ach ja,“ ſagte ſie wieder; „ich weiß nur die
Einzelheiten nicht. Erzählen ſie mir lieber Alles
noch einmal.“

Sie nahm ſich vor, ſich zu beherrſchen, mochte
der böſe Menſch erzählen, was er wollte.

„Sie wiſſen alſo,“ begann Herr Ahrens, „daß
Weigertz ſeit einigen Monaten in ſchlechte Geſell=
ſchaft gerathen iſt. Er hat ein Verhältniß mit einer
Schmierenſchauſpielerin. Pfui, wenn ich ein junges

Mädchen wäre, ich könnte ihm das nie verzeihen! Sie beutet ihn aus. Er schuldet vielen Pegasus= brüdern bedeutende Summen; für seine Verhältnisse bedeutend. Es wird ein Ende mit Schrecken nehmen. Aber das ist nur eine Lumperei, das dicke Ende kommt nach. Er lügt. Drei= bis viermal in der Woche war er nicht zu Hause; er sei im Theater oder im Pegasus, erzählte er dem würdigen alten Fräulein. Im Pegasus wenigstens hat sich der zweite Dichtwart seit acht Wochen kaum blicken lassen."

„Das ist eine Nichtswürdigkeit!" rief Ottilie und sprang endlich vom Stuhle auf. „Lügen sollte er nicht, das nicht! Und was macht er denn um Gottes willen, wenn er nicht einmal mehr in den Pegasus geht?"

Aufgeregt trat Ottilie an das Fenster und warf die Rosenknospe nach den Spatzen. Die flogen fort und zwitscherten vor dem nächsten Hause weiter. Herr Ahrens lehnte sich zufrieden zurück und sprach:

. „Ja, was werden sie thun? Orgien feiert er mit ihr! Das Geld geht alles in die Hand ihrer Mutter. Es soll toll zugehen. Ich habe auch eine stürmische Jugend gehabt, liebes Fräulein Ottilie, aber ein so unwürdiges Geschöpf — nein, ich würde mich schämen."

„Und seine Dichterpläne?“

Herr Ahrens lächelte.

„Das ist es ja eben. Dabei hat sie ihn ja wohl gefaßt. Er hat für ihre Truppe ein Trauerspiel geschrieben, ein Trauerspiel, merken Sie was? Morgen Abend wird es ja eben da irgendwo bei Potsdam aufgeführt. Dazu hat er ja die ehemaligen Dichtwarte eingeladen. Es wird wieder so was werden, wie die gemeinsamen Gedichte von Hans und Friedrich. Vielleicht kommt auch ein Kritiker von Berlin mit und schreibt wieder darüber. Heinrich Weigertz wird im Pegasus nicht mehr ernst genommen. Töpfer und Renard hatten jeder ein schönes Geschäft, als es mit dem Dichten nichts war. Aber Herr Weigertz ist dann unten durch.“

„Das ist mir Alles ganz gleichgiltig,“ sagte Otilie leise. Sie suchte sich wirklich einzubilden, es sei ihr Alles ganz gleichgiltig. Wenn erst Herr Ahrens fortgewesen wäre. Sie hatte große Lust zu weinen. Nachher mochte Herr Ahrens wiederkommen und ihr seine Hand anbieten, nur jetzt nicht, jetzt wollte sie sich ausweinen.

Herr Ahrens aber verstand ihre Stimmung nicht. Er blieb und plauderte von etwas Anderem.

„Sie müssen morgen in Westend ein bischen

wetten. Ich sage Ihnen, Fräulein Ottilie, ein größeres Vergnügen giebt es nicht. Und wenn Sie meinen Rathschlägen folgen, so gewinnen Sie immer. Auf Pferde verstehe ich mich. Was? Na, das weiß Jeder. Vorigen Herbst habe ich beim vorletzten Rennen vierhundert Mark gewonnen. Beim letzten hatt' ich dann freilich Pech. Aber das war nicht meine Schuld, da steckte ein unglaublicher Betrug dahinter. Das erzähle ich Ihnen ein andermal, wollen Sie? Vertrauen Sie mir hundert Mark für den Totalisator an? Für den Anfang," fügte er mit einem schlauen Lächeln hinzu, „vielleicht vertrauen Sie mir später noch mehr an."

Ottilie sah ein, daß sie schließlich Frau Ahrens werden würde. Aber jetzt hatte sie keine Lust ihn anzuhören.

„So reich wie sie denken, bin ich nicht" sagte sie recht absichtlich. „Ich gebe fast Alles aus, was ich vierteljährlich an Zinsen bekomme. Und die Papiere, in denen noch meine selige Mutter auf den Rath des Herrn Cohn das Vermögen angelegt hat, die rühre ich einstweilen nicht an."

„Einstweilen?" wiederholte Herr Ahrens wie geschmeichelt und zeigte vor Lachen seine Zähne

„Einstweilen ist gelungen. Und was werden Sie nachher dafür kaufen, liebes Fräulein?"

Er stand selbstbewußt auf, blickte sie verliebt an und wollte ihr die Hand küssen. Ottilie aber wich ihm aus und rief heftig:

„Daß ist sehr häßlich von Ihnen, mir so die Worte zu verdrehen! Und wenn ich es auch so meinte wie sie glauben, so geht Sie das gar nichts an! Sie haben mir noch gar nichts zu sagen! Ich kann mit dem Gelde thun, was ich will! Und bevor ich Pferde dafür kaufe, oder es beim Wettrennen verspiele, da kaufe ich mir dafür lieber noch eine kleine hübsche Apotheke mit einem jungen hübschen Apotheker. Oder ich gehe auch auf den nächsten Weihnachtsmarkt und kaufe für mein ganzes Geld alle Pfefferkuchenmänner die da sind. Da werde ich wenigstens keinen Kummer von haben."

Ottilie schlug mit dem Rosenstrauß wie mit einer Ruthe auf den Schreibtisch und hielt mit Mühe ihre Thränen zurück. Sie hatte nur den einen Wunsch, daß Herr Ahrens ging. Er aber glaubte jetzt seine Zeit gekommen und setzte sich ganz gemüthlich wieder nieder. Natürlich war sie aufgeregt. Sie erwartete ja offenbar, daß er endlich einen Antrag machte.

„Ich kann mir denken," sagte er mit überlegenem Lächeln, „warum Sie Ihr Capital in einer kleinen hübschen Apotheke anlegen wollen. Ob aber der hübsche kleine Apotheker die Konzession bekommen wird, daß ist eine andere Frage. Ein gewisser Jemand hat sich seine ganze Carrière verdorben. Er hat in öffentlicher Sitzung des Pegasus eine Bismarckbeleidigung ausgestoßen. Es ist aus den Kreise der Patrioten heraus die Anzeige erstattet worden."

„Was, Sie haben ihn denunzirt?" rief Ottilie entsetzt. Sie schloß rasch das Fenster, damit Niemand auf der Straße horchen konnte. Dann schritt sie zitternd vor Zorn auf Herrn Ahrens zu, stellte sich dicht vor ihn hin und sagte:

„Denunzirt haben Sie ihn? Und dann kommen Sie mir so? Glauben Sie denn, daß ich einen Denunzianten heirathen werde? Und was haben Sie denn eigentlich denunzirt? Gelogen haben Sie und erfunden! Ich weiß, daß Heinrich Gedichte auf Bismarck gemacht hat, furchtbar lange Zeilen, und immer zwei gereimt, wie in den Nibelungen, hat er mir gesagt. Er ist gar nicht gegen Bismarck."

Herr Ahrens mußte seinen Stuhl zurückschieben um aufstehen zu können; so dicht stand das aufge

achte Mädchen vor ihm. Mit verlegenem Trotz
'hrte er sich das Glas in die Augenhöhle und
gte endlich:

„Sie verstehen das nicht, liebes Fräulein. Wir
ben nicht mehr im Jahre 48. Wir bauen keine
arrikaden, wie es vielleicht Panzner in seiner
ugend gethan hat. Wir sind wir. Ich meine,
ir müssen voll und ganz für unsere neuen Ideale
itreten und sentimental ist aus der Mode. Kurz
1d gut, wir halten es für Ehrensache, den Gegner
it allen Mitteln klein zu kriegen. Denunziren!
icherlich! Wir werden sie schon aus dem Pegasus
rausdrängeln, die Fortschrittsanbeter, die Latein=
)reiber, die Bismarckgegner, die alten und die
ngen revolutionären Weißbiertrinker. Und es
:rd uns keine Unehre bringen.“

„Was hat denn der Unglücksmensch nur gesagt?“
igte Ottilie händeringend.

„Sie werden es kaum glauben, Fräulein Ottilie.
ir debattirten darüber, ob die lateinische Schrift
er die deutsche einzuführen ist. Bismarck ist be=
nntlich nach alter Väter Sitte für deutsche Schrift,
rr Weigertz und einige Schwärmgeister für die
teinische. Wir beriefen uns auf unsern großen
nzler. Da erfrechte sich Herr Weigertz, öffentlich

zu behaupten: von dieser Frage verstehe Bismarck nicht mehr als ich, als Herr Ahrens. Das ist eine Bismarckbeleidigung schwerster Art, und darum haben wir die Anzeige gemacht."

Ottilie war in zwei Schritten an ihrem Schreibtisch.

„Da, nehmen Sie Ihren patzigen Rosenstrauß wieder mit. Sie haben Heinrich Weigert denunzirt, weil Sie eifersüchtig auf ihn sind. Bismarck hat an ihm einen großen Verehrer, und keinen Gegner, das werde ich ihm noch heute schreiben. Und wenn er ihn dennoch vor's Gericht bringen will, so soll er mich gleich mit verklagen. Ja, hier sehen Sie meine Schreibhefte! Ich übe mich im Lateinischen trotz Bismarck. Davon versteht er wirklich nicht mehr als Sie und ich und wir Alle. Und jetzt gehen Sie und denunziren Sie auch mich. Gehen Sie, sage ich, gehen Sie hinaus! Lassen Sie mich, oder ich rufe meine Wirthin. Und Denunziant ist immer noch ein Schimpfwort, Sie Denunziant!"

Bestürzt verließ Herr Ahrens die Stube. Ottilie aber griff den Rosenstrauß vom Boden auf, riß das Fenster auf und warf ihn mitten in den Flieder= busch hinein, so daß die Spatzenschaar, die längst zurückgekehrt war, mit schwirrendem Flügelschlag wieder flüchtete. Das Mädchen aber setzte sich endlich in ihre Sophaecke und weinte sich aus.

Als ihre Wirthin sie gegen ein Uhr zum Mittagessen rief, glaubte Ottilie vor Angst und Kummer keinen Bissen hinunterwürgen zu können. Aber es ging besser, als sie gedacht hatte, und nach Tische fühlte sie sich so weit gekräftigt, daß sie tapfer dazu schritt, den armen Heinrich Weigertz zu retten. Nicht als ob sie ihn noch lieb gehabt hätte; mochte er immerhin mit seiner Kommödiantin in Noth und Elend verkommen. Aber gegen die Intriguen des Herrn Ahrens mußte etwas geschehen. Denn wenn Ottilie sich schließlich noch überreden ließ und ihn heirathete, so durfte eine so schwere Schuld, wie eine gelungene Denunziation nicht auf seinem Gewissen lasten.

Vom ersten Augenblicke an hatte Ottilie daran gedacht, sich mit einer Eingabe an den Fürsten Bismarck selbst zu wenden. Denn von ihm hing es schließlich ab, ob der Staatsanwalt auf Herrn Ahrens hörte oder nicht. Bismarck hatte zu befehlen! In äußerster Aufregung ging sie darum in ihrem Stübchen auf und nieder und sann darüber nach, wer von ihren Bekannten sie oder ihre Eingabe bei Bismarck einführen könnte. Da war eine ehemalige Aufwärterin ihrer Mutter, deren Sohn als

Kanzlist im Berliner Rathhause beschäftigt wurde.
Aber es fiel ihr bei Zeiten ein, daß die beiden
Aemter nicht gut miteinander standen. Da war ihr
alter Hausarzt, der, wie sie sicher wußte, auch einen
Geheimen Rath aus irgend einem Ministerium be=
handelte. Aber der war vielleicht böse mit ihr, weil
sie ihn seit dem Tode ihrer Mutter nicht wieder
hatte bitten lassen. Zornig trat sie ans Fenster.
Fast aus jedem dieser Häuser zogen sich unsichtbare
Fäden zu den höchsten Gewalten des Staates, aber
sie, welche für einen guten, hübschen dummen Jungen
eintreten wollte, wußte sich nicht zu helfen. Plötz=
lich bemerkte sie einen Briefträger, der geschäftig
aus einem Hause heraustrat und schon im nächsten
wieder verschwand. Das war ja der einfachste Weg!
Sie war eine richtige Berlinerin und ließ sich nicht
verblüffen. Stephan wird sie nicht beißen, wenn sie
ihm einen Brief an Bismarck zu bestellen giebt, und
Bismarck auch nicht, wenn er ihn erhält. Ach was,
damals, vor zwölf Jahren, wie der Kaiser sie in
der Thiergartenstraße ansprach und sie nach ihrem
Namen fragte, hatte sie anfangs auch geglaubt, es
ginge nicht; dann aber ging es ganz gut und sie
hatte dem Kaiser sogar die Namen ihrer besten Mit=

schülerinnen aufgesagt und war von ihm auf die Wangen geklopft worden. Also vorwärts.

Freilich wurde es sechs Uhr, und sie hatte vorher fast alle ihre Briefbogen verdorben, bevor das Schreiben an den Reichskanzler fertig war. Um sechs Uhr lautete es endlich:

„Euer Durchlaucht und Excellenz!

Sie werden schon gehört haben, daß Herr Ahrens einen gewissen Heinrich Weigertz wegen Bismarckbeleidigung denuncirt hat. Es ist nicht wahr; Heinrich Weigertz ist ein großer Verehrer von Euer Durchlaucht und Excellenz, und ich lege zum Beweise eine Abschrift der beiden Gedichte ein, welche er auf unsern vielgeliebten Kanzler gemacht hat. Ich bin eine richtige Berlinerin, und Sie werden nichts Schlechtes von mir hören, wenn Sie sich nach mir erkundigen. Ich will es aber vor Gericht beschwören, daß Herr Ahrens den Heinrich Weigertz aus persönlichen Gründen haßt. Euer Durchlaucht können schon denken warum. Sie sind ja so klug.

Was aber die sogenannte Beleidigung angeht, so war es wahrhaftig nicht schlimm gemeint. Er wollte blos sagen, daß wir Euer Durchlaucht in allen wichtigen Dingen gehorchen müssen; aber ob Latein oder Deutsch schreiben, das wäre Euer Durch=

laucht ganz gleichgiltig. Und ich gestehe ein, daß ich die Worte von Herrn Heinrich Weigertz sogar wiederholt habe. Und ich bin in meiner Seele unverzagt, daß unser großer Bismarck mich deshalb nicht nach dem Molkenmarkt wird schaffen lassen.

Ich selbst bin für die lateinische Schrift. Aber ich habe Ihnen gern den Gefallen gethan und dieses Bittgesuch deutsch geschrieben, weil Euer Durchlaucht das lieber haben und weil wir Ihnen Alle für die Einigung Deutschlands zu unendlichem Danke verpflichtet sind.

Ich bitte und bitte nochmals so recht herzlich: Lassen Sie ihm nichts thun.

In tiefer Ehrfurcht

Euer Durchlaucht gehorsamste Dienerin

Hochachtungsvoll

Ottilie B . . ."

Sie war noch nicht ganz zufrieden, aber einmal mußte sie doch ein Ende machen. Sie steckte den Brief in einen Umschlag und schrieb darauf: „An Seine Durchlaucht und Excellenz, unsern Reichskanzler, den Fürsten Bismarck in Berlin, Wilhelmsstraße, im Reichskanzlerpalais."

Dann eilte sie auf die Straße und warf den Brief in den Kasten. Einen Augenblick später fiel

ihr ein, daß sie vergessen hatte, eine Briefmarke auf=
zukleben. Aber getrost kehrte sie heim. War Bis=
marck gut, so zahlte er gern das Strafporto; war
er aber böse auf Heinrich, so that er ihr wegen
der zwanzig Pfennig nicht leid.

Es war jetzt eine so innige Ruhe über Ottilie
gekommen, daß sie sich selbst mit Heinrich hätte aus=
söhnen mögen. Sie dachte immerzu an ihn und
war darum gar nicht überrascht, als er gegen neun
Uhr Abends hastig bei ihr eintrat.

Er sah verstört aus und sprach leise in hastigen,
abgerissenen Sätzen. Eilfertig setzte er sich an den
Schreibtisch, um ihre lateinische Abschrift und deren
neue Orthographie zu prüfen, und um die letzte
deutsche Arbeit über den Einfluß des Kaisers Nero
auf den Selbstmord im alten Rom durchzusehn. Er
machte ihr nur sachliche Bemerkungen, er war ganz
Lehrer. Ottilie hatte sich dicht hinter ihn gestellt,
um seinem Unterricht besser folgen zu können. Daß
ihr das Weinen wieder nahe war, brauchte er nicht
zu wissen. Langsam stützte sie ihre beiden Hände
rechts und links von seinen Schultern auf den Schreib=
tisch. Das war recht gefährlich für sie, denn in
dieser Haltung berührte ihren Lippen mitunter fast
seine Haare. Oder vielmehr, sie berührten sie fast

immer. Dazu bewegte sie ihren Mund leise, nur um die Regeln der neuen Orthographie nachzusprechen; aber dabei war es ihr immer, als ob sie die Locken küßte. Als sie das plötzlich unschicklich fand und sich wieder gerade richtete, strichen ihre Hände merkwürdig nahe über seinen Kopf.

Sie bildete sich ehrlich ein, daß er das Alles nicht spürte. Heinrich aber hatte sich nichts entgehen lassen und gerade nach der Mitteilung, daß das Dehnungs-h in der neuen Orthographie die größten Schwierigkeiten machte, wandte er plötzlich seinen Kopf zu ihr empor und flüsterte:

„Eigentlich habe ich niemals eine Andere geliebt als dich!"

Da zog sich das Mädchen aus dem Lichtkreis der Lampe zurück und setzte sich in die dunkelste Sophaecke nieder. Heinrich sprang auf und sprach lebhaft, während er mit dem Abschrifthefte in der Hand auf und nieder ging.

„Setze dich, mein Kind, und höre mich geduldig an. Ich wollte dich zur würdigen Genossin meines tragischen Schicksals erziehen. Du hast es nicht gewollt. Möchtest Du es nie bereuen; ich wollte es uns leicht machen und heute wie jedesmal ohne Abschied fortgehen, aber du hast auch das nicht ge-

wollt. Aus der Zeitung solltest du erfahren, was
deine schönen Augen in Thränenquellen verwandeln
wird. Du hast meine Locken berührt: erfahre es
denn durch mich. Weine nur, weine nur, denn ich
stehe am Ziele meines Lebens. Die morgende Sonne
werde ich aufgehen sehen und dann keine wieder.
Und weil ich weiß, daß du mich trotz alledem liebst,
so sage mir ein freundliches Wort auf den Weg."

Heinrich hatte von Ottilie im Laufe der vier
Jahre schon öfter Abschied genommen, namentlich
im Frühjahr kam es jedesmal dazu. Und so weinte
sie mehr aus Gewohnheit als aus Schrecken, da sie
ihm erwiderte:

„Sie irren sich, ich habe Sie gar nicht lieb.
Gehen Sie nur zu Ihrer Kommödiantin zurück, wenn
Sie eine Liebesscene aufführen wollen. Uebrigens
brauchen Sie nicht zu glauben, daß ich eifersüchtig
bin. Auf so eine!"

„Lästere nicht, Ottilie!" rief Heinrich. „Bei
unsern schönsten Erinnerungen, bei meinem poetischen
Berufe, bei den grauen Locken unseres Panzner
schwöre ich dir, daß meine Beziehungen zu ihr bis
auf einen Punkt das Tageslicht nicht zu scheuen
haben. Ich weiß, sie ist keine Lichtgestalt wie du;
aber wir, Fräulein Illo und ich, leben wie Bruder

und Schwester. Und der eine dunkle Punkt ist der, daß sie entschlossen ist, mit mir die langsamen Pforten des Jenseits gewaltsam aufzustoßen. Sie stirbt mit mir gewiß, oder doch wahrscheinlich, schon morgen."

„Das thut sie nicht! Und wenn sie es versprochen hat, so lügt sie!"

„Du kennst sie nicht, Ottilie. Ich wiederhole, sie ist keine Lichtgestalt wie du; aber sie ist gehorsam und sie ist muthig. Sie hat mir noch nie widersprochen und wird morgen nicht beben. Du aber bist ein edles Weib und darum nicht kühn genug."

Da erhob sich Ottilie schnell aus ihrer Ecke. Sie faßte Heinrich bei beiden Händen und sagte, sich überstürzend:

„Ich wäre feige, meinst du? So sollst du Alles hören, da es doch aus ist zwischen uns. Dich, dich ganz allein habe ich bis zu dieser Stunde so lieb gehabt, so lieb, wie nichts auf der Welt. Wie gerne hätte ich mit dir gelebt! Und wenn es nothwendig gewesen wäre, weißt du, im Krieg oder so, gleich wäre ich mit dir gestorben. Aber zum Spaß, aus Eitelkeit und Afferei, nein Heinrich, dazu bin ich nicht dumm genug. Und feige bin ich auch nicht, das sollst du mir nicht sagen. Weißt du, an wen ich vorhin geschrieben habe? An Bismarck. Ja!

Und weißt du, was ich ihm geschrieben habe? Daß ich deine Bismarckbeleidigung mit dir begehe. Und warum habe ich das gethan? Weil du dich in des Teufels Küche gebracht hast mit den Redereien über Bismarck und Herrn Ahrens, weil der Ahrens dich denunzirt hat, und weil ich mit dir nach dem Molken=markt will, wenn mein Brief dir nicht hilft. So, nun weißt du es, weil doch Alles aus ist zwischen uns!"

Und schluchzend fiel sie dem jungen Manne um den Hals, faßte seinen Kopf zwischen ihre Hände und küßte ihn herzhaft und verzweifelt ab.

Als sie endlich verschämt von ihm abließ und zurück trat, erschrak sie über sein verändertes Aus=sehen. Kreidebleich stand er da und ließ die ge=falteten Hände herabhängen.

„Dann muß ich morgen wirklich sterben?" sagte er kleinlaut. „Das hätte ich nicht geglaubt. Aber auf die Anklagebank setze ich mich nicht, niemals. Lieber sterben! Wenn Ahrens die Anzeige gemacht hat, dann bin ich nicht mehr zu retten. Ich werde niemals eine Konzession bekommen."

„So verzweifle doch nicht, Heinrich! Ich will auch Herrn Ahrens ganz gewiß nicht heirathen."

Heinrich hatte seinen Hut ergriffen und eilte nach

der Thür. Dort wandte er sich noch einmal um und rief mit Thränen in den Augen:

„Laß mich, diesmal wird es Ernst."

Und mit weit vorgestreckten Armen stürzte er davon.

V.

Zu Sieg und Tod.

Als Heinrich Weigertz Ottilie verlassen hatte, war
er gänzlich gebrochen. Wohl hatte er seinen Selbst=
mord für den morgenden Tag festgesetzt; aber er
hatte sich's nicht so ernsthaft und nicht so drohend
nahe vorgestellt, wie es jetzt plötzlich an ihn heran=
trat. Er wollte, so hatte er sich's ungefähr gedacht,
den Tag mit seiner Todesbraut in würdiger Heiter=
keit verbringen, wollte draußen auf dem Land bald
im Wirthshause geniale Streiche ausführen, bald an
Kleist's Grabe Thränen fließen lassen, endlich des
Abends in Glienicke dabei sein, wie sein Gelegen=
heitsstück „Kleist's Apotheose" die kunstsinnigen Ein=
wohner erschütterte. Seinen eigenen Tod, der an
Kleist's Grabe darauf folgen sollte, hatte er sich noch
nicht deutlich genug ausgemalt; das fand sich schon
im gegebenen Augenblicke.

Die Drohung des Herrn Ahrens hatte die Rich=
tung seiner Gedanken verändert. In seiner Angst
vor einer gerichtlichen Verfolgung schien ihm die
Flucht nach dem Jenseits die einzige Rettung. Er
eilte von Ottilie hinweg geradeaus zu Helene Illo;
er mußte das arme Mädchen darauf vorbereiten,
daß es nun morgen wirklich losging. Sie hatte
zwar niemals geschwankt und äußerte wonnige Ge=
fühle schon, wenn vom Selbstmord nur geplaudert
wurde, aber es war doch besser, wenn sie Alles wußte.
Auch konnte man an ihrem Halse über sein jämmer=
liches Schicksal ordentlich weinen.

Leider fand Heinrich Herrn Felix Blumenfeld bei
ihr. Das war unangenehm, aber er durfte sich nicht
beklagen. Helene war nur seine Todesbraut; er hatte
ihr oft versprochen, auf ihr Leben nicht eifersüchtig
zu sein, wenn sie ihn nur über den letzten Augen=
blick bestimmen ließ. Doch heute war Blumenfeld's
Anwesenheit unbedingt störend; und da die Beiden
vorgaben für die morgende Aufführung des Käthchen
noch proben zu müssen, und das entsetzlich lange
dauern konnte, so blieb dem Todesbräutigam nichts
übrig, als wieder fortzugehen. Er wollte zwar nur
noch vierundzwanzig Stunden leben, aber er wagte
es doch nicht, Fräulein Ohlsen früher zu erzürnen,

ls bis er ganz sicher todt war. Sie hatte ohnehin
it ein paar Wochen ein so lauerndes Wesen gegen
n angenommen.

Helene begleitete ihren tragischen Freund hinaus.
r benutzte die Gelegenheit, ihr schon in dem kleinen
orridor zuzuflüstern:

„Morgen nach der Vorstellung wird es ernsthaft
rnst!"

„Gewiß? Bringst du mir den neuen Sonnen=
schirm mit?"

„Nein, aber schreckliche Ereignisse zwingen mich
ergestalt, daß wir morgen nach der Vorstellung
sterben müssen."

„Ach so," sagte Helene ruhig. „Du mußt mir
ieder von den Posaunen des jüngsten Gerichts er=
ählen. Das war das letzte Mal graulich schön.
ber heute habe ich keine Zeit. Käthchen ist elf
ogen lang."

„Warum lernst du nicht lieber an meinem Stück?"

„An welchem?"

„Wie du fragst! Kleist's Apotheose, die morgen
r dem Käthchen aufgeführt wird. Es ist doch
chts dazwischen gekommen?"

„Gewiß nicht. Geh' jetzt. Morgen in Glienicke
rechen wir wieder vom Sterben."

„Helene, ich bitte dich, morgen wird in der That gestorben. Du wirst doch nicht feige sein? Ich zage nicht."

„Na ja, also bis morgen."

Es war halb Zehn, als Heinrich nach Hause kam. Tante Ohlsen erwartete ihn beim Thee und wollte den schönen Sonnabend Abend dazu benutzen, um den jungen Mann gründlich vorzunehmen und ihm ein Geständniß darüber zu entlocken, was er nun seit einigen Wochen trieb. Heinrich aber berührte keinen Bissen und verfiel bei dem ersten Mahnworte des alten Fräuleins in ein so krampfhaftes Schluchzen, daß sie ihn mitleidig zu Bette gehen ließ und ihm außerdem auftrug, sich morgen in der Apotheke Ur- laub zu nehmen. Er war offenbar krank; und wenn auch der Grund des Leidens sicherlich wieder irgend eine riesige Dummheit war, so war Fräulein Ohlsen doch immer bereit, erst die Krankheit und dann die Dummheit zu heilen.

Heinrich legte sich zu Bett und mußte da auf der Tante Befehl doch noch ein Glas Thee trinken. Dann blieb er allein und konnte sich nach Herzens- lust ausschluchzen. Es war Todesangst über ihn gekommen. Urplötzlich war das Bild seines eigenen Endes fast gegen seinen Willen vor ihm aufge-

aucht, und er durchlebte Gefühle, die er sonst nur
bei Dichtern beschrieben gelesen hatte. Kalte Schauer
durchrieselten ihn, die Haare sträubten sich ihm, er
wagte im Dunkeln die Augen nicht zu schließen.
Dreimal rief er, doch nicht allzulaut, um die Tante
nicht zu stören: „Ist keine Rettung, keine?" Dann
fiel ihm ein, daß er durch einen lauten Monolog
Fräulein Ohlsen Alles entdecken konnte; sie hinderte
ihn dann gewiß. Aber das war ja gerade das
Entsetzliche an seiner Lage, daß er diesmal ernst=
lich sterben wollte, weil er sonst ins Gefängniß
mußte und seine Carrière doch vernichtet war. Erst
nach Mitternacht hörte er zu weinen und zu denken
auf. Wenn Helene Illo sich weigerte, so durfte er
zwar seinen Plan diesmal nicht wieder aufschieben.
Er durfte sich nicht lächerlich machen. Aber es
konnten Zeichen und Wunder geschehen. Vielleicht
hatte sein Stück einen so schmetternden Erfolg, daß
die Kunstkenner von Glienicke sich einstimmig an den
Fürsten Bismarck wandten und für den Dichter um
Verzeihung baten. Dann erschien auf das Zeichen,
wenn er den goldenen Giftbecher schon an den
Mund setzte, ein Theaterdiener des Herrn von Hül=
sen; Heinrich Weigertz wurde Dramaturg des Königl.

Schauspielhauses und Ottilie wurde Frau Drama-
turgin. Mit dieser Vorstellung schlief er ein.

Bald nach sechs Uhr Morgens fuhr er plötzlich
wieder in die Höhe und schaute erschreckt um sich.
Stoßweise fielen ihm die kommenden Ereignisse des
heutigen Tages ein, und er wunderte sich, daß er
vor der Aufführung in Glienicke fast noch mehr
Angst hatte, als vor seinem festbeschlossenen Selbstmorde. Das war sehr merkwürdig.

Er schrieb einen Brief an den ersten Vorsitzenden
des Pegasus, schloß ihn in einen Umschlag und
setzte unter die Aufschrift: „Nicht vor Mitternacht
zu eröffnen."

Er hatte ganz vergessen, ihn lateinisch zu schreiben.

Dann erst zog er sich an, die neuen Früh-
jahrskleider; den Ueberzieher über dem Arm; das
Stöckchen in der Hand und sogar seine Angströhre
auf dem Kopfe, so schlich er sich fort. Der Tante
Ohlsen rief er durch die angelehnte Thür ihres
Schlafzimmers zu, daß sie ihn nicht vor Abend erwarten sollte. Dann eilte er in die Apotheke „Zum
Mohrenkönig". Er war richtig der Erste da. Nur
der jüngste Gehilfe und der Hausdiener, der den
Laden geöffnet hatte, waren anwesend; aber sie
waren mit Sprengen und Aufräumen beschäftigt[

Heinrich konnte unbeobachtet das Nöthige besorgen.
Mit zitternder Hand langte er aus dem besonders
verschlossenen Kasten die dunkelblaue Flasche mit
Cyankalium hervor, füllte ein kleines Fläschen mit
dem Gifte, welches aussah wie verwitterter Zucker=
sand, und grausam nach bitteren Mandeln roch. Er
wagte es nicht, das Gewicht zu bestimmen, aber die
Menge genügte zweifelsohne für ihn und sie. Aengst=
lich verbarg er wieder die dunkelblaue Flasche und
mit Thränen in den Augen verkorkte er sein
Fläschchen so fest wie möglich. Dann klebte er zur
Vorsicht ein Blättchen mit drei Todtenköpfen darauf.
Es konnte sonst leicht ein Unglück geschehen.

Nachdem er das Nöthige in die Tasche seines
Ueberziehers versenkt hatte, mußte er sich nieder=
setzen, so schlecht war ihm plötzlich geworden. Es
kam ja vielleicht nur davon, daß er seit gestern
Mittag fast nichts mehr genossen hatte. Das durfte
nicht sein. Wenn ihn* heute Abend seine Seelen=
kraft verließ, weil seine Körperkräfte nachgelassen
hatten? Und ihm standen noch mächtige Auf=
regungen bevor! Er mußte an Alles denken. Glück=
licherweise war er ja hier in einer Apotheke. So
mischte er sich denn zuerst einen kräftigen Schnaps
und bereitete dann eine Medizin, welche es nicht

zulassen sollte, daß seine Nerven über ihn Herr
wurden. Er füllte ein Glasfläschchen, dreimal so
groß, wie das mit dem Gifte, zur einen Hälfte mit
Nelkenöl zur andern Hälfte mit Baldriantropfen.
Das mußte ihn während der Stürme seines
dichterischen Erfolges vor Schwachheit bewahren.

Während dieser Vorbereitungen hatte der Hausdiener ein Gespräch mit ihm angefangen. Herr
Weigertz habe sich ja heute so fein gemacht; er wollte
gewiß mit seiner Braut spazieren gehen.

„Ja, man könnte sie meine Braut nennen,"
sagte Heinrich zusammenschreckend.

Er mußte die Ankunft des ersten Provisors abwarten, um von ihm Urlaub zu nehmen. Daß er
in den Tod gehen konnte, ohne sein Fortgehen
ordentlich zu entschuldigen, das wäre dem jungen
Selbstmörder niemals eingefallen. Auch mußte er
um jeden Preis bei einem der Kollegen eine Anleihe
versuchen, und so hoch wie möglich. Mit seinem
Tode zahlte er Alles auf einmal.

Der Provisor gab seine Einwilligung rasch, aber
mürrisch. Weigertz sollte es sich abgewöhnen, so
häufig vor der Zeit Feierabend zu machen; er sei
sonst ein tüchtiger Apotheker, aber habe offenbar
Raupen im Kopfe. Gekränkt ging Heinrich wieder

in seine Arbeit und verschob die Finanzoperation
bis zuletzt. Um halb elf sollte er auf dem Pots=
amer Bahnhofe sein. Erst um zehn Uhr streckte er
inen Fühler aus, welcher von seinen Kollegen
eistungsfähig wäre. Doch der erste Mai stellte an
Alle große Anforderungen, auch hatte Heinrichs
Kredit im Laufe der letzten Wochen gelitten. Es
ourde schließlich zwanzig Minuten nach Zehn, bevor
Heinrich von zwei verschiedenen Kapitalisten je einen
Thaler geborgt erhielt. Dabei hatte er sich noch
verpflichten müssen, morgen zu zahlen. „Auf Ehren=
vort, es wird morgen Alles berichtigt werden!“ So
est verließ er sich darauf, daß Tante Ohlsen sein
Andenken nicht schänden werde.

Heinrich benutzte zwar die Pferdebahn, aber er
am natürlich zu spät zu dem Zuge, mit welchem
nan fahren wollte. Helene Illo erwartete ihn
rgerlich auf dem Perron. Die Andern waren alle
ünktlich fortgefahren.

„Warum bist du nicht mit ihnen gereist?“ fragte
Heinrich aufgeregt. „Du wirst zu spät zur Probe
ommen.“

„Hast du zwei Retourbillets nach Wannsee?“
ragte Helene statt einer Antwort.

„Ich werde das andere gleich nachlösen.“

„Schnell, in zehn Minuten geht wieder ein Zug ab."

Und Helene blieb bei ihren Sachen, während Heinrich zum Schalter hinunterstürzte, um für seine Begleiterin ins Jenseits ein Billet zu lösen.

„Retour?" fragte der Beamte. Heinrich wurde roth. Blitzschnell fuhr es ihm durch den Kopf, daß er für sich selbst ein Retourbillet genommen hatte, trotzdem er draußen sterben wollte.

„Nein, blos hin!" sagte er mit fester Stimme. So ersparte er auch etwas Geld für die Streiche im Wirthshause.

Als er Helene wieder erreicht hatte, konnte man bereits einsteigen. Sie waren zehn Personen in der Abtheilung, darum mußte er sich begnügen, sie tragisch anzublicken. Sie erwiderte es aus alter Gewohnheit. Gesprochen wurde nur Gleichgiltiges.

Alle Requisiten mußten jedesmal von den Künstlern des „Berliner Ensembles" mitgenommen werden; Helene führte in der alten schwarzen Handtasche ihr Schmink- und Puderzeug, sowie saubere Strümpfe und ganze Stiefelchen mit. Der graue Weidenkorb enthielt heute nur ihr Gretchenkleid mit der ausgeschnittenen Taille und einen weißen Unterrock. Den Brautanzug für den letzten Akt mußte der Direktor

liefern. Wegen der Probe sollte sich Heinrich nur
beruhigen, die ging erst um drei Uhr los. Man
fuhr nur deshalb so früh fort, weil man draußen
billiger Mittag essen konnte, als in Berlin.

In Wannsee stiegen sie Beide aus. Heinrich
nahm die Tasche in seine linke Hand, den leichten
Weidenkorb faßte er an dem halbausgerissenen Rohr-
henkel mit der rechten. Hellene Illo ergriff den
Korb an der andern Seite und so machten sie sich
selbander durch den Föhrenwald auf den Weg. Es
war bald Mittag. Durch einen dünnen, gleichmäßigen
Wolkenschleier wärmte die Sonne kräftiger, als es
den beiden Trägern angenehm war. Der Frühling
zeigte sich hier nicht allzu üppig, aber man sah doch
die Jahreszeit. Die dünnen Wipfel der schlanken
Föhren trugen grüne Sprossen und schienen so aus
der Ferne wenigstens frühlingsfrisch. In den Mul-
den und Rinnen waren nicht wenige Grashalme,
aber auch Anemonen und Gänseblümchen zu erblicken. Längs des Weges standen vor dem dunkeln
Föhrenwalde lustige Birken mit weißer Rinde und
hellem Laube, welches selbst an diesem windstillen
Tage nicht ganz unbeweglich bleiben wollte. Und
wo gar am Seeufer ein Getreidefeld bestellt war,
da leuchtete schon das Grün der Wintersaat prächtig

hervor. Anfangs gingen andere Ausflügler, welche auch in Wannsee ausgestiegen waren, mit ihnen denselben Weg. So war auch jetzt noch nicht ein Aussprechen möglich, wobei es ja doch nicht ohne Thränen und Umarmungen abgehen konnte. Nur wenn sie von Zeit zu Zeit hundert Schritte von jedem Menschen und jedem Hause entfernt waren, wagte es Heinrich, an das Ende des heutigen Tages zu erinnern. So flüsterte er, während sie über die Brücke hinweg die Chaussee wieder erreichten:

„Hier in der Nähe ist das Grabmal meines Heinrich von Kleist. Dort vollenden wir's, du verstehst mich doch?"

„Das Grab von dem Autor?" rief Helene Illo. „Ja, da mußt du mich im Dunkeln hinführen. Du weißt doch den Weg?"

Heinrich kannte zwar die Stelle gar nicht, aber das war seine geringste Sorge. Jedes Kind mußte hier darüber Bescheid wissen. Er verstummte, weil ein paar Spaziergänger das Pärchen verwundert ansahen. Erst an dem großen Meilenzeiger, wo der Weg nach Glienicke links über das Dorf Stolpe abbiegt, fühlte er sich wieder so sicher, daß er fragte:

„Bist du bereit?"

„Wozu Heinrich?"

„Zum Tode. Wozu anders?"

Helene setzte den Weidenkorb nieder, wischte sich die Stirn und sagte aufatmend:

„Thu' mir den einzigen Gefallen, Heinrich, und fange davon nicht um die Mittagszeit an und wenn ich zu spielen habe. Nachher und wenn es dunkel ist, soviel du willst und was du willst, du weißt ja, ich habe dann nichts lieber. Aber jetzt möchte ich ein Glas Bier trinken, wenn ich könnte!"

„Ich will dir heute Abend etwas Kräftigeres zu trinken geben. Ich will nur wissen, ob du auch gewiß bereit bist, mit mir zu sterben. Ich werde dich nicht wider deinen Willen ermorden."

Er wartete ängstlich auf ihre Antwort. Sein eigenes Schicksal war ja besiegelt, auch wenn sie zögerte. Aber immerhin bedeutete es vielleicht einen kleinen Aufschub, wenn auch sie feige zurücktrat, wie einst Ottilie gethan hatte. Darum erschrak er eigentlich, als sie endlich wieder den verzweifelten Augenaufschlag fand, ihm leidenschaftlich die Hand preßte und ausrief:

„Ich bin immer bereit, du mußt es mir nur sagen, wenn du soweit bist. Du bist so gut. Felix wollte kein Billet für mich lösen. Komm jetzt, ich fange an Hunger zu bekommen."

Sie nahmen die Last wieder auf und schritten tapfer aus. Während des Marsches wurde Helene nicht müde, Heinrich zu loben. Es mochte ihr doch weich um's Herz geworden sein. Sie erinnerte ihn oder sich daran, wie viel er in der letzten Zeit für sie ausgegeben hätte: als ob er ein reicher Junge wäre. Leute, welche es eher dazu hatten, waren viel geiziger.

„Es wurde mir nicht immer leicht," sagte Heinrich weich, „aber die Hälfte der Summen waren ja für mein Stück nothwendig, für die Abschrift, und für die Dekoration des Seeufers, wo er sich nachher erschießt. Ich hätte nie geglaubt, daß es so viel Geld kostet, ein Stück zu schreiben."

Helene wurde sichtlich verlegen.

„Es thut mir ja nicht leid," fügte er schnell hinzu. „Ich kann mir denken, daß jeder Autor für seinen Erstling Opfer bringen muß. Und daß ihr nicht auf Rosen gebettet seid, das ist ja nicht schwer zu sehen."

Helene schimpfte auf den Direktor, der oft sehr schöne Einnahmen habe, hundert Mark und darüber, und der doch seine Schauspieler verhungern lasse. Der Gesprächsstoff reichte bis nach Glienicke.

Sie fanden bald den Wirthsgarten „Zur deutschen Eiche", wo sie auf Heinrichs Vorschlag gleich Mittag essen wollten. Die übrige Gesellschaft hatte hier nur ihre sieben Sachen abgeladen und wollte erst zur Probe wiederkommen.

„Die Herrschaften speisen im „Schwarzen Adler" zu vierzig Pfennig pro Mann," erklärte Helene. „Ich bleibe aber lieber hier."

Heinrich bestellte mit bescheidener Opulenz zweimal Braten mit Kartoffelsalat und zwei Potsdamer Stangen. Dann trug er den Weidenkorb in den Nebenraum des großen Saales, wo Abends gespielt werden sollte. Die alte Tasche wollte Helene in ihrer Nähe behalten.

Heinrich wollte die Henkermahlzeit mit genialem Humor würzen, aber er hatte dafür zu großen Hunger und auch die Schauspielerin schien über dem Kalbsbraten Alles zu vergessen, was ihr heute noch bevorstand. So sehr Naturmensch wurde Heinrich, er selbst gebrauchte dieses Wort, daß er für Beide gemeinsam noch eine Eierspeise bestellte. Als sie gesättigt waren, brachte er doch endlich das Wörtchen von der Henkermahlzeit an. Aber Helene war wieder nicht bei der Sache. Sie bat ihn, ihre heutige Rolle aus der Tasche hervorzuholen und das Käthchen zum letzten Male mit ihr durchzugehen. Dazu konnte man eine Tasse Kaffee trinken, recht schwarz, weil Heinrich doch einmal Todesgedanken im Kopfe hatte.

Bei dieser Begründung verlor Heinrich plötzlich die Lust, Kaffee zu trinken; er bestellte eine Tasse für das Fräulein, für sich aber eine Cigarre, eine gute, zu zehn Pfennig. Er dachte es sich majestätisch, wenn er nachher kalt lächelnd mit einer brennenden Cigarre im Munde zur Probe kam.

Freundlich öffnete er die Tasche, um die Rolle hervorzuholen. Irrthümlich brachte er eine Stange Fettschminke heraus, die in ein beschriebenes Blatt eingewickelt war. Eifrig wollte er das Versehen gut= machen, als er plötzlich mit einem leisen Schmerzlaut zurückfuhr. Auf dem Blatte, in welchem die Fett= schminke stak, erkannte er seine eigene Handschrift; es war eine schöne Stelle aus „Kleist's Apotheose". Vor= wurfsvoll wies er mit dem Finger auf die geschändete Reliquie; Helene wurde verlegen, noch bevor sie er= rieth, was er entdeckt hatte.

„Was hast Du schon wieder?" fragte sie schnell. „Ist es ein Brief von Felix? Die schreibt er mir blos zur Uebung."

„Nein," sprach Heinrich, „es ist kein Brief von Felix Blumenfeld, es ist die Handschrift meiner Tra= gödie, die vielleicht doch ein anderes Schicksal ver=

diente, als nach meinem so frühen Tode dieser elenden
Fettschminke zum Sarge zu dienen."

„Verzeihe mir!" sagte Helene. „Dieses Stück
Schminke gehört gar nicht mir, sondern Fräulein
Vulpius. Und die hat das Blatt wahrscheinlich
drumgewickelt, wie sie ihre Rolle studirte."

„Helene, Helene, das war eine Nothlüge, wie ich
dich so oft auf einer ertappen muß. Habe ich nicht
selbst eine Abschrift der ganzen Tragödie und jeder
einzelnen Rolle bezahlt? Laß dich niemals wieder
auf einer Lüge betreten, mein Kind; ich hasse das."

Das Mädchen dachte eine Weile nach, dann sagte
sie fast trotzig:

„Bestelle mir doch zum Kaffee noch ein Stück
Kuchen oder zwei. Es ist ja doch das letzte Mal,
daß du für mich zahlst."

Sie blickte ihn dabei so betrübt an, daß es ihr
diesmal Ernst sein mußte.

Helene war endlich mit ihrer Mahlzeit, Heinrich
beinahe mit seiner Cigarre fertig, die Rolle des
Käthchen war rasch durchgeflogen, als die Schauspieler sich allmälig einstellten. Der pünktlichste von
ihnen war der komische Alte, ein würdiger siebzig-
jähriger Herr, der heute Käthchens Vater spielen
sollte und der Darstellerin, seiner Tochter, sogleich die

Wangen zu tätscheln begann, um sich in Stimmung zu bringen. Er begrüßte den Herrn Weigertz als einen Mäcen, von dem er schon gehört hätte, und hoffte, nach der Vorstellung zu einem brüderlichen Schmollis eingeladen zu werden. Dann kamen drei ziemlich verwahrloste junge Leute, von denen einer bereits die Ritterstiefel anhatte, und beklagten sich, daß sie heute in so unbedeutenden Rollen beschäftigt wären. Ein Kenner, wie Herr Weigertz, dürfte sich davon nicht irre führen lassen. Der alte Waffen= schmied und die drei Ritter setzten sich zu dem Pär= chen an den Tisch, klopften an einen Teller und wunderten sich, als Heinrich bei dem herbeigeeilten Kellner nicht Biere für sie bestellte; daß er bei dieser Gelegenheit seine Zeche zahlte, setzte sie wieder in Erstaunen. Wenigstens blickten sie Alle in sein Geld= täschchen hinein, wie Kinder in ein Kuriositäten= kabinet.

Stattlicher traten die letzten Darsteller auf. Der Intrigant, welcher den Kaiser, Felix Blumenfeld, welcher den Grafen vom Strahl, und Fräulein Vul= pius, welche die Kunigunde spielen sollte. Fräulein Vulpius war freilich für ihre vierzig Jahre zu jugendlich geschminkt und gekleidet; auch störte sie selbst den Eindruck ihrer reinen hochdeutschen Aus=

ſprache, als ſie mit einem großen Aufwande von dramatiſchen „rr" das Eſſen im ſchwarzen Adler ſchlecht machte. Aber ſie trug Handſchuhe an den Händen.

Heinrich mit ſeiner Geldtaſche, in welcher noch beinahe ſiebzig Pfennig klapperten, war Gegenſtand allgemeiner Aufmerkſamkeit; aber ſo ſehr es ihn reizte, das leichtſinnige Künſtlervölkchen — wie es immer in den Zeitungen hieß — ſo nahe kennen zu lernen, ihm wurde doch ein Umſtand unheimlich. Er wurde als Kunſtfreund gefeiert, als Kapitaliſt, von Fräulein Vulpius als ſchöner Mann anerkannt, vom komiſchen Alten als künftiges Mitglied der Truppe kordial behandelt, aber als Autor des heu= tigen Vorſpiels wurde er von keinem Menſchen an= geſprochen. Heinrich verlangte ja nicht, daß ſchon vor dem Erfolge Tuſch geblaſen wurde; auch war ja kein Orcheſter da. Aber von Dem und Jenem einen Händedruck, ein „Glückauf", oder „meine Rolle iſt großartig", oder ſonſt derartige Aufmunterungen hatte er wohl erwartet. Nun fühlte er ſich verletzt und wurde ſchweigſam. Mochten ſie es ihm immer= hin für Stolz auslegen. Und mit keinem Worte wollte er ſelbſt von ſeinem Stücke zu reden an= fangen. Es gefiel ihnen wahrſcheinlich nicht. Man wußte ja, wie oft die Schauspieler sich täuschten und überhaupt die Zeitgenossen. Vorbildlich rauschte wieder das Schicksal Heinrichs von Kleist über seinem Haupte.

Endlich erschien die Direktion mit den technischen Hilfstruppen, nämlich: der Direktor, welcher sonst auch Liebhaber spielte, aber im Privatleben ein wenig schielte, die alte Frau Direktorin, welche ihrem Manne Dekorationen, Kostüme und die Bibliothek von fünfunddreißig Stücken als Mitgift zugebracht hatte, und welche jetzt seit ihrem sechzigsten Jahre, weil ein schlimmer Fuß sie am Spielen verhinderte, die wichtige Stellung der Souffleuse inne hatte; ferner der Friseur, der sich halsstarrig Coiffeur genannt wissen wollte, dafür aber auch Ritterstiefel an= und auszog und am Rücken geplatzte Wämser zunähte, trotzdem er der Bruder des Direktors war. Der Coiffeur war streng, aber beliebt, der Direktor wurde gehaßt, die Souffleuse gefürchtet.

Als Heinrich den drei Gewaltigen vorgestellt wurde, richtete er sich schlank in die Höhe. Jetzt mußte sein Stück genannt werden, und vielleicht fiel auch ein Wörtchen von Honorar. Aber der Direktor sagte nur, daß er bei den schlechten Zeiten für den Anhang seiner Leute keine Freiplätze habe;

auch einen Vorzugspreis könne er nicht bewilligen. Eine Mark für den ersten Platz sei bei den Leistungen der Gesellschaft nicht zuviel.

Bevor Heinrich sich sammeln und besonders gegen den Ausdruck „Anhang" protestiren konnte, brach man auf und wanderte durch die Küche in den großen Saal. Heinrich ärgerte sich besonders darüber, daß ihm seine Cigarre ausgegangen war und er nun nicht als Autor Ringe blasen konnte. Ihm schienen die beiden Vorstellungen unzertrennlich voneinander. Vielleicht hätte man ihn garnicht so schlecht behandelt, wenn er geraucht hätte.

Die Souffleuse hatte sich in ihrem Kasten zurecht= gesetzt, die Probe sollte mit dem zweiten Auftritt be= ginnen, weil nur Käthchen in dem Ensemble neu war und die Scenen, in den sie nicht beschäftigt war, „stan= den". Schon war Helene Illo vorgetreten und hatte ihr zierliches „mein hoher Herr" zum ersten Male gesprochen, als Heinrich mit plötzlich hervorbrechender Ungeduld auf das Podium sprang.

„Herr Direktor," rief er erregt, „ich darf es wohl als die geringste Rücksicht verlangen, daß zuerst mein eigenes Stück probirt wird!"

„Von welchem Stücke reden Sie denn?" fragte

der Direktor überrascht. Die Souffleuse steckte ihren Kopf aus dem Kasten hervor.

„Spielen Sie denn nicht heute als Vorspiel von Käthchen meine Tragödie, „Kleist's Apotheose"?

„Na," sagte Käthchen, weiter nichts.

„Wer hat den jungen Mann so geuzt?" fragte der Direktor ärgerlich. „Wenn Sie wissen wollen, was heute gespielt wird, dorten an der Thür klebt der Zettel!"

Heinrich hoffte etwas Haltung zu gewinnen, wenn er Zeit fand. Gutmüthig lächelnd wie Jemand, der sich zu einem schlechten Spaße herbeiläßt, schritt er bis zu dem Zettel, auf welchem in mächtigen Lettern zu lesen war:

Glienicke, Sonntag, den 1. Mai 1879.

Großes Berliner

Deutsches Theater=National=Ensemble.

Unwiderruflich letztes Auftreten.

Käthchen von Heilbronn.

Großes Ritterschauspiel von Herrn von Kleist, mit glänzenden neuen Kostümen und einem Feuerwerk im letzten Akt.

Weiter kam Heinrich nicht. Wenn sein edles Vorbild dermaßen mißhandelt wurde, so hatte auch er nicht zu klagen. Nur Helenens Verrath schmerzte ihn. Um elender Silberlinge willen hatte sie ihn Wochen lang belogen, ha! War von ihr die große That zu erwarten?

Er kehrte mit lächelndem Gesicht zum Podium zurück, wo sämmtliche Darsteller ihn neugierig erwarteten. Gewiß gab es da etwas zu lachen. Heinrich aber benahm sich musterhaft. Obenhin sagte er zum Direktor:

„Es handelte sich um einen Scherz, um eine Wette. Nur deshalb möchte ich mir einige Fragen erlauben.“

„Unterhalten wir uns, oder proben wir?“ schrie die Souffleuse aus ihrem Kasten.

„Hat Jemand,“ fuhr Heinrich unbeirrt fort, „vor etwa vier Wochen meine Tragödie in Ihrer Direktionskanzlei eingereicht?“

„Direktionskanzlei ist gut, ist sogar gelungen,“ schrie unter allgemeiner Heiterkeit der junge Mann mit den Ritterstiefeln.

„Nein,“ sagte der Direktor ruhig.

„Sie haben also für diese Tragödie keine neue Dekoration malen und keine Rollen ausschreiben lassen?“

„Eine neue Dekoration!“ Der komische Alte mußte sich vor Lachen auf den Tisch setzen, der das

25*

heimliche Gericht vorstellte, und sogar die Souffleuse
stieß diesmal einen lustigen Husten hervor. Dann
aber klopfte sie mit ihrem Buche auf die staubigen
Dielen des Podiums und rief:

„Nu aber an die Arbeit. Wer noch nölt, zahlt
zwanzig Pfennig Strafe!"

Und die Probe ging los.

Heinrich rief noch in das laute Soufflieren der
Direktorin hinein: „So habe ich den Einsatz meiner
Wette verloren!" Dann ließ er sich auf einen Stuhl
in der ersten Reihe nieder. Es war höchste Zeit,
denn er fühlte buchstäblich die Kniee unter sich wanken.
Das war also seine Todesbraut! Um die paar
Thaler, die er ihr freiwillig gegeben hätte, aus ihm
herauszulocken, hatte sie Lügen auf Lügen gehäuft.
Ihm schwindelte vor diesem Abgrund. Ohne Frage
mußte er jetzt allein sterben, wenn auch ihre Todes-
sehnsucht gelogen war. Uebrigens war es ihm in
diesem Augenblicke ganz gleichgiltig, ob ihn Jemand
auf dem letzten Wege begleitete oder nicht. Seine
bürgerliche Laufbahn war vernichtet, weil er ins
Gefängniß mußte. Sein Dichterruhm war im Keime
geknickt. Seine Tragödie war nicht einmal abgeschrieben, und die einzelnen Blätter des Original-
Manuskripts dienten zur Hülle von Puder und

Schminke! „Oh Hans Renard!" schrie es in ihm
auf, da er sich erinnerte, daß der Käsehändler zwei=
tausendfünfhundert Exemplare der gemeinsamen
Gedichte als Makulatur verbraucht hatte.

Heinrich achtete gar nicht darauf, was auf dem
Podium vorging. Die Todesangst von gestern
Abend war wieder über ihn gekommen. Nur war
er zum Tode besser vorbereitet, seitdem ihn der neue
Schlag getroffen hatte.

Wie sie da oben die herrlichen Verse des Dichters
heruntersprachen, als käme es nur darauf an, so
früh wie möglich fertig zu werden. Der Dichter
hatte auf kein Verständniß zu rechnen. Da ging
er besser gleich in seine ewige Heimath zurück.

Oben fing man schon den vierten Akt an, den
Auftritt, da Käthchen schläft, während ihre Strümpfe
zum Trocknen aufgehängt sind.

„Fräulein Illo," sagte der Friseur, der auch
Inspicient war, „Sie haben doch für den Abend
ein Paar saubere weiße Strümpfe mitgebracht?
Sonst lachen die Leute wie das letzte Mal. Das
Publikum wird immer anspruchsvoller."

„Ich habe welche," sagte Helene Illo, welche
von Zeit zu Zeit mißtrauische Blicke nach Heinrich
warf. „Eigentlich hätte der Direktor die saubern

Strümpfe stellen müssen. Die Zeiten sind so schlecht; von der jämmerlichen Gage kann ich doch nicht auch noch die Wäscherin bezahlen."

Heinrich hörte aus diesen Worten eine Bitte um Verzeihung heraus. Als wenige Minuten später eine Pause entstand, weil der Ritter vom Strahl ein Futteral einstecken sollte und im ganzen Wirths= hause kein Futteral zu finden war, außer einer alten Hutschachtel, die für unbrauchbar erklärt wurde, — da bat Heinrich das Mädchen für ein Weilchen zu sich herunter.

„Was willst du?" fragte sie herunterspringend. Sie ging keck auf ihn zu, aber er las in ihren Augen doch wieder jene Verlegenheit, die er heute schon öfter an ihr wahrgenommen hatte.

„Du hast mich thörichterweise belogen," sagte er leise. „Das will ich dir nicht nachtragen, weil es wohl so in deinem Charakter lag, und weil du mich falsch beurtheilt hast. Aber wie steht es mit der Hauptsache? Bist du immer noch bereit, heute nach der Vorstellung am Grabe Heinrichs von Kleist mit mir zu sterben? Ich habe das Nöthige bei mir im Ueberzieher."

Helene sah ihn ein Weilchen prüfend an. Sie mochte überlegen, ob er noch weiter für sie zu

brauchen war; seine großen friedlichen Augen waren
wohl nicht mehr so kindlich wie sonst. Sie verzog
plötzlich spöttisch den Mund und sagte, während
sie sich auf einen Ruf der Souffleuse wieder dem Po=
dium zuwandte, nur die eine Silbe:

„Quatsch."

„Das genügt," murmelte Heinrich. „Hier nehmen
Sie als mein letztes Geschenk Ihr Retourbillet. Für
mich habe ich keines genommen."

Dann nahm er Stock, Hut und Ueberzieher, ver=
beugte sich höflich gegen die Schauspieler und ging
seiner Wege. Er griff mit der Hand in die Tasche
und überzeugte sich, daß die beiden Flaschen unver=
sehrt waren. Der Angstschweiß trat ihm auf die
Stirn.

Auf der Straße angelangt, empfand er es zuerst
als erfreulich und stimmungsvoll, daß ein feiner
Nebelregen niederrieselte. Doch bald begann ihn
zu frieren. Er zog den Ueberzieher an.

Vor Allem mußte er Kleist's Grab ausfindig
machen.

Er hatte den ersten Band von Kleist's Werken
zu sich gesteckt, hauptsächlich um ihn neben sich im
Grase liegen zu lassen, wenn er starb. Außerdem
konnte er in der Einleitung genau nachlesen, wie

Kleist gestorben war. Er wollte Alles möglichst getreu nachahmen. Aber war das noch möglich? Kleist hatte zuerst seine Todesbraut erschossen; ihm dagegen hatte Helene „Quatsch!" zugerufen. Kleist hatte sich erschossen, Heinrich starb einen richtigen Apothekertod. Dafür konnte er sein Vorbild wenigstens in Einem übertreffen: Kleist hatte vor seinem Tode nur zwei Briefe geschrieben. Heinrich wollte bis in die Nacht hinein schreiben.

In der Einleitung des Bandes war auch die Stelle beschrieben, an welcher Kleist gestorben war. Jetzt zog er im Regen das Buch hervor, um sich zurecht zu finden. Aber die Schilderung des Ortes reichte nicht aus. Er erfuhr nur, daß es dicht am Ufer des Wannsees geschehen war. Er marschirte also eilig auf der einsamen Chaussee nach der Station zurück. Von dort aus wollte er sich weiter fragen.

· Nach einer kleinen Stunde kam er dort an. Aber weder der Stationsvorsteher noch einer von den Unterbeamten wollte etwas von Kleist's Grab wissen. Heinrich begab sich in die nahe Restauration, um dort weiter zu forschen. Aber auch hier war Kleist völlig unbekannt. Nur ein kleiner Kellnerjunge, der im Winter auf der Station den Koch gespielt hatte, wußte sich zu erinnern, daß kurz vor Weih=

nachten drei Herren mit Kneifern auf der Nase da=
gewesen waren und durch den tiefen Schnee einen
Weg in den Wald gesucht hatten. Es wären ver=
drehte Kruken gewesen und hätten von einem Grab
gesprochen und einen Namen genannt, wie eine von
den neuen Berliner Straßen.

Jetzt war Heinrich auf der richtigen Fährte. Das
waren Verehrer von Kleist gewesen. Und wenn sie
wiederkamen, um frischen Lorbeer auf den Stein
zu legen, so war Heinrich Weigertz neben seinem
Namensvetter und Genossen in Apoll gebettet und
auch für ihn fiel wohl ein Zweiglein ab.

Er ließ sich von dem Kellnerjungen ungefähr die
Richtung angeben, in welcher die drei verdrehten
Kruken durch den Schnee gewatet waren, und schritt
dann entschlossen in den dichter fallenden Regen
hinaus. Nur in unklaren Umrissen stand ihm sein
Plan vor Augen. Hatte er das Grab gefunden, so
wollte er daran sein stilles Gebet verrichten und
dann in das Restaurant zurückkehren, denn ihn fror
entsetzlich; er mußte etwas Warmes trinken. Auch
quälte es ihn, daß er ein Glas Wasser oder Selters=
wasser brauchte, um das Gift darin aufzulösen. Doch
mochte er an diese Frage nicht deutlich denken. So
gab er sich auch keine Rechenschaft darüber, ob er

mit dem Giftbecher in der Hand in den Wald zurück=
kehren würde. Dieses naßkalte Wetter war wirklich
geeignet, die erhabensten Entschlüsse zu dämpfen.

Es war gegen sechs Uhr, als Heinrich sich auf
die Suche begab. Es war nahe an Acht, die Sonne
war längst untergegangen, und der Regen wurde
in dem grauen Abendlichte noch unerträglicher, als
der Nachfolger Heinrichs von Kleist es aufgab, das
Grab seines Vorgängers heute noch zu finden. Er
war durch Dick und Dünn gelaufen, hatte oft den
Wald verlassen und die Thürme von Potsdam ge=
sehen, hatte zwei= dreimal die Schienengeleise über=
schritten und war wohl in einem großen Bogen irre
gegangen. Jetzt war er zum dritten Male über eine
Wurzel gestürzt. Was war zu thun, wenn er dabei
das Giftfläschchen verlor? Er griff in die Tasche.
Es war wirklich noch da.

· Er stand dicht am Ufer des Sees. Zwanzig
Schritte weiter im Wasser schwamm majestätisch ein
Schwan.

Plötzlich schlug ein Hund an und gleich darauf
purzelte ein grauer Spitz den Abhang hinunter, um
den ruhig rudernden Vogel herausfordernd anzu=
bellen. Der Schwan hätte sich in seinem Elemente
um den Hund nicht zu kümmern brauchen, denn

dieser sprang immer wieder zurück, so oft er nur die Tatzen ins Wasser getaucht hatte. Aber der Schwan war nicht so stolz, daß er den Kläffer unbeachtet gelassen hätte. Er wandte sich dem Ufer zu und fauchte und schlug mit den Flügeln, als wäre er in Lebensgefahr. Heinrich war heute geneigt, jedes Erlebniß symbolisch zu nehmen. Da lachte er über das dumme Thier, welches sich in der Angst vor einer fernen Gefahr abzappelte; war der Mensch nicht noch dümmer, der den Tod suchte, weil das Leben einige Schwierigkeiten bot?

Es fiel ihm ein, daß ein Spitz schwerlich allein im Walde umherlief; sicherlich war ein Mann oder ein Haus in der Nähe. Erschrocken blickte er nach allen Seiten. Richtig, da kam ein Forstgehilfe zwischen den Baumstämmen gerade auf ihn zu. Heinrich räusperte sich laut, um seine Ungefährlichkeit anzu- deuten; der Jäger blickte ihn scharf an. Wenn er ihn verhaftete und ihm das Gift abnahm? Wenn er ihn blos genau betrachtete und den Freunden, die ihn gewiß suchten, die Richtung seines Weges be- schrieb?

Heinrich verlangte es, unter Dach zu kommen. Er ging in einer Bodenfurche, die leider etwas ver- sumpft schien, in der Richtung, in welcher er helle

Fenster gesehen hatte. Noch einige Male stürzte er und streckenweise watete er fast durch's Wasser, dann stand er endlich vor einem Wirthshause. „Kaffee Kohlhasenbrück" las er über der Thür und ein Schauer lief über seinen Leib. Wenn nicht an Kleist's Grabe, so befand er sich doch auf heiligem Boden; der Hauptheld unter den Kleist'schen Gestalten, Michael Kohlhaas hatte ja wohl hier gelebt.

Doch der kalte Schauer, der ihn überlaufen hatte, rührte offenbar nicht von dem Gefühle der Pietät allein her; die Nässe hatte es ihm angethan, und wenn ihn jetzt das Fieber packte, so verlor er vielleicht die moralische Kraft für seine That. Er mußte seine Nerven erquicken. Ohnedies wunderte es ihn, daß seine Berliner Freunde noch nichts gethan hatten, um sein gräßliches Ende zu hindern. Tante Ohlsen wird den Brief an Panzner doch nicht im Ernste bis Mitternacht uneröffnet lassen?

Er war eingetreten und hatte sich in der öden Wirthschaft ein Plätzchen in einer Nebenstube ausgesucht, wo er unbeobachtet hantieren konnte. Ein gelangweilter Kellner fragte nach seinen Wünschen.

„Ich bitte um eine große Tasse recht heißen Kaffee, sowie um ein Gläschen Rum, dazu bringen Sie mir" — Heinrich sprach es leise aus — „ein Glas Wasser."

. Der Kaffee war gegen die Kälte nothwendig. Rum hatte Kleist in der Nacht vor seinem Tode getrunken. Und was das Glas Wasser bedeutete — es war schrecklich. Hier in diesem einsamen Wirthshause konnte ihn keiner der Berliner Freunde stören.

Der Kellner hatte das Gewünschte gebracht. Heinrich kostete den Kaffee; er war nicht heiß und schmeckte entsetzlich. Er nippte vom Rum; als Apo= theker verstand er sich darauf, daß das der wider= lichste Fusel war. Er goß den Rum in den Kaffee. Aber wie sollte dieses Zeug seine Nerven beleben? Und wie konnte er ohne Nervenstärkung die große That begehen?

Ironisch lächelnd zog er zuerst die große Flasche hervor, und goß aus der Mischung von Nelkenöl und Baldriantropfen so viel in den Kaffee, als die Tasse noch faßte. Es war ein greulicher Trank. Aber er nahm ihn löffelweise, um seine Nerven zu kräftigen.

Während er also langsam die Medizin einnahm, die seine moralische Gesundheit für eine kurze Spanne Zeit herstellen sollte, blickte er verstört um sich. So sah nun sein Sterbegemach aus, wenn er sich die

Sache nicht überlegte, die Nacht hier verschlief und
am nächsten Morgen Kleist's Grab doch noch auf=
suchte. Die aus Berlin fanden ihn ja doch nicht.

Sein eventuelles Sterbegemach sah nicht ein=
ladend aus. Eine kahle Wirthsstube. An den Wänden
allerlei Plakate. Zwei Berliner Brauereien zeigten
ihr Bier an, ein natürlicher Säuerling und ein
neuer Schnaps wurden in hübschen Bildern an=
gepriesen. In der Ecke hing noch ein kleines Papp=
schild. Der Wirt war, wie daraus zu entnehmen
war, Agent einer Feuer= Hagel= und Lebensver=
sicherungs=Gesellschaft. Heinrich, dem von der Medizin
entsetzlich übel zu werden anfing, blickte lange Zeit
stier nach diesen Worten. Er war ja selber versichert.
Wie durfte er sich da tödten? War der Selbstmord
nicht jedem Versicherten strenge verboten? Aber schon
wirbelte in seinem Hirn durcheinander die Bismarck=
beleidigung und Helenens schmählicher Verrath; er
legte seinen Kopf auf den Tisch und weinte bitterlich.

VI.

Die Freunde.

An demselben Tage folgte Tante Ohlsen einer
Einladung Fritz Töpfer's. Als sie in ihrem schwersten
schwarzen Seidenkleide gegen ein Uhr den kleinen
Weg von ihrer Hühnersteige bis nach der Brüder=
straße machte, war sie schlechter Laune, weil die
nothwendige Aussprache mit Heinrich Weigertz nicht
zu Stande gekommen war. Es war offenbar die höchste
Zeit, auch dem dritten Dioskuren den Kopf zurecht
zu setzen; vielleicht konnte sie heute von den beiden
Andern, den geheilten Dichtwarten, Näheres über
Heinrichs neue Heimlichkeiten erfahren.

Als sie in der drei Treppen hoch gelegenen Woh=
nung in ihrer eigenthümlichen Weise zweimal rasch
nacheinander die Klingel zog, erscholl ihr mörder=
liches Geschrei entgegen. Vergnügt lächelnd erkannte

sie sofort, daß auch Renards da waren. So einen
Lärm konnten Fritzens Drei nicht vollführen, wenn
das Einzige von Renards nicht mit half.

Ihre Begrüßung fiel zu ihrer Zufriedenheit aus.
Nicht nur Trude und Fritz umarmten sie herzlich,
auch Aurelie und Hans ließen nichts zu wünschen
übrig. Besonders die Herren waren fast unaus=
stehlich mit ihren neckischen Galanterien. Und erst
die Kinder! Man hatte ihnen ja wieder allerlei mit=
gebracht, aber das war es nicht allein. Nur wahre
Liebe konnte so zerren und zausen und stoßen und
strampeln. Die Zeit, bis die Suppe aufgetragen
wurde, war ein Idyll, wenn auch Fritz Töpfer
öfter mit dem dicken Rohrstock drohen mußte, über
welchen die Kinder immer so lachten. Das Mittag=
essen selbst machte Trude alle Ehre. Tante Ohlsen
hatte zwei Kinder zur Rechten, eins zur Linken, —
nur Fritzens Jüngster saß noch nicht mit bei Tische —
aber sie fand doch hier und da Gelegenheit, sich von
der Güte der Erbsensuppe, des Gemüses und der
Kalbskeule zu überzeugen. Nur die süße Speise
bekam sie nicht zu kosten; so oft sie auch nahm, die
Kinder mausten ihr Alles vom Teller weg. Und das
gefiel ihr ausnehmend.

Erst gegen drei Uhr waren die gemeinsamen

Gedichte von Hans und Friedrich — der Scherz stammte natürlich von Fritz — auf dem Hofe mit Zeckspielen beschäftigt, und die Großen, wozu sich auch Hermann Ohlsen rechnete, konnten verständig plaudern. Das Gespräch nahm aus solchen Anlässen immer denselben Verlauf. Zuerst lobte Tante Ohlsen die Behaglichkeit des Hauses und Trude versicherte, daß Alles ohne die Güte von Tante Ohlsen nicht so geworden wäre. Hermann Ohlsen lehnte jeden Dank ab, blühte aber sichtlich bei jedem Lobesworte Trudes auf. Schließlich mischte sich Fritz mit einem gemüthlichen, immer neuen Scherze ins Gespräch und machte dem alten Fräulein eine Liebeserklärung, die zum Todtlachen war. Dann gab dieses endlich nach. Sie habe wirklich viel für das junge Paar gethan; nicht weil sie Fritz zum Compagnon genommen, das war Unsinn, sie konnte doch ihre Leih=bibliothek nicht ernstlich einem Thierschutzvereine über=lassen! Nein, dafür verdiente sie Dank, daß sie den Dichtwarten ihren Kopf zurechtgesetzt hatte. Hierauf wurden von den Betheiligten regelmäßig alle Ereig=nisse aus der Zeit der großen Dichterei zum Besten gegeben; man lachte unaufhörlich. Wenn aber Hans Renard zugegen war und sich schämte, und mit Rücksicht auf seinen dreijährigen Sohn von

anderen Dingen sprechen wollte, dann lachte man
noch mehr. Zum Schlusse solcher Unterhaltungen
berichtete Tante Ohlsen immer über Heinrich Weigertz
und versicherte, daß sie dessen Sparren auch noch ein=
richten würde, obgleich der dritte Dioskure kein so
einfacher Narr sei, wie es die beiden Anderen waren.

Als heute an dieser Stelle wieder Oho! gerufen
wurde, lehnte sich Tante Ohlsen in den Lehnstuhl
so weit zurück, daß sie fast darin verschwand und sagte:

„Ihr Beide waret immer ausgemachte Philister
und seid erst durch meinen Freund Panzner verrückt
gemacht worden. Ihr habt niemals geglaubt, daß
es euch Ernst ist. Na, na, Hans, du hast es auch
nicht geglaubt. Mit dem Heinrich steht es schlimmer.
Der glaubt, daß er es ernst nimmt, wenn es auch
nicht wahr ist. Gerade jetzt hat er wieder was.
Er lebt in seiner Einbildung in lauter Tragödien.
Da hat er heute wieder auf seinem Tische einen
Brief an Panzner liegen lassen, und darauf steht
mit seiner schönsten Handschrift: Nicht vor Mitter=
nacht zu öffnen. Was das für Komödiantensachen
sind!"

Fritz und Hans lächelten einander schlau an.
Tante Ohlsen fing den Blick auf und verlangte zu
wissen, was vorging. Wenn die alten Dichtwarte

mit der Behandlung zufrieden waren, welche sie ihnen seinerzeit hatte zu Theil werden lassen, so sollten sie auch ihren Freund Heinrich nicht schonen. Fritz und Hans wollten sich drücken, aber Aurelie und Trude erklärten, Tante sei die Klügste und Beste von der ganzen Gesellschaft. Die jungen Frauen verriethen, was sie wußten, die Männer berichtigten, wie es die Diskretion wohl verlangte, jeden Irrthum, und so kam bald Alles zu Tage.

Es war richtig, daß Heinrich wegen einer Schau= spielerin verbummelte. Aber er war voll und ganz ein Dichter und hatte in diesem Umgang den Muth gefunden, sein Stück zu schreiben. Hans Renard und Aurelie, als die Sittlicheren und Ernsteren, hatten es zu lesen bekommen. Fritz Töpfer mit seinen vielen Kindern galt nicht einmal mehr als Publikum etwas. Das Stück dauerte nur zwanzig Minuten und enthielt beinahe nichts als ein paar Reden zwischen einem Dichter und seiner Geliebten, die sich am Ende erschossen.

Es stak noch ein Geheimniß dahinter. Als Hans auf die Uhr sah und die Mittheilung machte, es sei bereits Vier, da platzte Trude heraus:

„Und es wird heute in Glienicke aufgeführt. Fritz und Hans sind eingeladen und fahren um

26*

fünf Uhr hinaus. Sie wollen in Glienicke über
Nacht auf dem Bahnhofe bleiben und Skat spielen. Es
ist hohe Zeit für sie, daß sie sich fertig machen und
Onkel Panzner abholen. Der weiß auch von Allem
und fährt mit, wenn Tante Panzner es ihm er-
laubt."

Fräulein Ohlsen war vor Zorn und Aufregung
verstummt. Jetzt ließ sie sich vom Lehnstuhl hin-
untergleiten und fuhrwerkte gefährlich in der Stube
hin und her. Sie wollte selber mitfahren. Sie
wollte im Hoftheater von Glienicke einen Platz zahlen
und sämmtliche Straßenjungen von Glienicke mitnehmen. Und sie und die Straßenjungen wollten
so lange pfeifen, bis der Dichtwart und dritte
Dioskure um Verzeihung bat. Das könnte ihr
passen! Schulden machen und Stücke schreiben!
Wenn er nicht zu heilen war, so mußte er heraus
aus ihrer Hühnersteige. Ein verrücktes Huhn konnte
sie da nicht brauchen.

Sie ließ sich nicht beruhigen. Trude mußte ihr
einen Regenmantel und einen Schirm leihen; Fritz
mußte den Mantel, Hans den Schirm tragen, und
so zogen sie ab, um Onkel Panzner abzuholen.

Auch bei Panzners war der unselige Heinrich
die Veranlassung zu einem stürmischen Auftritte ge-

wesen. Im besten Nachmittagsschläfchen war der unabsetzbare Vorsitzende des Pegasus durch Ottilie unterbrochen worden, welche in ihrer Noth nur noch bei ihm eine Rettung sah. Bevor dieser noch völlig zum Bewußtsein gekommen war und bevor Frau Panzner noch den Kaffee aufgegossen hatte, erzählte Ottilie schon, was sich gestern in ihrer Stube ereignet hatte: daß Heinrich sich wegen der Denunziation umbringen wollte. Er mußte an seinem Vorhaben verhindert werden, denn sie liebte ihn, nur ihn. Tante Panzner sollte ihr nicht mehr abreden; sie könnte mit keinem Andern glücklich werden. Wenn Heinrich sich umbrächte, so ginge auch sie ins Wasser.

„Herr Ahrens ist heute Mittag wieder bei mir gewesen und wollte Alles zwischen uns in Ordnung bringen. Er ist mit einem Referendar bei der Staatsanwaltschaft bekannt. Durch den hat er die Denunziation eingereicht. Heute war er in aller Frühe bei ihm, um die Anzeige zurückzuziehen. Das war nicht möglich; aber er erfuhr etwas viel Besseres: Bismarck hat über die ganze Geschichte nur gelacht und Heinrich kommt gar nicht vor's Gericht. Ich habe Herrn Ahrens trotzdem kein gutes Wort gegeben. Denn wenn Heinrich den glücklichen Ausgang nicht bei Zeiten erfährt, so thut er sich 'was an. Zweimal war ich schon bei Tante Ohlsen; es war Niemand zu Hause. Was thue ich nur?"

Frau Panzner brachte ärgerlich den Kaffee. Das sollte nun ein Sonntag Nachmittag sein. Panzner tröstete. Er hatte die Sicherheit, Heinrich Weigertz heute in einer erhebenden Stunde zu sprechen.

„Ich will ihn hüten wie deinen Augapfel, mein Kind. Aber auch sonst wäre nichts zu fürchten. Die Dichter, deren Gehirn in schönem Wahnsinn dahinzurollen pflegt, haben es so in der Gewohnheit, sich mit dem Selbstmorde als mit einer poetisch brauchbaren Stimmung gerne zu beschäftigen. Beruhige dich! Sogar ich lebe noch, trotzdem die Parzen meine Wiege vertauscht haben, als sie vergaßen, mir in den Eichenkranz des Redners auch den Lorbeer des Dichters zu binden."

Ottilie wollte wissen, wo Onkel Panzner mit Heinrich zusammenzutreffen gedachte. Aber der unabsetzbare Vorsitzende ließ sich keinen fremden Gedankengang aufzwingen. Er hatte auf die Wunde des Mädchenherzens Balsam gestreut und ging logisch dazu über, seinen heiligen Zorn gegen den ersten Dichtwart, Herrn Ahrens, emporlodern zu lassen.

„Ich thu's, ich thu's, so wahr ich Bezirksvor=
steher bin. Ich verwerfe den Pegasus! Wohl habe
ich ihn in die Welt gesetzt, aber es giebt Fälle, in
denen der eigene Vater sein Kind straflos erwürgen
darf. Die Bürgerschaft hat mich berufen, in den
zwar profanen aber bedeutenden Angelegenheiten
ihres berauschenden Wachsthums meine Kraft ein=
zusetzen. Mögen dann die Schwingen des Flügel=
pferdes in mir erlahmen, mag die neue Blüthen=
periode deutscher Dichtung, die ich in der Umgegend
des Halleschen Thores aufblühen lassen wollte, hin=
ausgeschoben bleiben. Ich gehe fortan ganz in den
kleineren Verhältnissen der Stadt Berlin auf.“

Ottilie wußte sich nicht zu helfen. Sie hatte nur
Sinn für ihren Heinrich und sollte hier müßig sitzen.
Onkel Panzner hatte offenbar seinen unvernünftigen
Tag und die Frau liebte Heinrich nicht.

„Unkraut vergeht nicht,“ warf diese immer ein,
wenn die Unterhaltung zwischen ihrem Manne und
Ottilie stockte. „Das redet immer vom Erschießen,
damit man seine Schulden bezahlt. Wenn mein Männe
nur nicht so herunter wäre. Den Pegasus wird er auf=
stecken, und den Lehrer hat er gleich kündigen müssen.
Wenn er nur gesunder wäre! Den Kaffee trinkt er
ja noch, aber einstippen thut er gar nichts mehr.“

Ottilie wollte schon aufbrechen und zum dritten Male nach der Leihbibliothek gehen. Da ertönte draußen die Klingel und gleich darauf flog Tante Ohlsen herein. Die alten Dichtwarte folgten langsamer. Jetzt erfuhr Ottilie, daß die ganze Gesellschaft nach Glienicke fahren wollte. Tante Ohlsen wetterte zwar noch immer gegen den Jungen, dem sie den Kopf zurechtsetzen wollte; aber sie hatte auf dem Wege doch etwas Schmeichelhaftes darin gefunden, in Glienicke ein Werk ihres Schützlings aufführen zu sehen.

Als Alle in einer Art freudiger Bewegung von der Sache sprachen, mäßigte Ottilie ihre Angst und suchte eine Form, in welcher sie sich der Unternehmung anschließen konnte. Da langte Herrmann Ohlsen Heinrichs Brief hervor und reichte ihn dem neuen Bezirksvorsteher.

„Nicht vor Mitternacht zu öffnen, steht darauf," sagte sie. „Na, warte mein Junge. Mich erwartest du auch nicht vor Mitternacht."

Kaum hatte Ottilie die Worte gehört, als sie das Schreiben an sich riß.

„Wir müssen es auf der Stelle lesen," rief sie. „Es ist ein Abschiedsbrief! Er bringt sich um!"

Panzner streckte schirmend seine Hand über den Brief aus.

„Kraft meines bürgerlichen Ehrenamtes," sagte er, „erachte ich mich als Hüter des Gesetzes. Das rothe Siegel eines Briefes erinnert an das Blut, mit welchem der Henker jede Verletzung des Brief=geheimnisses ahndet. Gerade wenn dieses Schreiben den letzten Willen Heinrichs enthalten sollte, muß dieser Wille geachtet werden und der Brief geschlossen bleiben."

„Ich aber sage euch Allen," rief Ottilie, „daß kein Einziger von euch Heinrich auch nur ein bischen lieb hat. Ihr denkt Alle nur an euch selbst und Onkel Panzner ist ein Narr."

Die Hörer kamen gar nicht zum vollen Be=wußtsein der unerhörten Beleidigung, welche das aufgeregte Mädchen ausstieß. Denn schon hatte Ottilie, unbekümmert um die Wirkung ihrer Worte, den Umschlag des Briefes in Fetzen gerissen und war gleich darauf mit dem Rufe: „Er ist todt!" fast ohnmächtig in den nächsten Stuhl gesunken. Ganz ohnmächtig war sie wohl nicht, denn sie erhob sich bald wieder, legte den Brief, mit beiden Händen ihn glatt streichend, vor Panzner auf den Tisch und sagte tonlos:

„Lesen Sie, lesen Sie laut vor, wenn Sie können! Sie sind allein schuld."

Alle sprachen durcheinander. Tante Ohlsen und Hans Renard waren geneigt, das Schlimmste zu glauben, und stimmten darum, das Fräulein hastig und Hans tief betrübt, der Verurtheilung des alten Panzner bei. Fritz Töpfer schrie jämmerlich vor Angst, aber er schrie immer dasselbe, daß nämlich Heinrich gewiß noch am Leben sei. Frau Panzner schlug von Zeit zu Zeit auf den Tisch, daß die Kaffeetassen klirrten, und erklärte den Apotheker dabei jedesmal für einen Nichtsnutz, einen Leutevergifter und einen Mädchenverführer. Doch daß er auch ein Selbstmörder sei, das glaube sie nun und nimmermehr.

Da Alle jedoch vor Allem den Brief kennen lernen wollten, wurde es endlich still. Unser Panzner hatte nicht die Kraft aufzustehen, aber er richtete seinen langen Oberkörper auf dem Stuhle steil empor, hielt den Unglücksbrief mit zitternden Fingern weit von den Augen ab und las mit markiger Stimme, welche nur selten etwas Rührung aufkommen ließ:

„Berlin, 1. Mai 1879 7 Uhr morgens.

Theuerer Meister!

Wenn Sie diese Zeilen meinem letzten Willen gemäß nach Mitternacht öffnen, hat das Jenseits alle Schrecken und alle Räthsel für mich verloren. Ich bin todt. Versuchen Sie es nicht, mich noch in der Nähe vom Grabmale Kleist's zu überraschen und zu retten; es wäre zu spät.

Ihnen allein verdanke ich es, theurer Meister, daß ich mein hohes Vorbild kennen gelernt habe. Kleist ist ein großer Dichter! Oh, wie Recht hatten Sie! Auch Sie sollten seine Werke lesen. Und vielleicht ziehen Sie in Ihrer Leichenrede einen Vergleich zwischen meinem Vorbilde und mir. Ach, nur im Unglück bin ich ihm ganz ebenbürtig.

Urtheilen Sie selbst. Muß ich nicht sterben? Meine Dichtungen finden theils keine Anerkennung, theils komme ich nicht dazu, sie zu schreiben. Wohl wird heute im Theater von Glienicke mein Erstling auf die Bretter gebracht; ich will nicht leugnen, daß mir ein Bombenerfolg neuen Lebensmuth geben könnte. Steht Glienicke Kopf, so behalte ich den meinen oben auf. (Galgenhumor!) Geht es aber schief, so hält mich nichts mehr, ich falle. Denn um die Aehnlichkeit mit Kleist voll zu machen, jagen mich die politischen Verhältnisse unseres armen Vaterlandes in den Tod. Im Pegasus feiert die Reaktion ihre Orgien und schleppt mich nach dem Molkenmarkt auf die An=

klagebank. Wagen Sie es, mir zum Leben zu=
zureden?

Ohne Sie hätte ich vielleicht in bürgerlichem
Dunkel an der Seite eines geliebten Mädchens,
geschätzt von Kindern und Enkeln, ein glückliches
Dasein fristen können. Ich habe nie eine Andere
geliebt als Ottilie. Sagen Sie es ihr nachher.
Sie soll weinen. Ohne Sie wäre ich vielleicht
mit ihr verbunden. Aber ich vergebe Ihnen.
Gott wird es Ihnen nicht vergeben.

Ihr unentwegter Heinrich,
nicht von Kleist.

Nachschrift: Oeffnen Sie diesen Brief ja nicht
vor Mitternacht."

Ottilie und Hans Renard schluchzten jämmerlich.
Panzner aber erhob sich jetzt in seiner ganzen Länge.
Auch ihm rollten die Thränen über die eingefallenen
Wangen, aber leuchtenden Auges sprach er:

„Wir wollen seine Leiche verbrennen. Eine kleine
Freude in unserm großen Schmerze sei uns dieser
Gedanke. Er war mein einziger Schüler. So etwas
wollte ich immer thun, er aber blieb nicht beim
Wollen, er hat es gethan. Auf den Schwingen des
Flügelpferdes wird seine Seele den Holzstoß um=

schweben, wenn die reine Flamme seinen jugendlich schönen Körper..."

Ottilie war plötzlich aufgesprungen, hatte ihr Hütchen ergriffen und aufgesetzt.

„Wir müssen ihn verhindern!" unterbrach sie den begeisterten Redner. „Wer fährt mit?"

Die beiden gewesenen Dichtwarte und Tante Ohlsen holten ihre Sachen. Natürlich gingen sie mit! Wenn es nur nicht zu spät war!

Nur Panzner wollte sich widersetzen. Heinrich Weigertz habe sich in seinem letzten Willen jede Störung verbeten. Dieser letzte Wille müsse geachtet werden.

Ottilie schlug mit ihrem Regenschirm auf den Tisch, daß die Zwinge abflog.

„So suchen Sie doch in dieser Stunde Ihr Fünkchen Menschenverstand zusammen! Wenn er nur noch lebt und zu retten ist!"

„Ich überhöre Ihre Kränkungen, armes, armes Mädchen! Ich komme mit euch! Wenn wir die Leiche finden, so werde ich kraft meines Ehrenamtes Alles beschleunigen, damit die Ueberführung nach Gotha geradeswegs stattfinden kann. Als Mitglied des Vereines Holzstoß..."

„Fort! nur fort!" trieb Ottilie.

„Ich bleibe zu Hause," erklärte Frau Panzer, „und
erwarte euch mit einem steifen Grog. Todt werdet
Ihr den Taugenichts nicht bringen, aber wahrschein=
lich in einem Zustand, wo Grog für gut ist. Ihr
müßt ihm gar nicht viel zureden! Er wird sich zu=
erst zieren wie Lehmann im Sarge. Dann aber
wird er lustig werden. Ich kenne das vom Panzner
aus der Zeit, wie er es auch wollte."

„In meinem Schüler wird's zur That" sagte
unser Panzner gekränkt. „Nun aber gehe doch Einer
zum Kaufmann, suche einen giltigen Fahrplan aus=
findig zu machen und daraus zu erfahren, um welche
Stunde der nächste Zug uns vom Potsdamer Bahn=
hofe nach Station Wannsee führt."

„In der Leihbibliothek haben wir ein Kursbuch
mit dem Winterfahrplan," sagte Fritz Töpfer, der
vollständig den Kopf verloren hatte.

„Wir fahren auf der Stelle nach dem Bahnhofe,
und zwar in einer Droschke erster Güte," rief Tante
Ohlsen aufgebracht. „Die Narren können zum Kauf=
mann und in die Leihbibliothek gehen. Hans Renard
begleitet uns. Komm, Ottilie, du hast das Herz auf
dem rechten Flecke, und wir wollen hoffen, daß wir
den dummen Jungen, den Heinrich, den armen,
guten, lieben Schelm, noch am Leben treffen."

Nur ganz im Fluge küßten sich die beiden Mädchen, das alte und das junge; dann setzte man sich in Bewegung. Hans Renard übernahm die strategische Leitung. Panzner und Fritz Töpfer folgten wider= willig.

In einer viersitzigen Droschke erster Klasse fanden sie bequem Platz, weil Panzner nur der Länge nach und Fräulein Ohlsen fast gar nicht mitzählte.

Auf dem Potsdamer Bahnhofe mußten sie nur zehn Minuten bis zum Abgange des nächsten Zuges warten. Sie fuhren allein in einer Abtheilung. Es war spät am Nachmittag und der beginnende Regen fing bereits an die Ausflügler nach der Stadt zurückzutreiben.

Die Fahrzeit verlief still. Die beiden alten Dicht= warte fühlten sich zu männlicher Fassung verpflichtet, und es war nur merkwürdig, daß Fritz Töpfer jedes= mal sein Taschentuch hervorzog, wenn Hans Renard sich schneuzte. Ottilie hörte in ihrer Ecke nicht zu weinen auf und murmelte dann und wann kaum verständlich:

„Wenn es zu spät ist, gehe ich ins Wasser.“

Tante Ohlsen suchte sie zu beschwichtigen, aber hinter Ottiliens Rücken ballte sie oft die Faust gegen Panzner. Dieser saß in seiner beleidigten Majestät

aufrecht da und hatte es sich in den Kopf gesetzt,
daß er die Verbrennung von Heinrichs Leiche nicht
hindern lassen werde, und sollte es ihn das neue
Amt eines Bezirksvorstehers wieder kosten. In seinem
Kopfe herrschte aber nicht dieselbe Klarheit wie sonst.
Einmal ertappte er sich darauf, wie er seine Streich=
holzbüchse hervorzog und träumerisch drei Hölzchen
auf einmal anzündete.

Auf Station Wannsee fand gar keine Berathung
statt. Ottilie rief: „Nach Glienicke!" und Alle ge=
horchten. Wenn Heinrich mit seiner schrecklichen That
bis nach Schluß der Vorstellung warten wollte, so
war es noch nicht zu spät.

Eilig marschirten sie durch den lästigen Regen
über die Landstraße hin. Hans hatte die Führung
übernommen, aber die beiden Mädchen waren ihm
immer um zwanzig Schritte voraus. Als man in
Glienicke ankam, hätte man auf Panzner und Fritz
Töpfer fünf Minuten warten müssen, doch Ottilie
trieb weiter. Bald waren sie vor dem Gasthof „Zur
deutschen Eiche" angelangt. Während Hans noch
Lage und Gelegenheit überschaute, hatte Ottilie schon
auf dem Flur den Kassentisch des Theaters erspäht.
Athemlos lief sie hin und rief:

„Ist Heinrich Weigert hier?"

Der Direktor, der selbst die Einlaßkarten verkaufte, sah mit Vergnügen drei zahlungsfähige Menschen erscheinen, von denen der letzte sich sogar nach Nachzüglern umwandte.

„Bitte sich selbst im Saale zu überzeugen. Es hat kaum angefangen. Erster Platz war nur bis sechs Uhr für eine Mark; jetzt 1,50 Mark. Wie viel Billets gefällig?"

„Wir wollen nicht ins Theater," mischte sich jetzt Tante Ohlsen ein, „wir suchen den Heinrich Weigertz, den Autor des Stücks, Sie wissen schon."

Der Direktor spitzte den Mund. Das waren Freunde des jungen Menschen von heute Nachmittag; er hatte sie wohl zur Aufführung eingeladen. Gab sich der freche Mensch für den Autor von Käthchen aus! Und der Direktor hatte das Soufflirbuch doch schon vor zehn Jahren in der Bibliothek seiner Frau gefunden! Doch kurz erwiderte er:

„Wenn die Herrschaften belieben ersten Platz zu nehmen, so können Sie im Zwischenakte von da aus gleich hinter die Coulissen gehen. Den Autor können Sie bei Fräulein Jllo erfragen; sie spielt das Käthchen."

Tante Ohlsen wollte zu Heinrich vordringen, ohne Eintrittsgeld zu zahlen; Ottilie aber befahl zornig fünf Billets. Hans erlegte sieben Mark fünfzig

Pfennig und hinterließ den Auftrag, dafür auch die
beiden naſſen Herren einzulaſſen, die bald kommen
würden.

Der mäßige, ſchlecht erleuchtete Saal war ziemlich
gefüllt. Auf einer Galerie zur Linken drängte man
ſich ſogar. Es war gutes Theaterwetter für Glienicke.
Heinrichs Freunde mußten ſich mit einer der letzten
Stuhlreihen begnügen. Ihnen gegenüber, an dem
einen ſchmalen Ende, war auf dem Podium die
Bühne aufgeſchlagen. Rechts in der Ecke gingen
drei kleine Stufen zu einer grün und roth bemalten
niedrigen Tapetenthür, die nach der Bühne führte.

Ottilie und Tante Ohlſen warteten nur ungeduldig
das Fallen des Vorhangs ab; ſie verſtanden nicht
ein Wort, das auf der Bühne geſprochen wurde.
Hans Renard aber, als ehemaliger Dichtwart und
Freund der Dichtkunſt, bemerkte mit Erſtaunen, daß
ſchon Käthchen von Heilbronn geſpielt wurde; denn
der Name Käthchen kam häufig vor. Sollte Heinrichs
Prolog ſchon vorüber ſein?

Glücklicherweiſe war der erſte Akt ſehr gekürzt
und ſchon kurz nach Ottiliens Eintreten gab es eine
Pauſe. Sofort ſprang ſie in die Höhe und ſagte
zu Hans Renard:

„Begleiten Sie mich hinter die Couliſſen!“

Durch den schmalen Gang zur Rechten, wo die Kellner Bier ausschrieen und umherreichten, ging Ottilie tapfer nach vorne. Hans Renard blieb dicht hinter ihr. Tante Ohlsen wollte sich anschließen; als aber die Petroleumlampen höher geschraubt waren und ganz Glienicke verwundert auf Heinrichs Retter hinblickte, kehrte sie beschämt und erröthend auf ihren Platz zurück. Vor der Tapetenthüre zögerte auch Ottilie. Da trat Hans vor, drückte die Klinke so kräftig auf, daß die ganze Bühne ins Wanken gerieth, und unter der allgemeinen Heiterkeit des Publikums schlüpfte er mit Ottilie hinter die Coulissen.

Der verfügbare Raum war hier durch sie beide vollständig ausgefüllt. Im Halbdunkel sah man schmutzige Leinwandfetzen zwischen wurmstichigen Holzrahmen und auf einem Küchentisch allerlei Requisiten: einen Eisenpanzer aus Pappe, zwei Ritterdegen und eine Peitsche. Hans Renard wollte neugierig Alles betrachten, aber Ottilie ließ ihm keine Zeit.

„Rufen Sie Heinrich Weigertz!" flüsterte sie ihm zu.

„Heinrich Weigertz" brüllte Hans. Im Zuschauerraum wurde gelacht und ironisch applaudirt. Von

der Galerie her ertönte der Ruf: „Heinrich, sollst
'mal 'runterkommen!" Man war in der Nähe der
Hauptstadt.

Aus dem Ankleidezimmer stürzten die Darsteller
auf die Bühne. Nicht Alle hatten ihre Kostüme voll=
ständig geordnet.

„Ist Herr Weigertz nicht hier?" fragte Hans höf=
lich. „Ich meine den heutigen Autor."

„Der heutige Autor ist gut!" rief der Ritter
mit den großen Stiefeln, der vorhin zwei Vehm=
richter gegeben hatte. Alle lachten.

Hinter dem Küchentische tauchte Helene Illo auf.
Sie hielt die saubern Strümpfe in der linken Hand
und besserte die Stellen, die doch nicht ganz sauber
waren, mit Kreide aus.

„Wer will was von Heinrich Weigertz?" fragte
sie gleichmüthig.

Hans richtete sich stramm in die Höhe. Er wäre
nicht gerne daran erinnert worden, daß er die Künst=
lerin vom Laokoon her kannte. Denn ohne Zweifel,
das war Lene Ilges.

„Wissen Sie nicht, wo Heinrich Weigertz ist?"
fragte er.

„Nun habe ich es aber satt," rief Fräulein Illo
und warf die Strümpfe auf den Tisch. „Heinrich

hat sich einreden lassen, wir würden hier etwas auf=
führen, was er geschrieben hat. Und wie er sich ge=
foppt sah, redete er allerlei Quatsch, wie er das
gerne hat. Ich weiß nicht, wo er ist."

Da trat Ottilie hart an den Küchentisch heran
und sagte mit fester Stimme:

„Er wollte sich selbst morden, ich weiß es. Sie
hatten ihm versprochen, es mit ihm gemeinsam zu
thun. Im letzten Augenblicke haben Sie „nein"
gesagt?"

„Natürlich."

„Und wohin ist er von hier aus gegangen?"

„Lassen Sie mich in Ruhe! Wenn Sie ihm nach=
laufen wollen, ich lege Ihnen nichts in den Weg."

„Wohin ist er von hier aus gegangen?"

„Zu irgend einem Grabmonument. Was fragen
Sie mich aus? Sie haben hier nichts zu suchen,
wenn Sie auch zehnmal seine Geliebte sind."

Alle Schauspieler standen zwischen den Koulissen.
Hinter der letzten steckte Fräulein Vulpius, noch
nicht vollständig gekleidet, aber fertig geschminkt, den
Kopf vor: „Stören Sie Fräulein Illo nicht," rief sie
giftig; „sie hat ihre Strümpfe noch nicht weiß
gekriegt! Dabei wäscht ihre Mutter selbst; aber nur

für Geld und für fremde Leute. Fräulein Illo
zieht jeden Sonntag frische Kreide an."

Helene holte mit den Strümpfen aus, um ihrer
Kollegin hinter die Ohren zu schlagen.

Erschreckt floh Ottilie, von Hans Renard gefolgt,
durch die Tapetenthür. Was lag ihr daran, daß
das kunstsinnige Publikum von Glienicke sie mit
Zurufen begrüßte.

„Er ist nicht da!" rief sie, der Tante Ohlsen zu.
„Wir müssen weitersuchen."

Alle Drei stürmten hinaus, während ein Klingel=
zeichen die Aufmerksamkeit der Zuschauer von ihnen
ablenkte. Draußen stießen sie auf Panzner und
Fritz Töpfer, welche in der sichern Erwartung,
Heinrich sei hier glücklich aufgefunden worden, sich
mit einem höchst fragwürdigen Grog stärkten. Auf
die Nachricht, Heinrich wäre verschwunden, setzten
beide ihre Gläser wieder hin. Panzner sprach:

„So wollen wir denn in stiller Trauer die
Rosenfinger der Morgenröthe abwarten, um den
Riesenbrand zu entfachen, der meines Benjamins
würdig ist."

„Schweigen Sie!" rief Tante Ohlsen.

„Schweigen Sie!" rief auch Ottilie. „Heinrich

hat das Grabmal seines Kleist aufgesucht. Wer kann uns sagen, wo das liegt?"

Hans Renard konnte wieder die strategische Führung übernehmen. Er erinnerte sich, daß es in der Bühnenangabe von Heinrichs Prolog hieß:

„Am Ufer des Wannsees, nicht zu weit von der gegenwärtigen Eisenbahnstation gleichen Namens."

Im Geschwindschritt eilten sie den Weg zurück, den sie gekommen waren. Die Bewegung, der gleichförmige Regen und die Sorge machte sie stumm. Nur Ottilie fragte jeden der wenigen Leute, die vorüber kamen, nach einem todtenbleichen, schönen jungen Manne, der aussah, als ob er sich das Leben nehmen wollte; doch Niemand wußte etwas von Heinrich.

Es war dunkle Nacht und bald neun Uhr, als sie in Wannsee anlangten. Hier theilten sie sich. Fritz Töpfer schritt mit Panzner nach der Restauration, die Andern nach dem Bahn= hofe. Ottilie flog von einem Beamten zum andern und wiederholte ihre Frage. Man schüttelte den Kopf. Plötzlich ertönte von der Restauration her ein schriller Pfiff und dann ein Jodler, das verab= redete Zeichen. Sofort war sie dort. Fritz Töpfer hatte glücklicherweise Durst bekommen und dabei vom

Kellnerjungen erfahren, daß ein sehr verschwiemelt aussehender junger Mann vor mehr als einer Stunde nach dem Grabmal dieses alten Generals gefragt habe und dann hingewandelt sei. Dahinaus!

Schon wollte die ganze Gesellschaft sich auf die Suche begeben, da rief ein Forstgehilfe, der seinen Spitz mit einer Wurstpelle geneckt hatte, vom Ecktischchen herüber:

„So Einen, auf den die Beschreibung paßt, habe ich noch vor einer halben Stunde hier auf der andern Seite gesehen. Er ist nach Kohlhasenbrück zu gegangen."

Endlich hatte man eine sichere Fährte. Der junge Forstmann erbot sich, die Herrschaften selbst nach Kohlhasenbrück zu geleiten, damit sie in der Dunkelheit nicht verbiesterten. Er machte schüchterne Versuche, der hübschen jungen Dame den Hof zu machen; als Ottilie das aber nicht einmal bemerkte, verstummte auch er. Man ging dahin, wie in einem Leichenzuge. Ottilie, welche sich vor Aufregung und Weinen kaum mehr schleppen konnte, blieb von Zeit zu Zeit stehen und murmelte: „Ich überlebe es nicht!" oder auch: „Mein lieber Heiland, nur dies eine Mal!"

„Und wenn es zu spät ist," fiel plötzlich Tante

Ohlsen ein, „dann lange ich mir Sie, Herr Panzner. Weine man nicht, Mädchen, wir finden ihn ja lebendig. Aber das sage ich, dem Nichtsnuh geht es schlecht, wenn er nicht todt ist. Ist er aber doch todt, dem Panzner! Schweigen Sie! Auch diese beiden ehrlichen Burschen hier hatten Sie mir zu Narren gemacht. Ich habe sie wiederhergestellt und darum habe ich geglaubt, ich dumme, alte Jungfer, ich könnte auch den Heinrich allein kuriren. Aber ich sehe schon, da muß andere Medizin helfen. Schweigen Sie! Sie geben an die jungen Leute so viel Narrheit ab, daß ich nicht begreifen kann, wie Sie noch welche für sich übrig behalten.“

Tante Ohlsen mußte zu schelten aufhören, weil ihr im heftigen Weiterschreiten der Athem ausging. Da fiel Panzner bitterlich weinend ein, während auch er vorwärts eilte:

„Ich lege alle meine Würden nieder! Niemand hat mich jemals verstanden; und nun stirbt der Einzige, der mich doch verstanden hat. Aber klagen Sie mich nur an! Ja, ich habe ihn geopfert.“

Plötzlich blieben sie Alle stehen.

„Das ist „Café Kohlhasenbrück“,“ sagte ihr Führer und wies auf die hell erleuchteten Fenster eines Hauses, welches bei einer Biegung des Weges auf

einmal nur hundert Fuß von ihnen entfernt da=
stand. Niemand wagte den ersten Schritt vorwärts
zu machen. Hinter diesen Mauern erwartete sie die
Entscheidung. Ottilie hatte Fräulein Ohlsen um=
gefaßt, um nicht zu fallen. Plötzlich ließ sich in dem
Hause ein Geräusch hören. Vielleicht war gerade
dieser Augenblick der entscheidende! Wie gehetzt rannte
Ottilie auf das Thor zu, sprang die Stufen der
Freitreppe empor und öffnete die Wirthsstube. Wäh=
rend sie den leeren Raum nach allen Richtungen durch=
spähte, wurde sie von ihren Begleitern eingeholt.

„Er ist nicht da.“

Schon wollte das verzweifelnde Mädchen den
Kellner fragen, welcher schläfrig aus dem Hinter=
grunde auftauchte, da fühlte sie eine Bewegung hinter
sich. Der Forstgehilfe wies traurig mit der Hand
nach der Nebenstube. Im Nu war Ottilie drinnen.
Mit einem Aufschrei hielt sie sich am Tische fest.

Auf der Holzbank lag todtenbleich, mit verzerrten
Zügen und geschlossenen Augen, ihr Heinrich. Vor
ihm lag ein leeres Fläschchen auf dem Tische; doch
die Tasse zu seiner Rechten war noch halb gefüllt.

Ohne zu denken, ohne zu zögern, stürzte sich
Ottilie darauf. Sie führte die Tasse an den Mund.
Gottlob, das war kein Kaffee, das war ein Höllen=

trank. Bevor noch einer ihrer Freunde sie hindern konnte, hatte sie das Getränk hinuntergeschluckt.

Dann verzog sie das Gesicht, wie in einem höchst prosaischen Entsetzen. Es mußte fürchterlich geschmeckt haben. Als aber Alle auf sie einstürmten und besonders Tante Ohlsen sie zitternd mit Schimpfworten und Liebesnamen überschüttete, da richtete sich Ottilie auf und blickte die Freunde mit einem unsäglich bittenden Ausdruck an. Ihre Lippen zuckten, und sie sagte leise:

„Mir ist schon sehr übel. Es wirkt schnell. Begrabt uns zusammen.“

Ihre Züge hatten binnen wenigen Sekunden dieselbe Farbe und dieselbe Verzerrung angenommen, wie die Heinrichs. Langsam ließ sie sich neben der Holzbank nieder und verbarg ihr Gesicht in Heinrichs Händen.

Fräulein Ohlsen hatte sich kraftlos in einen Stuhl geworfen und wiederholte immerzu:

„Ich möchte auch fort aus dieser Welt! Ich möchte auch fort!“

Die beiden ehemaligen Dichtwarte weinten Brust an Brust.

Unser Panzner erhob seine Stimme und sprach:

„Nicht genug an meinem Benjamin! Die tückischen

Parzen haben zwei Fäden auf einmal durchschnitten. Aber ihre Särge sollen gleich zwei Riesenfackeln der Welt die Geschichte ihrer Liebe mit Feuerbränden . . .“

„Er lebt noch,“ rief der Forstgehilfe aus.

Heinrich hatte die Augen geöffnet.

Ein entsetzliches Gewirre entstand. Der Kellner hatte das ganze Haus zusammengerufen und mit Heinrichs Freunden um die Wette schrieen die Mägde nach einem Arzte. Dazwischen wetterte der Wirt gegen die lebensmüden Leute, welche ihm immer mit der Polizei zu thun gaben.

„Wasser,“ stammelte Heinrich.

Zappelnd vor Jammer sprang Tante Ohlsen auf und suchte aus ihrer Erinnerung zusammen, was man bei Vergiftungen that. An schnelle ärzt- liche Hilfe war hier in dieser Einsamkeit nicht zu denken. Ihr fiel ein, daß man Vergifteten reichlich Milch zu trinken gab. Dagegen schlug eine Dienst- magd, welche ganz roth vor Neugier geworden war, vor, die armen Liebesleute auf den Kopf zu stellen, dann laufe das Gift gewiß aus.

„Wasser,“ lispelte Heinrich, „ich leide entsetzlich.“

„Was hast du denn genommen?“ schrie Tante Ohlsen. „Du Unmensch! Du schlechter Sohn du! Was hast du genommen?“

„Nelkenöl und Baldrian. Cyankali..."

Die Männer schrieen entsetzt auf.

„Das Cyankalium steckt noch in der Ueberzieher=
tasche. Sorgen Sie, daß kein Unglück damit ge=
schieht."

„Was hast du genommen, du Nichtsnutz?"

„Nelkenöl und Baldrian mit Rum und Kaffee.
Um meine Nerven zu beruhigen, um Kraft zu
gewinnen. Doch mir ist nur sehr schlecht. Wasser!"

Eine Weile war Alles stumm in der Stube.
Dann hob Hans Renard die Tante Ohlsen, welche
zornige Laute von sich gab, aber dabei den Mund
zum Lachen verzog, auf den Tisch, gab ihr einen
Kuß und setzte sie wieder zur Erde. Fritz Töpfer
schlug dem Forstgehilfen auf die Schulter und lachte
überlaut. Der Wirt und seine Leute höhnten und
tobten durcheinander. Nur Panzner verstand noch
nicht, was vorging. Mit Thränen in den Augen
wandte er sich an den jungen Forstmann und fragte
nach der zuständigen Behörde.

„Die Leichen sollen nämlich verbrannt werden,"
sagte er möglichst leise. „Das würde ja in dieser
holzreichen Gegend keine Schwierigkeiten haben;
aber ich möchte doch den Herrn Landrath noch in
dieser Nacht aufsuchen. Ich bin Berliner Bezirks=

vorsteher, nachdem ich meine übrigen Ehren=
stellungen. . .“

Tante Ohlsen hatte bis jetzt gebraucht, um sich
von ihrem Schrecken zu erholen. Endlich war sie
soweit.

„Schweigen Sie, Sie sind ein Narr! Ottilie,
hörst du mich, mein liebes Kind? Heinrich! Aha,
da dreht sie sich doch um! Heinrich ist nicht todt!
Heinrich ist gar nicht vergiftet! Heinrich ist nur ein
Kindskopf! Und du bist auch nicht vergiftet, mein
liebes, gutes, dummes Herzblatt du! Ich glaube
dir ja, daß dir übel ist. Das kommt aber nur
vom Nelkenöl und Baldrian und solchen Apotheker=
sachen! Daß du mir keinen Apotheker heirathest,
mein liebes Kind! Heraus da! Alle heraus! In der
Kirche werden wir Zeugen brauchen, aber nicht hier!
Fritz, Hans, schmeißt Alle ’raus und geht mit.“

Die beiden alten Dichtwarte wären mit den vielen
Neugierigen nicht fertig geworden. Aber Tante
Ohlsen half selbst mit ihrer kleinen Person und trieb
und puffte und schalt so ausgiebig, daß sie nach
wenigen Minuten mit dem unglücklichen Liebespaare
allein war und die Thüre abschließen konnte.

Dann half sie Ottilien, welche bei aller Uebelkeit
glückselig und verlegen lächelte, in die andere Ecke

der Holzbank und sprang erst in dem Augenblicke dazwischen, als Heinrich und Ottilie trotz ihres elenden Zustandes einander in die Arme sinken wollten.

„Nichts da!" rief sie und hielt dem jungen Manne ihre geballte Faust unter die Augen. „Wirst du wohl? Sterben hat sie um deinetwillen wollen, das süße Geschöpf! Du aber bist ein Nichtsnutz, ein Lump! Hättest du dich nur umgebracht!"

Dabei hielt sie seine Hand gefaßt und preßte ihm jeden Finger einzeln vor Liebe.

„Ich durfte mich ja nicht umbringen," murmelte Heinrich unsicher. „Selbstmördern wird doch die Lebensversicherung nicht . . ."

Tante Ohlsen wandte sich wieder Ottilien zu.

„So lache doch, du Närrchen, so lache ihn doch aus, den Hasenfuß, den Narren."

Mit seiner ganzen Willenskraft hatte sich Heinrich erhoben und sich plötzlich Ottilien zu Füßen geworfen.

„Die Tante hat ganz recht! Aber lüge nur du nicht auch! Sage nicht, daß du mich nicht liebst! Du hattest ja den Muth und die Kraft, die Liebe und Alles! Ich aber brauche dir nicht zu versprechen, daß ich nie wieder damit drohen will. Ich könnte es ja gar nicht. Jetzt weiß ich, daß ich es nicht könnte. Ach, ich möchte dir noch viel sagen, aber ich leide Höllenqualen."

„Laß das für morgen, Heinrich. Ich weiß nicht, wie Höllenqualen sind. Aber sehr schlimm ist mir auch; und jetzt wird mir noch schlimmer. Tante Ohlsen, Wasser!"

VII.

Schluß.

Mit Rücksicht auf die beiden Kranken, welche immer noch sehr geschwächt waren, wurde ein Kremser angespannt und heiter, wenn auch nicht gerade lärmend, fuhren Alle nach dem Bahnhofe. Von dem Schrecklichen, das hinter ihnen lag, wurde nicht mehr gesprochen.

Nur einmal noch verfiel Ottilie in krampfhaftes Schluchzen. Beim Einsteigen in eine leere Abtheilung dritter Klasse zögerte Heinrich und sagte endlich mit eigenthümlich stolzer Verlegenheit:

„Für mich muß ein Billet gelöst werden. Ich habe kein Retourbillet genommen."

Wohlbehalten traf man gegen elf Uhr in Berlin ein. Alle hatten die Absicht, so rasch wie möglich Tante Panzner zu beruhigen. Aber deren Gatte

schüttelte seine grauen Locken. Seit dem Wieder=
aufleben Heinrichs war er schwermüthig geblieben;
er überließ den Andern die Vollendung des Ret=
tungswerkes und hing seinen Gedanken nach. Tante
Ohlsen hatte ihn im Verdacht, daß er nur ungern
auf eine Reise nach Gotha und eine Leichenverbren=
nung verzichtete. Sie hatte Unrecht. Er weilte im
Geiste bei seinem Pegasus.

Tante Ohlsen und das thörichte junge Paar
sollten nach der Ritterstraße vorausfahren; die bei=
den alten Dichtwarte aber bat er, ihn in den Pega=
sus zu begleiten. Sein wackeres Weib, das ohnehin
an keine poetischen tragischen Thaten glaubte — die
Ereignisse gaben ihr leider Recht — sollte ihn binnen
einer Stunde erwarten.

Man gehorchte ihm. Während Tante Ohlsen
den Liebenden, denen schon wieder recht schlimm
wurde, in eine Droschke half, wandelte unser Panz=
ner mit weitausgreifenden Schritten dem Pegasus
zu. Auf den Wege entwickelte der unabsetzbare
Vorsitzende, dessen sich eine fieberhafte Aufregung
bemächtigt hatte, seine Gedanken über die Zukunft
Europas.

„Wenn unsere Staatsmänner sich nicht ent=
schließen können die Jahreszahlen 1517, 1789 und

1848 zu addiren, ich meine bildlich, wenn sie nicht die Freiheit, die Humanität, die Reformation, den Fortschritt, die Abschaffung der Todesstrafe, die lateinische Schrift und die Leichenverbrennung auf ihr Programm setzen, so wird Europa und vielleicht die Erde fünfundzwanzig Jahre nach meinem Tode dem Geschlechte der Ahrens gehören. Ich fühle das Wiehern seiner Rosse hinter mir. Er bedeutet für mich die Barbarei, welche mit ihrer Rechten ihr blutiges Medusenhaupt gegen uns schüttelt, während sie mit der Linken das edle Flügelpferd mit ver= hängten Zügeln vor den Eilzug ihres Amerikanis= mus spannt."

Während so lehrreicher Gespräche, denen die ehe= maligen Dichtwarte müde zuhörten, erreichten sie den Versammlungssaal. Auf den ersten Blick em= pfand der unabsetzbare Vorsitzende, daß die Welt aus den Fugen war. Aber nur langsam erkannte er die Einzelheiten der Revolution.

Bei seinem Eintreten hatte sich kein Mensch vom Platze erhoben; Panzner hätte in dieser Weise ein fremdes Gasthaus betreten können. Zur Linken standen viele kleine Tische, an denen je drei oder vier Herren Karten spielten. Die Spieler unter= brachen ihre Thätigkeit nicht. Ja, die unbedachten alten Dichtwarte, Hans und Fritz, traten an eine Gruppe heran und fragten unbefangen einen vierten Mann, ob er nicht ihr Dritter sein wollte. Sahen denn diese Unglücklichen nicht, was unserm Panzner das Blut kochen machte?

So weit sein starres Auge reichte, war kein Weißbierglas mehr zu erblicken. Nur wie zum Hohne stand eine Kufe umgekehrt vor Panzner's Präsidenten= stuhl. Langsam und fast hochmüthig schritt der unabsetzbare Vorsitzende auf seinen Platz zu; doch da er seine Nachbarn herablassend grüßen wollte, erreichte sein Entsetzen den Höhepunkt. Kein Herr Cohn, kein Herr Ehrenhaus, wohin er auch seine Blicke schickte. Fremde Gesichter starrten ihn an; das heißt, es waren unbekannte Patzenhofer vom dritten oder vierten Tische, welche hier die Ehrenplätze an der Vorstandstafel einnahmen. Zwischen diese Herr= schaften wollte sich Panzner nicht ohne Weiteres niedersetzen. Er blieb hinter seinem Stuhle aufrecht stehen und schaute Herrn Ahrens fragend an. Dar= auf mochte dieser nur gewartet haben, denn mit einem Klingelzeichen ließ er das allgemeine Gespräch verstummen und sprach:

„Die Vereinsmitglieder werden nichts dagegen haben, wenn ich mit Rücksicht auf unsern alten

Panzner die Beschlüsse und Vorgänge des heutigen Abends noch einmal kurz zusammenfasse. Auf der Tagesordnung stand, wie vorher bekannt war, die Wahl eines neuen Vereinslokales. Die Mehrheit der Stimmen vereinigte sich auf einen nationalen Wirth, welcher reell und gediegen außer Patzenhofer nur Echtes ausschenkt. Deshalb erklärte unser zweiter Vorsitzender sein Amt niederlegen zu wollen. Er machte dabei unparlamentarische Bemerkungen, welche lebhaft erwidert wurden. (Sehr gut!) Darüber ist Herr Ehrenhaus leider aus dem Verbande des Pegasus ganz und gar ausgetreten. Nicht einmal den Jahres= beitrag von fünfzig Mark hat er zurückgelassen. (Heiterkeit.) Hierauf interpellirte Herr Cohn, ob es wahr sei, daß in dem neuen Lokale antisemitische Bilderbogen an den Wänden hingen. Dies wurde von einem Mitgliede bestätigt, welches in der Lage war, die Sprüche von einem der Bilderbogen aus= wendig herzusagen. Leider fanden sie hier so lauten Beifall, daß auch Herr Cohn sein Amt niederlegte und austrat. Die beiden Ehrenstellen wurden sofort durch eine Neuwahl wieder besetzt. Und da wir gerade beim Wählen waren, so wurde beschlossen, meinen Mitdichtwart, Heinrich Weigertz, wegen natio= naler Unzuverlässigkeit abzusetzen und an seiner

Statt wurde dieses auch Ihnen wohlbekannte alte Mitglied ernannt, welches zwar nicht so geschickt Versfüße zu bauen versteht, dafür aber bei Gravelotte von einer feindlichen Kugel an beiden Beinen verwundet worden ist. (Großer Beifall.) Daher kommt es, daß Sie einige neue Gesichter am Vorstandstische wahrnehmen. Wenn Niemand sich zum Worte meldet, so plaudern wir gemüthlich weiter."

Und Herr Ahrens begann wirklich schon mit gut gespielter Nachlässigkeit zu plaudern, als Panzner mit donnernder Stimme rief:

„Ich aber verlange das Wort und als erster Vorsitzender gebe ich es mir und als ein Mitglied ergreife ich es. Meine Herren — es ist ja altfränkisch oder vielleicht gar kindisch, die Ansprache Brüder zu gebrauchen. Ihr dunkles Bier hat mir meinen Weißbierbecher bis zum Rande mit Bitterkeit gefüllt. Sie haben das edle Flügelpferd, das älteste Kind meiner Laune, in seiner Wiege vertauscht und legen mir jetzt einen Wechselbalg (Stürmisches Oho), einen Wechselbalg, sage ich, an meine welke Brust. Sie haben die alten Bäume um mich her gefällt und seitdem zerzausen mir die Stürme Ihres falschen Jugendfrühlings mein greises Haupt. Ich könnte es tragen. Sie haben mir die Quelle, welche im

Berliner Volksmund eine „kühle Blonde" heißt, muth-
willig getrübt und verdunkelt. Auch das könnte ich
Ihnen verzeihen. Denn ich bin ein deutscher Mann
und vertrage wohl Echtes (Bravo, Panzner!), wenn
auch mein ahnendes Auge die Orgien schon rauschen
hört, welche die Invasion des Echten dem Palaste
der Genußsucht erbauen wird. Sie haben in meinem
Freunde Cohn, ich lege Werth darauf, zu wiederholen meinem F r e u n d e Cohn, die zarte Pflanze
der Duldung verletzt. Auch das hätte uns nicht
auseinandergebracht, denn ich hätte eine Rede über
die Menschlichkeit gehalten und hätte Sie von Ihrem
Unrechte überzeugt. Aber Sie haben sich auch an
meinem Liebsten vergriffen und ich zürne. Drei
Dioskuren sind aus meiner Umarmung der Musen
hervorgegangen und alle drei haben Sie mir vor
der Zeit vom Busen gerissen. Die beiden ersten
haben Sie gestürzt und ich habe es verschmerzen
müssen, mögen Sie es nie bereuen. Nun ist auch
mein dritter Dioskure — er ist, wie sage ich nur
gleich, um meine ganze Empfindung in ein einziges
Wort zu destilliren, er ist . . ."

„Futsch," ertönte es aus einem Winkel des Saales.

Panzner sandte einen langen vernichtenden Blick
ringsumher, dann sprach er weiter:

„Es ist mir gemeuchelt worden. Ich hatte gehofft, einst mit ihm gemeinsam ein Autodafé schmücken zu können, es wäre so schön gewesen, aber es hat nicht sein sollen. Sie haben den göttlichen Wahnsinn seiner Poesie der Zwangsjacke der Staatsanwaltschaft überliefert ...“

Aus dem Winkel ertönte ein rauhes Lachen. Etwa ein Dutzend eingefleischter Patzenhofer lachten mit. Dann wurde es plötzlich wieder still. Panzner zitterte. In seiner ganzen Länge richtete er sich langsam empor und sagte mit veränderter Stimme:

„Durch alte heilige Sitte bin ich hier unabsetzbarer erster Vorsitzender. Ich weiß, Niemand von Ihnen wird so schamlos sein, an dieser Stellung zu rütteln. Wenn Sie aber glauben, daß Sie mich gegen meinen Willen halten können, so täuschen Sie sich. Wenn Niemand von Ihnen mich bei Seite schaffen darf, so kann ich es doch selbst und ich entbinde mich selbst meines Amtes. Ich abdicire. Ich fordere Sie auf, an meiner Stelle einen ersten Vorsitzenden zu wählen, würdiger des neuen Geistes, irgend einen ...“

Niemand wunderte sich, als Panzner nach diesen Worten nach seinem Herzen griff und mit einem halbunterdrückten Wehlaut auf seinem Stuhle zusammensank. Die Ereignisse vollzogen sich schnell. Der neue zweite Vorsitzende schlug vor, Herrn Ahrens durch Akklamation zum ersten Vorsitzenden zu ernennen. Allgemeiner Beifall ertönte. Schon hatte sich Herr Ahrens erhoben, um sich bereit zu erklären, die ehrenvolle Wahl anzunehmen, als Panzner langsam zur Seite sank und gegen den neuen Kassenwart fiel.

Die Versammelten wurden von Reue und Entsetzen gepackt. Hans Renard und Fritz Töpfer eilten herbei und duldeten nicht, daß Jemand außer ihnen den schwergekränkten Mann berührte.

Als Panzner nach einigen Minuten das Bewußtsein wiedererlangt hatte, flüsterte er: „Nach Hause." Von den ehemaligen Dichtwarten mehr getragen als geführt, verließ er das Lokal. Ehrfurchtsvoll drängten sich jetzt die alten Pegasusbrüder um ihn, aber er hatte keinen Blick für sie — — — — —

— — — — — — — — —

In Panzners Hause herrschte inzwischen ein seltsames Leben. Gleich nach Ankunft des Liebespaares war der Hausarzt geholt worden, und Frau Panzner wie Tante Ohlsen erschöpften sich in Klagen und Drohungen und Verwünschungen. Aber durch Alles schimmerte eine große Heiterkeit hindurch. Der Arzt lachte, da er die Krankengeschichte vernommen hatte, Tante Ohlsen lachte, da sie den Eid leistete, Heinrich nicht länger in ihrem Hause zu dulden, als bis zu seiner Hochzeit; und Frau Panzner lachte, weil sich der vorbereitete steife Grog für alle Theile nützlich erwies.

Mitternacht war vorüber, und Frau Panzner boshaft genug daran zu erinnern, daß Heinrichs Brief jetzt gelesen werden müßte.

Eben wollte der Arzt sich entfernen, als zuerst die Korridorthüre heftig aufgestoßen wurde, dann die Stubenthür aufflog und Panzner zwischen den beiden alten Dichtwarten hereinschwankte.

Hier war der steife Grog nicht wirksam. Nachdem sich der erste Aufruhr gelegt und der Arzt den Kranken untersucht hatte, suchte man einander damit zu beruhigen, daß Panzner nur unter den Schrecken dieses Tages leide und sich bald wieder erholen werde. Niemand glaubte den Trost so recht. Der Arzt nahm Fritz Töpfer ins Nebenzimmer und erklärte ihm, als dem ruhigsten, daß Panzner einen schweren Anfall seiner Herzkrankheit erfahren habe und es wohl nicht mehr allzu lange treiben werde. Die Anderen beruhigte der Arzt mit leeren Worten, aber Fritz Töpfer's verblüfftes Gesicht sagte Alles.

Nur Panzner selbst ahnte die Wahrheit nicht.
Er war zu Bette gebracht worden und befand sich
besser. Gütig ließ er Alle herantreten und plauderte
mit ihnen von der Zukunft. Mit milder Resignation
lobte er es, daß Heinrich sich mit Ottilie irgendwo
in der Provinz, am liebsten in seiner ostpreußischen
Heimath, niederlassen wollte. Es war am Ende das
Beste, eine bürgerliche Apotheke zu kaufen und seinem
Herde zu leben. Er hatte sich in allen seinen Jüngern
getäuscht; aber er wollte darum die drei Dioskuren zu
lieben nicht aufhören, er wollte sie keine Philister heißen.

„Das gegenwärtige Geschlecht wird aussterben
müssen, bevor dem alten Flügelpferde die ausgerissenen
Schwungfedern wieder gewachsen sein werden. Die
Zeit, welche jetzt über uns hereinbricht, baut dem
Idealismus und den Rossen der humanistischen Morgenröthe kein Nest. Warten wir. Auch der Pegasus
ist unabsetzbar und beut seinen Rücken bis ans Ende
aller Zeiten. Unsere Enkel werden ihn wieder reiten,
wenn die Zeit erfüllet ist. Uefer gegenwärtiges Geschlecht muß wohl verzichten. Auch ich will fortan
in schlichter Thätigkeit meinem wackeren Weibe und der
Stadtverwaltung leben, als ob ich ein Philister wäre.“

Panzner lächelte überlegen.

„Wenn ich aber einst todt bin und die Siegel

meines Testaments sich öffnen werden, dann soll die
ideallose Mitwelt erfahren, daß ich bis zu meinem
letzten Athemzuge die alte Fahne unentwegt, wenn
auch heimlich, entrollt habe. Denn ich werde bestimmen, daß mein Leib auf einem Holzstoß zu Staube
werden soll. Und glaubt mir, meine Kinder: — ihr
habt mich heute mehr als einmal einen Narren ge-
scholten! — Ich verzeihe euch. Ich mag im Leben
geirrt haben; aber die Flamme, welche diesen morschen
Leib einst verzehren wird, ist nicht wärmer und wird
nicht glühender zum Himmel emporflackern, als die
Liebe war, mit welcher ich nach dem Ideal gestrebt
habe. Wie ich dieses Ideal nennen soll, das weiß
ich jetzt nicht. Aber es kommt gar nicht darauf an,
was unser Ideal ist, — wenn wir nur treu und
unentwegt sind. — Später will ich über den neuen
Namen des alten Ideals nachdenken. — Später!
Ich bin nicht ganz so klar mehr im Kopfe, wie
sonst. Laßt mich jetzt schlafen. Ich bin müde.“

Ende.

G. Pätz'sche Buchdr. (Lippert & Co.), Naumburg a/S.

www.ingramcontent.com/pod-product-compliance
Lightning Source LLC
Chambersburg PA
CBHW031057110726
47900CB00003B/968